AF290592

plaisir
d'amour

SANDY ALVAREZ
CRYSTAL DANIELS

Undaunted

KINGS OF RETRIBUTION MC

Ins Deutsche übertragen
von A.K. Rasch

**Sandy Alvarez & Crystal Daniels
Kings of Retribution MC Teil 1: Undaunted**

Aus dem Amerikanischen ins Deutsche übertragen von A.K. Rasch

Für unsere Ehemänner David und Esteban

Glossar

Bésame mi culo.	Leck mich am Arsch.
Cállate cabrón.	Halt die Fresse, Arschloch.
Cariño	Liebling
Chaparro	Kleiner
Decirle al diablo que dije hola.	Sag dem Teufel, dass ich ihn grüße
Hermosa	Schön
Mierda	Scheiße
Nombre	Name
Puta	Hure
Qué?	Was?

Kapitel 1

Logan

Ich lebe und atme dieses Leben. Motorräder, Frauen, Whiskey. Etwas Besseres gibt es nicht. Ich bin, wer ich bin, und dafür entschuldige ich mich nicht. Ich bin vielleicht nicht das, was die Gesellschaft einen aufrechten Bürger nennen würde, aber so, wie ich das sehe, ist unsere Zeit auf der Erde begrenzt. Und ich habe nicht vor, meine zu verschwenden. Ich weigere mich zuzulassen, dass mich die Meinung anderer Leute davon abhält, den Mut zu haben, mein Leben so zu leben, wie ich es will. Es gibt nur einen Tag im Jahr, an dem ich diesen ganzen Scheiß über Bord werfe und es zulasse, dass sich die Negativität und die Dunkelheit einschleichen. Und dieser Tag ist heute. Der Club schmeißt eine große Party zu meinem fünfundzwanzigsten Geburtstag. Das machen sie jedes Jahr. Sie heizen die Grills an, alle Familien kommen dazu und dann, wenn die Nacht hereinbricht, gehen die Old Ladys samt Kindern nach Hause und es gibt Frauen und Whiskey im Überfluss.

Ich liebe meine Brüder, aber viel lieber würde ich mich im Alkohol verlieren – und genau das tue ich jetzt gerade.

Ich besitze ein Haus direkt am See, nicht weit vom Clubhaus entfernt. Ich habe es nur wegen der Ruhe und Abgeschiedenheit gekauft. Es gibt Momente, in denen ich allein sein muss – weg vom Club, getrennt von meinen Brüdern. Momente wie diese. Mein

Geburtstag ist kein Tag zum Feiern. Für mich wird mein Geburtstag immer eine Erinnerung an den schlimmsten Tag meines Lebens sein.

„Hey, mein Sohn. Alles Gute zum Geburtstag", grüßt mich Jake und klopft mir auf den Rücken, als er neben mir Platz nimmt.

Ich sitze seit fast einer Stunde draußen in der Kälte vor dem Clubhaus. Zum Glück ist der Alkohol nicht nur gut, um meine Sorgen zu ertränken, sondern er wirkt auch Wunder darin, mich warm zu halten.

„Danke", antworte ich trocken.

Jake ist Teil meines Lebens, seit ich acht bin. Er hat meine Tante Lily geheiratet, die jüngere Schwester meiner Mutter. „Warum lässt du es nicht für heute Nacht gut sein? Geh nach Hause. Ich weiß, dass du heute keine Lust auf irgendwas von diesem Scheiß hast."

Ich sehe ihn an und hebe mein Bier an meine Lippen, um den letzten Schluck davon zu trinken. „Ich schätze, ich greife mir eine Flasche und nehme sie mit rauf in mein Zimmer. Sag den Jungs, ich bin für heute Nacht raus, ja?", bitte ich ihn, als ich mich auf den Weg zurück nach drinnen mache. Ich stoppe an der Bar, schnappe mir das Gift meiner Wahl und begebe mich zu den Treppen, die zu meinem Zimmer führen.

Jake versteht die Qual, die der heutige Tag mit sich bringt. Egal, wie viele Jahre vergehen, Unglück und Schmerz werden mich für immer verfolgen.

Sobald ich oben bin, ziehe ich meine Kleider aus, setze mich auf die Bettkante, schraube den Deckel von der Flasche und nehme einen kräftigen Schluck. Es gab eine Zeit, in der ich versucht habe, die

Antworten auf all meine Probleme im Alkohol zu finden. Mit zwanzig fing ich an zu trinken, nachdem mich jemand, in den ich verliebt gewesen war, betrogen hatte. Das und der Schmerz über den Verlust meiner Mutter, den ich immer noch in mir trug, sorgten dafür, dass Alkohol meine Art der Selbstmedikation wurde.

Es dauerte nicht lange, bis Jake eine Veränderung bei mir bemerkte. Er setzte sich eines Abends mit mir zusammen und sagte etwas zu mir, das mir klarmachen sollte, dass der Weg, den ich eingeschlagen hatte, falsch war. „Der Schmerz über dein Unglück wird niemals verschwinden, egal, wie viel du trinkst, mein Sohn. Aber die Erinnerung an deine Mutter lebt in dir weiter. Wie, denkst du, würde sie sich fühlen, wenn sie mitansehen müsste, dass der Sohn, den sie aufgezogen hat, nicht das glückliche Leben führt, dass sie sich so verzweifelt für ihn gewünscht hat?"

Ich konnte die Vergangenheit nie loslassen oder sie konnte mich nie loslassen. Ich lebe immer noch mit den Geistern dessen, was hätte sein können.

Der heutige Tag ist nur eine weitere Erinnerung daran, wie beschissen das Leben ist. Es ist auch der einzige Tag, an dem ich meinen alten Gewohnheiten nachgebe.

Vor fünfzehn Jahren, an meinem zehnten Geburtstag, gab es den ersten von vielen Verlusten in meinem Leben.

Als Krankenschwester arbeitete meine Mom sehr viel, aber an meinem Geburtstag nahm sie sich immer frei. Sie war an diesem Morgen früh aufgestanden und hatte Pancakes mit Speck gemacht, weil das mein Lieblingsessen war. Meistens hetzte sie morgens zur Arbeit, während ich Schule hatte, also gab es zum Frühstück für gewöhnlich Müsli oder Obst. Meine Mom hatte den ganzen Tag geplant. Wir würden meine Tante Lily und Jake treffen, um mit ihnen den Tag am See zu verbringen. Der See war so etwas wie eine Tradition an meinem Geburtstag. Das Wetter war nicht warm genug, um zu schwimmen, aber meine Mom wollte Mittagessen einpacken, und Jake sagte, er würde einen Ball für uns zum Werfen mitbringen.

Ich stand meiner Tante nahe. Sie kam mindestens einmal pro Woche vorbei und half mir bei meinen Hausaufgaben, während meine Mom arbeitete. Jake tauchte gelegentlich mit ihr zusammen auf. Wir redeten über Football und darüber, wie sehr ich mich darauf freute, im Sommer ins Ferienlager zu gehen.

Nach dem Frühstück beluden wir das Auto und kurz darauf waren wir unterwegs zum See. Ich bin mir nicht sicher, was dann passierte. Jedenfalls nicht aus der Erinnerung. In einer Minute saß ich noch auf dem Rücksitz und spielte mein Spiel, und in der nächsten hörte ich meine Mutter schreien, als das Auto über die Leitplanke stürzte. Das Letzte, an das ich mich erinnern kann, ist, dass sich mein Gurt straff zog und mich einklemmte, dann verlor ich das Bewusstsein.

Als ich das nächste Mal meine Augen öffnete, befand ich mich in einem Krankenhauszimmer und meine Mom war tot.

Ich hatte mehrere gebrochene Rippen, einen gebrochenen Arm, eine Menge Schürf- und Schnittwunden sowie eine schwere Gehirnerschütterung, die mich zwei Tage lang außer Gefecht gesetzt hatten.

Ich war nicht einmal stark genug, um an der Beerdigung meiner Mom teilzunehmen. Bennett, unser Clubarzt, saß an diesem Tag bei mir.

Nachdem ich stabil genug war, um das Krankenhaus zu verlassen, nahm mich meine Tante mit nach Hause und ich lebte von da an bei ihr und Jake.

Ich habe so viel verloren, aber ich wurde dabei ein Teil der *Kings-of-Retribution-MC*-Familie. Diese Männer dort unten sind loyaler als die meisten anderen. Jake nahm mich bei sich auf und zog mich groß, als wäre ich sein Sohn.

Damals lernte ich Reid und seinen kleinen Bruder Noah kennen. Wir wurden sofort Freunde. Verdammt, wir drei haben uns immer in die Scheiße geritten und jedem die Hölle heißgemacht.

Unsere Leben änderten sich ein paar Jahre später, als Tante Lily an Gebärmutterhalskrebs starb.

Zwei der wichtigsten Frauen in meinem Leben waren nicht mehr da. Es schien, als würde sich der Verlust von Menschen zu einem Thema in meinem Leben entwickeln. Ich lernte meinen alten Herrn nie kennen. Meine Mutter sprach nie über ihn – weder Gutes noch Schlechtes.

Jake wurde mehr als nur ein Onkel; er wurde der Vater, den ich nie hatte. Obwohl er mit seiner Trauer über den Verlust der Frau, die er liebte, zu kämpfen hatte, hinderte ihn das nie daran, eine Konstante in meinem Leben zu sein. Er legte seinen Herzschmerz beiseite und konzentrierte sich darauf, mich mit der Hilfe des Motorradclubs aufzuziehen.

Bei jedem Meilenstein war Jake an meiner Seite. Die erste Schwärmerei, die erste Freundin, sogar der erste Kampf. Er war bei allem dabei. Der bedeutendste Moment, den er und ich geteilt haben, war, als ich meinen Patch erhielt. Ich werde nie den stolzen Blick in seinen Augen vergessen, als ihm klar wurde, dass ich es trotz all unserer Irrungen und Wirrungen geschafft hatte.

Auch Bennett spielte eine große Rolle bei meiner Erziehung. Er ist seit dem ersten Tag Mitglied des Clubs. Er und Jake sind zusammen aufgewachsen. Kindheitsfreunde. Bennett war derjenige, der mir mit dreizehn den Umgang mit einer Waffe beibrachte. Ich kapierte es schnell. Er sagte, ich sei ein Naturtalent. Es dauerte nicht lange, da konnte ich alle Brüder beim Schießen übertrumpfen. Ich lernte schon früh, dass man mit Entschlossenheit und Einsatz alles erreichen konnte.

Bennett hat eine Old Lady, Lisa. Sie sind seit der Highschool ein Paar. Sie stand ihm zur Seite, als er zweimal als Sanitäter in den Irak reiste und als er sich dazu entschied, dem Motorradclub beizutreten. Lisa ist wahrhaft Bennets Ein und Alles.

Vor sieben Jahren habe ich gedacht, ich hätte alles im Griff. Ich hatte den Club, meine Brüder und eine hübsche Frau, die ich liebte.

Wie sich herausstellte, liebte sie mich nicht.

Stephanie Williams. Sie war meine Highschool-Liebe. Wir lernten uns in der elften Klasse kennen. Sie hatte rotblondes Haar und sanfte braune Augen. Jeden freien Moment, den ich hatte, verbrachte ich mit ihr. Wir waren fast drei Jahre zusammen.

Bis zu dem Tag, als ich zwanzig wurde.

Ich fuhr zum Haus ihrer Eltern, wo sie noch wohnte, um sie zu einer Party abzuholen, die der Club veranstaltete. Ich wusste, dass ich ein paar

Stunden zu früh dran war, aber ich wollte unbedingt mein Mädchen sehen. Zu dieser Tageszeit war sie normalerweise draußen im Gästehaus, das ihre Eltern ihr überlassen hatten. Ich parkte mein Motorrad und ging zum Tor, das zur Rückseite des Grundstücks führte.

Ich war jedoch nicht darauf vorbereitet, das Mädchen, das ich liebte, dabei zu erwischen, wie sie einem anderen Kerl den Schwanz lutschte, während ich an dem großen Wohnzimmerfenster vorbeiging.

Es hat mir Spaß gemacht, den Penner zu verprügeln, aber es hat nicht dazu beigetragen, den Schmerz des Betrugs zu lindern, den ich empfand.

Wie sich herausstellte, war Geld für sie wichtiger, als ich gedacht hatte. Als Daddy damit drohte, ihr den Geldhahn zuzudrehen, begann sie, sich mit einem der Typen zu treffen, die für seine Firma arbeiteten. Sie war verdammt noch mal bei mir geblieben, weil dieser Scheißkerl sie im Bett nicht befriedigen konnte. Ihre Worte, nicht meine. Sie erklärte mir, dass sie sowieso nie einen Biker heiraten könnte.

Scheiß auf die Liebe. Ich beschloss von da an, dass ich sie weder wollte noch brauchte.

Einige der anderen Brüder haben Scheidungen von Frauen hinter sich, die dachten, sie könnten mit dem Clubleben umgehen, aber am Ende kamen sie nicht damit zurecht.

Nicht jeder hat das Glück, das zu haben, was Bennett und Lisa haben.

Jake hatte das einmal mit meiner Tante Lily. Auch wenn ihr Tod Jahre her ist, habe ich nie mitbekommen, dass er Interesse an einer anderen Frau gezeigt hätte. Ich weiß, dass er seine Erleichterung bekommt, wie wir anderen Brüder auch, aber das war's dann auch schon. Er geht abends immer allein nach Hause.

Allerdings ist mir aufgefallen, dass er in den letzten Monaten eine kleine Vorliebe für Süßes entwickelt hat. Ich vermute, dass eine gewisse kleine Rothaarige, die in der Stadt eine Bäckerei eröffnet hat, etwas mit seiner leichten Donut-Besessenheit in letzter Zeit zu tun haben könnte.

Das ist einfach nichts für mich. Ich bin nicht auf der Suche nach einer Frau auf Lebenszeit. Ich bin glücklich damit, wie die Dinge gerade sind. Eine Pussy ohne Verpflichtungen. Sie wissen alle vorher, wie es läuft. Wir haben Spaß. Dann ist es Zeit für sie, zu gehen.

Fuck. Ich bin stolz darauf, zu wissen, dass ich meinen Beitrag geleistet und mir das Patch des Vizepräsidenten verdient habe, das ich heute auf meiner Kutte trage. Sicher, es gab auf dem Weg viele Momente, in denen ich Vollpfosten es fast verkackt hätte. Meine Brüder haben allerdings nie lockergelassen und mir manchmal auf die harte Tour beigebracht, meinen Scheiß auf die Reihe zu kriegen. Und glaubt mir, das habe ich getan. Der Tag, an dem meine Brüder mich gewählt und mir den Titel gegeben haben, war ein Tag des Stolzes.

Sie haben mich zu dem Mann gemacht, der ich heute bin.

Ich leide immer noch unter Schlafstörungen und gelegentlich unter Albträumen, mit denen ich zu kämpfen habe, seit ich zehn bin. Ob es sich dabei um tatsächliche Erinnerungen handelt oder um etwas, das mein Gehirn heraufbeschworen hat, weiß ich nicht genau. Von Zeit zu Zeit rauche ich ein bisschen Gras, da ich herausgefunden habe, dass es gegen Schlaflosigkeit hilft, aber ich kiffe nicht mehr so viel wie früher.

Ich lebe und atme das Clubleben. Ein Mitglied des *Kings of Retribution MC* zu sein, bedeutet viel mehr, als nur die Kutte zu tragen und einen Titel zu haben.

Ich habe getötet und würde mein Leben für jeden dieser Männer geben, weil sie meine Familie sind.

Das ist das, was ich bin. Mehr brauche ich nicht.

Nach der Hälfte der Flasche spüre ich, wie meine Augen schwerer werden, und ich gebe mich dem alkoholbedingten Schlaf hin.

Kapitel 2

Bella

*A*lba, bleib hier bei mir und sei ganz leise. Okay?", sage ich zu meiner kleinen Schwester, als ich sie runter auf den Boden des Kleiderschranks setze.

Sie sieht mit ihren großen blauen Augen zu mir hoch. „Bella, ich habe Angst."

„Ich weiß. Ich auch", gebe ich zu, während ich leise die Kleiderschranktür schließe und verriegele, so wie Mommy es uns beigebracht hat.

„Wo sind die kleinen Scheißer?", schreit Daddy.

„Nick, lass die Mädchen in Ruhe."

„Halt dein verdammtes Maul, du Schlampe."

Der Klang eines scharfen, klatschenden Geräusches lässt mich zusammenzucken – er hat sie geschlagen.

Alba fängt an zu weinen, also halte ich sie fest und sage ihr, dass alles wieder gut wird. Wir klammern uns aneinander fest, als wir Daddy an die Tür hämmern hören.

„Macht die Tür auf, gottverdammt!"

Ich schrecke aus dem Schlaf hoch und mein Herz pocht wie wild, als blanke Panik mein Inneres ergreift, bis mir bewusst wird, dass es nur ein Traum war. Manchmal sind die Träume so lebendig, dass die Grenzen zur Realität verschwimmen, und es dauert eine Weile, bis ich nicht mehr das erstickende Gefühl des Grauens verspüre, das man Angst nennt. Ein schwarzes Loch, das mich im Ganzen verschlingt.

Unser Vater starb, als Alba erst fünf und ich sechs Jahre alt war. Sie entsinnt sich kaum an ihn und auch ich habe nur ein paar Erinnerungen. Keine davon ist gut. Kein Kind sollte damit leben müssen, dass diese Art von Übel seinem Verstand zusetzt. Es ist nicht hilfreich, wenn man auch noch den Typ Elternteil hat, der immer wieder einen schrecklichen Mann gegen einen anderen austauscht.

Ein paar Jahre nachdem mein Vater gestorben war, lernte Mom Ehemann Nummer zwei kennen und heiratete ihn. Er war ein guter Mann, aber er merkte bald, dass er nicht die Last auf sich nehmen wollte, zwei kleine Mädchen großzuziehen.

Ungefähr sechs Monate nachdem er gegangen war, entschied sie, dass wir eine Veränderung brauchten. Also nahm sie Kontakt zu einer alten Freundin auf, die in Polson lebte. Sie bot uns an, bei ihr zu wohnen, bis wir uns eine eigene Wohnung leisten konnten.

Mom packte unsere Sachen und wir verließen Wyoming, die einzige Heimat, die wir je gekannt hatten.

Nachdem wir uns in der neuen Stadt eingelebt hatten, fand Mom einen Job in einem Diner. Drei Monate später zog sie mit uns in eine Dreizimmerwohnung. Wir sind seitdem ein paarmal umgezogen, aber in diesem Haus wohnen wir bisher am längsten – es sind jetzt schon zwei Jahre.

Letztes Jahr hat sie Lee kennengelernt. Er kam eines Tages ins Diner und bat sie um ein Date. Innerhalb von sechs Wochen lebte er bei uns. Ein paar Monate danach heirateten sie. Meine Mutter kann den Kreislauf scheinbar nicht durchbrechen. Sie hat Scheuklappen auf, wenn es um das andere Geschlecht geht. Sie ist nicht gut darin, allein zu sein. Es ist, als bräuchte sie einen Mann, um sich gut zu fühlen, und im Gegenzug machen sie sie alle fertig. Hoffentlich wird sie eines Tages ihre Augen öffnen.

Es hat auch nicht lange gedauert, bis Lee sein wahres Gesicht zeigte. Sobald sie verheiratet waren, entwickelte er plötzlich Rückenprobleme und konnte nicht mehr arbeiten. Mom musste sich abmühen, um die Rechnungen zu bezahlen und Lee mit Bier zu versorgen, das er die ganze Zeit verlangte.

Sobald ich alt genug war, um zu arbeiten, nahm ich einen Job an. Und jetzt, wo Moms Stunden im Diner gekürzt worden sind, liegt ein großer Teil der Last auf meinen Schultern.

Lee ist ein zwielichtiger Abschaum der Gesellschaft, wenn man mich fragt. Der Mann trinkt, wenn er aufwacht, und am Ende des Tages wird er von dem ganzen Alkohol bewusstlos. Er hat auch ein hitziges Temperament und schreckte in der Vergangenheit nicht davor zurück, es an meiner Mom auszulassen. Ich habe den Beweis dafür bereits an ihren Armen gesehen. Er achtet darauf, keine Spuren in ihrem Gesicht zu hinterlassen, da sonst jeder weiß, was für eine Art Mann er ist.

Lasst mich das anders ausdrücken. Er ist kein Mann, eher ein Stück Scheiße.

Er sorgt auch dafür, dass Moms Bankkonto jeden Monat geleert wird. Das faule Arschloch kann einen verdammten Job nicht mal lange genug behalten, um das erste Gehalt zu bekommen.

Ich rolle mich herum und blicke auf die Uhr, die auf dem Nachttisch leuchtet. Sie zeigt sechs Uhr an. Ich wünschte, ich könnte sagen, dass ich für mein Studium aufstehe, aber nach meinem Abschluss hatte ich keine Möglichkeit, das ganze College-Ding zu machen. Ich musste weiterarbeiten, damit ich helfen konnte, die Rechnungen zu bezahlen, meiner Schwester und mir weiterhin ein Dach über dem Kopf sichern und dafür sorgen konnte, dass wir etwas zum Essen und Kleidung zum Anziehen haben, weil unsere Mom auch so schon genug zu kämpfen hat.

Mein Ziel ist es, genug Geld zu sparen, damit ich mir eine eigene Wohnung leisten und Alba mitnehmen kann. Ich will, dass sie die Chancen erhält, die ich nicht hatte, wie aufs College zu gehen und ihr Leben zu leben und zu erfahren, damit sie aufsaugt, so viel sie kann. Und das ohne all die Negativität, die unsere momentane Situation mit sich bringt.

Ich schließe meine Augen. „Nur noch ein kleines bisschen länger", sage ich laut.

Nachdem ich mich aus dem Bett gerollt habe, verlasse ich mein Zimmer und schlurfe den Gang zum Badezimmer hinunter. Auf dem Weg komme ich am Zimmer meiner Mom vorbei und sehe, wie sie auf ihrem Bett sitzt und fernsieht.

„Morgen, Mom", sage ich, als ich reinkomme und sie umarme.

Selbst nach allem, was sie durchgemacht hat, ist sie immer noch eine schöne Frau, und ich wünschte, sie würde sich selbst nicht an Lee verschwenden.

„Hey, Süße", sagt sie fröhlich. „Arbeitest du heute?", fragt sie, während sie nach der Fernbedienung greift, um den Sender zu wechseln und auf die Lokalnachrichten zu schalten.

„Ja, ich habe heute die Frühschicht im Laden", erkläre ich ihr, als ich mich auf die Bettkante setze.

„Okay, Süße", antwortet sie und tätschelt mir das

Bein, während sie sich den Wetterbericht ansieht.

Ich stehe auf und begebe mich aus ihrem Zimmer, als sie mich aufhält. „Oh, wecke deine Schwester auf. Ich will nicht, dass sie schon wieder den Bus verpasst. Lee mag es nicht, wenn ich seinen Pick-up benutze, um sie zur Schule zu fahren", ruft sie mir hinterher.

„Ich nehme sie auf meinem Weg zur Arbeit mit in die Schule. Lee muss aufhören, so ein Arschloch wegen des Pick-ups zu sein. Zur Hölle, du zahlst sowieso den verdammten Sprit", erwidere ich gereizt.

Ich höre, wie sie einen tiefen Seufzer ausstößt. Mir ist bewusst, dass sie will, dass ich meinen Mund halte, aber manchmal muss etwas gesagt werden.

Ich beschließe, das Thema fallen zu lassen.

„Ich liebe dich, Mom", murmele ich und verlasse ihr Zimmer.

Als ich endlich im Badezimmer bin, drehe ich das Wasser in der Dusche auf, damit es warm wird. Dann vergewissere ich mich, dass die Badezimmertür verschlossen ist, denn ich würde nicht darauf vertrauen, dass Lee nicht „versehentlich" hereinkommt, während ich unter der Dusche stehe.

Ich ziehe meine schwarzen Schlafshorts aus und lasse sie zu meinen Füßen liegen. Dann ziehe ich mir mein Tanktop über den Kopf und schmeiße es auf den Boden. Ich gehe rüber zum Waschbecken, schnappe mir mein Handy, öffne meine Playlist und drücke auf Play, bevor ich in die Dusche steige.

Die Stimmen von Taylor Swift und The Civil Wars erfüllen die Luft, als sie „Safe and Sound" singen, während das Wasser auf mich herabstürzt. Ein paar kurze Augenblicke lang hilft mir die Melodie, zu entfliehen.

Nach dem Duschen gehe ich zurück in unser Schlafzimmer, das ich mir mit meiner jüngeren Schwester teile. Alba ist achtzehn Jahre alt und besucht die Oberstufe der Highschool.

Sie ist in vielerlei Hinsicht das komplette Gegenteil von mir.

Man würde nicht vermuten, dass wir Schwestern sind, wenn man uns sieht. Ich bin klein, nur einen Meter siebenundfünfzig groß, mit langen, tiefbraunen Haaren und haselnussbraunen Augen, die, wie ich finde, zu groß für mein Gesicht sind. Ich habe außerdem eine große Klappe, bin eigensinnig und stur.

Alba hingegen ist einen Meter siebzig groß, hat kilometerlange Beine, lange blonde Haare und blaue Augen. Sie steckt ihre Nase immer in ein Buch und ist ein bisschen introvertiert. Sie ist auch sehr schüchtern und zurückhaltend und würde lieber über Romanzen und Abenteuer lesen, als nach draußen zu gehen und ihre eigenen zu finden. Aber ich bin die Falsche, um deswegen zu predigen, denn abgesehen von ein paar Jungs, mit denen ich auf der Highschool zusammen war, habe ich selbst auch nicht viel erlebt.

„Alba ... Alba", sage ich, als ich das Knäuel anstupse, das jetzt irgendwelche kaum verständlichen Worte vor sich hin murmelt.

„Zeit, aufzustehen. Ich nehme dich heute auf meinem Weg zur Arbeit mit in die Schule", informiere ich sie, während ich zur Kommode gehe.

Ich durchwühle meine Schublade, bis ich ein schwarzes Spitzenhöschen und einen dazu passenden BH finde, und fange an, sie anzuziehen, als Alba wimmert.

„Komm schon, Bella, nur noch ein paar Minuten. Bitte?", sagt sie, während sie sich noch fester in die himmelblaue Bettdecke einrollt.

Sie ist kein Morgenmensch, also ködere ich sie ein kleines bisschen. „Alba, wenn du innerhalb von einer Stunde aufgestanden und mit mir aus dieser Tür draußen bist, bringe ich dir die Neuerscheinung mit, die du letztes Wochenende in der Buchhandlung gesehen hast."

Das erregt ihre Aufmerksamkeit. Sie streckt den Kopf aus ihrem Decken-Burrito.

„Gib noch eine Tüte Erdnussbuttercups dazu und wir haben einen Deal."

„Abgemacht."

Sie wickelt sich aus ihrer Decke und beginnt, sich für den Tag fertig zu machen. Ich laufe hinüber zum Kleiderschrank, um mir etwas zum Anziehen zu suchen, schnappe mir dann eine dunkelblaue Skinny Jeans und schlüpfe in eine grüne ärmellose Bluse.

Mein Handy klingelt und kündigt eine neue Textnachricht an, also fische ich es vom Nachttisch und setze mich dann aufs Bett, um die SMS zu öffnen. Sie ist von Mason.

Ich bin ihm vor einem Monat zufällig im Café in der Innenstadt begegnet, als ich mit meiner Schwester shoppen war. Er fragte mich, ob er mal mit mir ausgehen könne, also tauschten wir Nummern aus. Wir hatten ein paar Dates. An einem Freitag rief er an, weil er mit mir zum Essen und ins Kino gehen wollte, und ich sagte zu. Den ganzen Abend lang hat er mich superviel betatscht und praktischerweise hatte das Arschloch auch noch seinen Geldbeutel vergessen, sodass ich letztendlich alles bezahlen musste. Ich entschloss mich, ihm noch eine Chance zu geben, nachdem er sich entschuldigt hatte, aber das war ein Riesenfehler.

Ich schmeiße mein Handy weg, ohne mir die Mühe zu machen, auf seine Nachricht zu antworten, beuge mich runter, hebe mein Lieblingspaar brauner Boots auf und ziehe sie an. Dann laufe ich rüber zu dem Ganzkörperspiegel, vor dem ich mir die Wimpern tusche und meinen liebsten Lippenstift auflege.

Fünfzehn Minuten später schnappe ich mir mein Handy und stecke es in meine hintere Hosentasche.

„Nimm dir deine Schuhe und zieh sie im Auto an, Alba. Wir müssen los!", rufe ich, während ich in die Küche laufe, um meine Schlüssel und den Arbeitskittel von der Anrichte zu nehmen.

Auf unserem Weg zur Haustür werden wir von Lee aufgehalten, der die Tür blockiert, die zur Garage führt.

O Gott, der Mann stinkt. Es riecht, als würde er in Bier baden.

„Lee, ich habe heute Morgen keine Zeit für deinen Scheiß. Ich muss Alba zur Schule bringen und es noch pünktlich zur Arbeit schaffen."

Er steht da und lässt seinen Blick auf uns beiden verweilen, sodass ich eine Gänsehaut bekomme und Alba sich hinter mir kleinmacht. Dann beginnt er zu sprechen.

„Deine Mom braucht etwas Geld, um in den Supermarkt zu gehen. Ich muss essen."

Was soll der Scheiß? Ich habe gerade das meiste von meinem letzten Gehalt dafür ausgegeben, Lebensmittel zu kaufen, und es ist noch nicht lange her, dass Mom ihr Gehalt bekommen hat.

„Was zur Hölle, Lee! Wo ist all das Essen hin, dass ich gerade erst gekauft habe? Hm?"

Das Arschloch steht da mit einem Grinsen auf dem Gesicht. Auf gar keinen Fall bekommt er mein hart verdientes Geld.

Ich füge hinzu: „Pass auf, ich bin pleite. Und selbst wenn ich das Geld hätte, würde ich es dir ganz sicher nicht geben."

Das pisst ihn an.

„Dein großes Maul wird dich eines Tages noch in Schwierigkeiten bringen, Bella", zischt er und holt sich ein Bier aus dem Kühlschrank, bevor er sich an den Küchentisch setzt.

Als er die Flasche öffnet, sagt er: „So oder so werdet ihr zwei das bekommen, was ihr verdient."

Ich führe Alba zur Tür hinaus und halte gerade lange genug inne, um ihn noch einmal anzusehen. „Weißt du, Lee, wie wäre es, wenn du deinen Arsch hoch bewegst und dir einen Job suchst? Mom will es vielleicht nicht sehen, aber ich weiß, wohin das ganze Geld geht."

Ich habe genug Klatsch und Tratsch in der Kassenschlange gehört, um zu wissen, dass er mit ein paar zwielichtigen Leuten in der Stadt gesehen worden ist.

Sein leichtes Grinsen verwandelt sich in einen finsteren Blick.

Ich schließe die Tür und steuere auf mein Auto zu. Meine Schwester sieht besorgt aus, als ich einsteige.

„Es gibt keinen Grund zur Sorge", erkläre ich ihr, starte das Auto und fahre auf die Straße.

Wir sind ungefähr zwei Blocks von der Highschool entfernt, als Alba das Wort ergreift. „Bella?"

Ich beuge mich rüber und drehe das Radio leiser.

„Lee macht mir Angst, so wie er uns anstarrt."

„Ja, ich bekomme bei ihm auch eine Gänsehaut, aber hoffentlich kann ich mir in ein paar Monaten eine kleine Wohnung leisten. Dann müssen wir uns keine Sorgen mehr um ihn machen. Ich wünschte, Mom würde ihm die Stirn bieten und ihn abservieren."

„Ich auch", stimmt sie zu.

Ich stehe an einer Ampel, als ein Motorrad auf der anderen Spur neben mir auftaucht, gefolgt von mindestens fünf weiteren hinter ihm.

Ich kann meine Augen nicht von dem anführenden Biker lassen. Verdammt, ist der heiß.

Ich merke gar nicht, wie angestrengt ich starre, bis meine Schwester den Bann bricht.

„O mein Gott, Bella. Du kannst gar nicht mehr aufhören, diesen Biker da drüben anzuglotzen!" Sie lacht. „Und ist das Sabber?"

„Mädchen, schau dir das an! Verdammt, ja, und wie ich glotze!" Ich drehe den Kopf, um noch einen Blick auf ihn zu erhaschen, und, wie könnte es auch anders sein, er erwischt mich.

Seine Lippen verziehen sich gerade genug, um mich wissen zu lassen, dass er mich dabei erwischt hat, wie ich ihn abchecke.

Ich lächle schüchtern, um meine Verlegenheit zu verbergen, als sie alle Gas geben und davonfahren.

Kapitel 3

Nachdem ich am Freitag nach Feierabend die Werkstatt abgeschlossen habe, steuere ich das *Kings Ink* an, unser anderes Geschäft, das wir in der Stadt betreiben. Es liegt direkt gegenüber, auf der anderen Straßenseite.

Ich muss das Sleeve-Tattoo, das meinen gesamten linken Arm bedeckt, fertig stechen lassen. Gabriel, unser Enforcer, leitet das Studio. Er ist auch der beste Künstler in Montana. Die Leute kommen aus dem ganzen Bundesstaat und wollen, dass er an ihnen arbeitet, aber egal, wie beschäftigt er ist, er nimmt sich immer Zeit für seine Brüder.

Gabriel und ich waren gleichzeitig Prospects; damals war ich achtzehn und er war neunzehn Jahre alt. Ich erinnere mich noch daran, wie ich ihn das erste Mal traf. Ich war gerade achtzehn geworden, als Jake einen Trip nach Florida machte, um seine Mom zu besuchen. Als er nach einer Woche Abwesenheit auf dem Gelände ankam, hatte er einen Typen dabei. Die einzige Erklärung, die er lieferte, war: „Das ist Gabriel, er ist der neue Prospect", und ich sollte ihm zeigen, wie die Dinge liefen.

Mein erster Eindruck war: *Er wird hier verdammt noch mal gut reinpassen.* Unser Club ist voll von großen, verrückt aussehenden Wichsern und Gabriel ist definitiv ein großer Wichser.

Verdammt, ich bin einen Meter achtundachtzig groß. Er ist auf jeden Fall größer als einen Meter neunzig, hat kurzes, schwarzes Haar, Augen, die so dunkel sind, dass sie fast schwarz aussehen, und einen scheinbar ständig finsteren Gesichtsausdruck. Ich war mir nicht so sicher, ob ich mich darauf freute, mit ihm abzuhängen, aber im Laufe der Zeit fing Gabriel langsam an, sich zu öffnen.

Nach Wochen des Grummelns und der Ein-Wort-Antworten fing er an, mit mir zu reden, und erzählte mir von seiner Vergangenheit und wie er Jake kennengelernt hatte.

Jake traf auf Gabriel, nachdem er Zeuge geworden war, wie dieser eine Tankstelle ausraubte. Während er tankte, beobachtete er das ganze Geschehen. Danach sprang Gabriel in sein Auto und fuhr davon. Jake folgte ihm zu irgendeinem beschissenen Motel, ungefähr acht Kilometer von der Tankstelle entfernt.

Unser Präsident ging, weil er eben ein verrückter Wichser ist, einfach direkt zum Motel und klopfte.

Gabriel öffnete die Tür mit gezogener Waffe.

„Die brauchst du nicht, Sohn", sagte Jake zu ihm.

Ich habe Jake einmal gefragt, was ihn dazu bewegt hatte, irgendeinem Jungen nachzugehen, der eine Tankstelle ausgeraubt hat.

„Ich hatte da so ein Bauchgefühl", war seine Erklärung.

Jake sagt immer, man solle auf sein Bauchgefühl hören.

Er hatte recht, denn ich hätte mir keinen besseren Bruder wünschen können. Gabriel erzählte mir, dass er und sein Vater Kuba verlassen hatten, als er gerade einmal zehn Jahre alt war, und dass sie seine Mutter und seine Schwester zurückließen. Sechs Jahre nachdem sie in die USA gekommen waren, starb sein Vater.

Nachdem ich seine Geschichte gehört hatte, wurde mir schnell klar, dass er überhaupt kein schlechter Kerl war. Er war einfach nur verbittert. In vielerlei Hinsicht konnte ich mich damit identifizieren. Wir hatten beide wichtige Menschen in unserem Leben verloren, aber auch etwas dazugewonnen.

Nach einer Weile konnte ich die Veränderung sehen, die der Club in ihm bewirkte. Er fing an, ihn als seine Familie anzusehen, als Bruderschaft. Wieder eine Familie zu haben, war genau das, was Gabriel gebraucht hatte.

Als Prospects mussten wir uns zusammen in ein Zimmer einquartieren, und eines Nachts bemerkte ich, wie er in seinem Bett saß und in ein Notizbuch schrieb. Ich hatte auch gesehen, dass er nie wirklich ohne es war. Jeden freien Moment verbrachte er damit, in das verdammte Ding zu kritzeln. Also fragte ich ihn, was er da schrieb. Er musterte mich für einen Moment, bevor er mir sein Notizbuch reichte. Jede Seite war voll mit verdammt unglaublichen Zeichnungen.

Am nächsten Tag schnappte ich mir sein Notizbuch von der Kommode und brachte es zu Jake.

Ich erinnerte mich, wie Jake erwähnt hatte, dass Bobby, ein älteres Clubmitglied und Betreiber unseres Tattooladens, jemanden suchte, der im *Kings Ink* mithelfen würde.

Bobby wurde älter und seine Augen konnten nicht mehr so scharf sehen wie früher; daher brauchte er jemanden, der langsam die Zügel in die Hand nahm.

Jake musste sich Gabriels Arbeit ungefähr fünf Sekunden lang ansehen, um genau zu wissen, was ich dachte.

Später an diesem Tag sprach Jake Gabriel an und erklärte ihm, dass er wolle, dass dieser bei Bobby im Tattooladen in die Lehre ginge.

Heute, sieben Jahre später, leitet Gabriel *Kings Ink* und ist der angesehenste Tattookünstler im ganzen Bundesstaat. Und ich bin Geschäftsführer des *Kings Custom Bikes.*

Als ich ins Tattoostudio gehe, sehe ich ihn an der Hüfte eines Mädels arbeiten.

Er schaut auf und hebt kurz das Kinn. „Bin in einer Minute bei dir, Bruder."

„Kein Problem, Mann", sage ich und nehme auf einem der Stühle im Wartebereich neben der Eingangstür Platz.

Als Gabriel fertig ist, führt er das Mädchen rüber zum Empfangstisch, damit sie bezahlen kann.

Ich schaue rüber und bemerke, wie mich die Tussi blickfickt, während sie sich die Lippen leckt. Sie ist ein heißes kleines Ding – blonde Haare, strammer kleiner Körper und große Titten.

Als sie an mir vorbeiläuft, um zu gehen, gibt sie mir ein Stück Papier mit ihrer Nummer darauf. Als ich von dem Zettel in meiner Hand hochblicke, grinst Gabriel mich an.

„Was?"

„Mann, beweg deinen Arsch in den verdammten Stuhl."

Ich stehe auf und lasse den Zettel in meine Tasche gleiten. „Das war ein heißes Ding, das da gerade gegangen ist, Mann", sage ich.

„Na ja, sie ist in Ordnung. Ich habe sie vor ein paar Monaten gefickt."

„Kein Scheiß?"

„Ja, Mann. Die Pussy ist total schlaff und die Schlampe ist verdammt noch mal zu anhänglich. Mach dir keine Mühe."

Verdammt, das war ja klar.

Gabriel will gerade an meinem Arm anfangen, da klingelt mein Handy. Als ich es aus meiner Tasche ziehe, sehe ich, dass es Jake ist. Ich wische über den Bildschirm und nehme ab. „Was gibt's, Prez?"

„Wo bist du?", bellt er.

„Ich bin bei Gabriel, warum? Was ist los?"

„Ihr zwei bewegt eure Ärsche jetzt in den Club und kommt direkt in den Keller", faucht er, bevor er auflegt.

Ich stehe auf und sehe Gabriel an. „Klingt, als gäbe es ein Problem."

Wir schließen den Laden ab, bevor wir auf unsere Bikes steigen und uns auf den Weg zum Clubhaus machen.

Fünfzehn Minuten später laufen wir die Kellertreppen nach unten. Wir erblicken einen der Prospects, der die Tür bewacht. Er nickt uns zu und lässt uns vorbei. Als ich die Tür öffne, entdecke ich einen Mann, der an einen Stuhl gebunden ist. Jake sitzt auf einem anderen Stuhl, direkt vor unserem gefesselten Freund, und Quinn lehnt an der Wand am anderen Ende des Raumes.

„Hey, Prez. Wen haben wir denn da?"

„Haben diesen Scheißkerl erwischt, als er bei unserem Lagerhaus herumgeschnüffelt hat. Ein Prospect hat ihn gefunden, als er versucht hat, durch die Hintertür einzubrechen. Er hat ihn k. o. geschlagen und mich angerufen.“

„Spricht er?“, frage ich.

„Nope. Scheint nicht unsere Sprache zu sprechen.“

Wir blicken rüber zu Gabriel. An dieser Stelle kommt er ins Spiel.

Jake steht auf und räumt seinen Stuhl aus dem Weg, als Gabriel vor den Idioten tritt, der die Nerven hatte, auf unserem Grundstück Scheiße zu bauen. *„Nombre?“*, fragt Gabriel ihn.

Der Mann spuckt ihm vor die Füße, was ihm einen Schlag auf den Mund einbringt, der seine untere Lippe aufplatzen lässt.

„Nombre?“, fragt Gabriel wieder nach seinem Namen.

„No te estoy diciendo mierda. Ich erzähle dir einen Scheiß“, faucht der Mann.

„Hängt ihn auf!“, befiehlt Jake.

Quinn stößt sich von der Wand ab und geht rüber, um mir zu helfen. Es gibt einen großen Holzbalken, der sich über die gesamte Länge des Kellers erstreckt, ungefähr drei Meter über dem Boden. Ich schnappe mir ein Seil und werfe es über den Balken, während Quinn sich den nun kämpfenden Mann greift. Ich fädele das Seil durch die Fesseln an seinen Händen und ziehe von hinten an ihm, bis seine Füße kaum mehr den Boden berühren. Dann wickele ich mein Ende des Seils um einen Anker, der am Boden festgeschraubt ist.

Sichtbar zitternd wird unserem namenlosen Freund langsam bewusst, dass er sich mit dem falschen Club angelegt hat. Gabriel kommt zurück, nachdem er seine Kutte und sein T-Shirt ausgezogen hat. Das Weichei hier sieht aus, als würde es sich gleich in die

Hose pissen.

Plötzlich fängt der Mann an, zu schreien. *„Mi nombre es Manuel, por favor.* Bitte, mein Name ist Manuel." Er spricht in schnellem Spanisch, abwechselnd mit Gabriel.

„Er sagt, die *Demonios* hätten ihn geschickt. Sie haben herausgefunden, wo unser Lagerhaus ist, und Manuel sollte sie anrufen, sobald er eingebrochen ist. Sie haben ihm eine Kutte versprochen, wenn er es macht."

„Diese verfickten Schwanzlutscher denken, sie könnten uns bestehlen?", brüllt der Prez.

Wir kaufen Waffen von den Russen und lagern sie in unserem Lagerhaus am anderen Ende der Stadt. Dann, alle paar Monate, bringen wir sie zur kanadischen Grenze und verkaufen sie an ein paar drittklassige asiatische Straßenbanden. Auf diese Weise verdient der Club einen großen Batzen seines Geldes.

Und jetzt schnüffeln die *Demonios* an unseren Geschäften herum. Jake sieht rüber zu Gabriel und gibt ihm das Signal.

„Wir können ihn nicht am Leben lassen. Wenn man sich mit dem Club anlegt, gibt es keine zweiten Chancen. Statuiere ein Exempel an ihm."

Mit einem Nicken lässt Gabriel das Messer zum Vorschein kommen, das er an seinem Schenkel trägt, und schlitzt Manuel mit einer schnellen Bewegung die Kehle auf. Wir stehen da und schauen zu, wie das Leben aus seinem Gesicht weicht.

„Ich will, dass seine Leiche auf dem Gelände dieser Hurensöhne abgeladen wird. Das soll ein Exempel dafür sein, was passiert, wenn man sich mit den Kings anlegt", wütet Jake.

„Quinn, hol die Prospects, damit sie den Scheiß sauber machen. Gabriel, du kommst mit mir. Lass uns die Scheiße erledigen", belle ich.

Eine Stunde nachdem wir Manuels Leiche hinten in den Van geladen haben, erreichen wir das Clubhaus der *Demonios*. Es scheint, als gäbe es dort eine Party. Wir können laute Musik hören und ein paar Leute hängen draußen ab. Es sieht nicht so aus, als hätten sie jemanden am Eingangstor platziert – dumme Wichser.

Wir halten direkt davor und es bemerkt nicht mal jemand. Ich springe raus, laufe zur Rückseite des Wagens und öffne die Tür. Gabriel erscheint neben mir und zusammen ziehen wir die Leiche heraus. Wir werfen sie auf den Boden und lassen sie dort liegen.

Als wir einen Aufruhr hören, drehen wir uns um und erkennen, wie Männer mit gezogenen Waffen aus dem Clubhaus und zum Eingangstor rennen.

Wir sprinten in den Van, drücken aufs Gas und rasen davon, bevor sie nah genug herankommen können. Sobald sie unser kleines Geschenk sehen, werden sie genau wissen, mit wem sie sich angelegt haben.

Das Spiel beginnt, Arschlöcher.

Ich muss beim Lagerhaus vorbeischauen, um den Zaun zu kontrollieren, der das Grundstück begrenzt. Ich muss wissen, wo dieser Bastard durchgekommen sein könnte. Schnell schicke ich eine Nachricht an den Prez, um ihn wissen zu lassen, was Gabriel und ich vorhaben.

Am Vordereingang des Lagerhauses treffe ich auf

Austin, den Prospect, der dieses Stück Scheiße geschnappt hat.

„Hey, Kleiner. Gute Arbeit heute Abend", sage ich
und klopfe ihm auf den Rücken.

„Danke, Logan. Ich bin einfach froh, dass ich ihn ge-
kriegt habe."

„Alles klar, Mann. Gabriel und ich werden den
Zaun ablaufen, um zu sehen, ob wir entdecken können, wo er durchgeschlüpft ist."

Ich beginne am westlichen Ende des Grundstücks
und gehe am Zaun entlang. Nach etwas mehr als
zwanzig Metern sehe ich es.

Hurensohn.

Im Zaun ist ein großes, klaffendes Loch und eine
Zange liegt auf dem Boden. Dieser verfickte Idiot hat
sogar das verdammte Beweismittel liegen lassen.
Warum zur Hölle haben die Sensoren nicht ausgelöst? Das ist etwas, worüber ich mit Reid reden muss.
Er sorgt dafür, dass unser ganzer Technikscheiß auf
dem neuesten Stand ist.

Das Loch im Zaun ist ziemlich einfach zu reparieren, also beauftrage ich den Prospect damit, während
wir unsere Grundstückskontrolle beenden.

Nachdem wir am Lagerhaus fertig geworden sind,
begeben Gabriel und ich uns zurück zum Clubhaus.

Ich bin verdammt müde und brauche einen Drink.
Als ich reinkomme, steuere ich direkt auf die Bar zu.
Da die Prospects beim Lagerhaus und am Eingangstor postiert sind, steht Liz, eines der Clubmädels, hinter der Bar.

„Gib mir ein Bier und einen Whiskey", sage ich zu
ihr und nehme auf dem Hocker neben Jake Platz.

„Hast du alles geregelt?“

„Ja, Prez, ist erledigt“, bestätige ich, bevor ich den Shot runterkippe.

„Ich hatte so ein Gefühl, dass diese verdammten Mexikaner uns Ärger machen würden, als sie ihren beschissenen Club nach Dixon verlegt haben.“

„Na ja, jetzt wissen sie, womit sie es zu tun haben, wenn sie sich mit den Kings anlegen.“

Jake steht auf, nachdem er sein Bier ausgetrunken hat, und klopft auf die Theke. „Ich gehe nach Hause.“

„Mach’s gut, Prez. Ich sehe dich morgen früh.“

Kaum sind die Worte aus meinem Mund, ertönt ein: *POP, POP, POP.*

Scheiben zerschmettern in einem Regen aus Kugeln und alle werfen sich zu Boden.

Ich greife in meine Kutte und hole meine Waffe heraus. Als ich mich umsehe, erblicke ich Jake und Gabriel, die unter einem zerbrochenen Fenster kauern und schnell das Feuer erwidern.

Ich höre Schreie aus dem Flur kommen und sehe Cassie, ein weiteres Clubmädel, dort stehen.

„Runter mit dir, verdammt!“, brülle ich die dumme Schlampe an.

Sie lässt sich fallen und krabbelt hinter die Bar zu Liz. Drüben bei den Billardtischen sehe ich Bennett, der auf Lisa liegt, um sie von den Kugeln abzuschirmen.

Augenblicke später wird alles still.

Ich raffe mich vom Boden auf und renne zur Vordertür, die ich gerade noch rechtzeitig öffne, um zwei Autos die Straße runter und weg vom Clubhaus rasen zu sehen.

Mein Blick schweift nach rechts zu Gabriel, in dessen Augen Mordlust geschrieben steht.

„Wie zur Hölle konnten uns diese Schwanzlutscher überrumpeln? Steht da kein Prospect an dem gottverdammten Tor?", brülle ich.

Alle Augen richten sich auf das Tor, wo im Schatten eine Gestalt auf dem Boden liegt.

„Scheiße!", rufe ich und renne los.

Blake sieht aus, als wäre er angeschossen worden. „Fuck, jemand muss den Doc holen."

Bennett kniet sich neben Blake und sieht sich seine Wunde an. „Bringen wir ihn rein. Sofort!", verlangt er.

Reid eilt herbei und hilft uns, ihn ins Clubhaus zu tragen, wo wir Blake auf einen der Billardtische legen, während Bennett mit seiner Arzttasche zu uns kommt. Er schneidet das Shirt des Prospects auf, um einen besseren Blick auf das werfen zu können, womit er es zu tun hat.

„Es ist seine Schulter. Es sieht aus, als wäre es ein sauberer Schuss. Er hat einen ziemlich heftigen Schlag auf den Kopf bekommen, der ihn ausgeknockt hat", stellt Bennet fest. „Der Kleine wird wieder in Ordnung kommen, wahrscheinlich hat er eine leichte Gehirnerschütterung, aber das weiß ich erst, wenn er aufwacht."

Ich stoße den Atem aus, von dem ich nicht gewusst habe, dass ich ihn angehalten hatte.

Ich schaue mich nach meinen Brüdern um und bin erleichtert, dass sie alle okay sind. Aber während ich in die Runde starre, stelle ich fest, dass ich Gabriel nicht sehe.

Ich wende mich an Jake. „Prez?"

Er sieht zu mir rüber.

„Wir müssen Gabriel folgen."

Er versteht, und wir hasten nach draußen, steigen auf unsere Motorräder und fahren mit quietschenden Reifen vom Gelände, in Richtung Dixon.

Wir sind gerade mal ungefähr drei Kilometer die Straße runter, als ich sein Motorrad seitlich im Graben liegen sehe, zusammen mit einem der Autos, die zuvor vom Clubhaus davongerast sind.

Jake und ich springen gleichzeitig von unseren Bikes.

Gabriel steht da, mit seinem Messer in der Hand, und atmet schwer. Auf dem Boden vor ihm liegen zwei tote *Demonios*. Da wir nicht wissen, wo sich mein Bruder gerade mit seinen Gedanken befindet, warten Jake und ich ab.Ich habe schon lange nicht mehr gesehen, dass Gabriel die Kontrolle verliert und so ausrastet. Es ist das Beste, zu warten und ihn selbst wieder zu sich kommen zu lassen.

Wir sehen zu, wie er sich langsam umdreht. Er sieht von Jake zu mir und hebt sein Kinn. „Prez. Logan." Dann schwingt er sich auf sein Motorrad und fährt zurück.

„Was für ein verrückter Wichser", murmele ich.

Jake und ich schweigen beide für einen Moment, bevor wir uns umdrehen, um die Riesensauerei zu begutachten, die Gabriel hier am Straßenrand zurückgelassen hat.

„Ich rufe ein paar Brüder an, die den Scheiß hier aufräumen, bevor die Bullen auftauchen", verkündet Prez.

Es ist nach drei Uhr morgens, als ich komplett erschöpft zum Clubhaus zurückkehre. Die Glasscherben sind weggeräumt und die Fenster mit Brettern versehen worden. Abgesehen von ein paar Leuten, die hier herumlungern, ist es ziemlich ruhig. Ich beschließe, bei Blakes Zimmer vorbeizuschauen, um nach ihm zu sehen.

Ich bin es ihm schuldig, ihm meine Dankbarkeit zu zeigen. Als ich seine Tür öffne, sehe ich Lisa in einem Stuhl neben seinem Bett sitzen.

Ich bin nicht überrascht, sie hier zu sehen. Sie kümmert sich immer um uns.

„Wie geht es dem Kleinen?", frage ich.

„Bennett hat ihm was gegen die Schmerzen gegeben, also bin ich sicher, dass er eine Weile außer Gefecht sein wird. Er ist okay, Logan. Geh und ruhe dich etwas aus, Süßer."

„Danke, Lisa."

Endlich schaffe ich es in mein Zimmer. Das Einzige, was ich jetzt will, ist eine Dusche und dann ins Bett.

Ich stehe unter dem heißen Wasserstrahl und versuche, meine verspannten Schultern zu lockern. Es war ein verdammter harter Tag.

Nachdem ich mich abgetrocknet habe, steige ich ins Bett. Ich liege da und meine Gedanken rasen wie wild. Ich kann nicht anders, als mir Sorgen über das zu machen, was als Nächstes kommen wird.

Ich strecke die Hand aus, ziehe einen Joint aus meinem Nachttisch und zünde ihn an. Nachdem ich ein paar Züge genommen habe, kann ich mich entspannen. Im Moment beruhigt mich nur die Gewissheit, dass meine Brüder immer hinter mir stehen, egal, was morgen bei dieser Riesenscheiße passiert.

Kapitel 4

Bella

B ella?" Ich höre die Stimme meiner Schwester, als ich meine Augen öffne. „Wach auf. Es ist sieben Uhr dreißig. Ich habe den Bus verpasst und ich bekomme Mom nicht dazu, aus ihrem Zimmer zu kommen und mich zur Schule zu fahren."

„Scheiße", schimpfe ich, als ich aus dem Bett springe. „Ich sollte heute Morgen um acht bei der Arbeit sein, um den Laden aufzuschließen."

Ich eile durch das Zimmer und schnappe mir das nächstbeste Kleidungsstück. Als ich in eine schwarze Leggings schlüpfe, murmelt Alba: „Tut mir leid, Bella."

„Schon okay. Es ist nicht deine Schuld. Ich habe verschlafen." Ich greife in den Kleiderschrank und ziehe eine lila Tunika vom Bügel. „Wir treffen uns am Auto. Ich bin in einer Minute da."

Sie geht aus dem Zimmer, während ich in meine schwarzen Ballerinas schlüpfe.

Als ich am Schlafzimmer meiner Mutter vorbeigehe, mache ich Halt und klopfe an die Tür. Sie antwortet nicht, also öffne ich die Tür und gehe ins Zimmer. Ich finde sie mit unter sich angezogenen Beinen vor; sie starrt ins Nichts.

„Mom? Bist du okay?"

Sie dreht ihren Kopf und sieht zu mir auf. Ich erkenne einen Abdruck in der Größe und Form einer Hand quer über ihrer Wange und schnappe nach

Luft.

„Was zur Hölle, Mom? Dieses Arschloch hat dich geschlagen?"

Sie sagt nichts. Sie steht auf, küsst mich auf die Wange und geht aus dem Zimmer.

„Mom, du kannst nicht zulassen, dass er dir das antut. Das ist nicht richtig!", flehe ich sie an und folge ihr ins Wohnzimmer.

Ich packe sie bei den Schultern und bringe sie dazu, mich anzuschauen. „Mom, ich muss Alba zur Schule bringen, sie hat den Bus verpasst. Und noch dazu komme ich zu spät zur Arbeit. Versprich mir, dass du die Polizei rufst, falls Lee zurückkommt."

Ihre Augen sind glasig von ungeweinten Tränen, aber ich bekomme keine Antwort von ihr.

Ich beuge mich vor und umarme sie. „Ich liebe dich, Mom. Du verdienst was Besseres."

Ich hasse es, sie in diesem Zustand allein zurückzulassen.

„Ich verspreche es. Ich rufe die Polizei, falls er auftaucht", flüstert sie.

„Ruf mich an, wenn du etwas brauchst, okay?"

Ich sehe zu, wie sie langsam nickt, bevor ich mich zum Gehen wende.

Ich mache einen kurzen Kontrollgang durchs Haus. Lee ist nirgendwo zu finden, also begebe ich mich zur Haustür hinaus, wobei ich jedoch bemerke, dass sein Pick-up immer noch in der Einfahrt steht.

„Bella, es tut mir wirklich leid", wispert meine Schwester, als ich in mein Auto steige.

„Ist schon gut. Nichts davon ist deine Schuld. Ich schreibe deine Entschuldigung und unterschreibe für Mom. Sie hat sich nicht wohlgefühlt, deswegen hast du sie vorhin nicht dazu gebracht, aus dem Zimmer zu kommen", lüge ich.

Nachdem ich sie an der Schule abgesetzt habe, fahre ich weiter in Richtung Innenstadt zum Supermarkt. Ich bin bereits fünfunddreißig Minuten zu spät und mir ist gerade eingefallen, dass ich meinen Chef Travis hätte anrufen sollen, um ihn wissen zu lassen, dass ich unterwegs bin.

Ich krame in meiner Handtasche nach meinem Handy und stelle fest, dass ich es nicht dabeihabe. Es liegt noch zu Hause auf meinem Nachttisch.

Ein lauter Knall ertönt, bevor das Auto stark nach rechts zieht, und ich schaffe es gerade so, auf den Seitenstreifen auszuweichen. Ich stelle den Motor ab und steige aus, um zu sehen, was passiert ist. Toll, ein Platten.

„Scheißleben", murmele ich.

Während ich versuche, den Reifen aus dem Kofferraum zu bekommen, höre ich das Knattern eines Motorrads hinter mir. Der Typ hält an, klappt den Ständer runter und steigt von seinem Bike.

Er trägt eine Pilotenbrille und hat sandblondes Haar. Als er etwas näher kommt, kann ich die Kutte erkennen, die er anhat. Darauf steht oben rechts SGT AT ARMS. „Schätzchen, dieser Reifen sieht größer aus als du. Lass mich dir helfen."

„Danke, das wäre toll."

Er trägt den Reifen zur Vorderseite und lehnt ihn gegen das Auto. „Mein Name ist Quinn."

„Bella", sage ich, strecke meinen Arm aus und schüttle seine Hand.

„Nun, Bella. Lass mich das Radkreuz und den Wagenheber aus dem Kofferraum holen, ich repariere das für dich."

Ich beobachte, wie er selbstsicher zurück zum Kofferraum meines Wagens stolziert. „Sieh dir ruhig meinen Hintern an, hübsches Mädchen", sagt er und bringt mich damit zum Lächeln.

Quinn bringt alles mit, was er zum Wechseln des Reifens braucht, und macht sich an die Arbeit. Und ich? Ich hoffe einfach nur wie verrückt, dass ich heute nicht meinen Job verliere.

„Hey, Schätzchen?"

Ich sehe zu ihm runter, da er sich hingekniet hat, um meinen platten Reifen abzumontieren.

„Du hast da wirklich ein schönes Auto oder zumindest wird es das mit etwas Liebe sein. Ein A '68?"

Ich betrachte meinen Wagen. Es ist ein 1968er Ford Mustang Automatik in Acapulcoblau. Ich habe ihn vor dem Pull-a-Part-Schrottplatz stehen sehen und eines Tages dort angehalten, um mich nach ihm zu erkundigen. Über ein Jahr lang habe ich den alten Roy jede Woche bezahlt. Außerdem half ich ihm von Zeit zu Zeit, sein Büro sauber zu machen und seine Akten zu sortieren. Im Gegenzug bewahrte er die Schönheit auf, bis ich sie abbezahlen konnte. Nach meinem letzten Geburtstag kam ich vorbei, um ihm die nächste Rate zu geben. Er reichte mir den Schlüssel und sagte: „Betrachte es als bezahlt." Nach diesem Tag konnte ich ihn nur noch ein paarmal besuchen, bevor ich erfuhr, dass er im Schlaf an einem Herzinfarkt gestorben war. Er war der liebste alte Mann, dem ich je begegnet bin. Dank ihm habe ich dieses Auto.

„Ja, ein '68er. Sie sieht vielleicht nicht besonders gut aus und läuft beschissen, aber sobald ich mich besser um sie kümmern kann, wird sie toll aussehen."

Ich muss lächeln, wenn ich mir vorstelle, wie ich mit offenem Verdeck über die Bergstraßen fahre.

„Wie hast du das Glück gehabt, sie zu finden? Ich habe schon lange keinen guten Klassiker mehr in dieser Gegend gesehen. Ich fahre selbst auch einen Mustang. Einen GT Fastback."

„Ein netter alter Mann hat mir geholfen."

Ich lehne mich gegen das Auto und sehe Quinn dabei zu, wie er die Radmuttern am Ersatzrad festzieht, als ein paar Wolken aufziehen.

„Sieht so aus, als wäre ich gerade rechtzeitig fertig geworden. Ein Sturm zieht in unsere Richtung", sagt er, läuft zum Kofferraum, legt den platten Reifen und das Werkzeug wieder zurück und schließt ihn.

„Danke, Quinn. Ich würde immer noch versuchen, das Ding auszuwechseln, wenn du nicht vorbeigekommen wärst."

Er wischt seine Hände an einem Bandana ab, das er aus seiner Gesäßtasche gezogen hat.

„Verdammt, es war mir ein Vergnügen, Schätzchen. Der Ersatzreifen wird allerdings nicht lange halten. Komm in die Werkstatt und ich statte dich mit einem neuen Reifen aus. Dann werfe ich vielleicht auch mal einen Blick unter die Motorhaube, wenn wir schon dabei sind."

Ich sehe ihn an und denke über sein Angebot nach, was sich wohl auf meinem Gesicht abzeichnet. Er greift erneut in seine hintere Hosentasche, zieht einen Geldbeutel heraus und reicht mir eine Karte.

Kings Custom Bikes ist in dicker schwarzer Tinte darauf gedruckt, mit einem Totenkopf im Hintergrund, der eine Krone und Flügel trägt.

„Ich arbeite dort, ist nur ein paar Straßen von hier. Komm bald mal vorbei und frag nach mir. Ich kümmere mich dann um dich. Okay?“

„In Ordnung. Ich denke, das werde ich machen. Danke noch mal, Quinn.“

„Kein Problem. Es war schön, dich kennenzulernen, Bella. Wir sehen uns dann, Schätzchen.“

Er steigt auf sein Motorrad, zieht sich seine Pilotenbrille über die Augen, startet den Motor und fährt die Straße runter.

Ich brauche nicht lange zum Laden.

„Scheiße. Ich bin so spät dran“, grummele ich, als ich auf den Parkplatz fahre. Ich hoffe, dass Travis die Gründe verstehen wird.

Er ist nicht gerade ein guter Kerl. Mein Chef kann ein Widerling sein. Starrt mich immer an und lässt keine Gelegenheit aus, mich zu berühren.

Mila, eine gute Freundin von mir, die auch im Laden arbeitet, sieht, wie ich hereinkomme, und ruft mich zu sich.

„Bella, wo warst du?“

Ich seufze. „Alles ist heute Morgen schiefgelaufen, Mila. Lange Geschichte. Ich erzähle es dir in der Mittagspause.“

Mila kaut auf ihrer Lippe, bevor sie mich informiert: „Hör zu. Travis sucht dich. Er hat gesagt, wenn wir dich sehen, sollen wir dir sagen, dass du direkt in sein Büro kommen sollst.“

„Danke. Bis später dann.“

Als ich vor der Tür zu seinem Büro stehe, will ich gerade klopfen, als Travis herausstürmt und mich beinahe zu Boden wirft.

„Ah, du hast dich also endlich dazu entschlossen, aufzutauchen", spottet er über mich.

„Travis, es tut mir leid. Es gab familiäre Probleme und ich hatte auch noch einen Platten auf dem Weg hierher."

Er hebt seine Hand, um mich zu unterbrechen. „Bella, wenn es dir nichts ausmacht – ich wollte gerade eine Raucherpause machen. Geh mit mir raus, dann können wir das besprechen."

Ich folge Travis durch die Tür, die zur Gasse zwischen dem Lebensmittelgeschäft und der Bäckerei führt, und bereite mich auf eine Standpauke vor.

Er zündet seine Zigarette an und bläst den Rauch aus. „Es geht nicht, dass du zu spät kommst, Bella. Du arbeitest hier jetzt seit über einem Jahr und du warst viele Male zu spät."

„Travis, ich kann dir das erklären …"

Er unterbricht mich erneut und sagt: „Ich höre mir keine weitere Entschuldigung mehr an. Du bist ersetzbar, Bella, genauso wie der Rest von denen da drinnen."

„Bitte, Travis. Ich brauche diesen Job. Ich verspreche, dass ich nicht mehr zu spät komme."

Er bläst den Rauch in meine Richtung, bevor er die Zigarette zu Boden fallen lässt, dann beugt er sich nach vorn und legt seine Hände auf meine Schultern. Als Travis mich berührt, fühle ich mich sofort unbehaglich.

„Ich kann darüber hinwegsehen und dich nicht melden, wenn wir zu einer Art … Vereinbarung kommen können, damit du deinen Job behalten kannst", sagt er lächelnd, und seine schweißnassen Hände streichen meinen Arm hinunter, was mich völlig unvorbereitet trifft.

„Was?!"

Sein Griff verfestigt sich etwas. „Komm schon. Setze diesen schönen Mund ein und du kannst deinen Job behalten."

Ich entziehe mich ruckartig seinem Griff. „Fass mich nicht an! Ich werde meinen Mund nirgendwo auf dir einsetzen!"

Er greift nach meinem Handgelenk, als ich versuche, mich von ihm loszureißen.

„Was zum Teufel ist hier los?", dröhnt eine tiefe Stimme hinter uns, was zur Folge hat, dass Travis seinen Griff um mich löst.

Ich drehe mich zu dem Mann um, der in unsere Richtung läuft. Er ist riesig. Locker über einen Meter achtzig groß.

„Alles klar, Süße?", fragt er mich, wobei er Travis, der ein paar Meter hinter mich zurückgewichen ist, nicht aus den Augen lässt.

Feigling.

Mein Chef meldet sich zu Wort. „Hier ist alles gut. Ich habe eine Angestellte gefeuert." Der Ton seiner Stimme verrät, wie nervös er ist.

„Hat sich nicht so angehört, als würden Sie sie feuern", beschuldigt ihn der Fremde, dann wendet er sich mir zu und sein Blick wird einen Moment lang weich.

Mir wird bewusst, dass ich weine, als ich spüre, wie die Tränen mein Gesicht hinunterlaufen.

„Süße, geh nach drinnen."

Ich sehe zwischen ihm und meinem jetzigen Ex-Chef hin und her und beschließe, nichts zu hinterfragen. Dann ziehe ich die Tür auf und trete hinein.

Ich gehe zurück zum vorderen Bereich des Ladens und weiche all den Blicken aus, die mir die Leute zuwerfen. Mila steht die Besorgnis ins Gesicht geschrieben, aber sie hat gerade eine Schlange von Kunden. Wäre das nicht der Fall, wäre sie innerhalb von einer Sekunde bei mir. Ich bin mir sicher, dass ich fürchterlich aussehe, als ich aus dem Supermarkt hinaus und auf den Parkplatz zu meinem Auto laufe.

Sobald ich es aufgesperrt habe und drinsitze, verliere ich das bisschen Kontrolle, das mir noch geblieben ist, und lasse die Tränen fließen.

Mein Chef hat mir in der Hintergasse ein eindeutiges Angebot gemacht, damit ich meinen Job behalte, und jetzt bin ich arbeitslos. Alles, woran ich denken kann, ist, wie ich mich jetzt um Alba und mich selbst kümmern soll.

In meinen Gedanken und im Selbstmitleid versunken, höre ich ein Klopfen gegen meine Autoscheibe. Ich blicke hoch zu dem Fremden, der mir in der Gasse geholfen hat. Ich lasse die Scheibe runter und er kniet sich hin, um mit mir auf Augenhöhe zu sein. Nun kann ich ihn viel besser sehen. Er hat hellbraune mit grauen Strähnen durchzogene Haare und einen dichten, buschigen Bart, der ziemlich sicher schon lange keinen Rasierer mehr gesehen hat.

Doch es sind seine Augen, die mir ein behagliches Gefühl geben. Sie sind dunkelblau und wirken freundlich, ein starker Kontrast zu seinem ansonsten harten Aussehen.

„Mein Name ist Jake. Ich wollte mich nur vergewissern, dass es dir gut geht, Süße."

Ich wische mir über die Augen und reibe mit den Handflächen über meine Hose. „Ich bin okay.

Arbeitslos, aber okay. Danke, dass du da hinten eingeschritten bist. Ich ..." Ich seufze, um meine Angst zu bändigen. „Ich weiß nicht, was ich jetzt machen soll. Ich habe diesen Job gebraucht. Ich habe eine Schwester, um die ich mich kümmern muss."

„Du brauchst doch keinen verdammten Job zu dem Preis, den er verlangt hat, oder?", erwidert Jake schroff.

„Nein, brauche ich nicht."

Er sieht mich einen Moment lang an, steht dann auf und zieht etwas aus seiner hinteren Hosentasche. Er reicht mir eine Visitenkarte. Nachdem ich sie von ihm genommen habe, schaue ich sie an und realisiere, dass es dieselbe Karte ist, die Quinn, der Biker, mir heute Morgen gegeben hat, als er mir half, den Reifen zu wechseln. *Kings Custom Bikes.*

Ich sehe zu ihm hoch und bemerke, dass er eine Kutte mit einem Aufnäher trägt, auf dem PRÄSIDENT steht. Das ist schon der zweite Biker, der mir heute geholfen hat.

„Hör zu, ich brauche gewissermaßen Hilfe am Empfang in meiner Werkstatt. Ich kann nichts versprechen, aber ich bin bereit, dir eine Chance zu geben. Wenn du also gleich als Erstes am Montagmorgen hier sein kannst", er zeigt auf die Adresse auf der Karte, „dann stelle ich dich ein und schaue mir mal an, wie du dich machst."

Eine Sekunde lang fehlen mir die Worte, bevor sich der Nebel aus meinem Gehirn verzieht.

„Ja! Ich werde da sein. Sag mir nur die Uhrzeit."

„Neun Uhr."

Damit geht er weg, in Richtung der Bäckerei nebenan.

Kapitel 5

Logan

Wir sind die Straßen Tag und Nacht abgefahren und haben nach irgendeinem Anzeichen der *Demonios* Ausschau gehalten. Diese Wichser haben in den vergangenen paar Tagen jedem von uns starke Kopfschmerzen beschert. Bei uns steht bald ein Run, eine gemeinsame Ausfahrt, an. Ich will nicht, dass die *Demonios* irgendwelche Probleme machen, deswegen haben wir alle doppelt so hart daran gearbeitet, sie aufzustöbern. Darüber hinaus sind die Männer müde. Alle haben Wache geschoben.

Als ich heute Morgen meinen müden Hintern in den Laden geschleppt habe, habe ich beschlossen, Jake anzusprechen und ihn zu bitten, die Brüder heute Abend im Clubhaus entspannen zu lassen. Er hat zugestimmt, dass sich alle mal austoben müssen, also schieben die Prospects zusammen mit ein paar anderen, die sich freiwillig gemeldet haben, die erste Wache.

Es ist eine verdammt lange Woche gewesen, und alles, was ich jetzt will, ist etwas Whiskey in meinen Venen und meinen Schwanz in irgendeiner Pussy. Und das ist genau das, was ich bekomme, als ich auf das Gelände meines Clubs fahre, wo die Party bereits in vollem Gange ist.

Als ich am nächsten Morgen aufwache, beginnt die Sonne gerade, durch mein Zimmerfenster zu scheinen. Ich rolle mich auf die Seite meines Bettes und suche nach meiner Hose, um mein Handy hervorzuholen. Ich sehe, dass es erst sechs Uhr dreißig ist, somit habe ich noch reichlich Zeit für eine Dusche. In dem Moment, als ich aus dem Bett steigen will, spüre ich einen Arm, der sich um meine Taille schlingt. Ruckartig drehe ich meinen Kopf und erblicke Cassie.

„Komm zurück ins Bett, Baby."

„Was zur Hölle machst du noch hier?"

„Ich bin eingeschlafen", schnurrt sie.

„Du kennst die verfickten Regeln, Cassie. Verpiss dich."

Ich springe aus dem Bett und steuere auf das Badezimmer zu. „Ich möchte, dass du verschwunden bist, wenn ich wieder rauskomme."

Nachdem ich den Geruch von billigem Parfüm und Alkohol weggewaschen habe, gehe ich zurück ins Zimmer und stelle fest, dass Cassie gegangen ist. Die Schlampe wird langsam verdammt nochmal zu anhänglich. Es sieht so aus, als müsste ich mir vielleicht eine neue Pussy suchen.

Manchmal kommen Frauen hierher und denken, nur weil sie eines unserer Clubmädels werden, wäre das ihr Freifahrtschein, um zu einer Old Lady aufzusteigen. Ihnen wird schnell klar, dass das nicht passieren wird. Manche von ihnen gehen sogar so weit, dass sie versuchen, schwanger zu werden, indem sie hinsichtlich ihrer Verhütung lügen und Löcher in Kondome stechen. Ich mache bei dem Scheiß nicht mit. Ich suche nicht nach einer Old Lady, und das Letzte, was ich brauche, ist ein Kind.

Nachdem ich mich angezogen und mir meine Kutte übergezogen habe, gehe ich raus in den Hauptraum, in dem sich unsere Bar, mehrere Billardtische, ein paar Sofas und eine kleine Bühne befinden, die wir für diverse Formen der Unterhaltung nutzen.

Austin steht hinter der Bar und kocht ein paar Kannen Kaffee. Als Prospect hat er die unliebsame Ehre, früh aufstehen zu müssen, um sich um die Brüder zu kümmern und nach der Party vom Abend zuvor aufzuräumen.

Ich sehe, dass ein paar meiner Brüder herumsitzen und ihren Kaffee trinken, bevor auch sie zur Arbeit gehen. Gabriel hat in seinem üblichen Stuhl in einer Ecke des Raumes Platz genommen, von wo aus er alles um sich herum beobachten kann.

Ich schnappe mir eine Tasse Kaffee und nehme sie mit nach draußen, da ich etwas frische Luft brauche. Ich laufe zu einem der Picknicktische, die draußen vor dem Haus stehen, und bleibe dort ein bisschen allein sitzen, bevor ich zur Arbeit gehe.

Als ich auf der Arbeit ankomme, ist Quinn bereits da.

„Morgen", grüßt er mich.

„Wie läuft's, Mann? Ist Jake schon hier?"

„Ja, in seinem Büro."

Ich mache mich auf den Weg nach hinten zu seinem Büro und gehe direkt hinein, da seine Tür bereits offen steht.

„Morgen, Logan."

„Hey, Prez. Du musst einen Filtersatz und ein paar Stoßdämpfer für den Dyna bestellen, der gestern reingekommen ist."

„Klar, ich gebe die Bestellung heute auf."

„Danke, Jake."

Ich wende mich zum Gehen ab, aber er hält mich auf.

„Logan."

Ich drehe mich erneut um und sehe ihn an.

„Ich habe jemanden für den Empfang eingestellt. Sie wird Montagmorgen da sein."

„Wofür?", frage ich irritiert. „Wir hatten noch nie jemanden, der vorne gearbeitet hat."

„Jetzt schon."

„Okay, Prez", sage ich und zucke die Achseln. Ich werde seine Absichten in dieser Sache nicht infrage stellen. Ich kenne Jake, und wenn er jemanden eingestellt hat, um hier zu arbeiten, dann nicht ohne Grund.

Als ich zurück in den Reparaturbereich der Werkstatt gehe, sehe ich Quinn, der sich gerade unter die Motorhaube eines Nissans beugt. Wir sind eine Werkstatt für Motorrad-Sonderanfertigungen, aber da wir die einzige örtliche Werkstatt sind, bieten wir auch Standarddienstleistungen wie Ölwechsel oder Autoreparaturen an.

„Hat dir Jake von der neuen Angestellten erzählt? Ich für meinen Teil halte das für eine tolle Idee. Ich brauche etwas, was ich neben deiner hässlichen Visage den ganzen Tag anschauen kann", meint Quinn und lacht.

„Halt deine verdammte Klappe und mach dich an die Arbeit, Arschloch."

„Welche Laus ist dir denn heute Morgen über die Leber gelaufen? Könnte es was damit zu tun haben, dass Cassie heute Morgen beim Verlassen deines Zimmers ausgesehen hat, als würde sie jemanden umbringen wollen?"

„Die Schlampe fängt an, anhänglich zu werden, deswegen habe ich sie zurück in ihre Schranken verwiesen."

„Ja, Mann ... ein kleiner Rat: Du musst aufpassen bei der. Sie hat dich ins Visier genommen, Bruder. Und solche Frauen tun einigen verrückten Scheiß, um einen Bruder für sich zu beanspruchen. Clubmädels sind verdammt zwielichtige Schlampen", sagt er, bevor er sich zurück an die Arbeit am Nissan macht.

Nach Feierabend beschließe ich, dass ich nicht in der Stimmung bin, heute Abend ins Clubhaus zu gehen. Ich will meine verdammte Ruhe. Einige der Brüder trinken und feiern gern, um abzuschalten. Ich allerdings nicht. Ich brauche Stille, damit ich nachdenken und meinen Kopf frei bekommen kann. Als ich nach Hause komme, stelle ich fest, dass ich nichts zu essen habe, also dusche ich schnell, ziehe meine Kutte an und schnappe mir die Schlüssel für meinen Pick-up, bevor ich zum Supermarkt fahre.

Dort streune ich durch jeden Gang und nehme alles mit, was ich brauche. Während ich an der Kasse stehe, bemerke ich ein Mädchen vor mir.

Sie steht mit dem Rücken zu mir und ich lasse meinen Blick über ihren Körper schweifen. Sie hat dunkelbraune, gewellte Haare und ist sicher kleiner als einen Meter sechzig. Mein Blick driftet weiter nach unten, bis ich innehalte und mir ihren Hintern genauer ansehe. Fuck, sie ist klein, aber kurvig.

Das blonde Mädchen, das neben ihr steht, bemerkt, dass ich ihre Freundin ungeniert abchecke, und stößt sie mit dem Ellbogen an. Als sie sich umdreht, schauen die schönsten, von dunklen, langen Wimpern eingerahmten haselnussbraunen Augen in meine. Plötzlich fühle ich mich, als hätte man mir einen Schlag in die Magengrube versetzt. Verdammt umwerfend.

Ich beobachte, wie sie mich taxiert und dabei jeden Zentimeter von mir aufnimmt. Sie sieht wieder hoch und in ihren Augen leuchtet Verlangen auf, da ihr offensichtlich gefällt, was sie sieht.

Ich schenke ihr ein wissendes Lächeln, bevor ich meinen Blick auf ihr Dekolleté senke und den Rest von ihr betrachte.

Ihre Wangen werden rot und sie dreht sich schnell wieder um.

Kurz darauf lade ich meine Sachen in meinen Pick-up, in Gedanken immer noch bei der Schönheit mit den haselnussbraunen Augen. Allein beim Gedanken an ihre verdammt perfekten Lippen und daran, wie sie wohl schmecken würden, wird mein Schwanz nahezu hart. Seit Jahren hat keine Frau meine Aufmerksamkeit so erregt. Nicht seit dieser Schlampe Stephanie, und nicht mal sie hat mich auf diese Weise angesprochen. Nein, die Schönheit im Supermarkt hat mich mit einem einzigen Blick komplett umgehauen.

Als erwachsener Mann ist mir heute klar, dass das, was ich mit Stephanie hatte, keine wahre Liebe war. Was mich am meisten verletzt hat, als ich sie verloren habe, war nicht der Verlust der Liebe; es ging um die Untreue.

Ich schiebe diese Gedanken weg, steige in meinen

Pick-up und begebe mich auf den Heimweg.

In dieser Nacht liege ich im Bett und kann nicht aufhören, an das Mädchen im Supermarkt zu denken. Fuck, was ist das mit ihr?

Eine zweiminütige Begegnung und schon geht sie mir unter die Haut. Ich sollte mir in den Arsch dafür treten, dass ich nicht nach ihrer Nummer gefragt habe. Aber um ehrlich zu sein, ist es so am besten. Ich weigere mich, noch mal eine Frau an mich heranzulassen und ihr die Macht zu geben, mich zu zerstören. Und ich hege keinen Zweifel daran, dass diese Frau mich umbringen würde.

Ich schließe meine Augen und stelle mir vor, wie sie vor mir kniet und ihre perfekten Lippen meinen Schwanz umhüllen.

Meine Hand wandert in meine Boxershorts, legt sich um meinen Schwanz, und ich beginne, mich selbst zu streicheln. Ich stelle mir vor, wie ihre Haare um meine Faust gewickelt sind und wie sie mit diesen großen, lusterfüllten Augen zu mir hochsieht und mich bis zum Anschlag in ihrer Kehle aufnimmt.

Es dauert nicht lange, bis ich meine Erleichterung herausknurre. Fuck, ich kann mich nicht einmal daran erinnern, wann ich das letzte Mal so hart gekommen bin.

Ich nehme mir einen Moment Zeit, um wieder zu Atem zu kommen, dann stehe ich auf, begebe mich ins Bad und mache mich sauber.

Als ich zurück bin, setze ich mich auf die Bettkante und fahre mir mit den Händen durch meine Haare, während ich zum Fenster hinausschaue und beobachte, wie der Wind das Wasser des Sees bewegt.

Was zur Hölle stimmt nicht mit mir? Noch nie hat eine Frau so eine Wirkung auf mich gehabt. Alles, was es brauchte, war ein Blick, und jetzt seht mich an, ich hole mir verdammt noch mal einen runter wie ein gottverdammter Teenager.

Ich lege mich in mein Bett und stelle beim Blick auf die Uhr fest, dass es schon nach Mitternacht ist. Scheiße, ich muss morgen schon früh bei der Arbeit sein, um dieses Motorrad fertig zu machen. Ich muss einen klaren Kopf bekommen. Das Letzte, was ich brauchen kann, ist, mich von einer Frau ablenken zu lassen. Morgen besorge ich mir eine neue Pussy und vergesse dieses Mädchen einfach wieder.

Als meine Augen schwer werden und der Schlaf mich endlich einholt, sind die Bilder von haselnussbraunen Augen das Letzte, woran ich mich erinnere.

Am nächsten Morgen trete ich mit einer Tasse Kaffee auf meine Veranda hinaus und atme die frische Morgenluft ein. Die Sonne geht gerade auf, färbt den Himmel in einer Mischung aus Lila und Orange und wirft ihre Spiegelung auf den See.

Der Hauskauf war die beste Investition, die ich je getätigt habe. Ich habe jahrelang gespart, während ich im Clubhaus wohnte, und sobald ich genug zusammen hatte, ergriff ich die Chance, hier draußen einen Ort für mich allein zu ergattern.

Wenn man ein solches Leben führt wie ich, braucht man einen ruhigen Platz wie diesen, zu dem man nach Hause kommen kann. Mein Haus ist mein Zufluchtsort und ich werde ihn nicht mit irgendjemand

Beliebigem teilen. Eines Tages werde ich jemand Besonderen dafür haben. Bei diesem Gedanken erscheinen Bilder von einem braunhaarigen Engel in meinem Kopf. *Engel.* So hat sie ausgesehen mit ihren großen, ausdrucksstarken Augen und den vollen Lippen.

Seufzend schiebe ich die Gedanken beiseite und gehe wieder rein, um mich für die Arbeit fertig zu machen.

Ich fahre zur Werkstatt, wo ich an meinem üblichen Platz parke. Als ich durch das Tor in die Halle gehe, höre ich weibliches Lachen. Ich bleibe wie angewurzelt stehen, als ich neben Quinn die dunkelhaarige Schönheit aus dem Supermarkt sehe.

Kapitel 6

Bella

Nachdem ich meine Schwester von der Schule abgeholt habe, machen wir auf dem Weg nach Hause beim Supermarkt Halt, um etwas fürs Abendessen zu kaufen. Als wir in der Warteschlange stehen, bemerke ich, dass Mila an der Kasse arbeitet.

„Hey, Bella. Wo hast du gesteckt? Ich habe dir ein paar Nachrichten geschickt. Ich habe seit Tagen nichts von dir gesehen oder gehört und mir Sorgen um dich gemacht."

Ich bin so eine lausige Freundin. Ich weiß, ich hätte ihr zurückschreiben sollen, aber ich hatte keine Lust, ihr irgendetwas am Telefon zu erklären.

„Es tut mir leid, Mila. Ich hätte dir zumindest sagen sollen, dass alles in Ordnung ist."

Mila ist eine gute Freundin. Sie hört zu, ohne zu verurteilen, und weiß, wie es ist, so viel Verantwortung zu tragen. Meine Situation ist nicht ganz dieselbe wie ihre. Sie ist alleinerziehende Mutter eines hübschen dreijährigen Mädchens. Sie hat den Vater ihres Kindes bei einem tragischen Unfall vor der Geburt ihrer Tochter verloren und sie kümmert sich um ihre Oma, die an Alzheimer erkrankt ist. Sie ist eine starke Frau. Wir vertrauen uns und geben uns gegenseitig Halt, um uns moralisch zu unterstützen.

„Ich bin froh, dass du okay bist. Alle haben rausgefunden, was neulich passiert ist. Travis hat das blaue Auge, das er verpasst bekommen hat, verdient."

Blaues Auge? Ich will sie gerade fragen, wovon zur Hölle sie spricht, doch meine Schwester unterbricht mich.

Sie stößt mich mit dem Ellbogen an und flüstert: „Bella, da ist ein hübscher Kerl hinter uns, der dich abcheckt."

Ich drehe mich um und sehe, wie sein Blick an meinem Hintern haftet. Das Erste, was mir auffällt, ist die Kutte, die er trägt. Auf dem Patch steht VIZEPRÄSIDENT. Der Kerl ist groß, bestimmt fast einen Meter neunzig, hat kurz geschorenes braunes Haar und genau die richtige Menge Stoppeln in seinem Gesicht. Ich begutachte kurz den Rest von ihm und mir fällt auf, dass er an all den richtigen Stellen gut gebaut und durchtrainiert ist. Ich inspiziere das farbenfrohe Spektrum an Tattoos, die fast seine kompletten Arme bedecken.

Mein Atem stockt für einen Moment, als sich unsere Blicke treffen: Er hat ein blaues und ein grünes Auge. Ich lasse meinen Blick runter zu seinem Mund wandern, der zufälligerweise gerade zu einem frechen Grinsen verzogen ist. Ein bisschen verlegen schenke ich ihm ein kleines Lächeln und drehe mich dann um, um meine Sachen zu bezahlen.

„Du hast meine Nummer. Treffen wir uns doch nächste Woche auf einen Kaffee", sage ich und lächle Mila herzlich an.

Sie lächelt zurück. „Super, das wäre toll."

Als meine Schwester und ich aus dem Laden gehen, spüre ich immer noch die Blicke des Bikers auf mir.

Auf der Fahrt nach Hause kann ich nicht aufhören, an den Mann aus dem Supermarkt zu denken. Ich habe noch nie Augen von einer solchen Intensität gesehen.

„Bella, der Typ war heiß."

„Zauberhafte Schwestern."

„Was?", erwidert Alba und greift nach einer Tüte Chips auf der Rückbank.

„Du weißt schon! Mein Lieblingsfilm. *Zauberhafte Schwestern*? Wo das kleine Mädchen den perfekten Mann herbeizaubert?" Ich schiele rüber zu meiner Schwester und warte darauf, dass es Klick bei ihr macht. „In dem Film wünscht sie sich, dass er ein blaues und ein grünes Auge hat."

„Okay", sagt sie langsam. „Ich verstehe immer noch nicht, womit das irgendetwas zu tun hat?"

„Der Kerl im Supermarkt. Er hatte ein blaues Auge und ein grünes Auge."

Meine Schwester wirft mir einen Blick zu, als es ihr endlich dämmert. „Es ist Schicksal", kommentiert sie und lächelt.

Auch den Rest der Fahrt muss ich weiter an den Biker denken. Ich würde nicht behaupten, dass ich an Schicksal glaube, aber ich kann sagen, dass ich eine Träumerin bin. Vielleicht sind diese beiden Sichtweisen gar nicht so unterschiedlich.

Nachdem wir zu Hause sind, verbringen meine Schwester und ich den Rest des Abends damit, abzuhängen und uns mit Fast Food vollzustopfen, während wir einen Serienmarathon mit *Golden Girls* veranstalten. Ich bestehe auch darauf, *Zauberhafte Schwestern* anzusehen, bevor ich mich schließlich zum Schlafen zwinge, da morgen mein erster Tag in meinem neuen Job ist.

Am nächsten Morgen fahre ich zu *Kings Custom Bikes*, das vom örtlichen Motorradclub betrieben wird. Jake hat gesagt, ich solle um neun Uhr da sein, wenn ich den Job will, also stellte ich sicher, dass ich ein bisschen früher dran sein würde.

Die meisten Leute würden mich für verrückt erklären, weil ich ein Jobangebot vom örtlichen Motorradclub annehme. Jeder in der Stadt, mich eingeschlossen, weiß über einige der Aktivitäten Bescheid, an denen der Club beteiligt ist. Doch größtenteils sehen die Leute darüber hinweg. Sogar unsere örtliche Polizei scheint die meisten Aktivitäten, von denen sie hört, unter den Teppich zu kehren.

Ich parke und bemerke, dass eines der Tore zur Werkstatt offen steht und dass dort ein Kerl an einem Motorrad herumschraubt. Also steige ich aus meinem Auto, werfe mir meine Handtasche über die Schulter und laufe über den Parkplatz zu ihm rüber. Der Typ schaut hoch, als er meine Stiefel über den Kies knirschen hört. Ich erkenne ihn sofort von unserem letzten Treffen wieder und lächele.

Er unterbricht seine Arbeit und lächelt ebenfalls. „Na, hallo, Schätzchen. Kommst du vorbei, damit ich dir den Ersatzreifen austauschen kann?" Er steht auf und beginnt, seine Hände mit einem Lappen zu säubern, dann steckt er ihn zurück in seine Tasche.

„Ich bin hier, um meinen ersten Arbeitstag anzutreten."

Er legt den Kopf zur Seite. „Ach, verdammt. Du bist die Neue, von der uns Jake letzte Woche erzählt hat. Es wird auch Zeit, dass wir hier mal etwas Hübsches zum Anschauen bekommen. Also, bis in einer Dreiviertelstunde oder so wird keiner hier auftauchen.

An den meisten Tagen öffnen wir um neun Uhr, aber heute Morgen machen wir erst um zehn Uhr auf. Hatten ein paar Clubangelegenheiten, die erledigt werden mussten. Warum lässt du mich in der Zwischenzeit nicht einen Blick auf dieses schöne Auto werfen, das du da drüben hast? Ich würde gerne sehen, was unter dieser Motorhaube los ist."

„Das wäre toll. Danke", sage ich zu ihm, als wir uns auf den Weg zu meinem Auto machen.

Er öffnet die Motorhaube. „Sieht gar nicht so schlecht aus. Ich kann sehen, dass ein paar Schläuche ersetzt werden müssen, und dein Kühlerverschluss sieht schon halb kaputt aus." Er läuft herum und versucht, einen besseren Blick zu bekommen. „Ich würde sie gerne starten und vielleicht eine Runde mit ihr drehen, damit ich höre, wie der Motor klingt."

Quinn zeigt mir, dass das Motorgehäuse ein bisschen rostig ist, und lacht darüber, dass ich auf die Stoßstange des Autos hochsteigen muss, um zu sehen, worauf er zeigt.

„Ich möchte helfen. Also, wenn du bereit wärst, mir was beizubringen?", frage ich ihn und klettere wieder hinunter.

„Ernsthaft? Habe noch nie eine Frau kennengelernt, die sich unter der Motorhaube eines Autos schmutzig macht." Er sieht mich skeptisch an.

„Ich mag es, Dinge selber machen zu können. Ich kriege das hin", erwidere ich frech, stemme meine Hände in die Hüften und lege den Kopf schief.

Quinn setzt ein breites Grinsen auf und gluckst. „Du wirst von mir keine Beschwerden hören. Scheiße, ja. Wenn du dir die Hände schmutzig machen willst, geht das für mich klar." Er schüttelt den

Kopf und lacht. „Ich kann nicht glauben, dass ich gerade zugestimmt habe, mich mit einem verdammt hübschen Ding wie dir schmutzig zu machen, ohne dass dabei mein Schwanz feucht wird."

Ich lache mit ihm zusammen. Ich werde Quinn mögen. In seiner Gegenwart kann man ungezwungen sein und er bringt mich zum Lachen.

In diesem Moment schaut Quinn über meine Schulter, und ich drehe mich um, um zu sehen, was seine Aufmerksamkeit erregt hat.

Ich beobachte, wie ein Motorrad auf den Parkplatz fährt. Der Mann parkt, steigt von seinem Bike und läuft in unsere Richtung. Als er sich nähert, setzt er seine Sonnenbrille ab. Mein Blick fällt auf den Kerl vom Supermarkt. Der, an den ich gestern Abend nicht aufhören konnte, zu denken.

Mein Puls rast, und es fühlt sich an, als würde mir mein Herz gleich aus der Brust springen. Da fällt mir ein, was meine Schwester gestern Abend über das Schicksal gesagt hat.

Quinn geht auf ihn zu und begrüßt ihn.

„Hey, Bruder. Komm her und lerne dieses hübsche Mädel kennen, das zufällig die neue Angestellte ist, von der Jake uns erzählt hat. Logan, das ist Bella. Bella, das ist Logan. Er leitet die Werkstatt."

„Freut mich, dich kennenzulernen, Logan."

Logan, der mich immer noch anstarrt, streckt seine Hand aus und ich ergreife sie. Sobald wir uns berühren, schießt ein Stromstoß durch jede Faser meiner Haut, wie bei einer elektrostatischen Aufladung.

Quinn räuspert sich. Erst dann lässt Logan meine Hand los. Der Verlust seiner Berührung lässt meinen Körper augenblicklich nach mehr verlangen.

Was ist nur los mit mir? Ich kenne diesen Kerl nicht mal.

„Bella, wie wäre es, wenn ich dir eine große Führung gebe, während Logan herausfindet, wie er seine Worte benutzen kann."

Ich blicke von ihm zu Logan zurück.

Er ist gerade dabei, seine Hand auf meinen unteren Rücken zu legen, um mich durch das Werkstatttor zu führen, als Logan losbellt. „Ich mache das schon, Bruder. Wieso gehst du nicht und öffnest den Rest der Werkstatt? Die anderen Jungs werden in fünfzehn Minuten da sein."

„Alles klar", erwidert Quinn, dann läuft er davon.

Ich bleibe mit Logan allein zurück.

„In Ordnung, Engel. Warum schauen wir uns nicht um und weisen dich ein, bevor die Jungs auftauchen?"

Sein Kosename für mich löst ein leichtes Flattern in meinem Bauch aus. Er legt seine Hand auf mein Kreuz und führt mich durch die Garage in den Hauptbereich des Gebäudes. Ich trete ein und nehme meine Umgebung in Augenschein. Es gibt nichts Ungewöhnliches an diesem Ort. Es sieht aus wie in einer typischen Mechanikerwerkstatt. Poster von Motorrad-Sonderanfertigungen verschiedenster Stilrichtungen hängen an den tiefroten Wänden, und die Regale sind aus silbernem, diamantgeschliffenem Metall.

„Da drüben", er zeigt auf den Empfangstresen am Fenster, „wirst du die meiste Zeit des Tages arbeiten. Immer wenn ein Kunde reinkommt, begrüßt du ihn und findest heraus, was er benötigt. Wenn er nicht gerade hier ist, um eine Endrechnung zu begleichen, bittest du ihn, zu warten, und holst dann einen von uns aus der Werkstatt her. Okay?"

Ich nicke. Er führt mich einen kurzen Gang hinunter und öffnet die erste Tür rechts.

„Hier bewahren wir all unsere Kundenakten und Rechnungen zusammen mit dem Drucker und dem Faxgerät auf." Er führt mich wieder zurück in den Gang und zeigt mir eine weitere Tür.

„Das ist Jakes Büro. Wenn er hier ist, denk dran, immer zuerst zu klopfen, bevor du reingehst. Okay?"

„Immer klopfen, verstanden", sage ich lächelnd. Ich strenge mich an, mich auf alles, was er mir erzählt, zu konzentrieren, aber da er mich immer noch mit seiner Hand berührt, fällt es mir schwer, mich auf irgendetwas anderes zu fokussieren.

Wir gehen durch die Werkstatt zurück zu einer Tür, die sich am anderen Ende befindet.

„Da drin ist der Pausenraum, falls du ihn benutzen willst."

Ich gehe hinein und stelle fest, dass es sich um einen komplett möblierten Raum mit einer Kochnische sowie einem kleinen runden Esstisch handelt. Rechts steht eine große Couch mit einem Couchtisch, und ein ziemlich großer Fernseher hängt an der Wand.

„Das sieht eher aus wie eine kleine Wohnung", sage ich und laufe umher. Ich blicke über meine Schulter zu Logan, der mit verschränkten Armen am Türrahmen lehnt und mich beobachtet.

„Gibt es hier zufällig irgendwo einen Getränkeautomaten oder Kaffee? Ich könnte heute Morgen noch etwas mehr Koffein brauchen."

Er deutet zur Arbeitsplatte neben dem Kühlschrank. „Hier steht eine Kaffeemaschine und wir haben immer Wasser, Limo und Bier im Kühlschrank. Die Jungs entspannen sich nach der Arbeit manchmal hier hinten, also wirst du feststellen, dass er normalerweise gefüllt ist."

Ich lächele. Es scheint ein lockerer Ort zu sein.

„Also, ich denke, ich habe eine gute Übersicht bekommen, aber ich würde sehr gerne Jake sehen und einen Moment mit ihm sprechen, wenn er da ist, damit ich ihm noch mal für die Stelle danken kann."

Logan greift in den Kühlschrank, nimmt sich selbst ein Wasser und reicht mir eine Limo.

„Er wird bald da sein. Gib ihm Bescheid, was du gerne trinken und essen möchtest, und er wird dafür sorgen, dass es vorrätig ist."

Er führt mich nach draußen durch die Werkstatt und zurück ins Hauptgebäude, und ich schlüpfe hinter den Empfangstresen, lege meine Tasche in ein Regal und schalte dann den Computer ein.

Logan lehnt sich über meine Schulter und zeigt auf den Bildschirm. „Das System, das wir benutzen, ist ziemlich simpel, aber wenn du irgendwelche Fragen hast, kann Jake sie dir beantworten. Ich mische mich bei dem Zeug nicht ein."

Logan bleibt weiter hinter mir stehen. Er riecht so gut. Sein Geruch ist nicht penetrant. Er riecht einfach nach frischer reiner Seife und Leder.

„Wo ist die Toilette?"

„Du kannst die im Pausenraum benutzen. Es ist die Tür links vom Fernseher", informiert er mich.

Auf dem Weg zur Toilette schiebe ich mich an ihm vorbei und streife mit meinem Rücken leicht seinen Oberkörper.

Drinnen angekommen, lehne ich mich gegen die

Tür, schließe die Augen und nehme einen tiefen Atemzug.

Dann schaue ich in den Spiegel und spreche mir selbst Mut zu.

Reiß dich zusammen, Bella.

Ich kehre zurück nach vorn und entdecke Jake, der mit Logan und einem jüngeren Kerl spricht, den ich noch nicht kennengelernt habe.

Sie richten ihre Aufmerksamkeit auf mich, als ich mich auf den Weg zum Tresen mache, und Jake ergreift zuerst das Wort. „Hey, Süße. Freut mich, dich zu sehen. Ich habe gehört, dass Logan dir bereits alles gezeigt hat. Wenn du sonst noch was wissen willst, frag mich. Es sind Donuts im Pausenraum, bediene dich."

„Das hier ist Blake. Schreib alles auf, was du für den Pausenraum brauchst. Er wird es besorgen", sagt Logan und stellt Blake vor.

„Ich brauche nichts Spezielles. Was auch immer es dort gibt, passt für mich."

„Er geht sowieso, also am besten sagst du es ihm, sonst bringt er noch wahllos irgendwelches Mädchenessen mit."

Die meisten Kerle denken, alle Frauen wollen Salat. Dieses Mädchen mag echtes Essen. Ich würde Pizza und Burger jederzeit Gemüse vorziehen.

„Okay. Gib mir eine Sekunde, damit ich ein paar Sachen aufschreiben kann."

Sobald ich fertig bin, reiche ich Blake meine kleine Liste.

Der Rest des Tages ist reibungslos verlaufen. Ich musste nur einmal jemanden wegen einer spezifischen Bestellung nerven. Quinn war derjenige, der mir zeigte, wie man all die Daten eingibt.

Kurz vor Feierabend schaue ich in Jakes Büro vorbei. Ich klopfe dreimal und warte auf seine Antwort.

„Es ist offen", bellt er. Er klingt gereizt, also öffne ich langsam die Tür und spähe hinein. Er blickt von dem hoch, was er sich gerade ansieht, und seine Gesichtszüge entspannen sich ein bisschen, als er merkt, dass ich es bin.

„Hast du eine Minute?", frage ich.

Er lehnt sich in seinem Stuhl zurück und reibt sich über seinen Bart. „Klar, Süße. Komm rein."

„Jake, ich wollte dir nur dafür danken, dass du mir eine Chance mit diesem Job gegeben hast. Du hast keine Ahnung, wie sehr ich ihn gebraucht habe."

„Du hast dich gut gemacht heute. Mach so weiter und wir sind quitt."

Ich fühle mich ein bisschen leichter, nachdem ich ihm gedankt habe. Also gehe ich um den Schreibtisch herum und umarme ihn. Er versteift sich einen Moment lang, scheint sich aber dann zu entspannen. Ich mache mich auf den Weg zur Tür, doch er hält mich auf.

„Bella, wenn du etwas brauchst, dann lass es mich oder die Jungs einfach wissen. Es ist dunkel draußen, also gehe nicht allein zu deinem Auto. Verstanden?"

„Ja, Jake. Ich werde jemandem Bescheid geben, dass ich gehe."

Er nickt zustimmend und ich schließe die Tür hinter mir.

Logan steht am Empfang, als ich wieder herauskomme.

„Ich bringe dich heute Abend zu deinem Auto",

erklärt er und verpasst mir, ohne es zu wissen, mit seiner rauen Stimme eine Gänsehaut von Kopf bis Fuß.

Ich hole meine Sachen hinter dem Tresen hervor, bevor ich auf die Tür zusteuere, die er mir jetzt aufhält.

Gemeinsam gehen wir über den Parkplatz und ich schließe meinen Wagen auf.

„Gib mir dein Handy", verlangt Logan.

Ich sehe ihn an und ziehe fragend eine Augenbraue hoch, während er seine Hand ausstreckt und darauf wartet, dass ich seiner Aufforderung nachkomme.

„Ich speichere meine Nummer in deinem Handy, Hübsche. Ich möchte, dass du mir schreibst, wenn du zu Hause bist, damit ich weiß, dass du sicher angekommen bist."

Eigentlich sollte sich seine Forderung komisch für mich anfühlen, aber das tut sie nicht, also reiche ich ihm mein Handy, ohne weiter zu zögern.

Der Funke, der überspringt, als er mir das Handy zurückgibt und sich unsere Fingerspitzen leicht berühren, lässt sich nicht ignorieren.

Mit einem heiseren Ton in seiner Stimme sagt Logan: „Steig ins Auto, Bella."

Ich steige ein und starte den Motor. Er geht ein paar Schritte zurück, als ich aus der Parklücke fahre und mich auf den Nachhauseweg mache – mit durchgehend rasendem Puls, weil ich ihm so nahe gewesen bin.

Zu Hause angekommen, biege ich in die Einfahrt, doch bevor ich aus dem Auto steige, greife ich in meine Tasche und schnappe mir mein Handy.

Ich scrolle zu Logans Nummer und tippe eine

Nachricht.

Ich: *Ich bin daheim.*

Logan antwortet schnell.

Logan: *Gute Nacht, Engel.*

Kapitel 7

Logan

Engel: *Ich bin daheim.*

Ich: *Nacht, Engel.*

Engel: *Gute Nacht, Logan.*

Es ist jetzt zwei Monate her, dass Bella angefangen hat, in der Werkstatt zu arbeiten, und jeder Abend endet mit einer Nachricht von ihr, in der sie mir Bescheid gibt, dass sie zu Hause ist. Auch wenn ich es genieße, sie kennenzulernen, ist es verdammt schwer, unsere Beziehung auf einem freundschaftlichen Level zu halten. Bella ist nicht die Art von Frau, die man mit ins Bett nimmt und dann vergisst. Sie ist zu verdammt gut, zu süß, als dass ich sie so behandeln könnte. Das Problem ist, dass ich in letzter Zeit scheinbar nicht mit irgendeiner Frau ins Bett gehen kann, denn mein Schwanz weiß genau, was er will, und das ist keine Club-Pussy.

Mein Herz und mein Kopf spielen Tauziehen miteinander. Mein Herz sagt mir, ich solle mir nehmen, was ich will, und Bella zu der Meinen machen. Mein Kopf sagt mir, dass ich mich verdammt noch mal von ihr fernhalten und nicht wieder diesen Weg einschlagen soll. Bin ich ein Bastard, weil ich manchmal gemischte Signale sende? Verdammt, ja. Kümmert es mich? Scheiße, nein. Ich habe niemals behauptet, dass ich kein egoistischer Mann bin.

Lächelnd stecke ich mein Handy zurück in die Tasche und bedeute dem Prospect, mir noch ein Bier zu bringen. Ich bin nach der Arbeit ins Clubhaus gekommen, um mit meinen Brüdern ein paar Drinks zu mir zu nehmen und die Dinge bezüglich unseres Runs dieses Wochenende zu klären. Die Anspannung ist groß, seit die *Demonios* bei dem Einbruch in unser Lagerhaus erwischt worden sind. Dass wir uns gerade mit diesem ganzen Bullshit auseinandersetzen müssen, ist ein weiterer Grund, wieso ich Bella auf Abstand halte. Ich kann nicht riskieren, dass ihr irgendwas passiert.

Ich habe gerade mein drittes Bier ausgetrunken, als Gabriel neben mir an der Bar Platz nimmt.

„Hör zu, Mann", beginne ich. „Ich muss dich das fragen. Wir haben morgen diesen Run, und ich will sichergehen, dass du bei klarem Verstand bist nach der ganzen Scheiße, die wir in letzter Zeit durchgemacht haben."

„Ja, Bruder. Ich bin klar", antwortet er und sieht mir dabei direkt in die Augen.

Zufrieden mit seiner Antwort stehe ich auf und nehme einen letzten Schluck von meinem Bier. Es ist Zeit, Feierabend zu machen, also gehe ich hoch in mein Zimmer und dusche schnell, bevor ich meinen müden Arsch ins Bett bewege.

Fuck. Ich kann nicht schlafen. Seit Stunden liege ich hier und starre an die Decke. Ich fühle mich unruhig wegen des Runs, der uns bevorsteht. Seit die *Demonios* mit ihrem Club nach Dixon gezogen sind, sind sie unter sich geblieben. Sie sind hauptsächlich am Verkauf von Drogen und Pussys interessiert, aber so lange sie ihre Drogen nicht nach Polson bringen, interessiert es uns einen Dreck, was sie tun. Wir Kings haben eine Übereinkunft mit unserer örtlichen Polizei. Wir helfen ihnen, Polson sauber zu halten, und im Gegenzug sehen sie nicht hin, wenn es um unsere nicht ganz so legalen Geschäfte geht.

Was mich verdammt angepisst hat, ist das plötzliche Interesse der *Demonios* an unseren Geschäften und dass diese Schlappschwänze gedacht haben, sie könnten auf unser Gebiet kommen und versuchen, die Kings zu bestehlen.

Ich setze mich auf die Bettkante, fahre seufzend mit der Hand durch meine Haare und beschließe, dass ich, wenn ich schon nicht schlafen kann, genauso gut auch duschen und in den Tag starten kann.

Nachdem ich gute fünfzehn Minuten unter dem heißen Wasserstrahl verbracht habe, um meine Muskeln zu entspannen, trockne ich mich ab und ziehe mir eine Jeans, Stiefel und ein schwarzes Langarmshirt mit Knöpfen an. Ich streife mir meine Kutte über, schließe mein Zimmer ab und steuere die Küche an.

Reid sitzt am Tisch, und ich erkenne eine frische Kanne Kaffee, die auf dem Tresen steht. Ich schenke mir eine Tasse ein, bevor ich gegenüber von ihm Platz nehme. Wir schweigen einen Moment, bevor ich das Wort ergreife.

„Du schläfst immer noch nicht?"

„Du weißt, wie es ist", sagt er und zuckt mit den Schultern.

„Ja, Bruder. Tue ich."

Wir haben alle unsere Dämonen, die uns nachts wachhalten. Mein Bruder hat gerade zu kämpfen.

Reid hatte vor fast vier Jahren einen Unfall, bei dem er sein Bein verlor, aber das ist nicht das, was ihm zu schaffen macht. Er hat seinen kleinen Bruder bei diesem Autounfall verloren. Ich habe einen meiner besten Freunde verloren. Der ganze Club war am Boden zerstört, als Noah starb.

Ich wechsele das Thema und frage: „Hast du die heutige Route für uns ausgearbeitet?"

Reid ist der Road Captain des Clubs und dafür verantwortlich, die Reiseroute und Unterbringung bei den Runs zu organisieren. Wir nehmen jedes Mal eine andere Route, um sicherzustellen, dass wir unter dem Radar der Polizei bleiben.

„Jepp, wir sind startklar, Bruder. Lass uns heute einen Prospect mitnehmen", schlägt er vor. „Du weißt schon, bei dem ganzen Scheiß, der abgeht, könnten wir das zusätzliche Paar Augen brauchen."

„Lass es mich kurz mit dem Prez absprechen."

Lisa kommt mit Bennett herein. „Hey, Jungs. Ich mache jetzt was zum Frühstück. Habt ihr Hunger?"

„Verdammt, ja. Du weißt doch, dass wir zu deinen Kochkünsten nie Nein sagen würden", erwidere ich.

Nachdem ich zwei Portionen Eier, Speck und Toast verdrückt habe, bringe ich meinen leeren Teller zur Spüle, wo Lisa das Geschirr abspült.

„Danke, Lisa", sage ich und küsse sie auf die Wange.

„Jederzeit, Liebling. Passt auf euch auf da draußen."

Ich verlasse die Küche und begebe mich den Flur hinunter zu Jakes Büro.

Als ich im Flur an Cassie vorbeilaufe, versuche ich,

sie zu ignorieren, aber sie greift nach meinen Arm, um mich aufzuhalten.

„Hey, Baby. Ich werde dich vermissen", säuselt sie und streicht mit ihren Händen über meine Brust. Ich packe sie am Handgelenk und schiebe ihre Hand von mir runter.

„Nicht jetzt, Cassie."

„Komm schon, Logan. Warum lässt du dich nicht von mir umsorgen, bevor du gehst?"

„Scheiße, Cassie! Geh und lutsch den Schwanz eines anderen Bruders, denn dafür bist du hier", belle ich sie an, unglaublich genervt wegen der Art und Weise, wie sie sich in letzter Zeit benimmt.

„Du verhältst dich so wegen dieser Schlampe, oder?"

„Wovon zur Hölle sprichst du?"

„Ich rede von dieser kleinen Schlampe, mit der du arbeitest."

Plötzlich sehe ich rot. Mit einer schnellen Bewegung schlinge ich meine Hand um die Kehle dieser Schlampe und drücke sie gegen die Wand. Ihre Augen werden groß, meine Aktion schockiert sie.

„Bella geht dich einen Scheißdreck an. Du, Cassie, bist ein Clubmädchen, und deine einzige Aufgabe ist es, auf dem Rücken zu liegen oder auf die Knie zu gehen. Gibt es daran irgendetwas, was du nicht verstehst?"

Nachdem sie schnell den Kopf geschüttelt hat, lasse ich sie los.

„Und jetzt verschwinde, verdammt noch mal."

Woher weiß die Schlampe überhaupt von Bella? Wahrscheinlich hat sie herumgeschnüffelt und ist angepisst, weil ich ihre Pussy seit Monaten nicht angefasst habe.

Nachdem sie davongehastet ist, gehe ich weiter zu Jakes Büro. Ich klopfe an seine Tür, bevor ich eintrete.

„Hey, Prez. Hast du 'ne Minute?"

„Klar, Kleiner. Was gibt's?"

„Ich habe gerade mit Reid gesprochen, und er hat vorgeschlagen, dass wir Austin heute mitnehmen. Bei der ganzen Scheiße, die in letzter Zeit abgeht, halte ich das für eine gute Idee."

Jake lehnt sich in seinem Stuhl zurück, verschränkt die Arme vor der Brust und denkt über meine Bitte nach.

„Alles klar. Nimm den Prospect mit. Greif auf das Wegwerfhandy zurück, wenn es irgendwelche Anzeichen von Ärger gibt."

Ich verlasse sein Büro und gehe in den Gemeinschaftsraum, wo ich den Prospect antreffe, der von der Nacht zuvor aufräumt.

„Austin!", schreie ich durch den Raum. „Hol dein Zeug und sei in fünf Minuten draußen vor der Tür."

Er sagt kein Wort, sondern nickt nur und tut, was ihm befohlen wurde. Auf dem Weg nach draußen treffe ich auf Reid, der an seinem Motorrad lehnt und eine Zigarette raucht. Ich sehe mich um und stelle fest, dass Quinn nicht da ist.

Ich wende mich an Reid. „Hast du Quinn gesehen?"

Er sieht mich mit schief gelegtem Kopf an. „Musst du das noch fragen? Du hast die Rothaarige gesehen, die gestern Abend an ihm gehangen hat", sagt er und grinst.

Scheiße, nein, ich muss nicht fragen. Ich steuere zurück ins Haus und geradewegs zum Zimmer des Idioten. Ich öffne die Tür, ohne anzuklopfen, und siehe da, er bumst die rothaarige Schlampe, während er Dreadlocks und eine Augenklappe trägt.

Kopfschüttelnd stoße ich einen Seufzer aus. „Hey, Johnny Depp. Bring den Scheiß hier zu Ende. Wir brechen in fünf Minuten auf."

Quinn zieht sich aus der Tussi zurück, wobei er sich nicht mal die Mühe macht, sich zu bedecken, und klatscht dem Mädchen auf ihren Arsch. „Du hast verdammtes Glück, dass ich fertig war, Bro. Keine Chance, dass ich diese geile Pussy verlassen hätte und mit einem Fall von Kavaliersschmerzen gefahren wäre", sagt er, läuft rüber zum Stuhl neben der Schlafzimmertür und beginnt, sich seine Jeans anzuziehen.

Ich beschließe, dass ich genug gesehen habe. „Vergiss nicht, die Dreads abzunehmen, Bruder", erwidere ich.

Mit diesen Worten wende ich mich zum Gehen und lasse ihn zurück, damit er sich fertig anziehen kann.

Während ich mir eine Zigarette aus meiner Kutte fische, sehe ich, dass Quinn gerade auf sein Bike steigt. Ich kann mir das Lachen nicht verkneifen, weil der Wichser immer noch die Augenklappe trägt.

Er zuckt mit den Schultern und startet sein Bike.

Quinn ist, wie er ist, und er entschuldigt sich nicht dafür. Wir verarschen ihn alle gern von Zeit zu Zeit, aber er weiß, dass seine Brüder ihn nicht verurteilen.

„Hört zu", erhebe ich die Stimme über das Dröhnen der Motoren hinweg, „ihr wisst alle, was für eine Scheiße gerade zwischen uns und den *Demonios* passiert. Wir müssen heute unsere Augen offen halten. Bleibt aufmerksam. Das sind ein paar zwielichtige

Scheißkerle."

Unser erster Halt ist das Lagerhaus, damit wir die Waffen in den Lieferwagen laden können, den ich vom Prospect fahren lasse. Normalerweise wären wir nur mit drei Brüdern bei diesem Run unterwegs, damit die Sache weniger verdächtig aussieht, aber wegen der aktuellen Bedrohung für den Club sind wir heute zu fünft.

Als wir vor dem Lagerhaus anhalten, sehe ich ein paar von unseren Leuten draußen sitzen.

„Alles klar. Lasst uns das Zeug aufladen. Ich will in einer Stunde wieder auf der Straße sein."

Fünfundvierzig Minuten später haben wir aufgeladen und sind bereit, loszufahren, als Gabriel mich zur Seite zieht.

„Ich habe gerade einen Anruf von einem Freund aus Dixon bekommen. Er tut mir einen Gefallen, indem er heute ein Auge auf jegliche *Demonios* hat. Er hat mir erzählt, dass er heute ungefähr sieben ihrer Männer in drei Pick-ups gesehen hat, die in diese Richtung gefahren sind. Ich schätze, dass sie ungefähr dreißig Minuten entfernt sind. Wie ist der Plan?"

„Wir bleiben vor ihnen. Außerdem kennen sie unsere Route nicht. Wir dürfen uns diese Lieferung nicht entgehen lassen. Wenn wir das tun, werden unsere Kunden ihre Geschäfte woanders tätigen. Ich bin nicht bereit, das zu riskieren."

„Ich bin ganz bei dir, Bruder", sagt er.

Ich gebe allen ein Zeichen, als wir uns zum Aufbruch bereit machen. „Auf geht's."

Der Plan ist, sich in Eureka mit den Asiaten zu treffen. Wir fahren nicht ganz bis zur Grenze, weil es dort Kontrollpunkte gibt. Das ist dann deren Problem, nicht mehr unseres.

Zwei Stunden später kommen wir beim vereinbarten Treffpunkt an. Ein Blick auf mein Handy verrät mir, dass wir ungefähr zwanzig Minuten zu früh dran sind.

Ich steige von meinem Motorrad ab und beschließe, eine zu rauchen, während wir warten.

Genervt überprüfe ich noch mal die Uhrzeit. Es sind schon fünfundvierzig Minuten vergangen und unsere Käufer sind immer noch nicht aufgetaucht.

„Das gefällt mir nicht, verdammt. Irgendwas ist faul."

„Ganz deiner Meinung, Mann", pflichtet Reid mir bei.

„Diese Scheiße stinkt gewaltig nach *Demonios*." Ich werfe meine Zigarette weg und schnappe mir das Wegwerfhandy aus meiner Kutte. „Ich werde den Prez anrufen. Mal hören, was er tun will."

Kaum habe ich diese Worte ausgesprochen, da kommen zwei Pick-ups den Feldweg hinuntergerast. Ich greife nach der Waffe in meiner Kutte.

„Das würde ich an deiner Stelle nicht tun", sagt ein Mann mit starkem spanischen Akzent. Ich ziehe langsam meine Hand aus der Kutte, drehe mich um und erblicke einen Mann, der eine Waffe an Quinns Kopf hält.

„Sorry, Boss. *Chaparro*, der Kleine, hat mich geschnappt, als ich gerade pissen war", erklärt Quinn.

„*Cállate cabrón*", sagt der Mann und schlägt Quinn mit dem Kolben seiner Waffe ins Auge.

„Hurensohn! Das wäre nicht notwendig gewesen, Mann", sagt Quinn zu ihm, während er sich die Hand auf sein Gesicht presst.

„Also, Folgendes wird jetzt passieren. Meine Männer und ich nehmen uns die Waffen. Wenn ich einen von euch sehe, der nach seiner Knarre greift, werdet ihr mit einem Gringo weniger zurück nach Hause fahren."

Ich bedeute all meinen Männern, sich ruhig zu verhalten, insbesondere Gabriel sehe ich dabei an, denn ich erkenne den wilden Blick in seinen Augen.

Ich schüttele den Kopf über ihn.

Jetzt ist nicht der richtige Zeitpunkt für ihn, die Beherrschung zu verlieren.

Dreißig Minuten später haben sie die Waffen in ihre Pick-ups verladen, und es kostet mich alle Mühe, keine Kugel in den Kopf des Dreckskerls zu jagen, aber ich werde Quinns Leben nicht riskieren.

„Ihr wisst, dass ihr damit nicht davonkommen werdet", sage ich mit zusammengebissenen Zähnen.

„Fick dich, *puta*", antwortet er und lacht. „Für mich sieht es so aus, als würden wir das."

Meine Männer und ich können nichts tun, als zuzuschauen, wie diese Hurensöhne sich mit unseren Waffen davonmachen.

Ich will gerade Jake anrufen, als Quinn, dem Wut und Reue ins Gesicht geschrieben sind, auf mich zukommt.

„Hör zu, Logan. Das ist alles meine Schuld. Ich hab's versaut, Bruder."

„Verdammt richtig. Du hast es versaut. Hättest du besser aufgepasst, wäre dir dieser Dreckskerl nicht zuvorgekommen."

Quinn lässt bei meinen scharfen Worten den Kopf hängen, aber es muss gesagt werden, und das weiß er.

Ich seufze. „Scheiße, Mann. Wie dem auch sei, es ist passiert. Am Ende des Tages ist das Wichtigste, dass wir alle heil nach Hause kommen."

Zurück im Clubhaus ruft Jake eine Krisensitzung in der Church, dem Versammlungsraum, aus. Wir müssen uns einen Plan für unser weiteres Vorgehen überlegen.

Sobald wir alle den Raum betreten und Platz genommen haben, sieht Jake Quinn an. „Bist du okay, Bruder?"

Er nickt als Antwort.

„Alles klar. Als Logan mich informiert hat, was passiert ist, habe ich unseren Käufer angerufen. Wie sich herausgestellt hat, haben sie eine Nachricht bekommen, in der ihnen mitgeteilt wurde, dass sich die Uhrzeit des Treffens geändert hat. Deswegen sind sie nicht aufgetaucht."

„Du glaubst ihm?", frage ich.

„Ja, ich glaube ihm. Sie haben jetzt schon seit ein paar Jahren mit uns zu tun, ohne dass es zu Zwischenfällen gekommen ist, also kann ich mir nicht vorstellen, dass sie ihr Geschäft riskieren, um irgendeine Art von Beziehung mit einem unbekannten MC einzugehen."

„Also, was machen wir jetzt?", will Reid wissen.

„Wir warten erst mal ab", sagt Jake. „Wenn wir stürmisch herangehen und zulassen, dass unsere Wut unser Urteilsvermögen trübt, wird die Sache unordentlich. Also gehen wir da schlau ran. Wir lassen sie glauben, dass sie damit durchkommen, uns zu verarschen. In der Zwischenzeit kontaktieren wir die Russen. Weihen sie in die Geschehnisse ein. Ich habe das Gefühl, dass sie es nicht gutheißen werden, dass die *Demonios* sich in ihre Geschäfte einmischen. Mir ist klar, dass ihr keinen Bock darauf habt, zu warten und diese Schlappschwänze denken zu lassen, dass sie gewonnen hätten, aber es ist das Beste. Sind wir uns alle einig?"

Nach einem kollektiven „Aye" der Brüder schlägt der Prez den Hammer auf den Tisch. „Es ist entschieden. Wir warten."

Als ich aus der Church trete, gehe ich auf Quinn zu und klopfe ihm auf den Rücken. „Komm schon, Mann. Lass uns ein Bier trinken gehen."

Heute ist ziemlich krasser Scheiß passiert und mein Bruder trägt die Bürde deswegen. Auch wenn er es versaut hat, muss er verstehen, dass das, was da draußen passiert ist, jedem von uns hätte passieren können. Verdammt, wir alle bauen von Zeit zu Zeit Scheiße, aber am Ende des Tages muss man es durchstehen und damit fertig werden.

„Nicht heute Abend, Bruder. Ich werde rumfahren. Um den Kopf frei zu kriegen."

„Alles klar. Ich sehe dich dann morgen."

Als er davonläuft, rufe ich: „Hey, Quinn."

Er dreht sich um und sieht mich an.

„Du weißt, dass du mich anrufen kannst, wenn du irgendwas brauchst, Mann?"

„Ja, Bruder. Danke."

Ich gehe rein und nehme neben Reid an der Bar Platz.

„Ist Quinn okay?", fragt er.

„Ja, er macht nur seinen Scheiß mit sich aus."

Quinn ist bekannt dafür, herumzualbern, Witze zu reißen und immer einen von uns zu verarschen. Hinter diesem Humor steckt ein Mann, der total für seinen Club brennt. Ihn heute so aufgewühlt zu sehen, überrascht mich nicht. Ich weiß, dass es ihm wieder gut gehen wird, sobald er den Kopf frei bekommen hat.

Da ich einen Schluck Whiskey brauche, wende ich meine Aufmerksamkeit demjenigen zu, der hinter der Bar steht, und erblicke unseren Prospect Blake.

„Was kann ich dir bringen, Logan?"

„Gib mir zwei Whiskey-Shots und ein Bier, Mann."

Mehrere Kurze und zu viele Biere später beschließe ich, in mein Zimmer zu gehen, um zu pennen. Ich bin zu müde und zu betrunken, um zu duschen, deswegen ziehe ich mich aus, lege meine Knarre auf den Nachttisch und klettere ins Bett. Ein Blick auf die Uhrzeit sagt mir, dass es kurz nach ein Uhr morgens ist. Ich weiß, dass Bella schon schläft, aber nach dem Tag, den ich hinter mir habe, möchte ich ihre Stimme hören.

Ich schnappe mir das Handy neben meinem Bett, suche in den Kontakten nach ihrem Namen und drücke auf die Anruftaste. Es klingelt viermal, bevor ich ihre verschlafene Stimme höre.

„Hallo?"

Ich stoße einen tiefen Seufzer aus, denn das ist genau, was ich gebraucht habe.

„Hey, Schöne."

„Logan, ist alles okay?"

„Alles ist gut, Baby. Ich wollte nur deine süße Stimme hören und dir Gute Nacht sagen.“

Mit einem rauen Kichern sagt sie: „Wenn du ein paar Stunden gewartet hättest, hättest du mir Guten Morgen sagen können.“

„Ja, da hast du vermutlich recht“, erwidere ich schmunzelnd. „Ich lasse dich jetzt weiterschlafen. Ich sehe dich am Montag bei der Arbeit. Gute Nacht, Engel.“

„Gute Nacht, Logan.“

Kapitel 8

Bella

Das Gewicht von Logans festem, muskulösem Körper, der sich gegen meinen presst, lässt meinen ganzen Körper vibrieren. Er streicht meine Haare auf die Seite und seine warmen Lippen wandern meinen Hals hinunter und über meine Schulter. Das Gefühl seiner Hände, die meine Haut liebkosen, während sie die Rundungen meiner Hüften nachfahren, lässt mich verzweifelt nach mehr verlangen.

Ich reibe meinen Hintern gegen seine harte Länge, sein Schwanz gleitet zwischen meine Beine, und er beginnt, die Spitze seines Schwanzes an meinem feuchten Spalt entlang zu schieben. Ein Wimmern entfährt meinen Lippen, kurz bevor er von hinten in mich stößt. Er legt seine Hand auf meine Klitoris und beginnt, sie rhythmisch zu bearbeiten.

„Du wirst für mich kommen, Bella", sagt er mit rauer Stimme in mein Ohr, und meine Haut kribbelt. „Ich will spüren, wie deine enge Pussy an meinem Schwanz kommt."

Piep, piep, piep, piep.

Ich öffne meine Augen und stöhne, als ich mich hinüberstrecke, um meinen Wecker auszustellen. Ich stoße frustriert den Atem aus. Mein Körper kribbelt immer noch und mein Höschen ist ganz nass. Schon seit Wochen wache ich immer auf dieselbe Weise auf. Logan nimmt bereits jeden meiner Gedanken ein, wenn ich wach bin, und jetzt hat er auch noch Besitz von meinen Träumen ergriffen. Er hat in unserer Beziehung immer noch keinen Schritt über die Freundschaft hinaus gemacht, obwohl er mir manchmal den Eindruck vermittelt, dass er mehr will. Natürlich bin ich zu feige, um den ersten Schritt zu machen.

Als ich hinüberblicke, sehe ich, dass Albas Bett leer ist, was mich überrascht, denn meine Schwester ist keine Frühaufsteherin. Es ist jeden Morgen ein Kampf, ihren Hintern aus dem Bett zu bekommen.

Ich stehe auf, gehe aus dem Zimmer und bleibe wie angewurzelt im Flur stehen, als ich sehe, wie Lee vor der Badezimmertür herumlungert, mit der Hand am Türknauf. Mein Magen verkrampft sich, weil ich mir sicher bin, dass Alba da drin ist.

Ich haste rüber und stelle mich direkt vor ihn. „Geh verdammt noch mal von dieser Tür weg."

„Was denn? Sie ist da schon seit einer Weile drin. Ich wollte nur sichergehen, dass sie in Ordnung ist, das ist alles."

„Du bist so widerlich", sage ich kochend vor Wut.

Lees Gesicht wird rot. „Dein Mundwerk wird dich in Schwierigkeiten bringen, kleines Mädchen. Ich würde aufpassen, wenn ich du wäre."

Die Badezimmertür öffnet sich und Alba schreit erschrocken auf. „Bella, ist alles okay?"

„Ja, alles gut. Komm", sage ich, greife nach ihrer Hand und ziehe sie zurück in unser Zimmer.

„Erzählst du mir, was da zwischen dir und Lee gerade gelaufen ist?"

„Es ist nichts, worum du dir Sorgen machen musst." Sie beäugt mich eine Sekunde lang und beginnt dann, sich für die Schule fertig zu machen.

Ein paar Stunden später bin ich bei der Arbeit im Pausenraum und mache für alle Mittagessen. Das ist mein Ding geworden. Logan hat sogar angefangen, jeden Tag mit mir zu essen, wenn er nicht etwas für den Club machen muss.

Ich freue mich auf unsere gemeinsame Zeit, in der wir uns gegenseitig kennenlernen. Wir reden hauptsächlich über alltägliche Dinge, zum Beispiel, wann meine Schwester und ich nach Montana gezogen sind und auf welche Highschool ich gegangen bin.

Im Gegenzug hat er mir davon erzählt, wie er mit dem Club aufgewachsen ist und wie viel seine Brüder ihm bedeuten. Ich fühle mich bei Logan so wohl, dass ich dasitze und ihm von meinem Vater und den Misshandlungen erzähle, die meine Schwester und ich als Kinder erfahren haben.

Mein Vater ist ein Thema, über das ich sonst nie rede. Die Erinnerungen an die Prügel und den verbalen Missbrauch sind manchmal zu viel und können Panikattacken bei mir auslösen.

Ich bin verblüfft über Logans Reaktion, nachdem ich ihm von meinem Vater erzählt habe. Sein Körper vibriert vor Wut, als er vom Tisch aufsteht und beginnt, im Pausenraum auf und ab zu laufen. Schließlich bleibt er stehen, dreht sich um und schlägt ein Loch in die Wand.

„Hurensohn!", brüllt er.

Etwas verwirrt über sein Verhalten sitze ich da, und er muss meinen irritierten Blick für etwas anderes gehalten haben, denn er fällt sofort vor mir auf die Knie.

„Es gibt keinen Grund für dich, vor mir Angst zu

haben, Babe. Ich würde dir nie wehtun."

„Das weiß ich, ich habe auch keine Angst vor dir. Ich verstehe nur nicht, wieso du so aufgebracht bist."

„Ich bin aufgebracht, weil mich der Gedanke daran, dass sich irgendein Mann an dir vergreift – an einem Kind –, dazu bringt, dass ich den Scheißkerl umbringen will."

„Das ist schon lange her, Logan. Mir geht es jetzt gut."

„Wo ist das Stück Scheiße jetzt?", fragt er mit zusammengebissenen Zähnen.

„Tot. Er ist gestorben, als ich sechs Jahre alt war."

„Gut", sagt er, bevor er zu seinem Stuhl zurückkehrt.

Ich zucke zusammen, als mich Quinns Stimme hinter mir aufschreckt. „Was gibt es zum Mittagessen? Entschuldigung, Süße. Ich wollte dich nicht erschrecken."

„Schon okay", erwidere ich kichernd. „Ich habe Sandwiches mit Fleischbällchen gemacht."

Ich stehe auf, wickele ein paar davon ein und verstaue sie in einer Tüte, dann reiche ich sie Quinn. „Könntest du die für mich rüber zu Gabriel bringen?"

„Alles klar, Schätzchen."

Mein Handy klingelt, also ziehe ich es aus meiner hinteren Hosentasche hervor. Es ist Mason, der anruft … schon wieder. Seufzend schüttele ich den Kopf. Diese Scheiße wird langsam lächerlich. Man würde denken, dass er nach Monaten, in denen ich seine Nachrichten nicht beantwortet und seine Anrufe nicht entgegengenommen habe, den Wink verstehen würde. Stattdessen ist er in letzter Zeit hartnäckiger geworden. Je mehr ich ihn ignoriere, desto mehr versucht er es. Er ist von einer Nachricht oder einem Anruf hier und da zu mehreren pro Tag übergegangen. Seine letzte Nachricht auf meiner Mailbox hat mich ein bisschen beunruhigt. Er behauptete, ich würde ihn aufgeilen, und verlangte, dass ich an mein Telefon gehe. Allein der Gedanke an unser letztes Date jagt mir einen Schauder über den Rücken.

„Alles okay, Bella?", fragt Logan.

„Natürlich", sage ich und lege mein Handy auf den Tisch, dann bringe ich unsere Teller rüber, bevor ich mich hinsetze. Ich will gerade in mein Sandwich beißen, als mein Handy erneut klingelt – dieses Mal mit einer Nachricht. Ich lege mein Sandwich auf den Teller und greife nach meinem Telefon, doch Logan kommt mir zuvor.

„Was zur Hölle, Logan? Gib mir mein Handy."

„Was zum Teufel?", zischt er, ohne mich zu beachten. „Wer verdammt noch mal ist Mason, und warum zur Hölle verlangt er, dass du ihn zurückrufst?"

„Das geht dich überhaupt nichts an. Jetzt gib mir mein Handy zurück."

Sein Gesicht wird rot, seine Nasenflügel blähen sich auf, und seine Hand umklammert mein Handy so fest, dass ich Angst habe, er könnte es zerquetschen.

„Wenn ich sehe, dass ein Wichser mit einem beschissenen Namen wie Mason auf deinem Handy anruft und dir Nachrichten schreibt, dann geht mich das was an, Babe."

„Ähm … Ich bin ziemlich sicher, dass es das nicht tut", schnauze ich zurück.

Wieder klingelt mein Handy und der mörderische

Blick in Logans Augen lässt nichts Gutes ahnen. Logan wischt mit seinem Finger über den Bildschirm.

„Scheiße. Logan, bitte tu das nicht. Lass es einfach gut sein."

„Verdammt, nein, Bella. Ich werde den Scheiß nicht ignorieren."

Dann spricht er ins Telefon: „Ist da Mason? Nein, du Wichser, du kannst nicht mit Bella sprechen. Wenn du sie noch ein gottverdammtes Mal anrufst, werde ich dir persönlich eine Tracht Prügel verpassen." Dann legt er auf. „Ich werde dich nur noch ein einziges Mal fragen, Bella: Wer zum Teufel ist Mason?"

Was zur Hölle ist in Logan gefahren? Seit wann ist mein Privatleben seine Sorge?

Ich gebe den Versuch auf, mein Handy zurückzubekommen, und sacke mit einem schweren Seufzer in meinen Stuhl.

„Er ist ein Kerl, mit dem ich zur Schule gegangen bin. Vor ein paar Monaten habe ich ihn im Café in der Stadt getroffen und er hat mich nach einem Date gefragt. Ich dachte mir, warum nicht, und habe zugestimmt." Ich schaue hoch und sehe, wie Logan die Zähne zusammenbeißt. „Wir sind nur ein paarmal ausgegangen. Ich erinnere mich, dass er in der Schule ein anständiger Kerl war. Bei unseren ersten paar Dates war er nett und respektvoll, aber bei unserer dritten Verabredung hat er sich verändert."

„Inwiefern verändert?"

„Na ja, wir waren Abendessen und dann wollte er mich zu einem Konzert mitnehmen. Er sagte, eine lokale Band würde in einer Bar in der Stadt spielen, aber er hätte die Tickets zu Hause vergessen. Ich dachte mir zuerst nichts dabei. Wir fuhren zu seinem Haus und er bot mir an, kurz mit reinzukommen, damit ich nicht im Auto warten musste. Sobald wir in seinem Haus waren, war es, als hätte er einen Schalter umgelegt. Plötzlich fiel er über mich her. Mason meinte, dass es Zeit wäre, mit dem Geplänkel aufzuhören und ihn nicht weiter zu reizen. Ich hatte so eine Angst. Ich wusste nicht, was ich tun sollte. Er war stark und so viel größer als ich. Irgendwie schaffte ich es, ihm mit dem Knie in seine Eier zu schlagen. Als er zu Boden ging, rannte ich aus dem Haus. Ich bin weitergerannt, bis ich die Straße runter eine Tankstelle erreichte. Dort rief ich mir ein Taxi, das mich nach Hause brachte. Ein paar Tage später fingen die Anrufe und Nachrichten an, und das macht er jetzt schon seit ein paar Monaten so", erzähle ich ihm. „Ich mache nicht einfach so irgendjemanden an, Logan", sage ich und schaue zu ihm auf. „Ich habe nichts getan, um ihn zu verführen."

„Es ist nicht deine Schuld", sagt er, zieht mich an sich und hält mich fest.

Ich lege meinen Kopf auf seine Brust und atme seinen Duft ein, der mich sofort beruhigt. Ein paar Minuten später hebe ich den Kopf und blicke ihn an. Logan hebt seine Hand und umschließt beide Seiten meines Gesichts. Er bewegt sein Gesicht näher zu meinem hinunter und unsere Blicke treffen sich. Mein Atem stockt und meine Lippen teilen sich. Mein Herz fühlt sich an, als würde es mir aus der Brust springen. Das ist es. Logan wird mich endlich küssen.

„Ich hoffe für euch, dass ihr mir etwas vom Mittagessen übrig gelassen habt", hallt Quinns laute

Stimme durch den Raum, als er reinkommt und den Moment zunichtemacht.

Als er sieht, dass er uns gerade unterbrochen hat, bleibt Quinn wie angewurzelt stehen. „O Fuck, ich habe definitiv ein beschissenes Timing. Also, lasst euch nicht von mir aufhalten. Macht bitte weiter."

Das bringt mich zum Kichern und Logan löst zögerlich seine Hände von mir.

„Schon okay, Quinn", antworte ich.

„Fuck, nein! Ist es nicht", knurrt Logan.

Quinn ignoriert Logan natürlich und setzt sich zu uns, wobei er mir zuzwinkert.

Es ist neunzehn Uhr, also schließen Logan und ich die Werkstatt für den Tag, da Quinn und Jake schon vor ungefähr einer Stunde gegangen sind. Nachdem ich die Rechnungen des Tages abgelegt habe, muss nur noch der Müll rausgebracht werden.

Ich schlüpfe mit einer kleinen Mülltüte hinter dem Empfangstresen hervor und sehe, dass Logan gerade die Rolltore schließt.

„Hey, ich bringe den Müll raus!", rufe ich ihm über die Schulter zu.

„Gib mir eine Minute, dann mache ich es."

„Ich erledige das schon."

„Babe, ich sagte, ich bringe ihn raus. Sobald ich dieses beschissene kaputte Tor geschlossen bekomme", ächzt er und zieht das zweite Rolltor mit der Hand herunter.

„Ich bin in der Lage, diese kleine Mülltüte selbst zu schleppen. Ich brauche dich nicht, um sie für mich zu tragen", antworte ich frech und bewundere seinen Hintern sowie das Spiel seiner Muskeln, während er das Rolltor herunterzieht.

Ich löse mich von seinem Anblick und gehe weiter, um meine Arbeit zu erledigen.

„Mädchen …", höre ich noch seine leiser werdende Stimme sagen, dann schnappe ich mir ebenfalls den Müll aus dem Pausenraum.

Ich steuere zur Hintertür hinaus und laufe rüber zum Müllcontainer, in den ich beide Tüten hineinwerfe. Als ich mich umdrehe, um mich auf den Weg zurück nach drinnen zu machen, werde ich mit so einer Wucht gegen die Werkstattwand geknallt, dass es mir den Atem verschlägt.

Bevor ich begreife, was hier los ist, hält mir jemand mit der Hand den Mund zu und hindert mich so daran, einen Ton von mir zu geben.

„Dachtest du, wenn du mir deinen Biker-Freund auf den Hals hetzt, wird mich das abschrecken, du kleine Schlampe?", spottet Mason keine drei Zentimeter von meinem Gesicht entfernt.

Ich beginne, mich zu wehren, um mich aus seinem Griff zu befreien, aber es hat keinen Zweck, also tue ich das Einzige, was mir einfällt. Ich beiße so fest ich kann in die Hand, die meinen Mund zuhält, und verursache eine blutende Wunde.

„Du verdammte Schlampe!", brüllt er, direkt bevor er mir mit dem Handrücken einen Schlag ins Gesicht verpasst, der mich zu Boden wirft. Eine Sekunde später liegt er auf mir und seine Hände sind überall.

Ich weigere mich, mir das von diesem Arschloch antun zu lassen, also fange ich an, mich mit allem, was ich habe, zu wehren.

„Hör verdammt noch mal auf, dich zu wehren, du blöde Fotze!", sagt Mason, kurz bevor er ausholt.

Diesmal mit einer geschlossenen Faust.

Ich schließe meine Augen und mache mich auf den Schlag gefasst, doch er kommt nicht.

Kapitel 9

Logan

„Was zur Hölle treibt diese Frau so lang?" Ich werfe einen Blick auf meine Uhr. Es sind mindestens fünf Minuten vergangen, seit sie zur Hintertür hinausgelaufen ist, und ich mache mich auf den Weg zum hinteren Teil der Werkstatt, um nach ihr zu sehen. Da höre ich ihren Schrei durch die Tür. „Geh von mir runter!"

Was zum Teufel? Mein Magen krampft sich beim verzweifelten Klang ihrer Stimme zusammen.

Ich renne zur Hintertür, die zur Gasse hinausführt, und sehe, wie Bella gegen jemanden ankämpft, der sie am Boden festhält. Seine Hand holt aus, und er ist kurz davor, sie zu schlagen, als ich das Arschloch packe, ihn von ihr wegziehe, gegen die Wand schleudere und zusehe, wie sein Körper zu Boden sackt. Ich greife nach unten, schnappe mir eine Handvoll seiner Haare und ziehe diesen jämmerlichen Arsch daran hoch. Ich drücke ihn gegen den Müllcontainer, um ihm immer wieder meine Faust in sein Gesicht zu donnern, bis er nicht mehr allein stehen kann. Meine Fingerknöchel sind vom Kontakt mit seinen Zähnen voller Schürfwunden.

Ich lasse ihn los, laufe rüber und knie mich hin, um Bella auf die Füße zu helfen. „Babe, bist du okay?", frage ich, während ich sie genau betrachte.

Ihr Shirt ist zerrissen und hängt ihr von der Schulter. Bei ihrem Gesicht angelangt, bemerke ich einen roten Fleck auf ihrer Wange, außerdem kullern ihr die Tränen hinunter.

Ich will verdammt sein, wenn jemals wieder ein Mann Hand an sie legt, solange ich atme. Von der Wut getrieben, laufe ich rüber zu dem kleinen Dreckskerl, der gerade versucht, wieder aufzustehen, und verpasse ihm einen Tritt gegen seinen blutenden Kopf.

„Ich gehe mal davon aus, dass du Mason bist. Der kleine Schwanzlutscher, der Bella belästigt."

Ich richte ihn auf und schlage ihm in die Rippen, sodass er vor Schmerz aufstöhnt.

„Mann, sie geilt mich verdammt noch mal auf", bringt er hustend hervor.

Das bringt ihm eine weitere Faust ins Gesicht ein. Blut spritzt aus seiner Nase und er fällt auf die Knie.

„Du hast meine Nase gebrochen", wimmert er.

„Ich werde noch mehr tun, als nur deine verdammte Nase zu brechen."

Ich bringe ihn auf die Beine und knalle ihn gegen das Mauerwerk des Gebäudes, wobei ich dieses Mal mit meiner Hand fest seine Kehle umschließe.

„Logan! Pass auf!", schreit Bella in dem Moment, als Mason seine Hand erhebt und meinen Arm mit einem Messer aufschlitzt.

Ich packe sein Handgelenk, drehe seine Hand zurück, sodass er die Waffe fallen lässt, und verstärke meinen Griff um seinen Hals, was dazu führt, dass sein Gesicht rot wird.

Dann ziehe ich meine Waffe aus meiner Kutte hervor und presse das Ende des Laufs gegen seine Schläfe. „Du bist von Dummheit zerfressen, stimmt's, du Wichser?"

„Logan, er ist es nicht wert! Lass ihn einfach

gehen!“, brüllt Bella.

Ich spanne den Hahn, mein Adrenalin pumpt. „Dieses Arschloch hat dich angefasst. Das lasse ich nicht auf sich beruhen. Geh rein, Bella.“

Sie kommt zu mir herüber und berührt meinen Arm. „Logan … sieh mich an.“

Als ich es nicht tue, versucht sie es noch mal. „Logan“, sagt sie ruhig. „Bitte. Er ist es nicht wert.“

Wie kann irgendjemand sie verletzen wollen?

„Ich kann es nicht auf sich beruhen lassen, Engel.“

Sie nickt. „Ich weiß. Aber bring ihn nicht um. Ich mache mir mehr Sorgen darüber, was mit dir passieren wird. Was, wenn jemand einen Schuss hört und die Polizei ruft? Ich will nicht, dass du Schwierigkeiten bekommst.“

Scheiße. Nachdem sie von diesem Arschloch so übel zugerichtet worden ist, bin ich die einzige Person, an die sie denkt? Nicht an sich selbst, sondern an mich.

Ich sichere meine Waffe und lasse sie sinken.

„Bella, geh rein und such irgendwas, womit man ihn fesseln kann.“ Sie will etwas sagen, aber ich schneide ihr das Wort ab. „Mädchen! Bewege deinen süßen Hintern nach drinnen und tu, was ich dir sage.“

Zögernd geht sie hinein, und sobald sie weg ist, wende ich mich wieder dem Hurensohn zu, den ich immer noch an der Wand festhalte.

„Ich beende vielleicht nicht dein wertloses Leben, aber noch bevor die Nacht zu Ende ist, wirst du dir wünschen, ich hätte es getan.“ Ich stoße ihn weg, wobei ich meinen Griff um seinen Hals löse.

Er hält sich seitlich an der Mauer fest und ringt nach Luft. „Du wirst damit nicht durchkommen“, faucht er.

Ich muss lachen. „Ist das jetzt der Teil, wo du mir erzählst, dass dein Daddy der und der ist?"

Ich verpasse ihm ein paar weitere Schläge in die Rippen, und er stolpert ein paar Schritte, bevor er auf die Knie fällt und versucht, wieder zu Atem zu kommen.

„Vielleicht lasse ich einige meiner Brüder heute Nacht ein bisschen Spaß mit dir haben", spotte ich und trete hinter ihn.

Spucke fliegt aus seinem Mund, als er anfängt, zu flehen. „Bitte … Ich schwöre, ich werde Bella nicht noch mal belästigen. Bitte."

Ich hasse Jammerlappen.

Mason beobachtet, wie ich meine Waffe wieder herausziehe.

„Scheiße, Mann. Du hast gesagt, du würdest mich nicht umbringen", schreit er und nimmt seine Hände hoch.

Ich sehe auf ihn hinab und zucke die Schultern. Dann nehme ich den Kolben der Waffe und knocke ihn mit einem Schlag auf den Kopf aus. Er sackt zu Boden, als Bella mit ein paar Rollen Klebeband in der Hand zurückkommt.

Ihr Blick wandert zuerst zu meiner Pistole und dann zum Boden, auf dem Mason liegt.

„Logan?", fragt sie.

„Er ist nicht tot. Ich habe ihn nur ausgeknockt."

Ich gehe auf sie zu, nehme ihr Gesicht in meine Hände und reibe mit dem Daumen über die geschwollene Stelle in ihrem Gesicht. Dann beuge ich mich runter und streiche mit meinen Lippen leicht über den Fleck, den der Drecksack auf ihrer Wange hinterlassen hat.

Dann trete ich zurück und schaue sie an. „Es tut mir leid, dass er sich mit seinen dreckigen Händen an dir vergriffen hat. Es wird nicht noch mal passieren."

Ich nehme das Klebeband und beginne, Masons Hand- und Fußgelenke damit zusammenzubinden. Sobald ich fertig bin, ziehe ich mein Handy hervor, um zu telefonieren. Es klingelt nur einmal, bevor ich Gabriels Stimme höre.

„Ja?"

„Hey, Bruder. Ich habe hier im Motorradladen eine Kleinigkeit, die noch zu erledigen ist."

„Ich bin gegenüber. Bin in fünf Minuten da", erklärt er und legt auf.

Da ich den Kerl draußen liegen lassen werde, bücke ich mich und klebe ihm seinen Mund zu, bevor ich reingehe – nur für den Fall, dass er aufwacht. Bella steht immer noch da und sieht zu.

„Komm schon, Engel. Lass uns reingehen." Ich lege meine Hand auf ihren Rücken und schiebe sie Richtung Pausenraum. „Machen wir dich sauber und dann setze ich uns etwas Kaffee auf."

Kurz bevor wir bei der Couch sind, entzieht sie sich aus meiner Berührung und geht zur Küchenzeile hinüber, um das Erste-Hilfe-Set unter der Spüle hervorzuholen. Sie kommt wieder zu mir, ergreift meine Hand und führt mich zum Tisch. Den Stromstoß, der von dieser Berührung ausgeht, können wir beide nicht ignorieren. Sie blickt zu mir hoch, um mich wissen zu lassen, dass sie das Gleiche gespürt hat.

Ich kann ihren rasenden Puls spüren, als mein Daumen über ihr Handgelenk streicht.

Mit einem schüchternen Lächeln räuspert sie sich,

bevor sie spricht. „Ich werde zuallererst die Schnitt-
wunde an deinem Arm säubern."

Ich schaue auf meinen Arm hinunter. „Ich bin okay,
Babe. Ich habe schon schlimmer ausgesehen."

Sie platziert das Erste-Hilfe-Set auf dem Tisch, öffnet es und nimmt einen Teil des Inhalts heraus, den
sie auf den Tisch vor sich legt.

„Da bin ich mir sicher. Bitte setz dich hin, Logan.
Lass mich dich versorgen."

Fuck. Ich spüre, wie sich meine Brust wieder zusammenzieht. Ich setze mich, strecke meinen Arm
aus, und Bella beginnt, das Antiseptikum mit einem
Verbandsmull sanft auf den Schnitt zu tupfen, um
ihn zu säubern. Das Brennen lässt mich leicht zu-
rückzucken.

Sie hebt den Blick und flüstert: „Tut mir leid." Dann
senkt sie den Kopf und pustet über meine Wunde,
um das Brennen zu lindern. Bella sieht mich durch
ihre langen, dichten Wimpern an. Verdammt, es gibt
nichts, was ich tun kann, um zu verbergen, was für
eine Wirkung sie auf mich hat.

„Es sieht nicht so tief aus, dass man es nähen
müsste, aber ich lege ein paar Klammerpflaster an,
damit die Wunde verschlossen bleibt."

Da ich meiner Stimme nicht traue, nicke ich nur.

Sie macht sich daran, die Pflaster anzubringen,
dann wickelt sie etwas Verbandsmull um meinen
Unterarm und fixiert ihn mit Klebeband.

„Danke, Hübsche. Es hat sich schon lange niemand
mehr so um mich gekümmert."

Ich sehe Fragen in ihren Augen, aber sie stellt sie
nicht. Das liebe ich an ihr. Bella tut Dinge für Menschen, wundervolle Dinge, und sie verlangt nichts im

Gegenzug. Sie hört zu, ohne zu urteilen, und drängt mich nicht zu mehr, als ich bereit bin, zu geben.

Ich führe sie zur Couch und bedeute ihr, sich hinzusetzen. „Ich setze eine Kanne Kaffee auf und besorge dir vorne aus dem Laden eines der Arbeitsshirts. Ich will nicht, dass du mit diesem zerrissenen T-Shirt herumsitzt, das du anhast."

Als ich zurück in den Pausenraum komme, weiche ich in der Spüle einen sauberen Waschlappen unter warmem Wasser ein, wringe ihn aus und geselle mich wieder zu Bella.

Ich knie mich hin, lege das T-Shirt auf die Couch, ziehe Bella zu mir und positioniere mich zwischen ihren Beinen.

„Lass mich dich sauber machen."

Ohne den Blickkontakt zu unterbrechen, warte ich darauf, dass sie mir grünes Licht gibt, bevor ich ihr den warmen Waschlappen ans Gesicht lege, um den Dreck und die getrockneten Tränen wegzuwischen. Die Beule ist schon ein bisschen blau, also passe ich auf, nicht zu fest über ihre Wange zu reiben. Ich kann spüren, wie sich alles in mir bei dem Gedanken daran anspannt, wie dieses Arschloch ihr Gesicht auf diese Weise verunstaltet hat.

Bella spürt es und legt ihre Hand auf meine.

„Mir geht es gut, Logan."

Ich schaue sie an, und mich überkommt schon wieder das starke Bedürfnis, sie zu küssen. Ich hätte nie gedacht, dass ich mehr in meinem Leben brauchen würde als den Club und meine Brüder. Bis jetzt habe ich mich nie so unzufrieden damit gefühlt, nicht mehr zu haben. Bis diese wunderschöne Frau vor mir mich dazu gebracht hat, mich danach zu sehnen. Mich nach ihr zu sehnen.

Ich lasse meine Hand sinken und schnappe mir das T-Shirt, das ich neben ihr abgelegt habe. „Hier, zieh das an, während ich uns beiden eine Tasse Kaffee hole."

Sie sieht runter zu dem Shirt, dann wieder zu mir. „Ähm, ich gehe nur eben auf die Toilette und ziehe mich um."

„Ich bleibe mit dem Rücken zu dir gedreht, bis du dich umgezogen hast. Ich verspreche dir, dass ich nicht gucken werde", sage ich und lächle sie an.

Ihr Gesicht errötet und sie erwidert das Lächeln.

Ich drehe mich um und steuere auf die Arbeitsfläche zu, um zwei Tassen aus dem Schrank zu nehmen und dann Kaffee einzuschenken. Dabei lasse ich mir Zeit, bis ich sie sanft sprechen höre.

„Du kannst dich jetzt umdrehen."

Mit beiden Tassen in den Händen wende ich mich ihr zu, während sie zum Tisch geht. Das T-Shirt verschluckt sie. Ein Bild von ihr, wie sie nichts außer meinem Shirt trägt, blitzt in meinen Gedanken auf.

„Danke für das Shirt, Logan."

Sie setzt sich hin und nimmt die Tasse, die ich vor ihr abgestellt habe. Ich leiste ihr Gesellschaft, und wir genießen einen Moment lang die Stille, bis mein Handy klingelt.

Ich blicke auf mein Telefon, sehe, dass es Gabriel ist, und wische über den Bildschirm, um abzuheben. „Hast du das Päckchen gefunden, das draußen beim Müllcontainer liegt?"

„Ja", antwortet er.

Bella rutscht auf ihrem Stuhl herum und beobachtet

mich aufmerksam.

Ohne sie aus den Augen zu lassen, fahre ich mit meinem Telefongespräch fort. „Dieser Wichser ist heute Abend über Bella hergefallen. Er bleibt am Leben, aber amüsiere dich erst mal ein bisschen mit ihm. Finde seine Adresse raus und lade ihn da ab, wenn du fertig bist."

Sie entspannt sich sichtlich, nachdem sie gehört hat, was ich zu Gabriel gesagt habe, und trinkt ihren Kaffee aus.

Gabriel stellt keine Fragen. Er gibt nur ein Schnauben von sich, bevor er auflegt.

„Danke", flüstert Bella und späht über den Rand ihrer Kaffeetasse zu mir.

Ich lehne mich vor und tue, was ich den ganzen Abend schon tun wollte. Verdammt, seit Tagen. Ich nehme ihr Gesicht in meine Hände und streiche sanft mit meinen Lippen über ihre, dann ziehe ich mich zurück und blicke in diese wunderschönen Augen.

„Nur dieses eine Mal. Er ist am Leben, weil du darum gebeten hast, aber ich werde das nicht noch mal tun, Babe."

Sie leckt sich meinen Geschmack von den Lippen und nickt. „Ich verstehe."

„Gut. Jetzt bringen wir dich nach Hause. Ich fahre dich in deinem Auto und schreibe Reid eine Nachricht, dass er mich von da abholen soll. Du bist erschöpft und solltest heute Abend nicht mehr hinters Steuer."

Ich sende schnell eine Nachricht mit Bellas Adresse an Reid und schließe den Laden fertig ab. Dann gehen wir gemeinsam zu ihrem Auto, wo ich ihr beim Einsteigen helfe und sie anschnalle.

„Logan, ich bin ein großes Mädchen. Ich kann mich selber anschnallen."

„Halt die Klappe, Frau, und lass dich von mir umsorgen."

Nachdem der Gurt eingerastet ist, schließe ich ihre Tür und laufe herum auf die Fahrerseite. Als ich mich hinters Lenkrad schwinge, sind meine Knie so weit darunter eingeklemmt, dass es schmerzt.

Bella kichert sanft neben mir, als ich den Sitz weit genug nach hinten schiebe, damit es für meine Beine angenehm ist. Ich liebe den Klang ihres Lachens. Er bringt mich zum Lächeln.

Ungefähr zwanzig Minuten später halte ich in ihrer Einfahrt. Ich sehe hinüber und stelle fest, dass sie fest eingeschlafen ist.

Reid kommt gerade hinter uns angefahren, als ich aussteige, um den Wagen zu umrunden und die Beifahrertür zu öffnen.

„Babe, wach auf. Du bist zu Hause."

Sie öffnet verschlafen ihre Augen, streckt die Hand nach mir aus und berührt mein Gesicht. „Danke, Logan. Für alles."

Ich helfe ihr aus dem Auto, schließe die Tür und reiche ihr die Schlüssel. Dann beuge ich mich runter und küsse sie auf den Scheitel.

„Gute Nacht, Engel."

„Gute Nacht, Logan."

Ich warte ab, bis sie nach drinnen gegangen ist und die Tür abgeschlossen hat, ehe ich in Reids Pick-up steige, wo dieser ein albernes Grinsen aufgesetzt hat.

Ich schaue ihn an und frage: „Was?"

„Du hast heute Abend jemanden für dieses

Mädchen nicht umgebracht", stellt er fest.

„Ja", antworte ich und verschränke die Arme vor der Brust.

Reid starrt wieder nach vorn. Als er losfährt, sagt er: „Gut."

Kapitel 10

Bella

Auf dem Heimweg von der Arbeit blicke ich flüchtig in den Rückspiegel meines Autos. Ich betrachte den verblassten Bluterguss auf meinem Gesicht und fahre mit dem Finger darüber. Es sind ein paar Tage vergangen, seit Mason mich bei der Werkstatt angegriffen hat, und die Jungs versichern mir seitdem, dass er keine Probleme mehr machen wird. Meine Schwester hat in dieser Nacht schon tief und fest geschlafen, als Logan mich zu Hause absetzte. Sie hatte also keine Ahnung, was passiert war, bis sie mein Gesicht am nächsten Morgen erblickte. Seitdem schreibt sie mir jeden Tag mindestens eine Stunde vor Feierabend, um sicherzugehen, dass ich nicht allein bin.

Ich fahre zu meinem Haus und sehe, dass die Einfahrt voller Autos ist. Lee und seine schäbigen Freunde sind da. Mir wird ganz flau im Magen, weil mir einfällt, dass meine Schwester mit ihnen allein zu Hause ist. Ich habe vergessen, dass meine Mom heute Abend länger arbeiten muss. Ich weiß, dass sie ihm gesagt hat, dass er nicht zurückkommen soll. Mom hat ihn nach ihrem letzten Streit rausgeworfen. Er ist mehrere Wochen lang weg gewesen. Ich wette, sie weiß nicht einmal, dass er hier im Haus ist.

Ich parke mein Auto an der Straße, springe heraus und mache mich auf den Weg ins Haus. Von drinnen kann ich bereits die laute Musik hören.

Als ich die Haustür öffne, trifft mich sofort der

Gestank von Zigaretten und Schweiß. Ich entdecke den Abschaum persönlich, der mit drei von seinen Freunden am Küchentisch sitzt. Ich ignoriere ihre anzüglichen Blicke, die auf mir ruhen, und gehe geradewegs in mein und Albas Zimmer.

Als ich die Tür öffne und sie nicht sehe, beginnt mein Herz zu rasen und ich fange an, panisch zu werden. Ich spüre eine leichte Brise, also schaue ich nach rechts und stelle fest, dass das Fenster offen steht. Ich haste hinüber und schaue hinaus in die Nacht. Da wird es mir klar. Sie ist in den Park gegangen. Auf dem Weg zur Haustür durchquere ich die Küche und komme an Lee vorbei.

„Wohin gehst du, Bella?", lallt er betrunken.

Ich mache mir nicht die Mühe, ihm zu antworten. Dieses Arschloch ist nebensächlich. Ich laufe raus und knalle die Tür hinter mir zu.

Bis ich am Park ankomme, ist es so dunkel, dass ich kaum etwas erkennen kann. Ich krame in meiner Tasche nach meinem Handy, um es als Taschenlampe zu benutzen.

Das hier ist der Ort, an den Alba geht, um sich sicher zu fühlen, wenn die Dinge zu Hause zu erdrückend werden. Sie weiß, dass ich hier als Erstes suchen würde, wenn ich sie finden müsste. Und ich weiß ganz genau, wo sie sein wird – oben bei der Röhrenrutsche.

Ich klettere die Sprossen des Klettergerüsts hinauf. Oben angekommen erkenne ich den Schein von Albas Taschenlampe, die sie als Schlüsselanhänger trägt. Sie sitzt mit überkreuzten Beinen in der Öffnung, das Licht strahlt auf das Buch, das sie in ihren

Schoß gebettet hat. Ich stehe einen Moment lang da und schaue meine kleine Schwester an. Sie sollte nicht hier sein. Sie sollte nicht aus ihrem Schlafzimmerfenster klettern und nachts in den Park laufen müssen, um sich zu verstecken, weil sie sich in ihrem eigenen Zuhause nicht sicher fühlt.

Sie spürt mich und dreht den Kopf in meine Richtung. „Hey, Bella."

„Hi."

„Lee ist aufgetaucht", sagt sie.

„Ich weiß, ich war gerade dort. Du warst nicht im Zimmer, also wusste ich, dass ich dich hier finden würde. Du weißt, dass du mich jederzeit anrufen kannst, auch wenn ich auf der Arbeit bin."

„Ich weiß, Bella, aber du hast gerade erst deinen neuen Job angefangen, und ich wollte nicht, dass du Schwierigkeiten bekommst, weil du wegen mir früher gehen musst."

„Alba, du stehst an erster Stelle, hörst du mich? Kein Job ist wichtiger als du."

„Aber …", beginnt sie zu protestieren.

„Kein Aber, Alba. Nächstes Mal rufst du mich an, okay?"

„Okay, ich verspreche es", antwortet sie und seufzt, während sie sich eine Träne wegwischt, die ihre Wange hinunterläuft.

„Komm her", sage ich.

Ich setze mich neben sie. Sie rutscht näher zu mir und legt ihren Kopf in meinen Schoß, damit ich ihr über die Haare streichen kann.

„Das wird schon, Alba. Ich habe jetzt diesen neuen Job, und da werde ich besser bezahlt als im Supermarkt. Ich kann Geld sparen, und bald werde ich in der Lage sein, uns eine eigene Wohnung zu besorgen.“

Ich bin etwas nervös, als ich am nächsten Tag zur Arbeit fahre. Bei meiner Schwester stehen in ein paar Wochen die Schulferien an, und nach dem, was gestern passiert ist, kann ich es nicht riskieren, sie den ganzen Tag allein zu Hause zu lassen. Schließlich weiß ich, dass Lee dort abhängen könnte. Ich muss Jake fragen, ob ich sie mit mir zur Arbeit bringen darf, während sie schulfrei hat.

In der kurzen Zeit, die ich jetzt bei *Kings Custom Bikes* arbeite, ist Jake durchgehend freundlich gewesen, dennoch macht es mich ein bisschen nervös, ihn um so einen großen Gefallen zu bitten.

Ich komme zur selben Zeit an wie Jake und sehe, wie er von seinem Motorrad steigt. Natürlich hat er auch eine rosa Schachtel in der Hand. An jedem Morgen, an dem ich hier gearbeitet habe, hat er bei dieser süßen kleinen Bäckerei in der Stadt Halt gemacht. Sie hat vor ungefähr sechs Monaten eröffnet und sie haben dort das beste Gebäck. Ich vermute, dass seine Vorliebe für Donuts etwas mit der hübschen Bäckerin zu tun hat, der der Laden gehört.

„Guten Morgen, Jake.“

„Morgen, Süße.“

Wir gehen hinein, und ich sehe, dass Logan und Quinn schon da sind. Für gewöhnlich kommen sie schon früher, um alles für den Tag herzurichten.

„Hey, Prez. Was soll das mit den Donuts jeden Tag?“, fragt Quinn mit einem wissenden Lächeln.

„Ich mag Donuts“, erklärt ihm Jake.

Quinn lässt, weil er eben Quinn ist, nicht locker.

„Ja, die sind echt der Hammer. Tatsächlich sind sie
so gut, dass ich darüber nachdenke, in die Stadt zu
fahren, damit ich dieser verdammt sexy rothaarigen
Bäckerin persönlich sagen kann, wie sehr ich ihre süßen Leckereien genieße“, sagt er und wackelt beim
letzten Teil mit den Augenbrauen.

Er muss einen Todeswunsch haben, denn sobald
diese Worte seinen Mund verlassen haben, schlägt
ihm Jake ins Gesicht.

„Wenn du auch nur in die Nähe von Grace kommst,
werde ich dir persönlich deine gottverdammten Eier
abreißen!“, verkündet Jake mit Wut in der Stimme.

Fassungslos stehe ich da. Ich sehe hinüber zu Logan
und er lächelt. Ich wende meine Aufmerksamkeit
wieder Quinn zu, der sich jetzt vom Boden aufrafft.
Er wischt sich mit dem Handrücken das Blut von den
Lippen, trägt dabei aber auch ein verdammt breites
Grinsen im Gesicht.

„Du Hurensohn!“, knurrt Jake, bevor er zu seinem
Büro stampft.

„Ich kann nicht glauben, dass du das zu ihm gesagt
hast“, schimpfe ich Quinn.

Er zwinkert mir zu und dreht sich wieder zum Motorrad um, an dem er gerade arbeitet.

Ich drehe mich ebenfalls um und werfe erneut einen
Blick zu Logan, der wegläuft und „Idiot“ in seinen
Bart murmelt.

Später mache ich mich auf den Weg zu Jakes Büro.
Hoffentlich hat er sich von heute Morgen wieder beruhigt und ist nicht mehr stinksauer. Seine Tür ist geschlossen, also klopfe ich.

„Was!“

Ich stecke meinen Kopf herein. „Hey, Jake, hast du einen Moment Zeit?"

Als er mich sieht, wird sein Gesichtsausdruck weich. „Klar, Süße. Was brauchst du?"

Ich stoße einen tiefen Seufzer aus. „Meine Schwester hat in ein paar Wochen Frühlingsferien, und ich wollte fragen, ob ich sie in dieser Woche den Tag über mit zur Arbeit bringen kann. Ich verspreche, dass sie nicht im Weg sein wird. Du wirst nicht einmal merken, dass sie hier ist."

„Ähm, nicht, dass es mich stören würde, wenn sie hier ist, Bella, aber ist sie nicht alt genug, dass man sie allein lassen kann?"

Er hat recht. Alba ist achtzehn und damit weit über das Alter hinaus, in dem man einen Babysitter braucht.

Als er sieht, dass ich zögere, seine Frage zu beantworten, fragt er: „Gibt es einen Grund, wieso deine Schwester nicht zu Hause bleiben kann?"

Ich vermeide es, ihn anzusehen. Ich frage mich, ob ich ihm von Lee erzählen sollte.

„Bella, sieh mich an."

Ich tue es und erkenne Besorgnis in seinem Gesicht.

„Und jetzt erzähl mir, wieso du sie nicht allein zu Hause lassen kannst."

Ich lasse mich auf den Stuhl fallen, der vor seinem Schreibtisch steht. „Mein Stiefvater ist, sagen wir mal … er ist kein guter Mensch, und er taucht weiterhin auf, nachdem meine Mom ihm gesagt hat, dass er nicht willkommen ist. Ich traue ihm nicht", erkläre ich.

Seinem düsteren Gesichtsausdruck nach zu urteilen, brauche ich nicht mehr zu sagen.

„Ich sage dir was. Du bringst deine Schwester mit hierher, wenn sie Ferien hat. Ich möchte auch, dass sie von heute an jeden Tag nach der Schule hier ist. Wenn wir beschäftigt sind und du sie nicht abholen kannst, dann wird es einer der Brüder tun. Bist du einverstanden mit alldem?"

Ich spüre, wie mir eine riesige Last von meinen Schultern fällt. Ich beuge mich vor, stütze meinen Kopf in meine Hände und stoße einen tiefen Atemzug aus. Als ich wieder hochblicke, kniet Jake vor mir.

Er sieht mir direkt in die Augen. „Du bist nicht mehr allein, Bella. Du hast mich und du hast den Club."

Ich versuche, die Tränen wegzublinzeln und nicke. „Danke."

Nachdem ich Jakes Büro verlassen habe, treffe ich auf dem Weg zurück zum Empfang auf Logan.

„Was zur Hölle, Bella? Warum weinst du, verdammt?"

„Mir geht es gut", sage ich und seufze. „Ich verspreche es."

„Dir geht es verdammt noch mal nicht gut. Sag mir, wieso du mit Tränen in den Augen aus Jakes Büro kommst."

„Ich hatte ein kleines Problem, und Jake hat mir dabei geholfen. Das ist alles."

„Was für ein verdammtes Problem? Und denk nicht mal dran, mich anzulügen, Babe", knurrt er.

„Ich habe ihn gefragt, ob ich meine Schwester mit zur Arbeit bringen kann, während Schulferien sind. Ich traue unserem beschissenen Stiefvater nicht."

„Wieso nicht, verflucht? Was hat der Scheißkerl

getan, Bella?"

„Nichts … bis jetzt. Er ist nur ein Widerling und ich traue ihm nicht."

Logans Körper versteift sich und seine Fäuste verkrampfen sich bei meinen Worten. Um ihn zu beruhigen, lege ich meine Hand auf seinen Arm.

„Hör zu, Jake hilft mir. Er hat gesagt, ich kann Alba mit hierher nehmen, und sie kann auch jeden Tag nach der Schule kommen."

Er hebt die Hand, streicht mir eine lose Haarsträhne hinter mein Ohr und sagt: „Von jetzt an gibst du mir Bescheid, wenn du ein Problem mit diesem Wichser hast. Okay, Engel?"

Das ist das erste Mal seit unserem Kuss, dass Logan mich berührt. Aus irgendeinem Grund scheint er Abstand zwischen uns zu bringen. So wie jetzt gerade. Ich weiß, dass er mich küssen will. Ich sehe es in seinen Augen. Er verwirrt mich mit all seinen gemischten Signalen in letzter Zeit. Ich habe keine Ahnung, wie ich mit ihm umgehen soll.

Es ist Sonntag, mein freier Tag. Ich habe beschlossen, mit Alba shoppen zu gehen. Mit dem Geld, das Jake mir zahlt, kann ich es mir leisten, uns ein paar neue Klamotten für den bevorstehenden Sommer zu kaufen. Wir beide haben uns schon eine Weile keine neuen Sachen mehr geleistet. Das Geld war knapp, weil ich versucht habe, Mom zu helfen, mit dem Zahlen der Rechnungen nachzukommen. Wir gehen viel in Secondhandgeschäften shoppen, aber meine Schwester hat sich nie darüber beschwert und war immer dankbar, egal, was ihr geboten wurde. Es fühlt sich gut an, dass ich sie heute verwöhnen kann, also bin ich mit ihr zur Vintage-Boutique in der Innenstadt gefahren und später nehme ich sie dann mit in die Buchhandlung.

„Ich denke darüber nach, mir zu meinem Geburtstag ein Tattoo stechen zu lassen", sage ich, während ich die Kleiderständer durchstöbere.

„Wirklich?", entgegnet Alba und strahlt. Ihr Kopf taucht hinter einem blauen Shirt auf, das sie hochhält.

„Ich schwör's dir, Alba. Wenn du dir schon wieder ein blaues Shirt kaufst …"

„Wechsle nicht das Thema, Bella."

Meine Schwester ist besessen von Blau. Ich glaube, alles, was sie besitzt, ist blau.

„Ich will mit dir kommen", verlangt sie.

„Natürlich kommst du mit mir. Denkst du, ich würde es ohne dich tun?" Ich lächle sie an.

„Wo lässt du es machen? Hat der Club nicht ein Studio?"

„Ja. Ich habe gestern mit Quinn darüber geredet. Er sagt, ich soll es von Gabriel stechen lassen."

„Oh, ich mag diesen Namen. Er hat den perfekten Buchcharakter-Namen für einen sexy Milliardär."

Ich verdrehe die Augen bei ihrem Kommentar. „Du und deine Bücher."

Etwas Rotes, das von der Schaufensterscheibe gespiegelt wird, blitzt kurz auf und erregt meine Aufmerksamkeit. Ein knallroter Camaro biegt in die Parklücke neben meinem Auto. Zwei Frauen steigen aus und gehen auf den Laden zu. Das Glöckchen über der Tür läutet, und ich beobachte, wie die beiden hineinmarschieren. Die eine hat kurze, wasserstoffblonde Haare und ihre Freundin mittellange, schwarze. Die Blondine trägt ein bauchfreies Top und einen Jeansrock, der kaum ihren Hintern bedeckt. Ihre Freundin ist genauso gekleidet. Beide Outfits schreien „Schau mich an!", und der starke Parfümgeruch, der ihnen folgt, ist abscheulich.

Als wir weitershoppen, bemerke ich, dass mir die Blonde einen bösen Blick zuwirft. Ich habe keine Ahnung, was ihr Problem ist. Ich kenne sie nicht einmal.

„Kennst du diese Frau?", fragt Alba, als sie über ihre Schulter zu ihnen nach hinten späht.

„Nein."

„Na ja, sie sieht aus, als würde sie dir die Haare rausreißen wollen."

Genau in diesem Moment kommen die Blondine und ihre Freundin zu uns herüber. Ich zucke zusammen, als sie sich räuspert. Sie steht mit der Hand auf ihrer Hüfte und einem spöttischen Grinsen im Gesicht da.

„Du musst dich von meinem Mann fernhalten, Schlampe."

Hat diese kleine Knalltüte ihren Verstand verloren? „Ähm, ich weiß nicht, von wem zur Hölle du redest."

„Ich spreche von Logan. Er gehört zu mir, und ich will, dass du dich verdammt noch mal von ihm fernhältst."

Hat Logan eine Freundin? Was zur Hölle? All die Nachrichten, die Anrufe. Der Kuss. Deswegen war er ein wenig distanziert. Wie auch immer, es ist mir völlig egal, dass sie mit Logan zusammen ist. Aber wem mache ich was vor? Ich belüge mich selbst. Es ist mir nicht egal. Ich will Logan. Doch wie sich herausstellt, will er mich nicht.

Ich sammle mich, richte mich etwas auf und blicke

sie an. „Hör zu, Logan und ich arbeiten zusammen, das ist alles. Also, was auch immer du denkst, was zwischen uns läuft, das tut es nicht. Er hat kein Interesse an mir."

„Oh, ich weiß, dass er dich nicht will, weil er mir erst letzte Nacht gesagt hat, wie gut meine Pussy ist", sagt sie, während ihre Freundin hinter ihr kichert.

Ich hebe die Hand, um sie davon abzuhalten, noch weiterzureden. „Weißt du was? Ich glaube, es ist an der Zeit, dass Idiotin eins und Idiotin zwei sich jetzt wieder um ihren eigenen Kram kümmern."

Ich spüre, wie Alba an meinem Arm zieht. „Komm schon, Bella, lass uns einfach gehen", bittet sie mich.

Wäre meine Schwester nicht bei mir, würde ich auf keinen Fall vor dieser Schlampe zurückschrecken, aber meine Schwester ist kein Kämpfertyp und geht Konfrontationen immer aus dem Weg. Sie ist die einzige Person, für die ich mich zurückhalte. Daher beiße ich, sosehr es mich auch schmerzt, die Zähne zusammen und wir gehen.

Als wir aus dem Laden herauskommen, laufe ich rüber zum Auto der Schlampe, nehme die Schlüssel in die linke Hand und ziehe sie dann über die Motorhaube ihres Autos bis zur Fahrerseite.

Als ich in mein Auto gleite, sehe ich zu Alba hinüber. Ihr Mund steht weit offen.

„Was?", sage ich unschuldig und zucke mit den Schultern. „Lass dich nicht von den Leuten herumschikanieren, Alba. Ich bin vielleicht gerade von dieser Schlampe weggegangen, aber wenn sie herauskommt und einen Blick auf ihr Auto wirft, wird sich das Miststück ziemlich gut vorstellen können, wer das getan hat."

Ihr Auto zu zerkratzen, erscheint vielleicht belang-
los, doch jetzt im Moment, wo ich weiß, wie viel es
sie kosten wird, das zu reparieren, ist es mir das wert.
Zumindest rede ich mir das ein. Zum Teil habe ich es
getan, weil meine Gefühle ein tobendes Chaos sind,
nachdem ich gehört habe, dass Logan eine Freundin
hat.

Ich komme mir so dumm vor.

Wie konnte mir entgehen, dass er schon eine Freundin hat? War ich wirklich so blind?

Kapitel 11

Logan

„Diese verfickten *Demonios*-Wichser", belle ich, während wir dasitzen und eine Versammlung in der Church abhalten. Sich mit diesen Arschlöchern auseinandersetzen zu müssen, die uns zuvorgekommen sind, macht uns alle nervös.

„Komm runter, Logan", sagt der Prez. „Wir alle hier sind der gleichen Meinung, Bruder, aber wir müssen die Sache auf die schlaue Art angehen."

Ich greife nach dem Bier vor mir, kippe den Rest hinunter und zünde mir eine Zigarette an.

Zu allem Überfluss hat Bella das ganze verdammte Wochenende keine meiner gottverdammten Nachrichten und keinen meiner Anrufe beantwortet. Ich weiß, dass es ihr und ihrem süßen Hintern gut geht, weil Reid sie mit ihrer Schwester im Café in der Innenstadt gesehen hat. Aber ich habe keine Ahnung, welche Laus ihr über die Leber gelaufen ist. Heute Morgen, als ich für ein paar Stunden in die Werkstatt gekommen bin, um am Motorrad von einem der Brüder zu arbeiten und einen neuen Kupplungszug anzubringen, hat sie kaum zwei Worte mit mir gewechselt.

„Reid, was hast du bisher herausgefunden?", erkundigt sich der Prez und nimmt einen Schluck von seinem Bier.

„Laut unseren Kontakten ist die Zahl der Mitglieder bei den *Demonios* im letzten Jahr gewachsen, und sie sind bekannt dafür, andere Geschäfte an sich zu reißen. Der Präsident des Clubs heißt Miguel, aber der Anführer des Überfalls von letzter Woche war der Vizepräsident, gemeinsam mit seinem Sohn Jorge." Reid sieht von seinem Computer auf, auf dem er herumgetippt hat, und schaut uns an. „Unsere Quellen haben uns darüber informiert, dass in den letzten sechs Monaten scheinbar einige junge Mädchen aus den umliegenden Gebieten als vermisst gemeldet worden sind. Soweit wir wissen, ist keines davon aus unserer Stadt, aber ich kann unseren Kontakt beim Revier darauf ansprechen, um das bestätigen zu lassen."

„Womit zum Teufel hat das irgendwas zu tun, Bruder?", fragt der Prez genervt.

Reid hebt die Hand. „Dazu komme ich noch. Uns ist auch bestätigt worden, dass die *Demonios* ihre schmierigen Finger im Menschenhandel haben, und das bereits seit einer ganzen Weile, was das Verschwinden der Mädchen erklären würde. Ich versuche nur, allen ein besseres Bild davon zu vermitteln, womit wir es hier zu tun haben."

„Was für ein widerlicher Abschaum", meldet sich Quinn zu Wort.

Solche Scheißkerle.

Als ich mich umsehe, erkenne ich, dass alle meine Brüder den gleichen Blick aufgesetzt haben. Eines machen wir nicht: Kindern oder Frauen etwas antun. Zu hören, dass diese Bastarde, die uns verdammt noch mal bestohlen haben, im Menschenhandel tätig sind, bringt mein Blut zum Kochen.

Wir sind keineswegs die guten Jungs, aber fuck, Menschenhandel ist das Letzte.

Ich fahre mit den Händen über mein Gesicht.

„Brüder, wir müssen genau herausfinden, wo sie sich verkriechen. Diese Bastarde sind gut darin, sich zu verstecken, so viel ist sicher, aber wir haben etwas, was sie nicht haben – die Russen."

Ich schaue zu Jake, weil er den Anruf bekommen hat und sie daher darüber informieren muss.

„Ich habe einen Anruf von unserem Lieferanten bekommen, dem Oberhaupt der Familie Volkov, mit der wir Geschäfte machen. Einer ihrer Mitarbeiter wurde von einem Beobachter angerufen, den sie hier in den Staaten haben, und dieser hat sie über unser kleines Problem aufgeklärt. Es scheint, als hätten sich die Arschlöcher noch mit ein paar anderen angelegt, mit denen sie Geschäfte machen. Und da der Club somit auch für sie gerade zu einer Plage wird, möchten sie uns gerne dabei helfen, unser gemeinsames Problem zu lösen."

Wenn die Russen mit einbezogen werden, sichert uns das mehr Ressourcen und Feuerkraft. Ich blicke umher zu all meinen Brüdern. Sie haben alles sacken lassen und ich erkenne das Verlangen nach Vergeltung in ihren Augen.

„Wir brauchen die Hilfe der Russen nicht", knurrt Gabriel.

„Bei den Zahlen, von denen Reid berichtet hat, schon", erwidere ich trocken.

„Sicher, wir könnten auf Verstärkung von den anderen Chaptern zurückgreifen, aber die brauchen ihre Männer auch. Es heißt, dass unser Chapter unten in Louisiana jetzt schon seit einiger Zeit Aktivitäten dieser Arschlöcher in der südlichen Gegend beobachtet. Es hat sie noch nicht betroffen, aber sie können das Risiko auch nicht eingehen", erkläre ich ihnen allen.

„Jetzt warten wir erst einmal den richtigen Augenblick ab. Wir müssen jeden ihrer Standorte herausfinden, denn wenn wir sie ausschalten, wollen wir dabei so viele wie möglich erwischen. Also verhalten wir uns fürs Erste unauffällig. Lasst sie weiterhin denken, sie hätten die Oberhand. Bei der Anzahl, die sie haben, werden wir unsere Familie genauer im Auge behalten müssen. Wir brauchen Brüder, die tagsüber die Straßen abfahren. Wer etwas sieht, gibt Bescheid. Ich möchte jetzt noch keinen einsperren. Wir wollen ja keinen Verdacht erregen", sage ich und blicke dabei jeden an.

Gabriel sitzt drüben in einer Ecke und sein Kiefer zuckt.

„Alles klar, Brüder. Ich gebe das Wort wieder an den Prez."

Die Anspannung im Raum ist jenseits von Gut und Böse, als Jakes Stimme über alle anderen dröhnt: „Okay … hört mir zu. Ich weiß, dass ihr auf euren Ärschen sitzen bleiben sollt, ist nicht das, was ihr hören wollt, aber ich erwarte, dass ihr es trotzdem tut. Nichts überstürzen und nichts auf eigene Faust versuchen. Zügelt euch mit dem Scheiß. Wenn ihr zufällig einen dieser dreckigen Hurensöhne erwischt, wie er irgendwo lauert, dann bringt ihn in den Keller. Dann, und nur dann, werdet ihr eine Chance bekommen, ein bisschen Spaß zu haben."

„Bereitet euch auf Krieg vor, Brüder!" Jake schlägt den Hammer auf den Tisch und die Versammlung ist vorbei.

Wir alle gehen der Reihe nach hinaus in den Gemeinschaftsbereich.

„Logan“, ruft der Prez und begibt sich zur Bar.

Ich gehe zu ihm und ziehe mir einen Hocker neben ihm heran.

„Jake“, sage ich, als ich mich setze und dem Prospect bedeute, mir ein Bier zu bringen.

„Ich brauche dich hier öfter im Club. Du hast hier ein Zimmer, und da du und ein paar der anderen Brüder keine Old Ladys oder Kinder habt, werde ich dich und alle, die du sonst noch brauchst, hier und drüben beim Lagerhaus auch über die Nacht postieren.“

Er hat recht. Diejenigen von uns, die nicht gebunden sind, haben nicht so viel zu verlieren.

„Alles klar, Prez. Ich möchte, dass Quinn und Reid die Nachtwache beim Lagerhaus übernehmen. Da ist sowieso das meiste von Reids Computerausrüstung und ich will Gabriel hier bei uns haben. Tagsüber lassen wir ein paar der anderen Jungs die Wache schieben. Wir müssen die Geschäfte führen und ich will keine totale Erschöpfung bei irgendjemandem riskieren“, erkläre ich ihm.

„Klingt gut“, stimmt er zu und kippt den Shot herunter, der vor ihm abgestellt worden ist.

„Ich bin nicht gerade begeistert, dass die Russen an all dem teilhaben wollen, aber ich verstehe es. Sie haben die *Demonios* jetzt schon eine ganze Weile lang ertragen müssen. Allerdings mag ich die Vorstellung nicht, dass jemand anderes uns befiehlt, was wir tun und wann wir es tun“, sage ich schroff.

„Hör zu, wir brauchen die zusätzlichen Männer, die sie uns schicken können. Diese Arschlöcher sind uns zahlenmäßig überlegen. Die Russen sind uns selbst in den Schoß gefallen und ich werde uns die

Zusammenarbeit mit ihnen nicht versauen."

Ich weiß, dass er recht hat. Das bedeutet nicht, dass es mir gefallen muss.

„Das stimmt. Besser, wir haben sie auf unserer Seite als gegen uns." Ich kippe den Rest meines Biers hinunter.

„Ich hau ab. Ich bin später wieder zurück."

Jake nickt und trinkt weiter.

Auf der kurzen Fahrt zu meinem Haus muss ich immer wieder an Bella denken. Wenn der ganze Scheiß gerade nicht wäre, hätte ich sie bereits in meinem Bett gehabt.

Deshalb bin ich auch immer noch angepisst, weil sie nicht mit mir redet.

„Fuck."

Ich reibe mir mit der Hand übers Gesicht, nachdem ich in meine Einfahrt eingebogen bin. Ich steige ab, laufe durch die Tür, die von der Garage in die Waschküche führt, und mache mich auf den Weg in die Küche.

Ich kann gleich eine ganze Tasche mit meinem Scheiß mitnehmen. Ich werde sie brauchen, da ich eine Weile im Club bleiben werde.

Ich verschwende nicht viel Zeit damit, meine Sachen einzusammeln, bevor ich auflade, um zurück zum Club zu fahren. Es wird langsam spät, und ich muss dafür sorgen, dass die Männer wissen, wo sie bei Einbruch der Dunkelheit sein müssen.

Ich beschließe, noch einen Versuch zu starten und Bella anzurufen.

Immer noch keine verdammte Antwort.

Gleich morgen früh werden wir erst mal ein paar Dinge klarstellen und herausfinden, warum sie mir verdammt noch mal aus dem Weg geht.

Als ich vor dem Club halte, bemerke ich, dass die Jungs beschlossen haben, sich heute Abend mit einer Party aufzulockern. Die Musik ist laut, und ich rieche das Essen, das draußen auf dem Grill brutzelt. Ich denke mir, was soll's, sie müssen bei dem ganzen Scheiß, der gerade los ist, ein bisschen abschalten. Und ich verdammt noch mal auch.

Ich schnappe mir meine Tasche und gehe rein.

Als ich an der Bar vorbeilaufe, sage ich Blake, er solle dafür sorgen, dass ein kaltes Bier und eine Flasche Whiskey für mich bereitstehen, wenn ich wieder runterkomme.

Ich entdecke Quinn, der in seiner Schlafzimmertür steht, während eine Blondine herausschlendert.

„Hey, Logan", sagt sie im Vorbeigehen.

„Kommst du runter und schließt dich der Party an, Bruder?", frage ich ihn und bleibe stehen.

„Nein, Mann. Ich hatte gerade meinen Spaß für heute Nacht. Der Prez meinte, du willst Reid und mich heute beim Lagerhaus haben, also sollte ich besser nicht zu angetrunken sein."

„Wenn du irgendetwas brauchst, gib mir einfach Bescheid. Ich denke, ich werde duschen, dann gehe ich runter und trinke einen."

Ich drehe mich um, um den Gang runter zu meinem Zimmer zu gehen, als Quinn mir zuruft: „Hey, Logan. Was von Bella gehört?"

„Keinen verdammten Muckser, Bruder. Keine Ahnung, was mit ihr los ist."

„Du beanspruchst sie besser für dich, Mann, bevor es jemand anderes tut", fügt er hinzu.

Ich balle meine Hand zur Faust. „Was zum Teufel soll das heißen, Bruder? Bist du interessiert?"

Quinn hebt beschwichtigend die Hände hoch. „So ist das mit mir und Bella nicht, Bruder. Sie ist eine gute Freundin geworden. Du bist auch mein Freund, aber wenn du bei ihr weiterhin nichts unternimmst, könnte sie dir jemand anderes wegschnappen, das ist alles, was ich sage."

Ich weiß, dass er recht hat.

„Fuck, bei uns im Club ist gerade die Hölle los. Ich kann nicht riskieren, sie da mit hineinzuziehen."

Quinn mustert mich einen Moment lang. „Hör zu, du und ich wissen beide, dass sie damit umgehen kann, Bruder. Diese Frau ist genau das, was du brauchst."

„Genug von Gefühlen und dem ganzen Scheiß. Du hörst dich langsam an, als wäre dir eine Pussy gewachsen", erwidere ich schmunzelnd.

Quinn grinst. „Mann, wenn ich eine Pussy hätte, würde ich jetzt meine Klitoris massieren, anstatt mich mit dir zu unterhalten."

Ich kann mir das Lachen nicht verkneifen. „Ruf mich an, falls heute Nacht irgendwas passiert. Bis später, Bruder."

Als ich wieder nach unten komme, ist die Party bereits in vollem Gange. Laute Musik und der Geruch von Gras erfüllen die Luft. Ich setze mich an meinen üblichen Platz am Ende der Bar, damit ich jeden und alles sehen kann. Blake reicht mir mein Bier und den Whiskey. Ich trinke meinen ersten Shot. Das Brennen fühlt sich gut an, also nehme ich noch mal einen. Gabriel setzt sich neben mich, greift nach meiner

Flasche und schnappt sich ein Glas von der Bar. Er schenkt sich einen Shot ein und kippt ihn runter.

„Ich mag die Scheiße mit dem Warten nicht."

Ich weiß, wie er sich fühlt.

„Hör zu, Mann, ich verstehe dich, aber wir müssen es so machen, wie der Prez es gesagt hat. Wir können unsere Lieferanten nicht verärgern. Wir brauchen zusätzliche Leute. Warte es einfach ab, Bruder. Du wirst bekommen, was du willst."

Er sitzt da und umklammert die Flasche, während sich seine Nasenflügel aufblähen.

„Reiß dich zusammen, Mann", warne ich ihn.

Ich nehme die Whiskeyflasche und schenke uns noch mal einen Shot ein. „Ich verstehe dich, Bruder … Warte nicht auf den Tod – hau das Zeug runter."

Kapitel 12

Bella

Ich habe die vergangenen paar Tage nicht viel von Logan gesehen, aber es macht mir nichts aus, dass er nicht bei der Arbeit ist. Nicht jeden Tag in sein Gesicht sehen zu müssen, macht den Schmerz und die Enttäuschung etwas einfacher zu ertragen.

Am meisten vermisse ich unsere Gespräche in der Mittagspause. Dieses kleine bisschen Zeit, das wir miteinander verbracht haben, war zu meinem Lieblingsteil des Tages geworden. Er hat etwas an sich, was mich beruhigt. Bei ihm fühle ich mich sicher.

Seit meiner Auseinandersetzung mit dieser blonden Tussi vergangenes Wochenende beim Shoppen habe ich keinen seiner Anrufe mehr entgegengenommen. Mir ist aufgefallen, dass die Jungs in letzter Zeit auch nervös wirken. Ich habe das Gefühl, dass etwas nicht stimmt, aber ich habe niemanden über irgendetwas reden hören. Es fahren jetzt auch mehrere der Clubmitglieder häufiger in der Stadt herum.

Natürlich ist meine Neugier geweckt, aber mir ist auch definitiv bewusst, dass die Clubsachen mich nichts angehen, also habe ich keine Fragen dazu gestellt. Ich bin nicht naiv. Ich weiß, dass sie keine Heiligen sind, aber für mich sind es gute Menschen.

Ich konzentriere mich weiterhin auf das, was ich gerade tue. Heute ist ein ruhiger Tag, also habe ich Inventur von allen Artikeln gemacht, die einen niedrigen oder gar keinen Lagerbestand mehr haben.

Ich stehe am Computer und gebe Bestellungen ein,

als die Türglocke läutet und mich darauf aufmerksam macht, dass jemand hereingekommen ist. Ich sehe hoch und erblicke Lee.

Was zum Teufel macht er hier?

Mit einer Zigarette, die aus seinem Mundwinkel hängt, pirscht er sich an den Empfangstresen heran. Ich weiß, dass er meinen überraschten und zugleich angewiderten Gesichtsausdruck nicht übersehen kann, als ich mich am Tresen zurücklehne.

„Ich habe gehört, dass du hier beim Arbeiten für diese beschissenen Biker gesehen wurdest, also habe ich mir gedacht, warum komme ich nicht einfach vorbei und sehe selbst, was meine Stieftochter so treibt."

Scheiße. Das Letzte, was ich brauche, ist, dass Lee irgendetwas tut, wodurch ich diesen Job verliere.

„Ich bin gar nichts für dich", erwidere ich kochend vor Wut. „Du musst gehen."

Er bläst Rauch in mein Gesicht und beugt sich nahe zu mir. „Treibst du es mit einem Biker, Bella? Lässt du einen von denen deine Pussy kosten? Hm?"

Als diese Worte aus seinem Mund kommen, läuft es mir eiskalt den Rücken herunter. „Hau verdammt noch mal ab, du Stück Scheiße", sage ich hasserfüllt, aber leise genug, um keine Aufmerksamkeit von einem der Jungs in der Werkstatt auf die Situation zu ziehen.

Lee wirft seine Zigarette auf den Boden und tritt sie mit seinem Stiefel aus.

„Jetzt komm schon, so redet man doch nicht mit einem Kunden. Ich könnte interessiert daran sein, ein Motorrad zu kaufen."

Er beginnt herumzulaufen, nach Zeitschriften zu

greifen und durch die Seiten zu blättern, als sein Handy klingelt.

„Dafür bräuchtest du einen Job und Geld", sage ich, verschränke meine Arme und blitze ihn an.

Ich kann nicht hören, was er ins Telefon spricht, da seine Stimme gedämpft ist, aber wer auch immer es ist, er hat ihm die Selbstgefälligkeit aus dem Gesicht gefegt.

Er legt schnell auf, schiebt sein Handy in die hintere Hosentasche und läuft ohne ein weiteres Wort hinaus.

Ich atme erleichtert aus, sobald er weg ist.

Ich bin dankbar, dass er gegangen ist, aber es trägt nur noch zu dem ganzen anderen Scheiß bei, der in letzter Zeit los ist. Er ist jetzt öfter als üblich außer Haus, worüber ich mich nicht beschweren werde. Trotzdem stimmt irgendetwas nicht. Ich bin nicht sicher, was, aber mein Bauchgefühl sagt mir, dass irgendetwas los ist.

Ich schüttele all diese Gedanken ab und beende die Bestellungen, die ich angefangen habe, bevor ich meine Mittagspause mache. Ich gehe zur Eingangstür, schließe ab und stecke das Schild hinein, das zur Werkstatthalle zeigt, für den Fall, dass ein echter Kunde auftaucht.

Ich bin hungrig, da mein Frühstück heute Morgen nur aus einem Kaffee bestand. Nachdem ich meine Schwester zur Schule gebracht hatte, war die Zeit zu knapp, um noch irgendwo sonst anzuhalten. Sie hat diese Woche Prüfungen und darf nicht zu spät kommen. Sie hat gute Chancen, ihren Abschluss mit Auszeichnung zu machen, und ich werde verdammt noch mal sicherstellen, dass ihr das von nichts vermasselt wird.

Auf dem Weg zum Pausenraum laufe ich durch die Tür, die in die Werkstatt führt, und denke an ein Sandwich mit Erdnussbutter und Marmelade. Da höre ich Quinn nahe des dritten Hallentors rufen, wo er gerade mit einer Farbspritzpistole Grafiken auf einen Benzintank sprüht.

„Hey, Bella. Was haben die Mafia und eine Pussy gemeinsam?"

Ich lächle und lasse den Kopf hängen, weil ich weiß, dass gleich schon wieder ein schmutziger und unangebrachter Witz aus seinem Mund kommen wird. Das liebe ich an ihm. Quinn ist einmalig.

„Ich weiß es nicht, Quinn. Was haben sie gemeinsam?"

„Wenn dir einmal die Zunge ausrutscht, steckst du tief in der Scheiße!", sagt er mit einem breiten Grinsen und lacht über sich selbst.

Ich lache mit. „Quinn, das ist ekelhaft!"

Er zuckt mit den Schultern und fährt mit seiner Arbeit fort. Er weiß es nicht, aber er hat gerade dazu beigetragen, meine Laune zu heben.

„Quinn, ich bin unterwegs zum Pausenraum, um mir ein Sandwich zu machen. Willst du etwas, wenn ich schon drin bin?", frage ich, als ich mich weiter auf den Weg durch die Garage mache.

„Verdammt, ja! Kannst du eines dieser gegrillten Sandwiches machen, die du neulich für alle gemacht hast? Das Zeug war gut."

Ich liebe es, zu kochen. Es hilft mir, meine Nerven zu beruhigen, wenn mich die Angst überwältigt. Seit ich hier arbeite, sind alle so gut zu mir, und es beschwert sich auch keiner darüber, dass Alba oft nach der Schule auftaucht und hier abhängt. Also haben sie und ich letzte Woche vor dem Feierabend für die anderen gekocht.

Man hätte meinen können, diese Männer hätten noch nie zuvor etwas gegessen, so, wie sie das Essen verschlungen haben. Sie essen definitiv gern.

Logan war an diesem Tag auch da.

Ich bin im Pausenraum und schneide Brot, während Alba die Soße anrührt, als er hereinkommt, um sich ein Getränk aus dem Kühlschrank zu holen.

„Riecht gut", sagt er.

Ich sehe zu ihm rüber und kann mir das Lächeln nicht verkneifen. Die tiefe Zärtlichkeit in seiner Stimme löst bei mir Schmetterlinge im Bauch aus.

„Meine Schwester und ich machen Reuben-Sandwiches mit Rinderbrust und Sauerkraut für alle. Ich habe sogar genug gemacht, dass wir Gabriel was rüberbringen können. Es ist einfach meine Art, zu sagen, dass ich diesen Job und den MC sehr schätze."

Er steht da und sieht mich an. Ich spüre, wie ich von seinem intensiven Starren rot werde.

Alba kommt auf mich zu und reicht mir die Soße, wodurch ich meinen Augenkontakt mit ihm abbrechen muss.

Logan steht mit der Flasche Wasser in der Hand da und hat sein typisches arrogantes Grinsen aufgesetzt. Ich höre ihn noch „Perfekt" flüstern, dann läuft er zur Tür hinaus.

„Hey, Bella. Wie sieht es mit diesem Sandwich aus, Schätzchen? Hast du noch was von diesem lecker schmeckenden Zeug?"

Ich habe Quinn komplett ausgeblendet. „Es könnten ein paar Sachen da sein, mit denen man eins machen kann. Ich bringe es dir in ein paar Minuten raus."

Ich steuere durch die Tür zum Pausenraum und auf die Küchenzeile zu. Dort öffne ich den Kühlschrank und finde alles, was ich brauche, um Quinn und sogar Jake ein Sandwich zu machen, bevor ich mir mein eigenes zaubere. Als ich fertig damit bin, das Mittagessen zuzubereiten, bringe ich Quinn das Essen, zusammen mit einer Flasche kaltem Wasser.

„Danke, Schätzchen", sagt er, greift nach dem Sandwich und nimmt einen Bissen. „Scheiße, ja." Er deutet mit dem Kinn seinen Dank an, während er kaut.

„Ich bringe das andere hier zu Jake. Ich habe ihn den ganzen Tag nicht aus seinem Büro kommen sehen. Er muss mittlerweile hungrig sein."

Quinn ist damit beschäftigt, sein Mittagessen zu verschlingen, also drehe ich mich um und steuere das Büro an. Ich hebe die Hand, um an Jakes Tür zu klopfen, und erschrecke, als ich ihn brüllen höre.

„Dreckskerl!"

Ich bin nicht sicher, was da los ist, also klopfe ich ein bisschen lauter als sonst und warte.

„Es ist offen", bellt er.

Ich gehe hinein und sehe ihn am Fenster stehen. Der finstere Gesichtsausdruck, der ihm wie eingebrannt zu sein scheint, schwindet etwas, als er sich umdreht und mich bemerkt.

„Bella, was brauchst du, Süße?"

„Ich habe dich den ganzen Tag gar nicht aus deinem Büro kommen sehen, also habe ich dir was zum Essen gebracht. Ich dachte, du bist vielleicht hungrig."

Er setzt sich auf seinen Stuhl und stößt einen tiefen Seufzer aus. Scheiße. „Ja, Bella. Ich habe Hunger. Setz dich zu mir."

Das sagt er zum ersten Mal. Ich setze mich in den Stuhl gegenüber von seinem Schreibtisch und stelle mein Wasser hin.

„Bist du okay, Jake?"

Er betrachtet mich einen Moment lang, bevor er spricht. „Nichts, worum sich der Club nicht kümmern könnte."

Ich nicke schnell. „Okay."

Jake nimmt einen Bissen von seinem Mittagessen. Ich kann erkennen, dass das, was auch immer vor sich geht, ihn belastet. Er sieht so müde aus. „Bella, es gibt da etwas, wobei ich deine Hilfe brauchen könnte."

Ich sehe über mein Erdnussbutter-und-Marmeladen-Sandwich hinweg zu ihm. „Klar, Jake. Was brauchst du?", frage ich, nachdem ich den Bissen hinuntergeschluckt habe.

Er lehnt sich ein wenig in seinem Stuhl zurück. „Ich habe ein paar Preisangebote, die ich bei Grace drüben in der Bäckerei abliefern sollte. Ich habe Clubangelegenheiten, um die ich mich kümmern muss, deswegen werde ich keine Zeit haben. Könntest du sie nach der Arbeit vorbeibringen?"

Ich habe gerade den letzten Rest meines Essens aufgegessen und nehme einen Schluck Wasser, bevor ich antworte.

„Klar. Das kann ich machen. Diese Donuts, die du in letzter Zeit mitgebracht hast, sind unglaublich, und sie macht die besten Zimtschnecken. Damit habe ich einen Grund, mir auf dem Heimweg eine mitzunehmen", erwidere ich lächelnd.

Jakes Mundwinkel bewegen sich nach oben. Ich verlasse sein Büro, und bald darauf erscheint er bei mir und legt mir die Papiere hin, die ich bei Grace abliefern soll. Ich stecke sie in meine Handtasche, damit ich sie später nicht vergesse.

Der Rest des Tages vergeht schnell, und bevor ich es merke, ist es neunzehn Uhr und wir machen Feierabend. Logan ist heute nicht aufgetaucht, also bringt mich Quinn zum Auto.

„Gib ihm Bescheid, wenn du zu Hause bist."

„Wem?" Ich schaue ihn an. Mir ist nicht klar gewesen, dass er weiß, dass ich Logan immer Bescheid gebe, wenn ich abends zu Hause angekommen bin.

„Schau mich nicht so an, Mädchen. Ich kenne Logan, also denk daran, ihm eine Nachricht zu schreiben. Verstanden?"

„So ist es nicht, Quinn. Logan ist einfach ein guter Kerl."

Er schließt die Autotür, sobald ich drinnen bin, beugt sich dann runter und blickt mich an.

„Er weiß, was direkt vor seiner Nase ist, Bella."

Wenn das nur wahr wäre.

Quinn läuft weg, steigt auf sein Motorrad und wartet darauf, dass ich vor ihm rausfahre. Sobald wir auf der Straße sind, biege ich nach links und er biegt nach rechts ab.

Ich erreiche die Bäckerei, die sich im Stadtzentrum und nur ein paar Blocks von der Werkstatt entfernt befindet, und fahre in eine freie Parklücke vor dem Geschäft.

Beim Aussteigen bemerke ich auf der gegenüberliegenden Straßenseite das Glimmen einer Zigarette. Als ich genauer hinsehe, erkenne ich einen Mann, der sich gegen ein Gebäude lehnt, aber da die Sonne untergegangen ist, ist es zu dunkel, um irgendwelche Einzelheiten von ihm auszumachen.

Okay, ich habe offiziell ein bisschen Angst.

Ich verbuche es unter Verfolgungswahn und betrete die Bäckerei. Die Türglocke läutet und ein zuckersüßer Vanilleduft kommt mir entgegen.

Eine rothaarige Frau kommt lächelnd aus dem hinteren Teil des Ladens.

„Hi. Ich mache gleich Feierabend. Was hättest du gerne?"

„Hey", sage ich. „Ich bin Bella. Ich arbeite für Jake bei *Kings Custom Bikes* drüben. Er hat mich gebeten, diese Papiere mit den Preisangeboten abzugeben. Er musste sich um Clubangelegenheiten kümmern, deswegen ist er heute früher gegangen und hat es nicht geschafft."

Ich greife in meine Handtasche und reiche ihr die Mappe.

„Oh … okay", sagt sie und sieht ein wenig enttäuscht aus. „Danke, Bella. Ich bin Grace", stellt sie sich vor und streckt mir ihre Hand entgegen. „Ich weiß es zu schätzen, dass du nach der Arbeit vorbeigekommen bist, um mir die zu bringen."

Sie läuft um die Theke herum und legt die Papiere hin. „Hättest du gern noch etwas, bevor du gehst?", erkundigt sie sich.

„Ich hätte sehr gerne eine dieser Zimtschnecken."

Lächelnd schnappt sich Grace eine rosa Schachtel aus einem Regal hinter sich. „Sie gehören zu meinen Verkaufsschlagern. Ich sage dir was. Ich gebe dir zwei zum Preis von einer - als Dankeschön!"

„Das wäre echt super", entgegne ich und erwidere

ihr Lächeln.

Sie tippt meinen Einkauf ein, ich zahle und winke ihr dann zum Abschied, ehe ich zur Tür hinaus und zu meinem Auto steuere.

Ich sehe mich um und halte Ausschau nach dem Kerl, den ich nur Augenblicke zuvor bei meiner Ankunft erblickt habe. Ich sehe niemanden, also steige ich in mein Auto und schnalle mich an.

Kurz bevor ich auf die Hauptstraße zurückfahre, greife ich in die Schachtel, reiße ein Stück von der Zimtschnecke ab und stecke es mir schnell in den Mund.

Beim Herausfahren taucht plötzlich irgendein Arschloch mit Fernlicht hinter mir auf. Ich wechsle auf die andere Spur herüber, um ihn vorbeiziehen zu lassen, doch er reiht sich lediglich hinter mir ein. „Dieser Typ ist ein Idiot."

Die Abbiegung zu meinem Haus steht bevor. Ich halte an der Kreuzung und biege erneut rechts ab, aber wer auch immer das ist, folgt mir weiterhin. Ich gerate ein wenig in Panik und greife instinktiv nach meinem Handy, um Logan anzurufen. Scheiße, der Akku ist leer.

Okay, denk nach!

Ich beschließe, nach links abzubiegen und dahin zu fahren, wo meines Wissens das Clubhaus des MC liegt. Zu diesem Zeitpunkt kann ich nur daran denken, dass einer von Lees schäbigen Freunden mir blöd kommen will. Wenn ich auf das Clubhaus zufahre, wird, wer auch immer da hinter mir ist, seine Meinung ändern, sobald er sieht, wohin ich fahre.

Die Fahrt dorthin dauert nur ungefähr fünfzehn Minuten und als ich dort ankomme, verfolgt mich das

Auto immer noch. Ich bin noch nie auf dem Gelände gewesen, aber die meisten Leute, die in der Gegend wohnen, wissen davon. Als ich auf die Privatstraße des Clubs abbiege, setzt das Auto zurück und macht eine Kehrtwende.

Ich fahre weiter in die angesteuerte Richtung und hoffe, dass ich die richtige Straße genommen habe. Ziemlich bald tauchen ein paar Lichter auf. Als ich näher komme, kann ich sehen, dass jemand an einem Tor steht. Ich halte an und erkenne Austin, den Prospect, der von Zeit zu Zeit in der Werkstatt aushilft.

„Bella? Was zur Hölle machst du hier draußen?", fragt er.

„Ich muss zu Jake."

Er mustert mich einen Moment lang. „Er ist da, aber ich muss dich ankündigen, bevor du reingehen kannst. Bist du sicher, dass du okay bist? Du siehst zu Tode erschrocken aus."

„Ich bin gerade nicht in der besten Verfassung, Austin."

Er nickt und zieht sein Handy hervor.

Gott sei Dank übernachtet Alba heute bei einer Freundin. Sie wäre inzwischen ausgeflippt, weil ich noch nicht nach Hause gekommen bin.

Austin beugt sich runter und erschreckt mich. „Scheiße. Tut mir leid, Bella. Hör zu, ich kann niemanden erreichen, aber fahr rein. Einer der Jungs kann Jake für dich holen."

Ich hinterfrage nicht, ob er Schwierigkeiten bekommen wird, weil er mich ohne Erlaubnis hereinlässt, und fahre weiter durch das Tor und parke mein Auto unter einem Baum nahe dem Ende einer Reihe von Motorrädern vor dem Gebäude. Ich bleibe einen

Moment sitzen und versuche, meine Nerven zu beruhigen, bevor ich aus meinem Auto steige.

Die Musik ist laut. Von drinnen kann ich Gelächter und Blödeleien hören. Ich gehe auf die einzige Tür zu, die ich sehe. Dort sitzt ein großer, schwergewichtiger Kerl, den ich noch nie zuvor gesehen habe. Er lehnt sich in einem Stuhl zurück, raucht eine Zigarette und trägt dieselbe Kutte wie alle anderen im Club.

Als ich mich nähere, schaut er auf und lässt seinen Blick über mich wandern.

„Du siehst ein bisschen zu jung aus, um zum Feiern hier draußen zu sein, Mädchen."

„Ich bin alt genug", erwidere ich frech.

Er grunzt bei meiner Antwort.

Was zur Hölle hat es mit Männern und dem Grunzen auf sich?

„Also? Lässt du mich rein?" Ich lege die Hand auf meine Hüfte und lege den Kopf schief.

„Geh rein, Mädchen", erwidert er schroff, als eine Wolke Zigarettenrauch um sein Gesicht herumwabert.

Der starke Geruch von Zigarettenrauch, gemischt mit einem Hauch von Marihuana, schlägt mir beim Eintreten entgegen. Die Musik ist so laut, dass man nicht mal seine Gedanken hören kann. Ich suche den Raum ab, in der Hoffnung, irgendjemanden zu entdecken, den ich schon mal getroffen habe, als ein Biker auf mich zukommt.

„Wie ist dein Name, süßes Ding?"

Ich sehe zu ihm hoch. „Ich suche nach Jake oder Logan."

Der stämmige Mann fährt sich mit der Hand durch

seinen Bart. „Tja, verdammt. Der Prez ist wahrscheinlich in seinem Büro." Er zeigt auf eine Tür, die ganz am Ende des Raums ist.

Als ich in die Richtung schaue, bemerke ich Gabriels mächtige Figur an der Bar, die alle anderen überragt. Dann schweift mein Blick rüber zu Logan, der neben ihm sitzt. An seiner Seite sitzt eine große Blondine, die ihre Titten überall an ihm reibt und in sein Ohr spricht.

Sofort erfüllt mich die Eifersucht. *Er gehört dir nicht mal, Bella. Du willst nur, dass es so ist.*

Ich fühle mich am Boden zerstört. Als hätte mir jemand einen Schlag in die Magengrube versetzt.

Gabriel sieht hoch und bemerkt, dass ich hier stehe. Ich beobachte, wie er Logan anstupst und mit seinem Kinn in meine Richtung deutet.

Logan dreht sich um und nimmt Blickkontakt zu mir auf.

Zuerst sehe ich die Überraschung in seinem Gesichtsausdruck. Dann schlägt sie schnell in Besorgnis um. Er springt von seinem Hocker auf und marschiert in meine Richtung.

Mein Blick huscht durch den verqualmten Raum, und ich bemerke, wie die Leute mich anstarren, was mir ein unbehagliches Gefühl bereitet.

Logan bleibt auf mich fokussiert. „Was zum Teufel, Bella! Wieso bist du hier? Und warum zur Hölle hast du meine Anrufe nicht beantwortet?", bellt er.

Der barsche Ton in seiner Stimme bestürzt mich, doch ich kann nichts sagen.

Ich bekomme ein klaustrophobisches Gefühl, als eine Panikattacke sich langsam in mir breitmacht.

Kapitel 13

Logan

W„as zum Teufel, Bella! Wieso bist du hier? Und warum zur Hölle hast du meine Anrufe nicht beantwortet?", schnauze ich sie an.

Sie zuckt bei meinem Ton zusammen.

Scheiße. Ich wollte nicht so barsch klingen, aber der Schock darüber, dass sie hier ist, und der panische Blick in ihrem Gesicht machen mich nervös. Sie ist bleich wie ein verdammtes Gespenst und ihr Körper zittert.

„Engel", sage ich und strecke sanft die Hand nach ihr aus, aber sie weicht einen Schritt zurück.

„Ich muss Jake sehen", flüstert sie mit zitternder Stimme.

Die Musik ist verstummt und alle Blicke sind auf uns gerichtet. Ihr Blick huscht durch den Raum, sie fühlt sich unwohl wegen all der Aufmerksamkeit, die wir bekommen.

„Was ist los? Warum musst du Jake sehen?", frage ich flehend und versuche, ihre Aufmerksamkeit wieder auf mich zu lenken.

Gerade, als sie etwas sagen will, kommt der Prez aus seinem Büro.

„Was zur Hölle ist hier draußen los?" Seine Stimme ist abgehackt und wegen der plötzlichen Stille im Clubhaus alarmiert.

Er bemerkt, dass Bella vor mir steht, erfasst ihren Zustand und kommt mit schnellen, großen Schritten zu ihr rüber. Sanft fasst er sie an den Schultern und sagt: „Süße, was ist los?"

„Ich … ich muss mit dir reden", murmelt sie.

„Okay, aber zuerst musst du dich beruhigen. Kriegst du das hin?"

Sie nickt und atmet ein paarmal tief durch.

Scheiße. Da wird es mir klar. Bella hat eine Panikattacke. *Fuck.* Ich wende mich an Gabriel: „Schaff alle hier raus. Jetzt. Die Party ist vorbei."

Gabriel läuft in die Mitte des Clubhauses und pfeift, um die Aufmerksamkeit aller auf sich zu ziehen. „Die Party ist vorbei. Wer kein Mitglied ist, verpisst sich."

Ich richte meine Aufmerksamkeit wieder auf Bella. „Komm, Babe. Gehen wir in Jakes Büro."

Auf dem Weg dorthin will ich ihre Hand nehmen, aber sie entfernt sich wieder von mir und rückt näher zu Jake. Was zum Teufel hat das zu bedeuten? Das ist jetzt das zweite Mal, dass sie meine Berührung meidet.

Jake bringt sie dazu, auf der Couch Platz zu nehmen, während ich eine Flasche Wasser aus dem Minikühlschrank hole. Nachdem ich sie ihr gereicht habe, schraubt Bella den Verschluss ab und nimmt einen großen Schluck.

Ich warte einen Moment, bis sie sich beruhigt und ihre Emotionen unter Kontrolle gebracht hat, und frage dann erneut: „Babe, was ist los?"

Sie sieht mich an, und für den Bruchteil einer Sekunde blitzt Schmerz in ihrem schönen Gesicht auf, ehe er durch Wut ersetzt wird. Sie wendet sich zum Sprechen stattdessen an Jake, und das pisst mich an.

„Als ich bei der Bäckerei angekommen bin, habe ich

jemanden auf der anderen Straßenseite bemerkt, der eine Zigarette rauchte. Ich begann, mich unwohl zu fühlen, als würde er mich beobachten. Das war schon unheimlich, aber als ich die Bäckerei verlassen habe, war er wieder weg, also habe ich es einfach abgetan."

Ich knie mich vor sie hin und frage: „Hast du gesehen, wie diese Person ausgesehen hat?"

Sie schüttelt den Kopf und nimmt einen weiteren Schluck Wasser, bevor sie fortfährt. „Es war zu dunkel, deswegen konnte ich nicht genug erkennen. Wie auch immer, kurz nachdem ich weggefahren war, hat sich jemand mit Fernlicht hinter mir eingereiht und angefangen, mir zu folgen. Daraufhin nahm ich verschiedene Abbiegungen in entgegengesetzte Richtungen zu meinem Haus, weil ich gedacht habe, es wäre einer von Lees Freunden, der mir blöd kommen will. Als das Auto mir weiter folgte, bin ich in Panik geraten und habe beschlossen, hierher zu kommen. Die Person ist mir bis auf die Privatstraße des Geländes gefolgt, bevor sie dann nach ungefähr der halben Strecke eine Kehrtwende gemacht hat."

Jake und ich schauen uns an und denken verdammt noch mal das Gleiche. Die *Demonios* stecken hinter diesem Scheiß.

Ich stoße den Atem aus.

„Es war gut, dass du hierhergekommen bist", versichert ihr Jake. „Der Club wird sich darum kümmern."

Jake steht auf und macht sich auf den Weg zur Tür. „Church in fünf Minuten", brüllt er und läuft aus seinem Büro.

Ich bleibe weiter in meiner knienden Position vor ihr. „Wo ist deine Schwester?"

„Sie ist bei einer Freundin zu Hause. Ich muss nach ihr sehen oder sie zumindest anrufen. Mein Handy liegt draußen im Auto, aber der Akku ist leer, deswegen konnte ich niemanden anrufen, bevor ich hierher kam."

„Wie wäre es, wenn ich Gabriel darum bitte, rauszufahren und sicherzustellen, dass sie okay ist? Du kannst das Telefon benutzen, das auf Jakes Schreibtisch liegt, um sie anzurufen."

Sie nickt zustimmend.

„Alles klar, ruf deine Schwester an, während ich hier einiges kläre."

Ich gehe in die Church, und sobald ich Platz genommen habe, verschwendet Jake keine Zeit, mich vor allen zur Rede zu stellen. „Beanspruchst du sie für dich, mein Sohn?"

Ich sehe ihm direkt in die Augen und bekenne: „Sie gehört mir."

Ein paar Herzschläge später klopft Jake mir auf den Rücken. „Fuck, ja! Ich mag sie, Logan. Sie ist stark, loyal und verdammt fürsorglich."

Ich höre Gemurmel wie „Gott, ja" und „Es wurde verdammt noch mal Zeit" von meinen Brüdern.

„Alles klar, jetzt, da das geklärt ist, kommen wir zum Grund, warum ich dieses Treffen einberufen habe", ruft der Prez.

Alle meine Brüder hören zu, als Jake ihnen erzählt, was Bella uns Augenblicke zuvor berichtet hat. Ein kollektives „Scheißkerle" und „Hurensöhne" macht die Runde durch den Raum.

Reid tippt auf seinem Laptop herum. Er checkt unser Sicherheitssystem. „Siehst du was, Mann?"

Er atmet laut aus. „Nee, Mann, nichts. Keiner der

Bewegungssensoren auf unserem Grundstück wurde ausgelöst."

Die Bewegungssensoren sind brandneu. Er hat sie eingebaut, nachdem die *Demonios* auf unser Clubhaus geschossen haben. Sie hätten einen von uns alarmieren sollen, bevor Bella überhaupt beim Eingangstor ankam.

Fünfzehn Minuten später verlassen die Brüder die Church, nachdem Jake Befehle für unseren nächsten Schritt herausgebellt hat. Ich bitte Gabriel, zu Bellas Schwester zu fahren und nach ihr zu sehen.

Nachdem alle aus dem Raum gegangen sind, wende ich mich an Jake. „Ich will Bella heute Nacht mit zu meinem Haus nehmen. Kommen du und die Jungs hier ohne mich zurecht?"

„Ja, Mann. Wir kommen heute Nacht schon klar. Geh schon, raus mit dir."

Bevor ich zur Tür hinauslaufe, drehe ich mich noch einmal um. „Jake, wenn du den Hurensohn findest, der sich heute mit meinem Mädchen angelegt hat, dann ruf mich an. Dieser Dreckskerl gehört mir", erkläre ich.

„Alles klar, Bruder."

Als ich die Tür zu Jakes Büro öffne, finde ich Bella zusammengerollt und schlafend auf der Couch vor. Sie ist so verdammt schön. Ich gehe zu ihr rüber und fahre sanft mit meinen Händen durch ihr seidiges Haar. „Bella, wach auf."

Sie öffnet langsam die Augen.

„Hey, Schöne. Ich brauche die Adresse, wo deine Schwester ist, damit Gabriel nach ihr sehen kann."

Sie nuschelt die Adresse herunter, und ich schreibe

sie Gabriel. Er antwortet umgehend.

Gabriel: *Bin dran.*

Ich wende meine Aufmerksamkeit wieder Bella zu. „Komm, lass uns gehen, Babe."

„Wohin gehen?", fragt sie.

„Ich nehme dich heute Nacht mit zu mir."

„Nein, ich gehe nach Hause", erwidert sie scharf.

„Das wirst du verdammt noch mal nicht, Bella. Du kommst mit zu mir nach Hause. Ich riskiere nicht, dass dir etwas passiert."

Sie funkelt mich an. „Da du eine Freundin hast, Logan, denke ich nicht, dass das eine gute Idee ist."

„Freundin? Wovon zur Hölle redest du?"

„Von der Frau, die heute Abend voll an dir drangehangen ist."

Ich denke zurück an den Zeitpunkt, bevor sie aufgetaucht ist, und da kommt es mir. Scheiße! Sie hat Cassie dabei beobachtet, wie sie sich vorhin abgemüht hat, meine Aufmerksamkeit zu erregen.

„Hör zu, Cassie ist nicht meine Freundin. Sie ist ein Clubmädel. Sie ist mir scheißegal, Babe", sage ich mit Überzeugung und hoffe, dass sie das Thema fallen lässt, aber als sie ihre Augen zu Schlitzen verzieht, weiß ich, dass das nicht passieren wird.

„Tja, sie hat mir was anderes erzählt."

Was zum Teufel?

„Erklär mir das", verlange ich.

„Deine kleine ‚Freundin' kam neulich auf mich zu, als ich mit meiner Schwester beim Shoppen war. Sie und ihre billige Kumpanin teilten mir mit, dass du ihr gehörst und ich mich verdammt noch mal von ihrem Freund fernhalten soll. Ich muss schon sagen, Logan, du hast dir da echt eine niveauvolle Frau ausgesucht", sagt sie, während sie ihre Arme vor der Brust verschränkt und so ihre Brüste hochdrückt, wodurch mein Blick auf ihr Dekolleté fällt.

Sie ist so verdammt süß, wenn sie versucht, wütend zu sein. Ich werde nicht mal versuchen, mein Grinsen zu verbergen.

„Ach, jetzt findest du das auch noch witzig?", erwidert sie wütend und stampft dann aus Jakes Büro hinaus.

Ich bleibe eine Minute lang dort stehen und starre zur Decke hoch, bevor ich ihr nachgehe. Diese Frau wird mich noch ins Grab bringen. Ich hole sie ein, bevor sie es überhaupt zur Vordertür schafft. Schwungvoll hebe ich sie hoch und werfe sie über meine Schulter.

„Was zur Hölle, Logan! Lass mich sofort runter!"

Ich strecke die Hand aus und verpasse ihr einen kräftigen Klaps auf den Po.

„Du hast mir gerade nicht den Hintern versohlt! Du Arsch!"

„Genug!", belle ich.

Irgendetwas in meinem Ton bewegt sie dazu, mit dem Kämpfen aufzuhören.

Sobald ich es nach draußen zu meinem Motorrad geschafft habe, setze ich sie ab und blicke ihr direkt in die Augen. „Ich habe keine Freundin. Was auch immer dir diese Schlampe erzählt hat, ist eine Lüge. Cassie ist ein Clubmädchen. Ihre Aufgabe ist es, sich um jegliche Bedürfnisse eines Bruders zu kümmern. Dazu hat sie sich verpflichtet. Das ist alles. Um sie werde ich mich später kümmern. Du hättest zu mir kommen und mich fragen sollen, ob es wahr ist, aber stattdessen bist du davon ausgegangen, dass es so ist."

„Ich dachte, ich hätte vielleicht zu viel in die letzten paar Wochen hineininterpretiert", murmelt Bella und sieht zu Boden.

„Nein, Babe. Ich habe im Kopf mit mir gerungen. Ich verdiene dich nicht, aber ich bin ein egoistischer Mann. Und ich nehme mir jetzt endlich, was ich will, und das bist du."

Ich reiche ihr einen Helm, bevor ich mich rittlings auf mein Motorrad setze. „Steig auf."

Sie tut es und schlingt ihre Arme um meine Taille. Es fühlt sie so verdammt gut an, sie endlich hinten auf meinem Motorrad zu haben.

Ich halte vor meinem Haus an, parke das Motorrad und reiche ihr die Hand, um ihr beim Absteigen zu helfen. Sie nimmt meinen Helm ab und schaut sich um.

„Hier lebst du? Ich habe immer die Leute beneidet, die hier draußen am See leben können. Es muss toll sein, jeden Morgen mit diesem Anblick aufzuwachen."

„Komm", sage ich, nehme sie bei der Hand und führe sie ins Haus.

Ich kichere in mich hinein, als wir nach drinnen gehen, denn sie geniert sich definitiv nicht für ihre Neugierde. Sie sieht sich alles an und hält bei ein paar gerahmten Bildern an der Wand inne. Das sind Fotos, die ich damals in der Highschool gemacht habe. Ich habe bei einem Wochenendausflug mit Reid und Noah meine Kamera mitgebracht und versucht, alles festzuhalten: die Landschaft, unsere Motorräder, uns selbst. Ich beobachte, wie sie mit den Fingern über die Rahmen fährt.

„Die sind wunderschön, Logan. Ich erkenne dich und Reid, aber der dritte Kerl …"

„Das ist Noah, Reids Bruder."

„Ich erinnere mich, dass du über Noah gesprochen hast, an dem Tag, an dem du mir davon erzählt hast, wie du mit dem Club aufgewachsen bist. Es tut mir leid, dass ihr ihn verloren habt."

„Ja, mir auch."

Ich beobachte, wie sie zur Treppe geht und sich auf den Weg nach oben macht.

Ich liebe den Anblick von ihr in meinem Haus. Es fühlt sich richtig an. Nachdem ich abgeschlossen und meine Schlüssel auf die Kommode gelegt habe, mache ich mich auf die Suche nach meinem Mädchen.

Ich finde sie in meinem Zimmer vor den Glastüren, die sie geöffnet hat und die auf einen Balkon mit Blick auf den See führen. Der Mond scheint heute Nacht so hell, dass er ein Leuchten auf ihr Gesicht wirft. Sie ist so verdammt schön, dass es mir den Atem raubt.

Sie dreht den Kopf und erwischt mich dabei, wie ich sie anstarre. Unsere Blicke treffen sich. In diesem Moment existiert nichts anderes. Ich habe das Gefühl, als hätte ich mein ganzes Leben lang gewartet, um sie zu finden.

Ich gehe auf sie zu, während sie sich vollständig zu mir umdreht. Dann lege ich beide Hände an die Seiten ihres Gesichts und streiche mit dem Daumen über ihre weichen, vollen Lippen, bevor mein Mund sich auf ihren legt. Ich fahre mit der Zunge über den

Rand ihrer Lippen, um sie zu ermutigen, sie zu öffnen. Als sie es tut, nutze ich es voll aus.

Nach ein paar Sekunden, in denen ich sie gekostet habe, will ich mehr. Mein Schwanz ist schmerzhaft hart und drückt gegen den Reißverschluss meiner Jeans, als ich Bellas Hintern umschließe und sie hochhebe. Sofort schlingt sie ihre Beine um meine Hüften, und ich gehe ein paar Schritte zurück, um mich auf den Sessel zu setzen, ohne je unsere Verbindung zu unterbrechen.

Wie sie so rittlings auf mir sitzt, kann ich die Hitze zwischen ihren Beinen spüren, und es schürt nur noch mehr mein animalisches Verlangen, sie zu erobern.

Ich greife nach dem Saum ihres T-Shirts und ziehe es ihr langsam über den Kopf. Dann schiebe ich ihren schwarzen Spitzen-BH beiseite und entblöße ihre Brüste. Die kalte Nachtluft lässt ihre Nippel sofort hart werden, was mich antörnt. Ich beuge mich vor und umspiele ihre Brustwarze mit meiner Zunge.

Sie wirft den Kopf zurück in den Nacken und stöhnt, wodurch sie sich noch mehr in meinen Mund wölbt. Mit dem Daumen meiner anderen Hand streiche ich über ihren anderen Nippel, um ihm genauso viel Aufmerksamkeit zu schenken. Ihre Haut fühlt sich unter meinen schwieligen Händen wie Seide an.

Ich beschließe, dass ich keine Minute länger darauf warten kann, mit ihr zu schlafen. Ich stehe auf, trage sie rüber zu meinem Bett und bette sie sanft darauf.

Mit meinen Händen fahre ich ihren Körper hinunter, bis ich den Knopf ihrer Jeans erreiche. Keiner sagt ein Wort, als ich sie aufknöpfe und sie Zentimeter für Zentimeter von ihr schäle. Ich werfe sie zu Boden, ohne den Blick von Bella abzuwenden.

Fuck, sie trägt ein ziemlich sündhaftes rotes Spitzenhöschen, und es ist ganz feucht von ihrer Erregung, was ein tiefes Knurren in meiner Kehle auslöst.

Ich beuge mich runter und presse mein Gesicht zwischen ihre Schenkel, um ihren Duft einzuatmen und mein Verlangen zu schüren, sie zu verschlingen.

Als ich zu Bella hochblicke, sehe ich pure Lust in ihren Augen, aber da ist noch etwas anderes, was ich erkenne. Unsicherheit.

„Alles okay, Engel?"

Sie schluckt schwer und antwortet: „Ja, aber …"

„Aber was, Babe? Willst du, dass ich aufhöre?"

„Nein!", antwortet sie schnell. „Es ist nur so, dass, na ja, ich, äh … Ich bin bisher noch nie mit jemandem so weit gegangen."

Ich bin verdammt noch mal sprachlos in diesem Moment. Sie ist unberührt und sie gehört mir.

„Engel, du weißt gar nicht, wie verdammt glücklich es mich macht, zu wissen, dass kein Mann diese verflucht perfekte Pussy berührt hat. Ich werde steinhart, wenn ich daran denke, zum ersten Mal in dich hineinzugleiten. Nimmst du die Pille? Ich will nichts zwischen uns haben und ich bin sauber." Ich lasse mich zwischen ihren Beinen nieder.

„Ja", krächzt sie.

Da ich nun weiß, dass es ihr erstes Mal ist, beschließe ich, die Dinge langsam angehen zu lassen. Ich will, dass sich diese Nacht in ihr Gedächtnis einbrennt. Langsam schiebe ich ihr Höschen hinunter, dann spreize ich sanft ihre Beine.

„Zuerst muss ich dich schmecken."

Ich fahre mit der Zunge durch ihren feuchten Spalt

und schmecke sie zum ersten Mal. Sie ist genauso süß, wie ich es mir vorgestellt habe, wie Honig.

„Perfekt. Sie ist mein. Ist es nicht so, Babe? Sag mir, wem diese Pussy gehört."

Ich fahre mit der Zungenspitze ein paarmal über ihren Kitzler. Bella drückt stöhnend ihren Rücken durch und erhebt sich etwas vom Bett.

„Dir", sagt sie atemlos.

„Verdammt richtig", knurre ich, bevor ich einen Finger in sie schiebe und ihn rein und raus bewege, während ich ihre Klitoris bearbeite.

Keuchend umklammert sie die Decke und öffnet ihre Beine weiter, als ich einen zweiten Finger in sie gleiten lasse und sie dehne.

„Logan, bitte", fleht sie.

„Das erste Mal, dass ich dich kommen lasse, meine Schöne, wird auf meinem Schwanz sein."

Bellas Augenlider sind schwer vor Lust, als ich zurücktrete und beginne, mich auszuziehen. Sie sieht zu, ohne je den Blick von mir zu lassen.
Ich sehe zu ihr hinab, das Mondlicht tanzt auf ihrer Haut. Sie sieht zu, wie ich meinen Schwanz umschließe und ihn ein paarmal streichle.

Dann krieche ich an ihrem Körper hoch und halte unterwegs an, um von ihren Brüsten zu kosten und die weiche, zarte Haut an ihrem Halsansatz zu küssen. Ich flüstere ihr ins Ohr: „Bist du bereit, Schöne?"

„Gott, ja, Logan, bitte", fleht sie erneut.

Sie erkundet mit ihren Händen meinen Körper und tastet dabei jeden Zentimeter meiner Haut ab. Es kostet mich alle Mühe, nicht die Kontrolle zu verlieren. Ich halte meinen Schwanz und führe ihn zu ihrer Öffnung.

Ich senke den Kopf nach unten und nehme ihren Nippel in meinen Mund, was mir ein weiteres Stöhnen einbringt. Schließlich lasse ich die Spitze meines Schwanzes hineingleiten. Bella ist so winzig und so verdammt eng. Ich greife nach unten und hebe ihr Bein an, um sie für mich ein bisschen mehr zu öffnen, damit ich weiter eindringen kann. Ich höre auf, als ich einen Widerstand spüre.

„Atme, Babe", fordere ich sie auf. Sobald sie es tut, stoße ich ganz in sie hinein, wodurch sie aufschreit, und ich nehme ihr die Unschuld.

„Fuck", stöhne ich.

Ich lasse meine Stirn an ihrer ruhen und bleibe eine Minute lang bewegungslos in ihr, um darauf zu warten, dass ihr Schmerz vorübergeht. Sobald ich spüre, dass ihr Körper sich langsam entspannt, fange ich an, mich zu bewegen, und schiebe meinen Schwanz langsam in ihre süße Pussy rein und wieder raus.

Sie keucht und beginnt, ihre Hüften zu wiegen, um mir Stoß für Stoß entgegenzukommen. „Du fühlst dich so gut an, Logan", sagt sie, während ich meine Hüften kreisen lasse und mich gegen sie wiege.

Ich kann spüren, wie sich ihre Pussy um meinen Schwanz zusammenzieht, was mich wissen lässt, dass sie kurz davor ist. Ich stoße härter in sie und erzeuge damit Reibung an ihrer Klit. Ein tiefes, kehliges Stöhnen entfährt ihrem Mund, als sich ihre Fingernägel in meinen Rücken graben – der Schmerz macht meinen Schwanz nur noch härter.

Augenblicke später wölbt sie ihren Rücken, als der Orgasmus ihren Körper erschüttert, wodurch ihre Pussy meinen Schwanz wie einen verdammten Schraubstock einspannt und meine Erleichterung auslöst. Mit einem letzten Stoß vergrabe ich mich tief in ihrer Pussy und verliere mich mit jedem langen und tiefen Pulsieren meines Schwanzes. Ich stemme mich hoch, vorsichtig, um ihren winzigen Körper nicht zu zerquetschen, und vergrabe meinen Kopf an ihrem Hals, während wir beide versuchen, zu Atem zu kommen.

Ich hebe den Kopf und schaue sie an. „Bist du okay, Engel?"

„Ja", sagt sie mit einem breiten, trägen und zufriedenen Lächeln auf ihrem Gesicht.

Ich beuge mich runter und küsse sie.

„Bleib hier. Ich hole was, womit wir dich sauber machen können."

Eine kleine Weile später liegen wir im Bett. Bella schmiegt sich an meine Seite und fährt mit ihrem Finger meine Tattoos nach.

Ich ziehe sie näher zu mir, küsse sie auf den Scheitel und flüstere: „Mein."

Ich spüre ihr Lächeln an meiner Brust.

„Dein", sagt mein Engel, kurz bevor sie in den Schlaf gleitet.

Zum ersten Mal seit einer Ewigkeit falle ich mit Leichtigkeit in den Schlaf, während ich das Beste in meinem Arm halte, was je in mein Leben getreten ist.

Kapitel 14

Bella

Als ich am nächsten Morgen aufwache, befindet sich Logans Kopf zwischen meinen Beinen, und sein Mund stellt unglaubliche Dinge mit mir an. Mein Körper vibriert vor Lust, als seine Zunge meine Klit umspielt, wodurch sich meine Hüften vom Bett heben. Ich schaue durch meine Wimpern zu ihm hinunter und sehe, wie Logans schöne Augen zu mir zurückstarren. Sein heißer Mund leckt und beißt mich, während mein Atem hektisch wird und meine Hände die Decke umklammern.

„Hör nicht auf", flehe ich atemlos.

„Auf gar keinen Fall", knurrt er, lässt seinen Finger in mich gleiten und drückt gegen meinen G-Punkt.

Ich stehe so kurz davor. Ich spüre es, als meine Beine anfangen, zu zittern. Ein Wimmern entfährt meinem Mund, als er sich wieder aus mir herauszieht. Ohne Zeit zu verschwenden, schiebt er beide Hände unter mich, packt meinen Hintern und zieht mich näher zu seinem Mund. Gerade als ich denke, es wird zu viel, schließt sich sein Mund um meinen Kitzler und er saugt. Ich werfe meinen Kopf in den Nacken und schreie seinen Namen, als der Orgasmus über mich hereinbricht und mich schwindelig und erschöpft zurücklässt.

Augenblicke später spüre ich, wie Logan sich langsam an meinem Körper entlang den Weg nach oben küsst, bis sein Mund auf meinem liegt und ich mich selbst auf seinen Lippen schmecke. Er weicht etwas zurück und blickt zu mir herunter.

„Morgen, Engel."

„Morgen", entgegne ich mit einem trägen Lächeln.

Er steigt aus dem Bett und scheint sich mit seiner Nacktheit komplett wohlzufühlen, was er auch sollte. Logan ist ein schöner Mann mit seinen breiten Schultern und dem Sixpack, von seinem Hintern mal ganz zu schweigen.

„Komm schon, Babe. Lass uns duschen, bevor wir zum Clubhaus fahren."

„Wieso gehen wir zum Clubhaus?"

„Der Prez hat vorhin angerufen. Er meinte, er braucht uns dort."

„Okay, aber ich muss bald meine Schwester bei ihrer Freundin abholen."

„Kein Problem, Babe. Jetzt komm."

Unter dem heißen Wasserstrahl zu stehen, fühlt sich unglaublich gut auf meiner Haut an. Vor allem, weil Logan es sich zur Aufgabe gemacht hat, mich zu waschen. Seine Hände wandern langsam meinen ganzen Körper entlang, wobei er meinen Brüsten besonders viel Aufmerksamkeit schenkt. Als er zwischen meine Beine fasst, schließe ich die Augen und stöhne auf.

Weil ich mich dafür revanchieren will, was er wenige Augenblicke zuvor für mich gemacht hat, gehe ich vor ihm auf die Knie. Sein langer, dicker Schwanz lässt mir das Wasser im Mund zusammenlaufen.

Ich hebe die Hand und umschließe mit meiner Handfläche seinen Schaft; meine Hände wirken neben seiner Größe so klein. Ich schaue hoch und treffe seinen Blick. Ich habe bisher erst ein paarmal einem Kerl einen geblasen – einem, mit dem ich in meinem letzten Jahr an der Highschool ungefähr vier Monate zusammen war. Auch wenn er sich nie beschwert hat, bin ich nicht ganz zuversichtlich, was meine Fähigkeit, Logan zu befriedigen, anbelangt. Ich bin mir sicher, dass er erfahrenere Frauen gehabt hat.

„Mach weiter, meine Schöne", sagt er, um mich zu ermutigen.

Ich schiebe diese Gedanken beiseite, führe die Spitze seines Schwanzes an meinen Mund, lecke mit meiner Zunge darüber und fange den Lusttropfen ein. Er stöhnt, dann schließe ich kurz meine Augen und genieße seinen Geschmack.

Ich spiele mit seiner Reaktion und wirbele meine Zunge ein wenig um das Ende seines Schwanzes, bevor ich die Hälfte seiner Länge in meinen Mund nehme und meine Hand den Rest seines Schafts bearbeitet. Ich lasse meine Augen keinen Moment von ihm. Logans Brust hebt und senkt sich deutlich und sein Kiefer ist angespannt, was mir deutlich zu verstehen gibt, dass er die Kontrolle übernehmen will. Trotzdem überlässt er mir die Führung, damit ich es in meinem eigenen Tempo machen kann.

Logan greift nach unten und schnappt sich eine Handvoll meiner Haare, als ich seinen Schwanz vollständig in mir aufnehme.

„Fuck", zischt Logan und beginnt, sich in meinem Mund vor und zurück zu bewegen, wobei er meine Haare so festhält, dass es ein bisschen zieht. „Dein Mund sieht so verdammt gut aus, wenn er meinen Schwanz umschließt, Engel."

Ich bin so erregt.

Logan liest meine Körpersprache und fragt: „Törnt es dich an, meinen Schwanz zu lutschen?"

Ich kann meine Antwort nur herausmurmeln.

„Berühr mit den Fingern deine Klit, Bella. Ich will zusehen, während du meinen Schwanz lutschst."

Ich beginne, meine Klitoris zu reiben, und es dauert nicht lange, bis ich spüre, wie sich mein Orgasmus aufbaut, während Logan weiter meinen Mund fickt.

Augenblicke später verstummt er, und Sperma spritzt in meinen Rachen, während mich mein Orgasmus überrollt.

Logan hilft mir hoch, zieht mich zu sich heran und lässt seine Stirn an meiner ruhen. Das mittlerweile lauwarme Wasser ergießt sich über uns beide.

„Verdammt perfekt", sagt er atemlos.

Wir halten vor dem Clubhaus und parken. Ich steige vom Motorrad und reiche Logan meinen Helm. Auf dem Weg nach drinnen hält er meine Hand. Die Tatsache, dass er nicht versucht, zu verbergen, dass wir zusammen sind, löst ein leichtes Flattern in meinem Bauch aus.

Gestern Abend war der Club laut und voller Biker sowie knapp bekleideter Frauen. Heute Morgen ist es ruhig. Ich entdecke nur ein paar von Logans Brüdern. Gabriel sitzt in einer Ecke und trinkt etwas, das ich für Kaffee halte, und Quinn sitzt mit seiner Tasse an der Bar.

Logan nimmt an der Bar Platz und bedeutet Austin, uns Kaffee zu bringen. „Bella will Zucker und tonnenweise Kaffeesahne", erklärt er Austin.

„Na, schau einer an, ihr zwei seid ja richtig süß und so", unterbricht uns Quinn.

„Halt verdammt noch mal die Klappe, Arschloch. Es ist zu früh für deinen Scheiß", erwidert Logan.

Ich sehe zu Quinn hinüber. Er zwinkert mir zu und ich lächle. Ich habe mich mittlerweile an sein verrücktes Wesen gewöhnt.

Austin stellt meine Tasse vor mir ab, und gerade als ich sie zu meinem Mund führen will, gleitet diese verdammte Schlampe Cassie direkt neben Logan.

„Hey, Logan", säuselt sie und fährt mit ihrer Hand seinen Arm hinauf.

Ganz offensichtlich hat die Frau ihren verdammten Verstand verloren. Gerade als Logan etwas sagen will, lege ich meine Hand auf seine Brust. „Schon okay, Baby. Ich kümmere mich darum." Ich stehe ganz langsam von meinem Hocker auf und trete direkt vor Cassie. „Du hast ungefähr zwei Sekunden Zeit, deine Hände von dem zu nehmen, was mir gehört. Weißt du, neulich im Laden war die Anwesenheit meiner Schwester der einzige Grund, wieso ich weggegangen bin. Mach keinen Fehler, ich werde kein zweites Mal weggehen", warne ich sie.

„Logan, Baby? Lässt du zu, dass diese kleine Schlampe so mit mir spricht?"

Das genügt.

Mit einer schnellen Bewegung hebe ich meine Faust und schlage der Hure direkt auf die Nase. Ich treffe sie so hart, dass der Schmerz in meiner Hand explodiert.

Cassie fällt zu Boden und hält sich ihre Nase. Ihr Gekreische klingt wie das einer sterbenden Katze.

„Scheiße noch mal! Ich glaube, du hast ihr die Nase gebrochen, Süße", sagt Quinn.

Logan sieht mich mit einem intensiven

Gesichtsausdruck an. Dann wendet er seine Aufmerksamkeit Cassie zu, die immer noch auf dem Boden liegt. „Du bleibst schön hier", bellt er.

Er dreht sich zurück zur Bar und fordert Austin auf, einen Beutel mit Eis zu holen. „Setz dich. Lass mich deine Hand anschauen, Babe."

Er zischt, als er meine anschwellenden roten Knöchel sieht, und legt den Eisbeutel auf meine Hand.

„Zu sehen, wie du diese Schlampe schlägst und mich für dich beanspruchst, lässt meinen Schwanz so verdammt hart werden", knurrt er in mein Ohr.

„Ich unterbreche euch zwei nur ungern, aber was willst du mit ihr machen?", fragt Quinn Logan und deutet dabei auf Cassie, die jetzt ein Handtuch an ihre Nase hält, um die Blutung zu stoppen.

Logan wendet seine Aufmerksamkeit wieder Cassie zu, die mich wütend anstarrt. „Du wirst deinen Scheiß holen und gehen. Du bist in diesem Clubhaus nicht mehr willkommen."

Cassie stiert nun Logan mit offenem Mund an. „Das meinst du doch nicht ernst? Du wirfst mich wegen ihr raus?", schreit sie und zeigt mit dem Finger auf mich.

„Bella ist meine Freundin. Du hast sie verdammt noch mal nicht respektvoll behandelt. Also verflucht ja, ich meine es ernst."

„Deine Freundin?", stottert Cassie.

„Gabriel", bellt Logan.

Ich blicke nach drüben und sehe, wie er mit großen Schritten zu uns kommt. Gabriel ist so ruhig, dass ich vergessen habe, dass er überhaupt im Raum ist.

„Stell sicher, dass Cassie ihren ganzen Kram bekommt, und begleite sie dann vom Grundstück der

Kings", weist ihn Logan an.

„Alles klar, Bruder." Gabriel streckt die Hand nach Cassie aus und packt sie am Arm. „Auf geht's", grunzt er.

„Es wurde verdammt noch mal Zeit, dass du dich um die durchgeknallte Cassie kümmerst", sagt Quinn laut, während wir beobachten, wie Gabriel sie aus dem Raum führt.

„Ja, Bruder. Es war überfällig."

Logan kommt rüber zu mir, nimmt meine unverletzte Hand und zieht mich vom Hocker.

„Komm. Wir müssen zu Jake."

Gemeinsam gehen wir in Jakes Büro, und als ich mich hinsetzen will, hält mich Logan davon ab. Er setzt sich zuerst in den Stuhl und zieht mich dann runter auf seinen Schoß.

„Alles klar, Prez. Was gibt's?"

Jake stößt einen Seufzer aus und lehnt sich in seinem Stuhl nach vorn. „Nach unserem Gespräch gestern Abend habe ich ein paar Anrufe getätigt. Lee hängt in letzter Zeit bei den *Demonios* rum."

Sobald Jake das gesagt hat, spüre ich, wie Logan sich unter mir anspannt.

„Und was genau bedeutet das?", frage ich.

„Ich bin mir nicht sicher, verdammt, aber es gefällt mir nicht", erklärt Jake mir. „Fürs Erste möchte ich, dass du und Alba hier im Clubhaus bleibt."

„Verdammt richtig, sie bleiben hier", sagt Logan.

Ich muss gar nicht darüber nachdenken. Ich vertraue beiden Männern. Wenn sie sagen, meine Schwester und ich müssen hierbleiben, dann werden wir das tun.

„Lasst mich Alba schnell anrufen. Sie hat letzte

Nacht bei einer Freundin übernachtet und ich muss sie abholen.“

Ich nehme mein Handy und wähle ihren Kontakt aus. Sie geht beim zweiten Klingeln ran. „Hey, Bella. Was gibt's?“

„Alba, ich komme und hole dich bei Emma zu Hause ab. Ich sollte in ungefähr zwanzig Minuten da sein.“

„Ich bin schon daheim“, erklärt sie mir.

„Wann bist du angekommen?“

„Vor ungefähr zehn Minuten.“

„Du hättest mich anrufen sollen. Du weißt, dass ich nicht will, dass du allein daheim bist.“

„Ist schon okay. Lee ist gar nicht da.“

„Warte kurz, Alba.“

Ich schaue Logan an und erkläre ihm: „Ich muss meine Schwester abholen.“

„Allein fährst du nicht. Wir gehen zurück zu mir nach Hause, um meinen Pick-up zu holen. So können wir dein ganzes Zeug mitnehmen, wenn wir bei dir daheim sind.“

Jake steht auf, öffnet die Tür und bedeutet Gabriel, ins Büro zu kommen.

„Gabriel, du musst zu Bellas Haus rüberfahren und ihre Schwester abholen. Bella, sag Alba, dass Gabriel in zehn Minuten bei ihr sein wird“, weist Jake an.

Alba war etwas besorgt darüber, dass Gabriel kommen und sie abholen würde, aber ich habe ihr versichert, dass es okay ist und dass ich ihr erzählen würde, was los ist, wenn sie hier wäre. Nachdem wir zurück zu Logans Haus gefahren sind, um seinen Pick-up zu holen, fahren wir zu mir nach Hause, damit ich einiges von meinen und Albas Sachen holen kann.

„Wie viel, denkst du, soll ich packen?", frage ich ihn, als ich in unser Zimmer laufe.

„Alles. Du wirst nicht mehr zurückkommen."

„Wovon redest du? Ich wohne hier. Natürlich komme ich zurück. Sobald dieser ganze Scheiß mit Lee vorbei ist."

„Ich habe dich gestern Abend für mich beansprucht, Bella. Das bedeutet, du gehörst mir. Deswegen wirst du auf unbestimmte Zeit bei mir wohnen", teilt er mir mit.

„Ich werde jetzt nicht einfach so plötzlich bei dir einziehen, Logan. Ich habe meine Schwester, an die ich denken muss. Ich würde sie niemals verlassen."

Logans Gesichtszüge werden weich. „Ich weiß, dass du das nicht tun würdest, Engel. Das würde ich auch nie von dir verlangen. Deswegen kommt sie auch mit. Mein Haus ist groß genug. Sie wird sogar ihr eigenes Zimmer haben."

Ich bin vollkommen schockiert darüber, was er sagt. „Wirklich?", frage ich.

„Natürlich. Du bist mein Mädchen und Alba ist deine Schwester. Daher gehört sie zur Familie. Ich werde mich nicht nur um dich kümmern, sondern ich werde mich auch um sie kümmern. Es gibt nichts, was ich nicht für dich tun würde, Engel."

Ich blinzele die Tränen weg, die zu fließen drohten, gehe rüber zu Logan und schlinge meine Arme um ihn.

Er legt seinen Finger unter mein Kinn und hebt es an, dann küsst er mich. Es ist nicht bloß ein Kuss, sondern ein Versprechen, sich um mich zu kümmern. Ein Versprechen, mir alles zu geben.

„Logan, ich muss ins Diner, um mit meiner Mom zu reden", erkläre ich ihm, als wir in seinem Pick-up sitzen, nachdem wir mein Haus verlassen haben. „Wenn sie heimkommt und sieht, dass alle Sachen von mir und Alba weg sind, wird sie sich Sorgen machen."

„Dann lass sie sich verdammt noch mal Sorgen machen. Ihr Mann ist der Grund, wieso du überhaupt gehst."

„Logan, ich verstehe ja, was du meinst, aber sie ist immer noch meine Mutter. Auch wenn sie ein paar schlechte Entscheidungen getroffen hat, weigere ich mich, ihr den Rücken zuzukehren. Sie ist auch ein Opfer."

Er stößt einen Seufzer aus. „Ich verstehe dich. Ich stimme dir nicht zu, aber ich verstehe dich."

Wir fahren vor das Diner, in dem meine Mom arbeitet, und parken.

„Du gehst rein und redest mit deiner Mom, Babe. Ich warte hier draußen auf dich. Ich habe ein paar Anrufe zu erledigen."

Ich laufe hinein und entdecke meine Mutter hinter der Theke, wo sie Getränke einschenkt.

„Hey, Mom", sage ich, als ich bei der Theke ankomme.

„Hey, Süße. Was machst du hier?" Sie lächelt.

„Ich muss mit dir reden. Kannst du eine Pause machen?"

„Klar. Setz dich einfach in die Sitzecke und ich komme in ein paar Minuten rüber."

Ich sitze in der Ecke und schaue aus dem Fenster. Logan ist am Telefon, wo er, wie es scheint, ein sehr intensives Gespräch führt.

„Also, was ist los, Süße?"

„Ich wollte dir Bescheid geben, dass Alba und ich eine Weile lang nicht zu Hause sein werden. Eigentlich werden wir wahrscheinlich gar nicht mehr zurückkommen." Ich schätze ihre Reaktion ab und sie sieht nicht im Geringsten überrascht aus. Wieso sollte sie auch? Sie weiß, wie die Dinge mit Lee sind.

„Ich denke, das ist das Beste, Bella. Ich glaube, Lee hat sich mit ein paar üblen Leuten eingelassen."

„Ja, Mom, hat er", erkläre ich ihr und bestätige damit ihren Verdacht.

„Ich habe ihn endgültig rausgeschmissen", erklärt sie mir und starrt aus dem Fenster.

Ich bin schockiert. „Was?"

„Ja. Ich habe ihm gestern gesagt, dass meine Mädchen an erster Stelle stehen und dass ich will, dass er geht."

Ich kann ehrlich nicht glauben, was ich da gerade höre.

„Du hast das für uns getan? Für Alba und mich?", frage ich sie.

„Bella, ob du es glaubst oder nicht, ich liebe dich und deine Schwester sehr. Ich habe euch beide im Stich gelassen. Ich habe mich selbst im Stich gelassen. Ich werde nicht noch mal dieselben Fehler machen, die ich bei deinem Vater gemacht habe. Ich habe damals getan, was ich tun musste, um euch zu beschützen, und ich tue jetzt, was ich tun muss, um euch beide zu beschützen. Nie wieder, ich verspreche es."

Mein Dad? Sie hat getan, was sie tun musste, um

uns zu beschützen? Ein Knoten bildet sich in meinem Magen, als sie unseren Vater erwähnt. Meine Mom bemerkt mein Unbehagen und wechselt das Thema.

„Ist das dein Freund da draußen?", fragt sie und deutet zum Fenster hinaus auf Logan.

Ich nicke und sage: „Ja, Mom. Das ist meiner."

„Macht er dich glücklich, Süße? Behandelt er dich gut?"

„Er macht mich sehr glücklich. Logan und sein Club sind einfach nur wundervoll zu Alba und mir." Ich lächle bei dem Gedanken an all die total verrückten Männer.

Sie tätschelt meine Hand und sagt: „Dann freue ich mich für dich, Bella."

Und ich weiß, dass sie es so meint.

„Also, Süße. Ich muss mich wieder an die Arbeit machen. Ruf mich an. Gib mir Bescheid, ob es dir gut geht."

Ich stehe auf und umarme meine Mom.

„Klar. Bis dann."

Ich beobachte, wie sie wieder zurück hinter die Theke steuert. Im Stillen bete ich, dass sie stark genug ist, um ihr Leben wieder auf die Reihe zu bekommen.

Als ich zurück nach draußen laufe und wieder in Logans Pick-up steige, hat er aufgehört, zu telefonieren.

„Hast du alles mit deiner Mom geklärt?"

„Ja, Logan. Alles ist gut. Sie hat Lee dauerhaft rausgeschmissen. Sie sagte, sie sei fertig mit ihm."

„Gut für sie, Babe", sagt er, nimmt meine Hand in seine und verschränkt seine Finger mit meinen.

„Jetzt lass uns das ganze Zeug zu unserem Haus bringen und es abladen, bevor wir ins Clubhaus gehen. Ich weiß, dass du es nicht erwarten kannst, deine Schwester zu sehen."

Ich lächle und begrüße die Schmetterlinge in meinem Bauch, als er „unser Haus" sagt.

Sobald wir im Clubhaus sind, scanne ich sofort den Raum nach meiner Schwester ab. Ich bemerke Gabriel zuerst, denn wie üblich sitzt er auf seinem Platz. Mir fällt sein intensiver Blick auf, dem ich folge, um zu sehen, wohin er starrt. Meine Augen landen bei meiner Schwester, die mit einem Buch auf der Couch sitzt.

Ich lasse meine Augen zwischen ihr und Gabriel hin und her huschen, sein Blick bohrt sich regelrecht in Alba. Meine Schwester ist so in ihr Buch vertieft, dass sie es gar nicht mitbekommt.

Ich drehe mich zu Logan um, der dieselbe Beobachtung gemacht hat wie ich.

„Tja, Scheiße."

Kapitel 15

„**B**abe, warum gehst du nicht zu deiner Schwester, während ich mich um einigen Kram kümmere?", sage ich und gebe ihr einen Klaps auf den Hintern. Bella huscht rüber zu Alba, ohne mich noch eines Blickes zu würdigen. Ich schmunzele und schüttele den Kopf, als sie Gabriel im Vorbeilaufen einen Todesblick zuwirft.

Gabriel ignoriert ihren Versuch, einschüchternd zu sein, steht von seinem Stuhl auf und kommt auf mich zu. „Komm schon, Bruder. Der Prez wartet im Keller auf dich", sagt er und läuft an mir vorbei.

„Im Keller? Was zum Teufel geht hier vor sich?"

Gabriel dreht den Kopf und lächelt mich an. „Ich habe ein Geschenk für dich, Bruder."

Jetzt hat er meine Aufmerksamkeit. Ich folge ihm den Flur hinunter, der zum Keller führt, während er mich darüber ins Bild setzt, was los ist.

„Nachdem ich gestern Abend vorbeigefahren war, um nach der Schwester zu sehen, habe ich beschlossen, zu Bellas Haus zu fahren, um nachzusehen, ob der Stiefvater daheim ist. Im Haus schien es wie ausgestorben zu sein, aber als ich wieder wegfuhr, ist mir ein Motorrad ins Auge gefallen, das ungefähr einen Block entfernt geparkt stand. Irgendwas kam mir dabei komisch vor, also beschloss ich, zum Haus zurückzufahren und es mir noch mal genauer anzusehen. Da habe ich dann einen der Männer von den *Demonios* entdeckt, wie er hinten am Haus durch ein

Fenster kletterte, und ich habe den Dreckskerl ausgeknockt. Ich habe ihn von einem der Prospects her-
bringen lassen."

„Und niemand ist darauf gekommen, mich deswegen anzurufen?"

Gabriel hält an, dreht sich zu mir um und fragt:
„Hättest du gestört werden wollen, Bruder?"

Fuck, nein, hätte ich nicht, aber das würde ich nicht
laut sagen. Angesichts des Grinsens in seinem Gesicht weiß er, was ich denke.

„Ja, das habe ich auch nicht gedacht", erwidert er
und gluckst.

Arschloch.

„Es ist alles gut, Bruder. Niemand hat ihn ange-
rührt, wie du es befohlen hast. Ich habe ihn nur in die
Kiste gesteckt."

„Warte, was meinst du, wie ich es befohlen habe?"

„Hast du dem Prez letzte Nacht nicht gesagt, du
wollest den Hurensohn haben, der sich mit deinem
Mädchen angelegt hat?", fragt er.

„Willst du damit sagen, dass der Dreckskerl, den du
letzte Nacht geschnappt hast, derselbe Kerl ist wie
der, der hinter Bella her war? Weißt du das sicher?"

„Ja, Mann, das Weichei hat es nur ein paar Stunden
in der Kiste ausgehalten, bevor er geredet hat. Der
Idiot haut sämtliche Infos raus, aber ich habe mir gedacht, dass du trotzdem deine Zeit mit ihm haben
willst, angesichts der Tatsache, dass er sich mit Bella
angelegt hat."

Als ich die Tür zum Keller öffne, trifft mich vor
Hitze der Schlag. Die Heizung aufzudrehen, ist et-
was, was wir gern tun, wenn wir jemanden in die
Kiste stecken. Die, die wir benutzen, ist ungefähr

hundertsiebzig Zentimeter lang und knapp sechs-
undsiebzig Zentimeter breit. Wenn man also einen
Mann mit einer Größe von über einem Meter achtzig
hineinsteckt, muss er leicht die Knie beugen, um hin-
einzupassen. Aber sobald der Deckel geschlossen ist,
ist es so eng darin, dass er sich weder bewegen noch
ausstrecken kann. Er muss stundenlang in dieser Position verharren. Die Klaustrophobie zusammen mit
der Gelenkstarre, von der Hitze ganz zu schweigen –
ja, nur wenige Leute halten durch, bevor sie aufgeben.

Jake sitzt abseits an einer Seite des Raumes und
raucht eine Zigarette. Als mein Blick auf der Kiste
landet, sehe ich Quinn, der darauf sitzt und ein Spiel
auf dem Handy zockt. Ich schwöre, manchmal ist es
mit ihm, als hätte man ein verdammtes Kind.

Er schaut von seinem Handy hoch, als ich auf ihn
zugehe. „Oh, hey, Bruder. Freut mich, dass du dich
uns endlich anschließen konntest."

„Halt die Klappe, Arschloch. Keiner hat mich letzte
Nacht angerufen."

„Natürlich nicht. Wir wollten dich nicht stören,
während du mit deinem Mädchen zusammen warst.
Schau dich an, Mann, wie du strahlst und so."

Ich höre, wie Jake in sich hineinlacht. Gabriel steht
drüben in der Ecke und schüttelt den Kopf, aber
seine bebenden Schultern verraten mir, dass er zumindest versucht, sein Lachen zu unterdrücken.
„Halt verdammt noch mal die Fresse, bevor ich dir
eine Kugel in den Arsch jage", sage ich und gebe ihm
einen Klaps auf den Hinterkopf, als er von der Kiste
hüpft.

„Alles klar, Brüder, die Party kann beginnen.

Gabriel, schaff ihn da raus. Ich würde gerne hören, was der Schwanzlutscher zu sagen hat." Er nickt mir zu, kommt herüber und entriegelt die Kiste. Sobald der Deckel entfernt ist, erfüllt der Geruch von Pisse den Raum. Gabriel packt den Mann und schleift in heraus. Das Arschloch ist so starr und dehydriert von der Hitze, dass er sich kaum selbstständig bewegen kann.

Kurz darauf klopft es an der Tür. Jake geht hinüber und lässt Austin herein. Er bringt Wasserflaschen und ein paar Sandwiches. Das ist noch so etwas, was wir tun, denn wo wäre der Spaß dabei, einen Mann zu verprügeln, der bereits halb tot ist. Also geben wir ihm etwas Wasser und was zum Essen – eine Art Henkersmahlzeit. Allerdings bin ich mir sicher, er ahnt bereits, dass er aus diesem Keller nicht lebend wieder rauskommt.

Nachdem Gabriel ihn in einen Stuhl gesetzt hat, biete ich ihm Essen und Wasser an, was er gierig annimmt. Sobald er fertig ist und ich vor ihm Platz genommen habe, bemerke ich das SERGEANT-AT-ARMS-Patch auf seiner Kutte. Ich erkenne ihn auch als einen der Männer wieder, die uns bei unserem Run überfallen und unsere Waffen gestohlen haben.

„Sprichst du Englisch?"

„Sí, ich spreche Englisch."

„Wie ist dein Name?"

„Carlos."

„Alles klar, Carlos, wir haben eine Menge zu bereden, aber zuerst fangen wir mit der Frau an, die du letzte Nacht verfolgt hast."

„Die Schlampe ist die Bezahlung, die man uns schuldet, sie und ihre Schwester. Mein Prez hat

Großes mit ihnen vor und wir haben bereits einen Käufer für sie gefunden. Er kommt nächste Woche von Kolumbien rüber und erwartet unsere Lieferung. Der Stiefvater hat meinem Prez versichert, dass beide Mädchen jungfräulich sind."

Ich höre Gabriels Knurren aus der Ecke des Raums und werfe ihm einen Blick zu, der ihm sagt, dass er sich zügeln soll. Dabei muss ich mich anstrengen, mich selbst im Zaum zu halten, denn ich muss Carlos weiter zum Reden bringen.

„Für was sind sie die Bezahlung?", presse ich hervor.

„Dieser Gringo Lee schuldet meinem Club Geld, und als diese *puta* nicht zahlen konnte, hat er seine Stieftöchter als Opfer geboten. Es ist nur zu blöd, dass mein Prez sie verkaufen will. Ich hätte sehr gerne meine Chance bei der großen Schwester. Ich wette, ihre Pussy …"

Carlos bekommt keine Gelegenheit, weiterzusprechen. Das Wort wird ihm abgeschnitten, als ich mich aus meinem Stuhl erhebe und ihm ins Gesicht schlage. Ich treffe ihn so hart, dass sein Genick zurückschnellt und er mitsamt dem Stuhl zu Boden fällt, wo er bewusstlos liegen bleibt.

Quinn geht zu ihm. „Maaaann, Carlos, du bist ganz schön ausgeknockt worden", sagt er mit einem fürchterlichen spanischen Akzent.

„Ich kann nicht fassen, dass du so lange durchgehalten hast, ohne den Dreckskerl zu schlagen", faucht Gabriel.

„Also", sagt Jake und gesellt sich zu uns. „Was hältst du von dem, was er sagt?"

„Ich glaube ihm, aber mir gefällt nicht, dass er so

mitteilsam gewesen ist, was diese Informationen angeht. Ich weiß nicht, Prez. Irgendwas ist faul."

„Er spielt mit uns", sagt Gabriel.

Ich höre eine Bewegung hinter mir und drehe mich um. Das Stück Scheiße richtet sich mit seinem Stuhl wieder auf, setzt sich und wischt sich mit seinem Handrücken das Blut von seiner aufgeplatzten Lippe.

Ich gehe rüber zu Carlos. „Ich will wissen, wo wir Lee finden können", erkläre ich scharf. Ich bin so was von fertig mit diesem Bullshit.

„Tut mir leid, Gringo, ich habe nichts mehr zu sagen", sagt er mit einem Grinsen auf dem Gesicht.

Ohne weiter darüber nachzudenken, stiefle ich rüber zu dem Tisch auf der linken Seite des Kellers und schnappe mir eine Nagelpistole. Bis ich wieder bei ihm angelangt bin, haben Quinn und Gabriel ihn mit Handschellen an den Stuhl gefesselt. Kommentarlos presse ich die Nagelpistole an seine rechte Schulter und drücke ab.

Carlos heult vor Schmerzen auf, eine Reihe spanischer Worte kommt aus seinem Mund.

„Hast du immer noch nichts zu sagen?"

„Bésame mi culo."

Dieses Mal presse ich die Nagelpistole auf sein Knie und drücke ab – wieder treffe ich auf Knochen. „Wie sieht es jetzt mit dir aus, du Schwanzlutscher, gibt es immer noch nichts zu sagen?"

Carlos hat solche Schmerzen, dass ihm der Schweiß vom Gesicht tropft. „Ich weiß nicht, wo Lee ist", sagt er mit zusammengebissenen Zähnen. „Er sollte uns gestern Abend bei meinem Club treffen, aber er ist nie aufgetaucht. Deswegen war ich bei seinem Haus.

Mein Prez wird langsam sehr ungeduldig. Er will, was ihm versprochen wurde."

„Tja, dein Prez wird einen Scheiß bekommen, diese Mädchen stehen jetzt unter dem Schutz der Kings."

Carlos beginnt zu lachen. „Ihr Gringos seid so verdammt dumm. Euer Schutz bedeutet einen Scheißdreck. Diese Mädchen sind so gut wie weg. Ihr solltet die *Demonios* niemals unterschätzen."

„Prez, wir haben Gesellschaft am Eingangstor", sagt Reid, der zur Tür hereinkommt.

„Wer zum Teufel ist es?", schnauzt Jake, völlig verärgert über die Unterbrechung.

„Volkov", antwortet Reid.

Ich drehe mich zu Jake und frage: „Warum zur Hölle sind die Russen hier?"

„Verdammt, wenn ich das wüsste. Sie haben mich definitiv nicht vorgewarnt, dass sie kommen würden. Ich habe Volkov gesagt, dass der Club alles unter Kontrolle hat."

„Tja, das denkt er wohl nicht", erwidere ich scharf.

„Was willst du mit Carlos machen?", schaltet sich Gabriel ein.

„Ich bin noch nicht fertig mit dem Wichser. Kettet ihn an und lasst ihn hier unten, bis ich entschieden habe, dass ich fertig mit ihm bin." Dann drehe ich mich um und folge Jake aus dem Keller heraus.

Kapitel 16

Bella

Ich laufe zu meiner Schwester hinüber, die still und allein auf dem Sofa sitzt und ein Buch liest. Sie hebt den Kopf und scannt den Raum unauffällig ab. Ich habe sofort ein schlechtes Gewissen, weil ich sie in diese beängstigende Situation gebracht habe, in der sie ein Mann, den sie nicht kannte, abgeholt und ins Clubhaus zu einem Haufen Fremder gebracht hat. Sie hat das nur getan, weil sie mir vertraut, aber ich kann erkennen, wie erschrocken sie ist, als ich mich neben sie setze.

„Hey." Ich stupse ihre Schulter an.

„Hi." Seufzend lässt sie ihr Buch sinken und sieht mich an. „Bella, was geht hier vor sich?", flüstert sie und späht in Gabriels Richtung.

Ich komme zu dem Entschluss, dass sie sich wohler fühlen wird, wenn ich sie auf das Zimmer bringe, in dem sie wohnen wird, solange wir hier sind. Logan hat mir auf der Fahrt hierher erklärt, dass Alba in dem Zimmer neben unserem bleiben wird. Er sagte, er habe es bereits von einem der Prospects für sie fertig machen lassen.

Zuerst möchte ich jedoch bei der Küche Halt machen und etwas zum Snacken mitnehmen. Ich stehe auf und ergreife ihre Hand. „Komm, Alba, lass uns etwas zum Essen holen, dann zeige ich dir dein Zimmer."

Ich führe sie an der Bar vorbei und in die Küche. Ich rieche frischen Kaffee, als wir hereinlaufen. Alba öffnet die rosa Schachtel, die auf dem Tisch steht, und holt sich ein Schokoladen-Eclair zusammen mit einer Serviette heraus.

„Nimm mir bitte auch eins von denen mit, ja?", bitte ich sie und hole zwei Tassen aus dem Schrank. „Willst du einen Kaffee?"

„Haben die zufällig Kaffeeweißer mit Zimt?", fragt sie.

Ich durchwühle die diversen Geschmacksrichtungen im Regal, bis ich Zimtgeschmack finde. Ich halte ihn für sie hoch, und mit einer schnellen Kopfbewegung erteilt sie mir ihre Zustimmung, während sie unsere Eclairs auf einen Pappteller legt.

Sobald ich unseren Kaffee zubereitet habe, bedeute ich ihr, mir die Treppe hinauf zu folgen. Wir gehen hoch, und ich biege nach rechts, um unseren Weg den Flur hinunter anzuführen.

„Es ist die letzte Tür links", informiere ich sie, bevor ich schließlich anhalte und die Tür öffne.

Drinnen sieht es nett aus. Das Zimmer ist mit den grundlegenden Dingen ausgestattet: einem Doppelbett, einer Kommode, auf der ein Flachbildfernseher steht, und einem eigenen großen Badezimmer. Wie mir erzählt wurde, sind die meisten Zimmer hier so eingerichtet.

Ich stelle die Tassen auf den Nachttisch und mache es mir auf dem Bett gemütlich. Alba schließt sich mir an. Bevor ich überhaupt einen Bissen von meinem Eclair in den Mund bekomme, meldet sie sich zu Wort.

„Okay, Bella. Spuck's aus."

Ich seufze und erzähle ihr, was mir berichtet worden ist. „Lee ist gesehen worden, wie er mit einem

Biker-Club abhing, der sich *Los Demonios* nennt. Sie sind der rivalisierende Motorradclub, mit dem die Kings in letzter Zeit Probleme hatten. Das sind zufälligerweise auch ziemlich zwielichtige Gestalten, wie ich gehört habe."

Ich stehe auf, laufe zum Fenster und öffne die Vorhänge, um etwas Licht hereinzulassen. Dann drehe ich mich um und schaue wieder zu meiner Schwester, die immer noch auf dem Bett sitzt.

Alba nimmt einen Schluck Kaffee. „Okay, dass Lee mit so einem Abschaum herumhängt, ist nichts Neues, aber warum müssen wir hierbleiben? Was ist mit Mom?"

„Ich wünschte, ich könnte dir mehr sagen, aber das ist alles, was ich weiß. Ich bin bei Mom auf der Arbeit vorbeigefahren und habe sie getroffen. Sie hat Lee rausgeschmissen. Sie sagt, dieses Mal ist es für immer."

Ihr Mund klappt ungläubig auf. „Ist das dein Ernst?"

Ich nicke, um zu bestätigen, dass das, was ich gesagt habe, wahr ist.

„Ich bin froh, dass wir den schäbigen Kerl los sind", fügt meine Schwester hinzu.

Ich lege mich zurück aufs Bett und meine Schwester macht dasselbe. „Machen sich die Jungs Sorgen, dass uns etwas passieren könnte?", fragt sie.

„Ja, sie wollen nur sichergehen, dass wir in Sicherheit sind, und sie meinen, dass hier der beste Ort dafür ist." Ich zucke mit den Schultern.

„Du magst ihn, stimmt's?", erkundigt sie sich mit einem Lächeln.

Ich lächle ebenfalls. Ich habe gewusst, dass sie das

irgendwann fragen würde.

„Ja, ich mag ihn.“

„Moment!“ Sie schießt aus dem Bett hoch und sieht zu mir runter. „Du bist zu entspannt für den ganzen Scheiß, der gerade abgeht. Normalerweise bist du nervöser. Was ist los?“

Ihre Augen sind groß geworden und sie bedeckt mit der Hand ihren Mund, aber ich kann trotzdem ihr Lächeln darunter sehen.

„Bella! Hattest du Sex mit Logan?“

Ich kann nicht verhindern, dass sich das Lächeln auf meinem Gesicht ausbreitet und dass Wärme meinen Körper erfüllt, allein weil ich seinen Namen höre.

„Er hat mich mit zu sich nach Hause genommen, nach allem, was passiert ist.“

„Okay, noch mal zurück. Was ist gestern Abend passiert?“, fragt sie mich besorgt.

Ich seufze, weil ich weiß, dass ich es ihr erzählen muss, damit sie weiß, wie ernst diese ganze Sache sein könnte.

Ich gebe ihr die Zusammenfassung der Ereignisse des gestrigen Abends, die mich zum Clubhaus geführt haben. Dann erzähle ich, dass ich eifersüchtig geworden bin, als ich gesehen habe, wie dieselbe Frau, der wir im Vintage-Laden begegnet sind, an der Bar an Logan gehangen hat.

„Bitte sag mir, dass du was zu dieser Schlampe gesagt hast.“

„Nicht gestern Abend, aber ich bin definitiv heute Morgen zu Wort gekommen.“ Ich reibe mir die immer noch schmerzenden Knöchel.

„Ooh, ich habe das Gefühl, dass ich dafür Popcorn brauche“, sagt meine Schwester, setzt sich und zieht die Beine unter sich an, während sie sich ein Kissen vor die Brust hält.

„Kurz nachdem wir heute Morgen wieder hier aufgeschlagen sind, ist dieselbe Tussi auf Logan zugekommen. Während ich dagesessen bin, fing sie an, sich total an ihn ranzumachen. Ich hatte keinen Bock mehr auf diesen Scheiß. Also habe ich der Schlampe erklärt, dass Logan mir gehört. Ich habe möglicherweise ihre Nase gebrochen, als ich ihr eine reingehauen habe", erzähle ich meiner Schwester mit einem Grinsen im Gesicht.

„Ich kann nicht glauben, dass ich das verpasst habe!", entgegnet sie und kichert.

Ich lache mit ihr. „Ja, also, meine Hand tut höllisch weh, aber das war es wert."

Wir lassen uns beide zurückplumpsen und legen uns ausgestreckt auf den Rücken. Ein paar Augenblicke lang sind wir still.

„Ich freue mich für dich, Bella."

„Es war perfekt, Alba. In diesem Moment ist alles andere dahingeschmolzen. Es war, als wäre ich high oder so. Ich war komplett von ihm erfüllt."

Bevor ich mich weiter in das Gespräch vertiefen kann, klingelt mein Handy und verkündet das Eintreffen einer Nachricht. Ich ziehe es aus meiner hinteren Hosentasche. Als ich sehe, dass die Nachricht von Mila ist, wische ich über den Bildschirm.

Mila: *Hey, was machst du so? Wie geht's dir?*

Ich: *Nicht viel. Mir geht's gut. Wie geht's dir und Ava?*

Mila: *Gut! Treffen wir uns bald auf einen Kaffee?*

Ich: *Das wäre toll! Bringst du Ava auch mit?*

Mila: *Super! Mache ich. Muss jetzt aufhören.
Rufe bald an!*

Ich: *Umarme Ava für mich. Tschüss!*

Ich lege mein Handy auf die Kommode und beschließe, Albas Sachen auszupacken. Sie steht auf und fängt an, mir zu helfen.

„Das war Mila. Ich war so beschäftigt mit meinem neuen Job und Logan, dass ich sie und Ava seit einer Weile nicht mehr besucht habe." Ava ist Milas Tochter und das süßeste kleine Mädchen überhaupt. Ich liebe es, Zeit mit den beiden zu verbringen.

Ich öffne die Tür des kleinen Kleiderschranks und spähe hinein, um zu sehen, ob zufällig irgendwelche Kleiderbügel vorhanden sind. „Tja, sieht so aus, als müsstest du die meisten deiner Sachen fürs Erste in den Schubladen unterbringen. Ich schaue mal, ob Logan dir ein paar Dinge, die du brauchen wirst, besorgen kann, zum Beispiel Kleiderbügel. Das alles tut mir leid, Alba", sage ich und gehe ins Bad, um ihren Kosmetikbeutel neben das Waschbecken zu legen.

„Ist schon okay, Bella. Wenn ich bei dir bin, kann ich damit umgehen, aber ich werde noch ein paar meiner Sachen aus dem Haus brauchen, bevor ich wieder zurück zur Schule muss."

„Das sollte kein Problem sein. Ich bin sicher, dass Logan einen seiner Brüder dazu bringen kann, uns zu fahren, damit wir mitnehmen können, was auch immer wir sonst noch brauchen. Wie wär's, wenn wir nach unten gehen? Wir können uns später noch mit einigen der anderen Mitglieder treffen, aber machen wir uns doch jetzt erst mal damit vertraut, wo sich hier alles befindet. Finden wir raus, was wir hier tun können und was nicht."

Seufzend fügt sie sich, und wir verlassen das Schlafzimmer, um uns auf den Weg nach unten zu machen.

Kapitel 17

Meine Brüder und ich machen uns auf den Weg vom Keller nach oben und steuern nach draußen, um unseren unerwarteten Gast zu begrüßen.

Ich sehe Bella und ihre Schwester von oben runterkommen, also begebe ich mich in ihre Richtung.

„Hey, Babe", sage ich, ziehe sie nah zu mir heran und küsse sie. „Hast du Alba geholfen, sich einzuleben?"

„Ja, alles ist gut."

„In Ordnung, Engel. Ich habe einigen Scheiß zu erledigen, also falls du etwas brauchst, dann gib einfach einem der Prospects Bescheid und er wird es für dich besorgen."

„Bei uns ist alles okay. Geh und tu, was du tun musst."

Gerade in diesem Moment tritt Lisa neben uns. „Wieso helft ihr Mädels mir nicht mit dem Mittagessen? Ich könnte die zusätzliche Hilfe gebrauchen, jetzt, wo wir Gäste haben. Dadurch haben wir die Gelegenheit, uns gegenseitig kennenzulernen."

„Kochen ist eine unserer Lieblingsbeschäftigungen, wir würden dir also sehr gerne helfen", sagt Bella aufrichtig zu ihr.

„Dann werdet ihr mit mir gut auskommen", antwortet Lisa mit einem breiten Lächeln im Gesicht.

Ich sehe zu, wie Bella und Alba in Richtung Küche davongehen, dann wende ich mich an Lisa. „Danke, dass du sie mit einbeziehst und dafür sorgst, dass Bella und ihre Schwester sich willkommen fühlen.“

„Jederzeit, Süßer. Ich mag sie, Logan. Ich kann sehen, dass sie gut für dich sein wird. Du verdienst es, glücklich zu sein.“

„Danke, Lisa“, sage ich und küsse sie auf den Scheitel.

„Jetzt geh und triff deine Gäste“, sagt sie und scheucht mich weg. „Dein Mädchen kommt klar.“

Ich hole Jake und Gabriel ein, als sie über den Parkplatz des Grundstücks auf das Tor zulaufen. Unser Prospect Blake steht neben einem schwarzen Chevrolet Suburban SUV mit abgedunkelten Scheiben. Neben ihm befindet sich ein Mann in einem dunkelgrauen Anzug. Ich nehme an, dass er der Fahrer ist.

Als wir bei dem besagten Mann ankommen, bemerke ich sofort die zwei Waffen in seinem Schulterholster unter seiner Anzugjacke. Ich wette, dass er ebenfalls eine an seinem Fußknöchel befestigt hat. Meine Beobachtung sagt mir, dass dieser Mann mehr als nur ein Fahrer ist. Diese Männer sind keine Bedrohung für uns, aber ich habe gelernt, immer wachsam zu sein – auf alles gefasst.

„Mein Name ist Victor“, sagt er mit einem russischen Akzent und reicht Jake seine Hand.

„Jake“, erwidert der Prez schroff und nimmt Victors Hand an.

„Volkov und sein Sohn möchten sich für ihren unerwarteten Besuch entschuldigen, aber ich hoffe, dass wir uns treffen können, damit wir unser gemeinsames Problem zusammen lösen können. Normalerweise führen wir unsere Geschäfte nicht so“, versucht Victor, ihm zu versichern.

Jake sagt zu dem Mann: „Ich habe Volkov vor ein paar Tagen der Höflichkeit halber angerufen, und ich schätze es nicht sehr, dass er einfach unangekündigt auf meinem Gelände auftaucht."

„Das können wir verstehen", sagt Victor. „Aber Mr. Volkov hat für dieses Treffen auch einen persönlichen Grund, und bei allem, was gerade vor sich geht, scheint es an der Zeit zu sein, diese Dinge anzusprechen."

Ich sehe zu Jake hinüber. Er hat denselben verwirrten Blick in seinen Augen, den ich sicher auch habe. Was zum Teufel redet er da von persönlichen Gründen? Wir machen erst seit ungefähr einem Jahr Geschäfte mit den Russen, also weiß ich nicht, wohin das alles noch führt, aber zu sagen, ich sei nicht ein kleines bisschen neugierig, wäre gelogen.

„Alles klar, Victor", sagt der Prez. „Blake wird dich reinbringen. Ich treffe euch dann alle dort."

Victor nickt, dann folgen meine Brüder und ich Jake zurück ins Clubhaus, wo wir geradewegs die Bar ansteuern. Austin sieht uns kommen und beginnt, Biere zu verteilen. Ich schnappe mir meins und stürze fast alles davon in einem Zug hinunter.

Ich wende mich an Jake und frage: „Was denkst du, Prez?"

„Ich bin mir nicht sicher. Ich finde es nicht so gut, dass sie hier einfach so auftauchen."

„Wir haben alles unter Kontrolle", fügt Gabriel hinzu.

„Da stimme ich zu", sagt Jake. „Trotzdem werde ich sie anhören. Ich glaube nicht, dass Volkov hier ohne einen Grund auftauchen würde. In der Zeit, in der wir miteinander Geschäfte machen, hat er sich immer respektvoll verhalten. Also erweisen wir ihm im Gegenzug den gleichen Respekt und hören uns an, was auch immer sie zu sagen haben, wofür sie den ganzen Weg hergekommen sind."

Die Tür des Clubhauses öffnet sich und herein kommt Victor. Hinter ihm sind zwei andere Männer, die, wie ich annehme, Mr. Volkov und sein Sohn sind. Der ältere Mann sieht aus, als wäre er in seinen späten Vierzigern, und sein Sohn ist wahrscheinlich in den frühen Zwanzigern, im Grunde die jüngere Version seines Vaters. Beide tragen ähnliche Anzüge, die nach Geld stinken.

Die Männer kommen herüber und bleiben vor uns stehen. Ich bemerke, dass Jake totenstill wird und ein wenig verblüfft wirkt. Ich spähe hinüber zu Gabriel, der Jakes Verhalten auch bemerkt hat. Ich frage mich, was in ihn gefahren ist. Er ist sonst immer ruhig und gefasst.

Der Prez streckt seine Hand aus. „Ich bin Jake."

„Jake, ich bin Mr. Volkov. Das ist mein Sohn Niko-lai."

Es findet eine kollektive Runde des Händeschüt-telns zwischen uns statt.

„Wenn es für dich in Ordnung ist, Jake, würde ich gerne einen Moment mit dir allein sprechen", bittet Volkov.

„In Ordnung, wir können in mein Büro gehen. Ni-kolai, warum nimmst du nicht einen Drink an der Bar."

Ich sehe zu, wie Jake auf sein Büro zusteuert, dann wende ich mich an Nikolai. „Los, Mann. Lass uns ein Bier trinken."

Nikolai und ich nehmen an der Bar Platz, während

der Prospect uns Bier bringt und ein paar Shots einschenkt.

Nikolai ergreift als Erster das Wort. „Mein Vater
und ich sind dankbar, dass euer Club zugestimmt
hat, sich mit uns zu treffen. Ich versichere dir, dass
wir normalerweise nicht auf diese Art Geschäfte machen.“

Ich kippe meinen Shot herunter. „Erzählst du mir,
was zur Hölle los ist? Euer Kerl da hinten“, sage ich
und zeige auf Victor, der sich am Ende der Bar mit
Reid unterhält, „sagt, das sei so etwas wie ein per-
sönlicher Besuch?“

„Es tut mir leid, Logan. Ich fürchte, dass es an meinem Vater liegt, das zu erzählen.“

„Alles klar, Mann, das verstehe ich“, sage ich und
stoße frustriert den Atem aus. „Wie lang werdet ihr
in der Stadt sein?“

„Wir sind uns noch nicht ganz sicher. Das wird darauf ankommen, wie die Dinge heute laufen.“

Jetzt bin ich wirklich verdammt neugierig. Außerdem habe ich diese geheimnisvollen Antworten verflucht noch mal satt.

„Meine Familie hat ein Anwesen nur einige Kilometer von hier entfernt, also werden wir dort wohnen“,
erklärt mir Nikolai.

Ich will ihm gerade antworten, als ich eine Hand auf
meinem Arm spüre. Ich drehe mich um und erblicke
Bella.

„Hey, Babe.“ Ich lächle und ziehe sie zu mir heran,
damit sie zwischen meinen Beinen steht. Sie
schmiegt sich an meine Brust, während ich sie auf
den Scheitel küsse.

„Was machst du hier, Engel?“

„Wir haben gerade das Mittagessen fertig gekocht. Ich wollte kurz Hallo sagen."

„Du kannst jederzeit vorbeikommen, um Hallo zu sagen, Babe", sage ich und vergesse einen Moment lang den Mann, der neben mir sitzt, dann wende ich mich wieder an Nikolai. „Nikolai, das ist meine Freundin Bella."

„Schön, dich kennenzulernen, Nikolai", sagt sie und streckt ihm ihre kleine Hand hin.

„Ebenfalls, *Myshka*", sagt er.

Ich will gerade fragen, was zum Teufel *Myshka* bedeutet, als Quinn auf mich zukommt.

„Der Prez will dich sehen, Mann."

„Alles klar. Danke, Bruder."

„Tja, das ist mein Stichwort, wieder zurück in die Küche zu gehen", sagt Bella und seufzt.

„Bis später, Babe."

„Okay", antwortet sie und gibt mir einen schnellen Kuss, bevor sie davonläuft.

Als ich in Jakes Büro gehe, bemerke ich, dass sein ganzer Körper angespannt ist.

„Hey, Prez. Quinn meinte, du willst mich sehen?"

„Ja, mein Sohn. Warum setzt du dich nicht?"

Ich gleite herüber und setze mich auf den leeren Platz neben unserem Gast. Keiner sagt ein Wort, und das zerrt an meinen verdammten Nerven.

Volkov räuspert sich, steht auf und dreht seinen Stuhl so, dass er mir direkt gegenübersitzt. Sein merkwürdiges Verhalten erregt meine volle Aufmerksamkeit.

„Ich schätze, es gibt keinen einfachen Weg, zu sagen, was ich dir gleich erzähle, also werde ich damit anfangen, mich zunächst einmal richtig vorzustellen.

Ich bin Demetri Alexander Volkov."

Ich neige den Kopf. Er sieht aus, als würde er auf irgendeine Reaktion warten, doch von mir kommt keine. Auf der Suche nach einem Hinweis schaue ich zu Jake hinüber. Seine Augen bohren Löcher in mich hinein, als würde er ebenfalls auf eine Reaktion warten.

Plötzlich wird mir bewusst, dass er gesagt hat, dass sein Name Demetri ist. Jetzt rattert es in mir, denn mein zweiter Vorname ist Demetri. Meine Mutter hat nie wirklich darüber gesprochen, wer mein Vater ist, aber sie hat gesagt, dass sie mich mit meinem zweiten Namen, Demetri, nach ihm benannt hat. Ich sehe mir den Mann vor mir genau an. Er hat braunes Haar mit ein bisschen grau darin. Er ist auch ungefähr so groß wie ich, aber das ist nicht der Grund, wieso mir die Luft wegbleibt. Der Mann vor mir hat ein blaues Auge und ein grünes Auge, genau wie ich. Ich habe das Gefühl, als wäre das ein beschissener Traum, aber nein, es ist mein beschissenes Leben. Ich bin sicher, dass der Mann vor mir, Demetri Alexander Volkov, mein Vater ist.

„Du bist mein Vater."

„Ja, Logan. Du bist mein Sohn."

Ich halte mich mit aller Kraft an den Armlehnen meines Stuhls fest, um mich selbst unter Kontrolle zu halten. Es ist verrückt, wie viele Emotionen man zur gleichen Zeit empfinden kann – Verwirrung, Freude, Wut. Ich habe mein ganzes Leben lang über meinen Vater nachgedacht und mich immer gefragt, warum er gegangen ist. Wusste er von mir? War er tot?

„Ich kann an deinen ganzen Gesichtsausdrücken erkennen, dass du viele Fragen hast. Ich versichere dir, ich werde sie alle beantworten."

Endlich kann ich mich dazu durchringen, ihm direkt ins Gesicht zu sehen. „Wie lange weißt du schon von mir?", frage ich, weil das möglicherweise die wichtigste Frage ist.

Ich weiß nicht mal, ob ich bereit für seine Antwort bin. Was, wenn er es immer gewusst hat und nur nie etwas mit mir zu tun haben wollte? Würde ich das verkraften können?

„Ich habe vor einem Jahr von deiner Existenz erfahren, Sohn. Hätte ich von Anfang an von dir gewusst, wäre ich gekommen, um dich zu holen."

„Du sagtest, du hättest es vor einem Jahr rausgefunden?"

„Ja", antwortet er.

„Den Club zu kontaktieren, um Geschäfte zu machen …"

„… war mein Versuch, dir irgendwie nahe zu sein", erzählt mir mein Vater, ohne zu zögern.

„Warum hast du ein ganzes verdammtes Jahr gewartet, um mich zu treffen? Warum bist du nicht gekommen, sobald du es rausgefunden hast?"

„Dafür habe ich keine gute Entschuldigung. Nur, dass die Lügen und Täuschungen, die ich in meiner eigenen Familie aufgedeckt habe, dazu führten, dass ich die Sache vorsichtig angehen wollte. Ich wollte nicht überstürzt handeln oder irgendetwas tun, was dir schaden könnte."

„Mir schaden? Wovon zur Hölle sprichst du?"

Seufzend lehnt sich Demetri nach vorn. „Was ich dir gleich erzählen werde, Sohn, wird nicht leicht für dich zu hören sein. Glaub mir, es hat mich fast gebrochen."

Ich nicke, damit er fortfährt.

„Ich habe deine Mutter vor sechsundzwanzig Jahren kennengelernt. Meine Familie hat hier in Montana ein Anwesen, weil wir in diesem Teil des Landes und in Kanada viele Geschäfte machen. Ich war mit meinem Vater hier. In der zweiten Woche, in der ich hier war, lernte ich Rose in einem Café kennen. Ich habe deine Mutter einmal angesehen und war verloren.“

Demetri hält mit einem verträumten Blick in den Augen inne, als würde er sich an den Tag erinnern, als wäre es gestern gewesen.

Er fährt fort und sagt: „Ich habe jede freie Minute, in der ich nicht gearbeitet habe, mit Rose verbracht. Ich möchte, dass du weißt, Logan, dass ich sehr verliebt in deine Mutter war.“

„Warum hast du sie dann verlassen?“

Demetri schließt seine Augen. Ich kann erkennen, dass es ihm wehgetan hat, das zu tun. Ich würde sagen, dass ich verdammt noch mal ziemlich gut darin bin, Leute einzuschätzen, und ich hege keinen Zweifel daran, dass dieser Mann meine Mutter geliebt hat. Was ich aber nicht verstehe, ist, wieso jemand die Person, in die er verliebt ist, verlassen würde. Ich könnte Bella nie verlassen. Nichts auf dieser Welt könnte mich von ihr fernhalten.

„Ich bin gegangen, weil ich eine Verpflichtung meiner Familie gegenüber hatte. Ich sollte an eine andere Frau verheiratet werden, meine Hochzeit war schon für mich arrangiert. Ich habe es nicht gewagt, mich meinem Vater zu widersetzen. So funktionieren die Dinge in meiner Familie. Das ist schon seit Generationen so.“

„Wusste meine Mutter, dass du mit jemand anderem verlobt warst?", frage ich mit zusammengebissenen Zähnen. Er ist hinter meiner Mutter her gewesen, obwohl er wusste, dass er ihr letztendlich das Herz brechen würde.

„Nein, ich konnte es ihr einfach nicht sagen. Sie wusste, dass ich nach Russland zurückkehren musste. Wir sind beide mit gebrochenem Herzen auseinandergegangen. Im Guten, aber nichtsdestotrotz gebrochen."

„Wie lange warst du nach deiner Rückkehr in Russland, bis du geheiratet hast?"

„Zwei Monate. Nikolai kam eineinhalb Jahre danach zur Welt."

Scheiße. Wie habe ich das übersehen können? Nikolai ist mein Halbbruder. Ich habe einen verdammten Bruder.

„Also während meine Mutter hier allein und schwanger war, warst du weg und hast einen auf Familie und glückliches Leben bis ans Ende eurer Tage gemacht", schnauze ich ihn verbittert an.

„Logan!", zischt Jake mich an.

Scheiße, ich habe vergessen, dass er auch immer noch da ist.

„Ist schon in Ordnung, Jake", sagt Demetri und hebt die Hand. „Ich versichere dir, Sohn, mein Leben war weit von einem Märchen entfernt."

„Können wir zu dem Teil springen, wo du erfahren hast, dass du einen Sohn hast?"

„Es war, nachdem mein Vater letztes Jahr verstorben ist. Ich ging sein Büro durch und stieß auf eine Akte, auf der der Name deiner Mutter stand. Als ich sie öffnete, fand ich dort ein Dutzend Fotos – Rose schwanger, Rose mit einem Baby und Rose mit einem kleinen Jungen. Bei den Fotos lagen auch Briefe dabei. Zwölf Briefe insgesamt. In zweien davon erzählte sie mir von der Schwangerschaft, und die anderen zehn waren jeweils an deinen Geburtstagen geschrieben worden. Darin erzählte sie mir jedes Jahr, das verging, alle Neuigkeiten über dich. Wie sehr du gewachsen warst. Alle deine Vorlieben und Abneigungen. Wie du dich in der Schule gemacht hast."

Ich schließe meine Augen und versuche, meine zitternden Hände unter Kontrolle zu bringen. Ich habe keine Ahnung gehabt, dass sie irgendetwas davon getan hatte. Ich erinnere mich, dass ich sie ein paarmal nach meinem Vater fragte, aber meine Mom wechselte immer das Thema.

„Die Briefe gingen laut dem Poststempel zu unserem Anwesen hier in Montana. Der Haushälter muss sie zum Haus meines Vaters in Russland weitergeleitet haben. Er wusste es die ganze Zeit über und hat es mir verheimlicht. Mein Vater wusste, dass ich in Rose verliebt war. Hätte ich von der Schwangerschaft gewusst, hätte ich alles für sie aufgegeben – und für dich, Logan."

„Warum habe ich das Gefühl, dass das noch nicht alles ist?", frage ich ihn. Mein Bauchgefühl sagt mir, dass mir nicht gefallen wird, wohin der Rest dieser Geschichte führt.

„Der Autounfall deiner Mutter war überhaupt kein Unfall. Mein Vater sah Rose als eine Bedrohung an. Er tat, was er für notwendig hielt, um diese Bedrohung zu eliminieren. Alexander Volkov war ein herzloser Mann und hat niemals zugelassen, dass irgendetwas seinen Geschäften im Weg stand. Ich fand die Sterbeurkunde deiner Mutter ebenfalls in der Akte. In diesem Moment wusste ich, was mein Vater Übles getan hatte. Als ich kein Dokument zu deinem Tod fand, begann ich sofort mit der Suche nach dir. Ich war erleichtert, als ich herausfand, dass du am Leben bist, es dir gut geht und du in Montana wohnst. Es tut mir aufrichtig leid, Logan. Wäre mein Vater noch am Leben, würde ich ihn persönlich umbringen", erklärt Demetri mit Wut und Traurigkeit in seiner Stimme.

Ich muss verdammt noch mal hier raus. Ich weigere mich, vor ihm zusammenzubrechen.

Ich habe das Gefühl, nicht atmen zu können.

Ich muss irgendwo hingehen, weg von all dem.

Mit zitternden Beinen stehe ich auf und verlasse ohne ein weiteres Wort das Büro. Es gibt nichts mehr zu sagen. Als meine Mom gestorben ist, war ich am Boden zerstört, aber jetzt herauszufinden, dass sie einfach nur dafür getötet worden war, dass sie sich in den falschen Mann verliebt hatte?

Ich habe keine Ahnung, wie ich diese Information verarbeiten soll.

Kapitel 18

Bella

Myshka? Ich frage mich, was das bedeutet, als ich zurück in die Küche gehe. „Wobei kann ich noch helfen, Lisa?"

„Liebes, alles kocht, also setz dich ein bisschen mit Alba und mir an den Tisch."

Ich gehe zum Küchentisch hinüber, ziehe einen Stuhl hervor, setze mich und schenke mir ein Glas Tee ein. „Lisa, wie lange bist du schon mit Bennett zusammen?"

„Oh, Liebes, ich bin seit der Highschool mit diesem Mann zusammen."

Ich bin ein bisschen neugierig, wie sie all die Jahre dieses Leben gemeistert hat. Es scheint kein müheloser Lebensstil zu sein. Nicht, dass mein Leben ein Spaziergang gewesen wäre. Sie sind hier eine große Familie und jeder scheint glücklich zu sein. Ich schätze, ich fühle mich ein bisschen überwältigt. Jeder, einschließlich mir, braucht manchmal Sicherheit. „Bist du auch genauso lang mit ihm Teil des Clubs?"

Sie steht auf, nimmt das Essen aus dem Ofen, platziert es auf der Anrichte und setzt sich dann wieder an den Tisch, bevor sie meine Frage beantwortet.

„Bennett hat dieses Leben, den Club gewählt, bald nachdem er aus der Armee entlassen worden war. Der Club hat ihm ein Gefühl der Sinnhaftigkeit und der Brüderschaft gegeben. Es fiel ihm schwer, das zu finden, als er nach Hause kam und versuchte, sich an das zivile Leben anzupassen. Natürlich bin ich ihm gefolgt."

Wenn ich Lisa beobachte, während sie über Bennett spricht, kann ich sehen, wie sehr sie ihn immer noch liebt.

„War es schwer, na ja, sich an diesen Lebensstil anzupassen? Das Motorradclub-Leben, meine ich?"

Lächelnd legt sie ihre Hand auf meine. „Ich will nicht lügen. Es kann hart sein. Es braucht eine starke Frau, um einen dieser Männer zu lieben. Es braucht jemand Starkes, um das Leben zu meistern, Bella. Ob mit dem MC oder ohne ihn. Sag mir, liebst du Logan?"

Ich fühle mich vollkommen sicher, wenn ich mit ihm zusammen bin. Er bringt mich so sehr zum Lächeln, dass mein Gesicht wehtut. Wenn er einen Raum betritt, flattert mein Magen und ich bekomme ein überwältigendes Gefühl von Wärme und Frieden. Er wurde für mich gemacht.

Ich zögere nicht, da ich die Antwort bereits kenne. „Ich liebe ihn."

„Dann gibt es absolut nichts, was du nicht bewältigen kannst. Die Liebe wird dir helfen, jeden Sturm zu überstehen, Bella." Sie zeigt in die Richtung des Gemeinschaftsraums und fährt fort: „Dieser Mann da draußen liebt dich und du liebst ihn. Das ist alles, was zählt."

Lisa drückt meine Hand, bevor sie aufsteht. „Alles klar, Mädels, stellen wir all das Essen auf den Tisch im Gemeinschaftsraum draußen, bevor sie einen Aufstand anzetteln. Alba, wenn du bitte die zwei Krüge Eistee aus dem Kühlschrank holen würdest, und Bella, du nimmst den Kartoffel- und den

Krautsalat."

Wir holen alles und steuern hinaus in das andere Zimmer. Die Männer sind alle verstreut, trinken entweder etwas oder sind drüben bei den Billardtischen, als wir das Essen zu den Tischen bringen und beginnen, alles abzustellen. Niemand macht Anstalten, sich zu bedienen, bis Lisa ruft: „Okay, Jungs, kommt und holt euch was zum Mittagessen."

Alba läuft mit einem eigenen kleinen Teller auf mich zu. „Bella, ich gehe nach oben und esse in meinem Zimmer. Es ist mir einfach ein bisschen zu laut und belebt hier drin."

„Okay. Ich komme gleich nach. Ich werde schauen, ob ich Logan finden kann."

Alba dreht sich um und macht sich auf den Weg nach oben. Ich spähe im Raum umher, aber keine Spur von Logan, also beschließe ich, einen Moment lang nach draußen zu gehen, um etwas frische Luft zu schnappen und dem Lärm zu entkommen.

Ich habe es gerade zur Vordertür geschafft, als er herausgestürmt kommt. Sein Atem geht schnell, und seine Fäuste sind so fest verkrampft, dass seine Knöchel weiß hervortreten, aber es ist der Blick in seinen Augen, der meine Aufmerksamkeit erregt. Zerstörung. Was zur Hölle ist hier los? Ich laufe rüber zu ihm, als er sich auf den Weg zu seinem Motorrad macht und aufsteigt.

„Logan", schreie ich. Ich brauche nur eine Sekunde, um an seiner Seite zu sein. Ich strecke die Hand aus und berühre seinen Arm. „Logan, was ist los?"

Er sieht zum Himmel hoch und stößt einen langen Seufzer aus, bevor er mir endlich sein Gesicht zuwendet. „Engel, ich muss hier raus. Fahr eine Runde mit mir.“

Es ist mehr eine Bitte als eine Forderung oder Frage. Er reicht mir einen Helm und ich setze ihn auf, während ich hinten auf sein Motorrad klettere. Ich schlinge meine Arme fest um seine Taille, schmiege mich an seinen Rücken, atme den Geruch seiner Lederkutte ein und vergesse ganz die Tatsache, dass ich heute beschlossen habe, einen kurzen Rock zu tragen.

Ich höre, wie Jake nach ihm ruft, als wir vom Gelände runter- und durch das Tor davonfahren.

Wir fahren eine gefühlte Ewigkeit lang mit der Sonne im Rücken, bis wir von der Hauptstraße auf einen kleinen, schmalen Feldweg abbiegen. Er sieht eher wie ein Naturpfad aus, der von einem endlosen Baumkronendach eingefasst wird, bis sich dieses plötzlich zu einer Lichtung öffnet. Vor uns befindet sich ein atemberaubender See. Das Wasser ist so klar, dass es ein blaugrünes Spiegelbild des Himmels oben mit den weißen, darin eingebetteten Wolken zeigt.

Logan parkt sein Motorrad unter einer großen Eiche und klappt den Ständer runter, bevor er den Motor abschaltet. Ich mache mir nicht die Mühe, zu versuchen, irgendwelche Fragen zu stellen. Vorsichtig gleite ich von seinem Motorrad herunter, wobei ich versuche, mich nicht vor jedem Lebewesen des Waldes zu entblößen, als mein Kleid wegen der warmen Frühlingsbrise nach oben weht. Leise stelle ich mich an seine Seite und warte auf ihn.

Er streckt seine Hand aus, umfasst meine Hüften und zieht mich näher zu sich heran, um seine Arme vollständig um meine Taille zu schlingen. Sein Griff verstärkt sich.

„Logan?", bekomme ich gerade noch heraus, bevor ich vom Boden gehoben werde und er mich auf seinen Schoß setzt. Meine Beine sind jetzt auf beide Seiten von Logan gespreizt, als wir auf seinem Motorrad unter dem Schatten der Eiche sitzen. Seine Hände liegen immer noch fest auf meinen Hüften.

„Engel." Logan beugt sich vor und lässt seine Stirn an meiner ruhen. „Ich muss dich einfach nur im Arm halten."

Ich schaue ihn an und sehe eine Unmenge an Emotionen in seinen schönen Augen. Das Chaos, das er fühlt, ist so intensiv, dass mein Herz schmerzt. Ich spüre, wie seine Gefühle von seinen Fingerspitzen direkt in mich übergehen. Ich bewege den Kopf, lege meine Lippen an seine Wange und küsse langsam und zaghaft seine Kieferpartie entlang, bis ich die süße Stelle direkt unter seinem Ohr an der Seite seines Halses erreiche, während meine Hände an seinen breiten Schultern entlangwandern. Ich hebe die Hände, halte sein Gesicht zwischen meinen Handflächen, ohne je den Blickkontakt zu unterbrechen, und flüstere: „Sprich mit mir."

Er fährt mit seiner großen Hand meinen Rücken hoch und zieht mich an seinen Körper heran, wodurch er die Lücke zwischen uns schließt, bis meine Brust gegen seine gepresst ist. Er packt mich im Nacken und küsst mich. Ein überwältigender Kuss, der so gut ist, dass man weinen möchte. Die Art von Kuss, bei der man das Gefühl hat, als hätten die Füße die Erde verlassen. Logan steckt alles in diesen Kuss. Mein Körper, meine Seele verzehrt alles, als wäre es genau die Essenz, die ich brauche, um am Leben zu bleiben.

Seine Lippen verlassen meine, nur damit er flüstern kann: „Du bist so verdammt schön."

Er senkt mich langsam hinunter, bis mein Rücken auf dem Tank liegt. Seine Augen sind von Verlangen verschleiert, während seine Hände langsam meine Arme runterwandern, meine Haut liebkosen und mit jeder Berührung ein Feuer in mir entzünden. Langsam knöpft er mein Top auf und entblößt damit meine von weißer Spitze bedeckten Brüste.

„Seit ich dich zum ersten Mal gesehen habe, wollte ich dich schon auf meinem Motorrad ficken", sagt er mit rauer Stimme.

Er lehnt sich vor und zieht meinen BH herunter, bevor er meinen Nippel in seinen Mund nimmt, was meinen Atem beschleunigt. Ich wölbe meinen Rücken, begierig nach mehr, als er sich meiner anderen Brust widmet, um ihr die gleiche Aufmerksamkeit zu schenken. Er gleitet mit den Händen meine Oberschenkel hinauf und schiebt meinen Rock langsam zu meiner Taille hoch.

„Es ist sündhaft, was ich alles mit dir machen will, Bella."

Er beobachtet mich, während er mein Höschen auf eine Seite schiebt, mit dem Finger über meinen Spalt fährt und dann beginnt, mit kreisenden Bewegungen meine Klitoris zu bearbeiten. Ich bin so angetörnt davon, ihn zu beobachten, wie er mich beobachtet, und das alles draußen in der freien Natur, dass es nicht lange dauert, bis ich kurz vor meinem Orgasmus stehe. Sobald sein Finger in meine Öffnung gleitet und mich dort streichelt, drehe ich durch.

„Das ist es, komm für mich", verlangt er.

Sobald diese Worte seinen Mund verlassen, erschüttert der Orgasmus meinen Körper. Ich habe nicht einmal Zeit, um durchzuatmen, bevor ich das Klirren seiner Gürtelschnalle und den Reißverschluss seiner Jeans höre, als er seinen dicken Schwanz befreit. Keuchend sehe ich zu, wie er ein paarmal sein Glied pumpt und sich dabei mit meiner Nässe einhüllt, bevor er mit einer Hand meine Hüfte packt und mit der anderen die Spitze seines Schwanzes an meiner Öffnung positioniert. Mit einem harten Stoß vergräbt er sich in mir und ich stöhne lustvoll auf.

„Fuck", stöhnt er, „du fühlst dich so gut an."

Ich nutze die Tatsache, dass meine Hände den Lenker umklammern, um mich hochzudrücken und meine Hüften zu wiegen, wodurch ich ihm Stoß für Stoß entgegenkomme, während er in mich eindringt.

Logan beugt sich vor und zieht mein Bein höher an seiner Taille hinauf. Der Winkel lässt mich an der Grenze zwischen Vergnügen und Schmerz entlangtreiben. Knurrend packt er meine beiden Hüften, während er noch härter in mich stößt. Zu sehen, wie er sich selbst in mir verliert, gibt mir den Rest. Ich komme so heftig wie noch nie zuvor und schreie seinen Namen. Lichtblitze tanzen hinter meinen Augen, meine Sicht verschwimmt und mein Rücken krümmt sich. Ich höre, wie Logan stöhnt, als sein Orgasmus folgt.

Ich komme wieder runter von dem euphorisierenden Rausch des intensivsten Orgasmus, den ich je gehabt habe, als er seinen Arm unter meinen Rücken schiebt, mich hochhebt, meine Brust an seine presst und mich sanft küsst.

„Du bist das Beste, was mir je passiert ist." Logan schlüpft wieder in seine Jeans und geht dann dazu über, mich sauber zu machen. Er hilft mir, aufzustehen, bevor er selbst von seinem Motorrad steigt.

Ich mache mich daran, meine Kleidung zu richten, indem ich meinen Rock herunterziehe und dann das langärmlige blaue Jeanshemd zuknöpfe, das ich trage. Ich fange an, die Wahl meiner Garderobe zu bereuen, als ich spüre, wie eine Brise Fahrt aufnimmt. Logan bemerkt, dass ich fröstele, und schnallt die aufgerollte Decke von seinem Motorrad ab, dann legt er sie um meine Schultern. Er führt mich zum Ufer des Sees, wo wir uns ins Gras setzen und er mich auf seinen Schoß zieht. Mit dem Rücken an seiner Brust und seinen Armen um meine Taille starren wir auf das klare Wasser hinaus.

„Es ist schön hier draußen, Logan. Ich habe diesen Ort vorher noch nie gesehen."

„Nur wenige Leute wissen, dass dieser Ort existiert", erzählt er mir. „Meine Mom hat mich früher immer hierher gebracht."

Er fährt fort und stößt einen schweren Seufzer aus. „Sie ist an meinem zehnten Geburtstag gestorben. Wir waren auf dem Weg hierher, als sie die Kontrolle über das Auto verlor und über die Leitplanke stürzte."

Mir wird schwer ums Herz. „Es tut mir so leid." Ich könnte mir nicht vorstellen, meine Mom zu verlieren.

„Es hat mich ziemlich schlimm erwischt. Ich konnte nicht mal an ihrer Beerdigung teilnehmen."

Ich möchte mich umdrehen und ihn ansehen, aber ich habe das Gefühl, dass es einfacher für ihn ist, das mit mir zu teilen, wenn wir genau so wie jetzt sitzen bleiben.

„Meine Tante Lily ließ sie hier draußen begraben. Direkt da drüben auf der anderen Seite." Er deutet nach links. Ich schaue in die Richtung, in die er zeigt, und erkenne in der Ferne einen Grabstein inmitten des saftigen grünen Grases.

„Logan, das ist die perfekte Ruhestätte."

„Meine Tante Lily war Jakes Old Lady. Sie hatte ihm von diesem Ort erzählt. Als Kinder kamen sie und meine Mom immer hierher. Es war für sie beide ein besonderer Ort. Jake hat dieses Land für meine Tante gekauft und sie sind beide hier begraben."

„Beide?", frage ich.

„Nur ein paar Schritte von der Stelle, an der meine Mom begraben ist", sagt er und deutet dorthin, „liegt meine Tante Lily. Sie starb drei Jahre nach dem Tod meiner Mom an Gebärmutterhalskrebs."

Ich suche die Gegend rechts ab und erkenne den zweiten Grabstein. Zwei Frauen, die er geliebt hat, in so kurzer Zeit zu verlieren, muss hart gewesen sein.

„Logan … was ist vorhin im Club passiert?"

Er verspannt sich und sein Griff wird fester. Ich will nicht, dass er sich jetzt vor mir verschließt.

„Ich bin da, um zuzuhören. Ich will helfen, wo ich kann. Keine Verurteilung."

Er lehnt sich runter und küsst meinen Hals. „Diese Männer, die vorhin aufgetaucht sind … tja, wie sich herausgestellt hat, ist einer von ihnen mein Vater, und der, neben dem ich an der Bar gesessen und mit dem ich ein Bier getrunken habe … das ist mein gottverdammter Bruder."

Ich bin schockiert. Ich drehe mich auf seinem Schoß

herum und blicke ihn an. „Du hast nie gewusst, wer dein Vater ist?"

„Nein, Engel. Ich bin das Produkt einer kurzlebigen Romanze. Meine Mom hat nie über ihn geredet. Weder Gutes noch Schlechtes. Wie sich herausstellte, verließ mein Vater sie, weil er verdammt noch mal eine andere Frau heiraten sollte."

Logan zieht mich von seinem Schoß hinunter, steht auf und zündet sich eine Zigarette an. Er bläst den Rauch aus, fährt sich mit der Hand durch die Haare und erzählt mir den Rest der Geschichte. Wie sich sein Vater in seine Mutter verliebt und sie dann verlassen hat, um seine familiären Verpflichtungen zu erfüllen. Sein Vater wusste nie etwas von ihm. Überhaupt nichts. Sein Großvater verheimlichte seine Existenz vor seinem Dad.

„Das ist nicht das Schlimmste daran. Mein eigenes Fleisch und Blut, mein Großvater, hat meine Mom ermordet. Er war der Grund für den Unfall, bei dem sie ums Leben kam … und der mich fast umgebracht hätte."

Er wandelt auf und ab und sieht dabei aus wie ein Tier im Käfig, das nirgendwo hingehen kann. „Ich habe keine Ahnung, wie ich das überhaupt alles verarbeiten soll, weißt du. Ich meine – fuck, fünfundzwanzig Jahre."

Ich höre zu, als er mir mehr über die ganze unglaubliche Geschichte berichtet, und mir wird klar, dass auch sein Vater so viel verloren hat. Das werde ich ihm aber nicht gerade jetzt sagen. Das ist das Letzte, was er hören muss.

„Also hat er dich ausfindig gemacht, nachdem er von dir erfahren hat? Immerhin hat er dich gefunden, stimmt's?“

Lachend sagt er: „Er weiß seit einem ganzen gottverdammten Jahr von mir.“

Er setzt sich neben mich ins Gras zurück und sieht dabei niedergeschlagen und müde aus. Ich greife nach seiner Hand und nehme sie in meine.

„Bella, er ist das Oberhaupt der russischen Familie, mit der wir Geschäfte machen. Kannst du das verdammt noch mal glauben? Mein Vater gehört zur russischen Mafia. Es war seine Art, ein Teil meines Lebens zu sein, bis er den Mumm hatte, mir zu erzählen, dass es ihn gibt.“

„Aber er hat dich gefunden, Logan. Er will jetzt ein Teil deines Lebens sein.“

„Ja, nur bin ich mir nicht so sicher, ob ich ihn in meinem haben will.“

Die Sonne geht langsam unter, und überall um uns herum leuchten Glühwürmchen auf, während wir ein paar Augenblicke lang dasitzen und den Sonnenuntergang beobachten, der über das Wasser flimmert. Ich stehe auf, laufe rüber zu einer Stelle mit Wildblumen und fange an, einen großen, schönen Strauß zu pflücken. Als ich mit meiner Ausbeute zufrieden bin, kehre ich zurück zu Logan und strecke ihm meine Hand entgegen.

„Komm.“

Er steht auf und hält meine Hand, als ich ihn rüber zu den Grabsteinen führe. Ich bleibe vor dem seiner Mutter stehen und lehne die Hälfte der Blumen an ihren Grabstein, bevor ich auf den von Tante Lily zugehe und die übrige Hälfte der Blumen dort ablege.

Die ganze Zeit kann ich spüren, dass Logan mich beobachtet. Ich drehe mich zu ihm um, schlinge die

Arme um seine Taille, lege meinen Kopf an seine Brust und lausche seinem Herzschlag an meinem Ohr. Ich will, dass er weiß, wie viel es mir bedeutet, dass er mich hierhergebracht hat. „Ich wünschte, ich hätte die Gelegenheit gehabt, sie kennenzulernen.“

Wir gehen zurück zu seinem Motorrad. Die Sonne ist untergegangen und die Luft wird kühler. Logan wickelt die Decke um meine Hüften, um mir zusätzlichen Schutz vor der Nachtluft zu geben, sobald ich auf dem Motorrad sitze.

Ich bin kurz davor, einzuschlafen, als wir es endlich zurück zum Grundstück geschafft haben. Logan schmiegt mich an seine Seite, während wir uns auf den Weg ins Clubhaus machen und an allen vorbeigehen. Den Gesichtern einiger Brüder nach zu urteilen, schätze ich, dass sich die ganze Sache mit der Familienzusammenführung herumgesprochen hat. Er beachtet sie überhaupt nicht, als er mich nach oben führt. Ich bleibe kurz stehen, um zu meiner Schwester hereinzuspähen, die beim Lesen eingeschlafen ist. Ich gehe hinein und lege ihren Kindle auf den Nachttisch, lasse das Licht im Badezimmer aber an, bevor ich ihre Tür schließe und mein und Logans Zimmer ansteuere. Ich gehe ins Badezimmer, um mir die Zähne zu putzen und mein Gesicht zu waschen, bevor ich meine Klamotten von mir streife und in eines von Logans T-Shirts schlüpfe, dann krabble ich ins Bett.

Als er fertig mit Zähneputzen ist, zieht er sich komplett aus, bevor er aus dem Badezimmer kommt. Ich kann nicht anders, als seinen durchtrainierten, tätowierten Körper zu bewundern. Er erwischt mich dabei, wie ich ihn betrachte, und schenkt mir sein unverkennbares Grinsen.

„Hast du vorhin noch nicht genug bekommen, Babe?“, fragt er mich grinsend und gleitet ins Bett.

„Niemals.“ Ich lächle ihn an.

Logan streckt den Arm aus und zieht mich an seine Brust. Es ist für uns beide ein langer Tag gewesen. Ich gähne und kuschle mich noch enger in seine Umarmung.

„Gute Nacht, Engel.“

„Gute Nacht, Logan.“

Kapitel 19

Logan

Sie ist so verdammt schön, fürsorglich und süß – und sie gehört mir. Ich sehe zu, wie Bella ihr Handtuch vom Körper fallen lässt und beginnt, sich mit ihrer liebsten Vanille-Bodylotion einzucremen, nach der sie immer so verdammt gut riecht.

Ich bin schon bei Sonnenaufgang aufgewacht, weil ihr kleiner Arsch an meinem Schwanz rieb und es zu viel wurde, um es zu ignorieren. Also weckte ich sie mit meinem Mund, bevor ich in sie hineinsank. Wir lagen ein paar Stunden lang im Bett und sprachen über die gestrigen Ereignisse. Scheiße, die ganze verdammte Situation ist verrückt, und das Timing – ich kann mich nicht entscheiden, ob es gut oder schlecht ist. Will er eine Vater-Sohn-Beziehung oder hat er einen Hintergedanken? Ich bin mir nicht sicher, was ich denken soll. In dem ganzen Chaos in letzter Zeit ist die Frau vor mir die Ruhe in meinem Sturm.

Bella hebt den Kopf und wird ein bisschen rot, als ich sie weiter beobachte. Ihre Augen funkeln, als sie die körperliche Wirkung bemerkt, die sie auf mich hat.

Ich schaue weiter zu, wie sie sich anzieht und sich in eine verdammt enge Jeans zwängt. „Verdammt, Mädchen, wackle weiter so mit deinem kleinen Arsch und wir werden dieses verdammte Zimmer nie mehr verlassen."

„Hört sich für mich nach gar keiner schlechten Idee an", sagt sie und zieht sich ein T-Shirt über den Kopf.

Ich schnappe mir meine Waffe und das Schulterholster von der Kommode und ziehe es über, bevor ich nach meiner Kutte greife.

„So, meine Schöne, lass uns ein paar Sachen durchgehen. Du fährst heute mit einem Prospect. Wann immer du oder deine Schwester irgendwo hinmüssen, werdet ihr von einem Bruder begleitet, bis wir den ganzen Scheiß mit den *Demonios* und diesem Bastard Lee geklärt haben." Ich schlüpfe in meine Kutte, während sie zu mir rüberkommt, dann ziehe ich sie nah zu mir heran.

„Alles klar, damit komme ich eine Weile lang klar."

Sie geht rüber zum Bett und setzt sich, um sich ihre Boots anzuziehen. „Bist du heute in der Werkstatt?", fragt sie.

„Es sind wieder nur Austin und Quinn da, Engel. Ich muss mich heute um einiges kümmern."

Sie kommt, legt ihre Hände um meinen Nacken und zieht mich weit genug runter, dass sich unsere Lippen berühren können.

„Vielleicht solltest du dich mit Demetri und Nikolai treffen."

Seufzend küsse ich sie auf den Scheitel. „Ich weiß nicht so recht. Ich bin mir nicht sicher, ob ich nicht die Kontrolle verlieren würde. Ich kann die Tatsache nicht ignorieren, dass sein Vater der Grund für den Tod meiner Mom ist."

„Ich sage ja nicht, dass du eine Beziehung zu ihm haben sollst. Geh und finde die Antworten, die du suchst, das ist alles."

Ich weiß, dass sie es gut meint. Bella ist in Bezug auf Menschen optimistischer, als ich es bin. Ich habe festgestellt, dass sie Charaktere gut beurteilen kann, also sollte ich vielleicht gehen. Sie verblüfft mich, wie sie sich, nach all den Strapazen, die sie überstehen musste, immer auf das Gute im Leben konzentriert. Mir fällt es schwer, irgendjemandem außerhalb des Clubs zu vertrauen. In den meisten Fällen habe ich es so erlebt, dass Menschen einen lieber für ihren eigenen Vorteil benutzen.

Bevor wir unser kleines Gespräch beenden können, klopft es an die Schlafzimmertür, gefolgt von Quinns Stimme auf der anderen Seite.

„Hey, Bruder! Alle suchen nach dir. Wir haben in zehn Minuten Versammlung."

Ich halte Bella immer noch im Arm und schaue zu ihr runter. „Warum schnappst du dir nicht deine Schwester und gehst nach unten? Ich esse dann noch was mit dir, bevor du gehst. Okay?"

Sie schlingt ihre Arme um meine Taille und legt ihren Kopf an meine Brust. „Okay."

Dann, nach einem weiteren Kuss, sehe ich zu, wie sie zur Tür hinausläuft.

„Hey, Quinn", sagt Bella, als sie auf dem Weg zum Zimmer ihrer Schwester an ihm vorbeiläuft.

„Hey, Schätzchen, wie geht's?"

Als Bella die halbe Strecke durch den Flur zurückgelegt hat, ruft Quinn: „Hey, ich habe eine Frage an dich. Warum trägt ein Elefant keine Unterhose?"

Ich höre sie zurückrufen: „Ich habe keine Ahnung." Das Lachen in ihrer Stimme erfüllt den Flur.

Quinn fährt fort: „Weil er seinen Rüssel im Gesicht hat!"

Ich schmunzele. Wo hat er nur immer diese verdammten Witze her? Ich ertrage diese Witze schon so lange, meistens höre ich gar nicht mehr zu, aber meine Freundin scheint sie zu lieben.

Immer noch lachend sagt sie zu ihm: „Bis später, Quinn."

Als ich in den Flur hinaustrete, erwische ich ihn, wie er auf den Hintern meiner Freundin starrt, während sie sich den Flur hinunter begibt, und ich gebe ihm einen Klaps auf den Kopf. „Hör auf, ihren Hintern anzustarren, Blödmann."

Quinn beachtet mich gar nicht. Er lächelt nur.

Wir steuern nach unten und dann in die Church, wo sich der Rest der Männer versammelt hat. Gerade als ich eintreten will, entdecke ich Gabriel und Reid, die vor der Tür warten, als Quinn und ich darauf zuge-hen.

Reid ist der Erste, der spricht. „Hey, Mann. Wir wollten nur sichergehen, dass es dir gut geht. Wir ha-ben gehört, was gestern passiert ist. Scheiße, Mann, das ist eine Menge zu verdauen, Bruder", sagt er und reibt sich den Nacken. Ich schaue zu Gabriel, der nichts sagt. Er nickt zustimmend und legt mir dann seine Hand auf die Schulter. Quinn und Reid tun es ihm gleich. Genau das hier ist meine Familie. Egal, welche Entscheidungen ich in Zukunft treffen werde, sie sind diejenigen, die schon immer Teil meines Le-bens gewesen sind.

„Danke, Brüder, mir geht es gut."

Jake sitzt auf seinem üblichen Platz am Kopfende des Tisches, als ich hinübergehe und mich auf mei-nen setze. Es sieht so aus, als wollte er etwas zu mir sagen, aber er tut es nicht. Ich bin mir sicher, dass er gestern genauso viele Fragen hatte wie ich, wenn nicht sogar mehr. Er räuspert sich und beginnt zu sprechen.

„Alles klar, bringen wir den Scheiß hinter uns. Erst einmal habe ich die Neuigkeit erfahren, dass eine Gruppe von *Los Demonios* letzte Nacht in den Süden von Dixon gefahren ist. Ich habe sie von ein paar Brüdern beschatten lassen, also, Reid, stelle sicher, dass du heute die Wegwerfhandys im Blick hast, nur für den Fall, dass etwas passieren sollte."

„Alles klar, Prez", antwortet Reid.

Jake greift nach seinem Kaffee und nimmt einen Schluck, bevor er hinzufügt: „Logans Freundin …"

Das Geräusch von Fäusten, die kollektiv auf den Tisch schlagen, erfüllt den Raum. Ich gebe mein Bestes, ein Lächeln zu verbergen, als ein paar meiner Brüder rufen: „Verdammt, ja!"

„Wie gesagt, ihr alle wisst, dass Bella und ihre Schwester so lange bei uns bleiben wie nötig. Also bis wir das Problem mit den *Demonios* und die Verbindung geklärt haben, die diese Wichser mit ihrem Stiefvater haben. Wir müssen dafür sorgen, dass jederzeit ein Bruder bei ihnen ist. Ich überlasse es Logan, wer für die Bewachung der beiden zuständig ist."

Ich hebe das Kinn, um zu bestätigen, dass die Wahl bei mir liegt.

„Oh, und eine Sache wäre da noch. Das Problem mit dem Arschloch im Keller unten. Es fängt da unten an, verdammt noch mal zu stinken, weil er sich einpisst. Logan, das geht an dich. Was willst du mit ihm machen?"

Ich grübele einen Moment darüber nach. „Ich bin mir ziemlich sicher, dass wir bei dem an unsere Grenzen gestoßen sind. Wenn man mich fragt, ist er nur noch ein offener Punkt auf unserer Liste, den wir nicht mehr brauchen. Wir lassen ihn entsorgen, bevor der Tag vorüber ist", erkläre ich Jake.

Mit einem schnellen Kopfnicken stimmt er zu. Ohne weitere Einwände vom Rest der Brüder schlägt er den Hammer auf den Tisch und beendet die Versammlung für den Tag. Wir alle gehen der Reihe nach hinaus und machen uns auf dem Weg in Richtung der köstlichen Düfte, die aus der Küche strömen. Ich finde Bella zusammen mit ihrer Schwester und Lisa, wie sie Platten mit Essen auf den Tisch stellen.

Nachdem ich mit meiner Freundin und ein paar der anderen Brüder gefrühstückt habe, kümmere ich mich darum, dass Austin, einer der Prospects, die Wache übernimmt und ein Auge auf Bella und ihre Schwester hat. Ihm diese Verantwortung zu überlassen, ist eine große Sache, daher weiß er, dass er es nicht versauen sollte, da es keine zweiten Chancen geben wird. Ich habe auch beschlossen, Bellas Rat zu folgen und rauszufahren, um Demetri zu sehen. Ich laufe rüber zu Jakes Büro, um zu sehen, ob er die Adresse hat. Ich finde ihn in seinem Büro, wo er an einem kalten Bier nippt, und ich klopfe an die offene Tür, bevor ich reingehe.

Er sieht von dem hoch, worauf seine Aufmerksamkeit gerichtet ist. „Hey, mein Sohn, setz dich."

Ich ziehe den Stuhl hervor und lasse mich darauf fallen. Ich muss mir erst etwas von der Seele reden, ehe ich ihn um irgendetwas bitte.

„Hör mal, Jake ... wegen gestern." Ich reibe mir mit der Hand über den Nacken. „Tut mir leid, dass ich dich im Stich gelassen und hier mit dem ganzen Mist allein zurückgelassen habe."

„Mein Sohn, darüber musst du dir keine Gedanken machen. Zum Teufel, die ganze gottverdammte Situation hat mich genauso überrumpelt, und du bist damit so umgegangen, wie du es eben konntest. Was ich wissen möchte, ist, ob es dir gut geht. Das war ziemlich heftig gestern."

Ich nehme bei Jake kein Blatt vor den Mund. Der Mann hat mich großgezogen. Er ist derjenige, den ich Dad nennen sollte. „Ich habe jetzt ein besseres Verständnis für alles. Bella hat mir geholfen, die Dinge aus einer anderen Perspektive zu sehen, deswegen bin ich hier. Ich will mit Volkov reden. Hast du seine Adresse?"

Er greift in seine Schreibtischschublade, holt einen Umschlag heraus und reicht ihn mir. „Er hat mir den überreicht, kurz nachdem du gestern gegangen bist. Er sagte, ich solle ihn dir geben, wenn du kommen und darum bitten würdest, mit ihm Kontakt aufzunehmen."

Ich öffne den Umschlag und ziehe den Brief heraus, der sich darin befindet.

> *Logan,*
> *wenn du reden möchtest, stehe ich dir zur Verfügung. Meine private Telefonnummer und Adresse sind unten aufgeführt. Der Wachmann am Tor wurde angewiesen, dich durchzulassen, falls du dich entschließt, mich treffen zu wollen.*
> *Dein Vater,*
> *Demetri Volkov*

Ich falte den Brief, stecke ihn in meine Tasche und stehe auf. Jake steht auch auf und tritt vor mich.

„Logan, was auch immer du tun willst, ich unterstütze dich. Dieser Mann mag dein Vater sein, aber ich betrachte dich als meinen Sohn, ganz egal, wer sonst diesen Anspruch erhebt."

Er zieht mich in eine kurze Umarmung und klopft mir auf den Rücken. „Lass mich wissen, wie es läuft", sagt er, als er zurück zu seinem Schreibtisch tritt und sich wieder hinsetzt.

„Ich informiere dich später bei einem Drink", erwidere ich und wende mich zum Gehen.

Wie sich herausstellt, muss ich nicht sehr weit fahren, weil er in der Point Road wohnt, direkt nördlich von Kings Point. Als ich das Ende der Straße erreiche, erblicke ich das Anwesen, das von einem massiven, drei Meter hohen schmiedeeisernen Sichtschutzzaun mit einem großen schmiedeeisernen Tor umgeben ist. Ich fahre vor und mache mich bereit, anzuhalten, doch da schwingt das Tor auf und der Wachmann tritt heraus. Mit einem starken russischen Akzent erklärt er mir, dass ich an der Tür empfangen werden würde.

Ich fahre weiter auf die kreisrunde Einfahrt und parke mein Motorrad. Victor, der Kerl, der meinen Vater und Bruder gestern auf das Grundstück begleitet hat, wartet auf der Treppe. „Ihr Vater freut sich über Ihre Ankunft, Mr. Kane. Folgen Sie mir bitte."

Ich sehe mich gründlich um, wobei ich auch die vielen Kameras bemerke, die im Haus installiert sind, und bin beeindruckt. Ich habe erwartet, in eine große, übertrieben sterile Umgebung zu kommen, aber stattdessen passt das Innere zum Äußeren des Blockhauses, das sehr ähnlich wie mein eigenes eingerichtet ist.

Ich werde ins Wohnzimmer geführt. Ein raumhohes Fenster beansprucht eine ganze Wand für sich, wodurch man eine unglaubliche Aussicht auf das Ufer hat. Ich werde zurückgelassen, und während ich warte, gehe ich hinüber und starre raus aufs Wasser.

„Logan."

Ich drehe mich um, als ich meinen Namen höre. Demetri kommt auf mich zu und reicht mir die Hand, um meine zu schütteln. Heute ist er sehr viel legerer gekleidet: in Jeans und T-Shirt. Die Ähnlichkeit zwischen uns ist ein bisschen nervenaufreibend.

„Setz dich doch. Kann ich dir etwas zu trinken anbieten?"

Ich nehme in einem der Ledersessel Platz, der nah am Fenster steht, aber zum Eingang des Raumes ausgerichtet ist. Ich bin nicht bereit, unachtsam zu werden. Abgesehen von der Tatsache, dass er mein Vater ist, habe ich keinen Grund, ihm oder irgendjemandem, der für ihn arbeitet, zu vertrauen. Wir machen Geschäfte mit ihnen, und das ist alles – fürs Erste.

„Ich nehme ein Bier."

Er geht zur Minibar, die an einer Seite des Raumes steht, öffnet den kleinen Kühlschrank, zieht zwei Flaschen heraus, entfernt die Deckel und bringt sie rüber. Er reicht mir eine davon, während er einen Schluck von der in seiner anderen Hand nimmt.

„Du musst sehr viel mehr Fragen haben. Ich verspreche dir, dass ich sie alle beantworten werde, so gut ich es kann."

Ich nehme einen kräftigen Schluck von meinem Bier und frage mich, wo ich anfangen soll. Die Fragen, die ich habe, sind alle ein wirres Durcheinander in meinem Kopf. „Warum hast du deiner Familie nicht gesagt, sie soll sich verpissen, wenn du meine Mom so sehr geliebt hast?" Ich nehme noch mal einen Schluck aus der Flasche, bevor ich sie auf dem Tisch neben mir abstelle.

Er zögert nicht mit seiner Antwort, und was er sagt, kommt unerwartet.

„Um sie zu retten. Ich habe versucht, ihr das Leben zu retten. Mein Vater hatte nicht missbilligt, was er für eine Affäre hielt, doch als ihm klar wurde, dass ich mich verliebt hatte, bedrohte er nicht nur deine Mutter, sondern ebenfalls meine Mutter und Schwester. Er sagte, er würde nicht nur das Leben von Rose ruinieren, sondern auch meine Mutter und Schwester den Wölfen zum Fraß vorwerfen, wenn ich vor meiner Verpflichtung davonliefe."

Demetri läuft zur Bar hinüber, stellt sein halb leeres Bier ab und schenkt sich zwei Finger breit Whiskey in ein Trinkglas. Er hält es hoch, um mir ein Glas anzubieten, aber ich lehne ab. Ich bleibe beim Bier. Ich will lieber einen klaren Kopf bewahren, bereit für was auch immer er mir entgegenwirft.

„Ich habe getan, was nötig war, um die wichtigsten Menschen in meinem Leben vor einem herzlosen Bastard zu beschützen, der die Macht hatte, alles zu tun und zu lassen, was er versprach, und damit davonzukommen. Also, wie ich dir gestern erzählt habe, gingen deine Mutter und ich getrennte Wege. Für ihr Wohl heiratete ich eine andere Frau, die ich verachtet habe. Die genauso skrupellos und hinterhältig gewesen ist wie mein Vater."

Er hat sich vielleicht geopfert, aber das ändert nicht viel an dem Groll, den ich diesem Mann gegenüber empfinde. „Du hast in den Jahren, in denen sie am Leben war, nicht ein einziges Mal versucht, mit ihr in Verbindung zu treten. Warum? Wie kommt es, dass du trotz all der Ressourcen und der Macht, die deine Familie hat, keine Ahnung von mir hattest?"

„Sohn …"

„Nenn mich nicht Sohn. Du hast dir dieses Recht nicht verdient", sage ich scharf.

Seine Schultern sacken ein wenig zusammen. „Na gut."

Er setzt sich zurück in den Ledersessel gegenüber von mir und seufzt. „Logan, nachdem ich in mein Heimatland zurückgekehrt war und deine Mutter hier zurückgelassen hatte, ließ mein Vater mich sozusagen einsperren. Seine Männer überwachten jeden meiner Schritte. Ich wurde nie allein gelassen. Die Ehe zwischen meiner Ex-Frau und mir war eine rein geschäftliche Fusion, um zwei der mächtigsten Familien in Russland zusammenzubringen."

Nichts von dem, was er sagt, kümmert mich im Geringsten. Er hat immer noch meine Mutter verlassen und nie zurückgeblickt.

„An dem Tag, an dem ich diese Akte fand, herausfand, was mein Vater getan hatte … Ich sagte es dir bereits, wäre er nicht schon tot gewesen, hätte ich ihn persönlich umgebracht. Als ich die Briefe fand, die mir deine Mutter, meine Rose, geschrieben hatte, brachte es mich beinahe um. Als ich erfuhr, dass ich ein Leben mit der einzigen Frau erschaffen habe, die ich je geliebt habe …", er macht eine Pause und versucht, sich zu sammeln, „da fand ich nicht nur heraus, dass mein Vater das alles vor mir verborgen hatte, sondern ich kam auch dahinter, dass meine Frau wusste, dass ich einen anderen Sohn hatte, bevor wir unseren eigenen bekamen …“

Bevor er zu Ende erzählen kann, kommt sein Sohn – mein Bruder – mit einer metallenen Schließkassette in der Hand herein, die er neben Demetri abstellt.

„Tut mir leid, dass ich störe, Vater, aber das wurde gerade geliefert. Ich nehme an, du möchtest es gleich haben?“ Nikolais Blick huscht zu mir.

Es ist verdammt noch mal unheimlich, wie ähnlich mir mein jüngerer Bruder sieht – bis hin zu dem genetischen Merkmal, das wir alle drei gemeinsam haben: unsere Augenfarben. Ich stehe auf und reiche ihm meine Hand zur Begrüßung.

„Logan, es ist schön, dich heute hier zu sehen.“

„Gleichfalls, Bruder.“ Und ich meine es so. Ganz egal, was ich in Bezug auf Demetri empfinde, gegenüber Nikolai hege ich keine schlechten Gefühle. Er ist mein Bruder und ich bin verdammt froh darüber. Ich setze mich zurück in den Sessel, den ich zuvor eingenommen hatte, und Demetri weist Nikolai an, sich ebenfalls zu setzen.

„Wie gesagt, meine Ex hat bei diesem Schwindel eine Rolle gespielt, was einer von den vielen Gründen ist, wieso ich mich von ihr scheiden ließ.“

Ich lasse den Blick zu meinem Bruder huschen, denn es ist seine Mutter, von der sein Vater da redet, aber er zeigt keinerlei Anzeichen von Unbehagen.

Nikolai blickt mich ebenfalls an. „Was mein Vater sagt, ist wahr, Logan. Meine Mutter ist eine herzlose Frau. Ich beneide dich. Deine Mutter hat dich geliebt."

Sie hat mich wirklich geliebt.

Ich beobachte, wie Demetri eine Kette von seinem Hals nimmt, an deren Ende sich ein kleiner Schlüssel befindet. Er rückt nach rechts, hebt die Schließkassette hoch und stellt sie auf den Tisch.

„In dieser Box bewahre ich die Briefe zusammen mit ein paar anderen kleinen Erinnerungsstücken aus der Zeit auf, als ich deine Mutter kennenlernte."

Er steckt den Schlüssel hinein und sperrt auf, dann hebt er den Deckel und holt ein Bündel Umschläge heraus. „Ich würde die gerne mit dir teilen. Es sind die Briefe, die Rose mir geschrieben hat, bevor sie starb."

Bevor sie ermordet wurde.

Ich greife nach den Briefen, die er mir reicht, und ziehe wahllos einen aus dem Stapel. Als ich den Umschlag öffne, nehme ich einen schwachen, doch vertrauten Geruch wahr. Sie muss Parfüm auf das Papier gesprüht haben. Ich falte den Brief auseinander, der aussieht, als wäre er tausend Mal gelesen worden, so abgenutzt wie er ist, und beginne, ihn zu lesen.

> *Liebster Demetri,*
> *heute ist Logans fünfter Geburtstag. Er wird so groß und sieht dir von Tag zu Tag immer ähnlicher. In ein paar Monaten kommt er in den Kindergarten. Kannst du das glauben? Die Zeit ist so schnell vergangen. Anbei schicke ich dir ein Foto. Ich habe es erst letzte Woche am See gemacht. Ich nehme ihn so oft wie möglich mit an unseren*

besonderen Ort. Er liebt es dort. Ich hoffe, es geht dir gut. Ich vermisse dich.
In ewiger Liebe,
Rose

Fuck. Die ganze Zeit über hat sie mich zu einem Ort gebracht, der für sie beide etwas Besonderes gewesen ist. Ich schätze, das war ihre Art, mir nicht nur ein Stück von ihr, sondern genauso auch ein Stück von meinem Vater zu geben.

„Logan, es wäre mir eine Ehre, die Chance zu bekommen, ein Teil deines Lebens zu werden, aber ich werde deine Entscheidung respektieren, wie auch immer sie aussieht."

Ich höre, was er sagt, und verarbeite alles, oder zumindest versuche ich das, als ich Bellas süße Stimme höre, die mir sagt, ich solle ihm eine Chance geben. Ich kann meine Mom spüren, die mir einen Schubs gibt, der mir dasselbe sagen soll.

Ich räuspere mich, falte den Brief zusammen, stecke ihn zurück in den Umschlag und schaue ihn an. „Mom ist da draußen begraben. Am See."

Er hat den ersten Schritt gemacht. Jetzt ist es an der Zeit, dass ich versuche, meinen zu machen. Ich reiche ihm die Briefe. Bevor ich gehe, mache ich ihm ein Friedensangebot. „Hör zu, am Sonntag haben wir ein großes Grillfest auf dem Grundstück draußen. Ich möchte dich meiner Familie vorstellen. Es wird gegen Mittag losgehen, aber du kannst auch ruhig schon vorher auftauchen."

Ich laufe zur Tür hinaus, ohne auf eine Antwort zu warten, und steige auf mein Motorrad.

Ich fahre lange umher, um meine Gedanken zu

ordnen, und versuche, mit allem meinen Frieden zu schließen, bevor ich nach Hause zu meiner Freundin fahre. Zu meiner Familie.

Kapitel 20

Bella

Heute ist für meine Schwester der letzte Tag ihrer Frühlingsferien. Sie ist diese Woche jeden Tag mit mir zur Arbeit gegangen. Ich denke nicht, dass sie dazu bereit gewesen wäre, den ganzen Tag allein im Clubhaus zu bleiben. Alba weiß, dass sie dort sicher ist, und versteht sich mit den Brüdern, aber sie fühlt sich wohler, dort zu sein, wo auch immer ich bin. Ehrlich gesagt genieße ich es, sie bei mir zu haben. Es ist lange her, dass wir so viel Zeit miteinander verbracht haben, weil ich immer arbeite. Ich weiß, dass sie irgendwann entspannter damit umgehen wird, im Club zu sein, aber bis dahin freue ich mich über ihre Gesellschaft.

Ich verlasse Logans und mein Zimmer im Clubhaus und mache mich auf den Weg den Flur hinunter zu Albas Zimmer. Ich klopfe einmal, bevor ich die Tür öffne. Wie ich sehe, ist sie bereits angezogen und startklar.

„Willst du runtergehen und frühstücken, bevor wir gehen?"

„Ja, ich bin am Verhungern."

Als Alba und ich die Küche betreten, sehen wir, dass Lisa schon bei der Arbeit ist und Eier und Würstchen brät. Wir packen sofort mit an, stecken Brot in den Toaster und machen frischen Kaffee. Meine Schwester schnappt sich die Teller und das Besteck, um den Tisch zu decken. Die Männer werden bald hier eintrudeln. Es besteht kein Zweifel, dass ihre Nasen sie herführen werden.

Das ist zu unserer täglichen Routine geworden. Wir beide helfen Lisa gern in der Küche, und bei all den hungrigen Männern, die gesättigt werden müssen, kann sie unsere Hilfe brauchen.

Ich kann nicht glauben, dass sie das jeden Tag ganz allein gemacht hat. Man hört sie nie klagen. Das Lächeln in ihrem Gesicht zeigt, dass sie es liebt, sich um Leute zu kümmern, und es passt auch zu ihr. Ich habe schnell gelernt, dass es in Lisas Natur liegt, die Gruppenmama zu sein.

Wie aufs Stichwort marschieren die Jungs, einer nach dem anderen, in die Küche, wo sie ihre Plätze am Tisch einnehmen.

Bennett ist als Erster da. Er geht rüber zu Lisa, schlingt ihr von hinten die Arme um die Taille und gibt ihr einen süßen Kuss auf den Hals. Ich liebe es, wie sie sich gegenseitig anschauen.

Lisa und Bennett sind das perfekte Beispiel dafür, wie wahre Liebe aussieht, und die Tatsache, dass sie sich immer noch auf diese Weise anblicken, nachdem sie seit so vielen Jahren verheiratet sind, ist unglaublich.

Während ich mir selbst einen Kaffee herrichte, spüre ich, wie sich die Energie im Raum verändert. Ich blicke über meine Schulter und sehe ihn im Eingang stehen, seine hungrigen Augen schauen mich an. Er geht mit großen Schritten zum Tisch hinüber und nimmt Platz, ohne dabei ein einziges Mal den Blickkontakt zu unterbrechen.

„Komm und iss, Engel."

Lächelnd komme ich herüber und wähle den Stuhl neben ihm.

Ich sitze am Tisch und lausche dem Gesprächsfluss. Ich liebe die Witze und das Geplänkel zwischen den Brüdern. So sollte Familie aussehen. Und ich schätze mich so glücklich, ein Teil davon zu sein.

„Woran denkst du, Babe?", fragt Logan.

„Ich dachte nur, dass du eine großartige Familie hast und dich glücklich schätzen kannst, sie zu haben."

„Sie sind jetzt auch deine Familie, Bella. Es gibt nichts, was meine Brüder nicht für dich und deine Schwester tun würden."

Logan gibt mir einen sanften Kuss auf die Lippen. Ich wende meine Aufmerksamkeit wieder meinem Teller zu, als ich Alba kichern höre. Sie sitzt neben einem der Prospects, Blake. Sie sind sich vom Alter her am nächsten. Sie ist achtzehn und ich erinnere mich, dass Logan sagte, Blake sei zwanzig. Ich spähe zum anderen Ende des Tisches hinüber und sehe, dass Gabriel dem jungen Prospect vernichtende Blicke zuwirft. Ich schwöre, gleich sehe ich Rauch aus seinen Ohren kommen.

Ich habe in letzter Zeit bemerkt, wie er Alba ansieht, doch meine Schwester hat keine Ahnung. Man sollte meinen, dass ich besorgt bin, aber ich weiß, dass Gabriel ein guter Mann ist. Ein paar Ecken und Kanten, aber nichtsdestotrotz gut.

Ich sehe zu Logan neben mir, und er hat wohl dieselbe Feststellung gemacht. Er schüttelt den Kopf zu seinem Bruder hin, um ihm im Stillen zu sagen, dass er den armen unwissenden Prospect nicht umbringen soll.

Ich kichere in mich hinein. Das wird zweifellos interessant werden, und ich habe vor, mich zurückzulehnen und abzuwarten, wie es sich entwickelt.

Nachdem wir Lisa schnell mit dem Frühstücksgeschirr geholfen haben, steuern Alba und ich zum Parkplatz des Clubhauses, wo Austin wartet, um uns zum Geschäft zu fahren. Logan weigert sich, mich und Alba irgendwo allein hingehen zu lassen. Er hat erklärt, dass es bei all dem Scheiß, der gerade mit den *Demonios* und Lee los ist, sicherer wäre, wenn eines der Clubmitglieder uns überall dahin bringen würde, wo wir hinmüssen. Um ehrlich zu sein, ist das okay für mich. Ich fühle mich viel sicherer, wenn einer der Brüder jederzeit dabei ist.

Logan ist die ganze Woche gar nicht bei der Arbeit aufgekreuzt, weil er sich um Clubangelegenheiten kümmert, also arbeiten nur Quinn und Austin in der Werkstatt. Ich vermisse es, ihn dort zu haben, aber ich verstehe, warum er nicht da ist.

Ein Teil von mir fühlt sich verantwortlich für den verrückten Schlamassel, mit dem sich der Club herumschlagen muss. Ich meine, wenn mein Arschloch-Stiefvater nicht gewesen wäre, würde das alles nicht passieren. Gestern habe ich das Logan gestanden, und er hat mein schlechtes Gewissen sofort zunichtegemacht. Er meinte, niemand im Club würde so denken und dass er mich übers Knie legen und mir den Hintern versohlen würde, wenn er mich jemals wieder so etwas sagen hört. Ich schäme mich nicht, zuzugeben, dass seine Worte mich antörnten.

Logan sah die Hitze in meinen Augen, nachdem er das gesagt hatte, und verbrachte dann die ganze Nacht damit, meinen Körper zu verehren. Ich bin heute Morgen mit angenehmen Schmerzen im ganzen Körper aufgewacht.

Ich werde aus meinen Gedanken gerissen, als wir bei der Werkstatt ankommen. Nachdem ich aus Austins Pick-up gestiegen bin, drehe ich mich zu ihm um. „Es tut mir leid, dass du den Babysitterdienst übernehmen musst. Ich kann mir vorstellen, dass das Letzte, worauf du Lust hast, ist, uns überall herumzukarren. Wenn du willst, kann ich vielleicht mit Logan reden, dass du und Blake euch immer abwechselt oder so was."

„Nein!" Austin schreit beinahe. „Es ist eine Ehre, derjenige zu sein, der die Old Lady des Vizepräsidenten bewacht, Bella. Bitte sag nichts."

„Eine Ehre?", frage ich und neige den Kopf. Mein Gesichtsausdruck sagt ihm zweifellos, dass er lächerlich klingt.

„Ernsthaft, Bella, es bedeutet mir viel, dass Logan mich gebeten hat, derjenige zu sein, der auf dich und deine Schwester aufpasst, also bitte sag nichts. Außerdem sind du und deine Schwester echt toll und angenehm anzusehen", sagt er mit einem Grinsen.

„Los, machen wir uns an die Arbeit", erwidere ich und verdrehe die Augen.

Austin trottet glucksend hinter mir her.

Der Tag vergeht schnell, und es ist an der Zeit, Feierabend zu machen. In der Mittagspause bin ich schnell die Straße rüber zu *Kings Ink* gegangen und habe mit Gabriel darüber gesprochen, dass ich ein Tattoo möchte. Er hat mir gesagt, ich solle nach der Arbeit vorbeikommen und er würde mich dazwischenschieben.

Ich habe nicht erwartet, es so schnell bekommen zu können, aber ich weiß schon genau, was ich möchte. Warum also warten?

Alba hilft mir, den Pausenraum sauber zu machen, während Quinn und Austin die Werkstatt schließen. Als wir fertig sind, holen wir uns unsere Sachen und warten auf Austin. Er ist hinten und bringt den Müll raus. Seit Mason mich angegriffen hat, bin ich dort nicht mehr rausgegangen. Ich weiß, dass sie sich um ihn gekümmert haben und er mir nie mehr wehtun wird, aber ich bin vorsichtiger geworden, was meine Umgebung betrifft, besonders bei Nacht. Ich habe aus dem, was mir passiert ist, eine Lehre gezogen.

Logan hat mir nie genau erzählt, was sie mit Mason gemacht haben, und ich habe auch nicht nachgefragt. Er hat mir nur versichert, dass er nicht tot sei. Das war alles, was ich wissen musste. Wenn Logan sagt, dass ich sicher vor Mason bin, glaube ich ihm.

Austin kommt von hinten zurück. „Seid ihr Ladys bereit?"

„Jepp, Gabriel erwartet mich." Wir machen uns auf den Weg zum Parkplatz, als Quinn zu uns joggt.

„Hey, der Prez hat gerade angerufen. Meinte, er braucht einen Prospect. Sieht so aus, als hättet ihr Ladys mich am Hals."

Wir verabschieden uns schnell von Austin, dann spazieren wir drei über die Straße rüber zu *Kings Ink*. Quinn öffnet für Alba die Tür zum Laden, wobei er ihr sein für ihn typisches Lächeln und Zwinkern schenkt. Meine Schwester wird knallrot, dann zieht sie den Kopf ein, bevor sie eintritt. Als er mich hineinführt, werfe ich ihm einen Blick zu, der ihm sagt, dass er aufhören soll, meine Schwester anzumachen.

Quinn lässt sich nicht beirren und grinst mich frech an.

Ich sitze auf dem Hocker neben Gabriel, der die Schablone für mein Tattoo fertigstellt. Ich habe ihm ganz genau gesagt, was ich möchte. Daraufhin hat er keine Zeit verschwendet und sich an die Arbeit gemacht.

Ich versuche, Small Talk mit ihm zu führen, aber mir wird klar, dass ich mit mir selbst rede. Seine Aufmerksamkeit gilt Alba und Quinn, die nebeneinander auf der anderen Seite des Raumes sitzen. Sie scheinen ein ganz normales Gespräch zu führen, aber ich glaube nicht, dass es Gabriel allzu sehr gefällt. Als Alba über etwas lacht, was Quinn sagt, bricht der Stift in Gabriels Hand entzwei.

„Bist du okay, Großer?", frage ich ihn. Ich sehe noch mal zu meiner Schwester und Quinn hinüber, bevor ich meine Aufmerksamkeit wieder Gabriel zuwende. „Dir ist klar, dass er nur versucht, dich zu ärgern, oder?"

Er blickt mich mit seinen dunklen Augen an und brummt: „Ich weiß nicht, wovon du redest."

„Pass auf, ich bin nicht die Einzige, die bemerkt hat, wie du sie ansiehst. Logan sieht es auch."

Gabriels Körper spannt sich an und sein Kiefer verkrampft sich. Ich strecke die Hand aus und lege sie auf seinen Arm. Er zuckt bei meiner Berührung ein wenig zusammen, aber er bewegt sich nicht weg.

„Es ist ihr Alter, das dich stört, oder? Weißt du, Alba wird nächsten Monat neunzehn."

„Es ist trotzdem verdammt noch mal nicht richtig, Bella. Ich bin ein erwachsener Mann, der ein gottverdammtes Kind anschmachtet. An dieser Scheiße ist nichts okay."

„Gabriel", sage ich und warte darauf, dass er mich ansieht. „Ich kenne dich nicht so gut, aber ich glaube, dass du ein guter Mann bist. Meine Schwester hätte Glück, dich zu haben."

Ich stehe auf und beschließe, bei Quinn und Alba zu warten, während er die Zeichnung fertig macht. Ich will gerade weggehen, entschließe mich dann aber, ihm einen kleinen Rat mitzugeben. „Ich verstehe das ganze Altersding, Gabriel, aber lass dir nicht zu lange Zeit, um zu entscheiden, was du willst. Meine Schwester ist ein schönes Mädchen. Es wird nicht lange dauern, bis sie die Aufmerksamkeit von jemand anderem auf sich zieht." Damit lasse ich ihn zurück. Ich habe meinen Teil gesagt und ihm meinen Segen gegeben.

Das Stechen und Brennen beim Tätowieren ist ein bisschen schmerzhaft, aber erträglich. Da es mein erstes Tattoo ist, hat mir Gabriel empfohlen, es mir vielleicht nicht gerade unten auf den Nacken stechen zu lassen, aber ich bin hartnäckig geblieben.

„Das wird schön, Bella", sagt Alba direkt neben mir.

„Hast du schon mal darüber nachgedacht, dich tätowieren zu lassen, Süße?", fragt Quinn Alba.

„Ja, irgendwann mal", sagt sie zu ihm.

„Ich weiß genau, was dein erstes Tattoo sein sollte." Quinn flirtet.

Ich weiß schon, was er da macht. Ich versuche, Augenkontakt mit ihm aufzunehmen, um ihn zu warnen, es nicht herauszufordern, aber nein, er macht einfach weiter damit.

„Was sollte es sein?", fragt sie.

Ich kann an ihrem Ton erkennen, dass ihr bewusst ist, dass Quinn Spaß mit ihr macht.

„Du solltest dir *Quinn* direkt über …"

Er kommt nicht dazu, den Satz zu beenden, bevor Gabriel ihm das Wort abschneidet. „Das wird verdammt noch mal nicht passieren, Bruder", dröhnt seine Stimme. „Sie wird sich nicht den Namen von irgendeinem Arsch auf ihren Körper stechen lassen, am wenigsten deinen."

Die Wangen meiner Schwester erröten, und ich kann sehen, dass sie nicht so recht weiß, wie sie mit der Situation umgehen soll. Ich blicke über meine Schulter und stupse Gabriels Bein an, um seine Aufmerksamkeit zu bekommen. „Hey, Großer, reg dich nicht auf."

Dann wende ich mich an den Unruhestifter und zeige mit dem Finger auf ihn. „Quinn, hör auf damit."

„Ich weiß nicht, wovon du sprichst", täuscht Quinn vor.

„Doch, das tust du."

„Okay, okay, ich bin schon brav."

Ich wende meine Aufmerksamkeit wieder Gabriel zu und sage: „So, können wir jetzt bitte mein Tattoo fertig machen? Ich möchte heute irgendwann noch nach Hause."

Wir kommen um kurz nach zehn wieder beim Clubhaus an. Ich sehe Logans Motorrad nicht, daher weiß ich, dass er noch nicht von der Clubangelegenheit, an der er gerade dran ist, zurückgekommen ist, welche auch immer das sein mag. Alba geht direkt in ihr

Zimmer hoch, während ich die Küche ansteuere. Ich habe seit dem Mittagessen nichts mehr gegessen und mein Magen knurrt jetzt schon seit ein paar Stunden. Als ich hineinlaufe, sehe ich Liz. Sie ist eines der Clubmädels und war auch Cassies kleine Kumpanin. Seitdem Logan Cassie rausgeschmissen hat, hat Liz keine Probleme gemacht, aber das muss nichts heißen. Ich vertraue dieser Tussi nicht. Dem Blick nach zu urteilen, den sie mir zuwirft, würde ich sagen, dass sie sich auch nicht großartig für mich interessiert. Ich kümmere mich weiter um mein Zeug und ignoriere sie, und sie ist schlau genug, dasselbe zu tun.

Nachdem ich mein gegrilltes Käsesandwich aufgegessen habe, gehe ich hoch in unser Zimmer, um zu duschen. Gabriel meinte, es sei in Ordnung, das Tattoo nass zu machen, aber ich solle eine milde Seife benutzen. Da es in meinem Nacken ist, binde ich meine Haare oben auf dem Kopf zu einem Dutt zusammen und beschließe, sie nicht zu waschen. Ich will nicht riskieren, dass mein Shampoo irgendetwas reizt.

Nach dem Duschen ziehe ich eines von Logans T-Shirts aus seiner Kommode und streife es über – ohne mir die Mühe zu machen, ein Höschen anzuziehen. Logan wird es mir sowieso vom Körper reißen. Ich stütze meinen Fuß an der Bettkante ab, schnappe mir meine liebste Bodylotion vom Nachttisch und fange an, meine Beine damit einzucremen. Ich höre das Klicken des Türschlosses, blicke hoch, um Logan zu sehen, und lächele.

Kapitel 21

Ich bin zweifellos der verdammt noch mal glücklichste Mann der Welt. Zurück ins Clubhaus zu kommen und zu wissen, dass mein Mädchen hier auf mich wartet, ist das Einzige, was mich durch diesen beschissenen Tag gebracht hat. Als ich die Tür zu unserem Zimmer öffne, werde ich von Bellas süßem Lächeln begrüßt. Verdammt perfekt. Ich liebe es, zu sehen, dass sie mein T-Shirt trägt. Seit sie hier wohnt, ist es das Einzige, in dem sie schläft.

Bella verschwendet keine Zeit, läuft herüber und schlingt ihre Arme um mich. Ich vergrabe mein Gesicht an ihrem Hals und atme den süßen Vanilleduft der Bodylotion ein, die sie aufgetragen hat. Ich schließe meine Augen und halte sie ein paar Augenblicke lang fest.

„Ich werde duschen gehen. Komm mit und rede mit mir, erzähl mir von deinem Tag", sage ich und küsse sie.

Sie folgt mir ins Bad, dann stemmt sie sich hoch und setzt sich ans Waschbecken.

Ich drehe die Dusche auf und entledige mich meiner Kleider, wobei mir der erhitzte Blick in ihren Augen nicht entgeht. „Wie ist es heute Abend bei Gabriel gelaufen?"

„Gut", antwortet sie kryptisch.

Bella weigert sich, mir zu erzählen, was für ein Tattoo sie hat. Ich wollte derjenige sein, der sie hinbringt, wenn sie es sich stechen lässt, aber sie bestand darauf, dass es eine Überraschung sein soll. Ich habe sie von Kopf bis Fuß begutachtet, seit ich den Raum betreten habe, aber ich habe bisher kein Stück von einem Tattoo entdeckt.

„Ist es gut gelaufen mit deinem Dad und deinem Bruder?", fragt sie und wechselt das Thema.

„Ja", erwidere ich und seufze. „Es war ganz gut. Ich versuche immer noch, das alles zu verarbeiten, aber ich bin froh, dass ich mit ihnen geredet habe."

„Ich freue mich für dich, Logan. Ich weiß, zu erfahren, was mit deiner Mom passiert ist, war fürchterlich. Ich kann mir nicht mal ansatzweise vorstellen, wie das sein muss. Aber du hast auch herausgefunden, dass du einen Dad und einen Bruder hast, die beide ein Teil deines Lebens sein wollen. Das ist ziemlich unglaublich, würde ich sagen."

Während ich aus der Dusche steige und mich abtrockne, lasse ich Bellas Worte sacken. Sie hat recht. Ich komme vielleicht nie darüber hinweg, was mit meiner Mutter passiert ist, aber ich könnte versuchen, dafür zu sorgen, dass die Dinge mit meinem Vater funktionieren. Vergangenheit ist Vergangenheit. Es gibt nichts, was ich tun kann, um sie zu ändern. Und nachdem ich seine Seite der Geschichte gehört habe, kann ich verstehen, warum er damit gewartet hat, mich zu kontaktieren.

„Weißt du, was ich noch denke, Logan?"

Ich gehe zu ihr, stelle mich zwischen ihre Beine und schlinge meine Arme um ihre Taille. „Was denn, Engel?"

„Dass du dich entschieden hast, deinem Dad und deinem Bruder eine Chance zu geben, dass ihr drei Fortschritte macht, zeigt, dass du gewinnst. Dein

Großvater mag tot sein, aber es ist ihm nicht gelungen, euch voneinander fernzuhalten."

Ich lehne meine Stirn gegen ihre und atme tief durch. Überlasse es Bella, mir das große Ganze zu zeigen, indem sie mir das Gute in jeder schweren Situation zeigt.

Ich schiebe meine Hände unter Bellas Hintern und hebe sie hoch. Sie reagiert, indem sie ihre Beine um meine Taille schlingt, als ich sie aus dem Bad trage und sie neben dem Bett absetze. Auf der Suche nach der Hitze ihres Körpers entledige ich sie zügig des Shirts, das sie trägt.

Ihre wunderschönen Augen treffen auf meine. Ich kann mich nicht daran erinnern, jemals etwas so sehr gewollt zu haben. „Du hast verdammt noch mal keine Ahnung, was du mit mir machst", krächze ich, während mein Mund über ihrem schwebt.

Bellas Atemstöße kommen keuchend aus ihr hervor, und ich spüre, wie ihr Körper vor Erwartung zittert.

Ich gebe ihr, was sie braucht, und beanspruche ihren Mund mit meinem. Meine Hände gleiten an ihrem Bauch entlang hinunter, bis ich ihren feuchten Spalt erreiche und zwei Finger in ihre Pussy hineingleiten lasse. Bella legt ihre Arme um meinen Nacken, als ich mich weiter in sie hinein und aus ihr heraus bewege. Augenblicke später zucken ihre Hüften nach vorn und ihre Pussy spannt meine Finger ein, während mein Mund das Stöhnen ihres Orgasmus verschluckt.

Ich ziehe mich zurück und blicke in ihre benommenen Augen. Sie sieht aufmerksam zu, als ich meine Finger in den Mund nehme. „Das Beste, was ich verdammt noch mal je geschmeckt habe", raune ich. „Jetzt will ich dich auf deinen Händen und Knien", befehle ich.

Ohne zu zögern, klettert sie aufs Bett. Ich lasse das Handtuch von meiner Taille fallen und positioniere mich hinter ihr. Dann streiche ich mit der Hand über die Rundungen ihres perfekten Hinterns und kehre wieder zurück zu ihrer feuchten Pussy. Ich greife nach meinem Schwanz und lasse die Spitze in ihrem nassen Spalt vor- und zurückgleiten, um sie scharfzumachen. Bella knurrt vor Frustration und beginnt, ihre Hüften nach hinten zu wiegen, um das zu bekommen, wonach sich ihr Körper sehnt.

Ich beschließe, ihr zu zeigen, wer hier das Sagen hat, und schlage mit meiner offenen Handfläche auf ihren Arsch. Ich liebe den Anblick meines geröteten Handabdrucks auf ihrer makellosen Haut. „Du nimmst das, was ich dir gebe. Jetzt sei still", befehle ich.

„Logan, bitte", fleht sie. „Ich brauche dich in mir."

„Du kannst warten", sage ich und fahre mit meinen Fingern durch ihre Pussy.

„Klitschnass, verdammt. Du liebst es, wenn ich dir den Hintern versohle, stimmt's?", frage ich und schiebe meine Finger hinein, was ihr ein Stöhnen entlockt, während ihre heiße Pussy meine Finger einspannt. Eine Sache, die ich schon früh über mein Mädchen herausgefunden habe, ist, dass sie es liebt, wenn ich sie bestrafe.

Ich beschließe, dass ich sie genug scharfgemacht habe, packe meinen Schwanz und bringe die Spitze zu ihrer Pussy. Ich schließe die Augen, umfasse Bellas Hüfte, versinke langsam in ihrer engen Hitze und genieße das Gefühl der besten Sache, die ich je hatte.

„Fuck, du fühlst dich so verdammt gut an", krächze ich.

Sie dreht den Kopf und schaut mich über ihre Schulter an. Ihr Gesicht ist gerötet und ihre Augen sind von Verlangen erfüllt. Ihr Stöhnen, das von den Wänden widerhallt, treibt mich an, als ich härter und härter in sie stoße. Ich strecke die Hand nach ihren Haaren aus, die auf ihrem verschwitzten Rücken liegen, halte sie fest und wickele die langen Strähnen um meine Hand.

Da sehe ich es. Ich verharre in meiner Bewegung und mein Atem bleibt mir in der Kehle stecken. Bella verstummt. Sie weiß, dass ich es gerade gesehen habe, und wartet auf meine Reaktion.

Unten an ihrem Nacken, zwischen ihren Schultern, befindet sich ein Paar Engelsflügel, ein blauer und ein grüner. Quer darüber steht der Schriftzug „Sein Engel" geschrieben. Einen Teil von mir auf ihr zu sehen, lässt meinen Schwanz noch härter werden. Immer noch mit Bellas Haaren in meiner Hand ziehe ich ihren Kopf zurück, damit sie mich ansieht.

„Dir gefällt es, mein Zeichen auf dir zu haben, stimmt's, Engel?", frage ich mit einem harten Stoß. Das bringt sie dazu, aufzuschreien. „Antworte mir."

„Ja", stöhnt sie lustvoll.

Ihre Antwort löst ein tiefes Knurren aus, das durch meine Brust vibriert, während ich weiter ihre perfekte Pussy ficke.

Ich spüre das Kribbeln unten an meiner Wirbelsäule und greife mit meiner Hand um sie herum, um ihre geschwollene Klitoris zu finden. Ich spüre das Zucken ihrer Pussy und kann nur mit Mühe meinen

Orgasmus aufhalten.

„Komm mit mir. Ich will spüren, wie deine Pussy meinen Schwanz zusammenpresst."

Sie kommt und gibt damit auch mir sofort den Rest.

Ich falle aufs Bett, schnappe sie bei der Taille und ziehe sie zu mir. Wir liegen ein paar Minuten lang schweigend da und kommen wieder zu Atem, ehe ich spreche.

„Warum Blau und Grün?" Ich habe eine Ahnung, wie ihre Antwort lauten wird, aber ich will, dass sie es sagt.

Bella dreht sich herum, um mich anzuschauen. „Blau und Grün sind die Farben der schönsten Augen, die ich je gesehen habe."

Am nächsten Morgen gehen Bella und ich nach dem Duschen nach unten, um etwas zu essen. In der Küche finden wir Lisa und Alba vor, die bereits bei der Arbeit sind und Frühstück vorbereiten.

„Guten Morgen, ihr zwei, ihr kommt gerade richtig", sagt Lisa und bringt das Essen rüber zum Tisch.

„Es tut mir so leid, dass ich verschlafen habe und nicht rechtzeitig runtergekommen bin, um dir zu helfen, Lisa", erklärt ihr Bella.

„Oh, Süße, ich will nichts davon hören", sagt sie und winkt ab. „Außerdem war Alba eine enorme Hilfe. Kommt schon und setzt euch, ihr zwei."

Als wir fertig gegessen haben, stehe ich vom Tisch auf und schnappe mir Bellas Hand. „Komm mit, Babe. Ich möchte dir etwas zeigen."

„Okay?", erwidert sie fragend, während ich sie aus der Küche heraus und durch das Hauptzimmer bugsiere. Als wir an Quinn vorbeikommen, nickt er mir zu, um mir mitzuteilen, dass meine Überraschung bereit ist.

Ich nehme sie mit nach draußen und wir gehen zur Seite des Clubhauses. Als wir um die Ecke biegen, entfährt Bella ein Keuchen und sie bleibt wie angewurzelt stehen, wobei sie sich die Hand vor den Mund hält. Direkt vor uns steht ihr 1968er Mustang. Nur, dass er komplett anders aussieht, mit einem neuen Vinyldach, einer frischen Lackierung und brandneuen Reifen. Die alte blaue Innenausstattung haben wir durch eine blütenweiße ersetzt. Ich würde sagen, Bellas Auto unterscheidet sich sehr von der verrosteten Schrottkiste, die es vorher war.

Ich lege meine Arme von hinten um sie herum und halte sie fest, während ich ihr ins Ohr flüstere: „Du dachtest doch nicht, dass ich deinen Geburtstag vergessen würde, oder, Engel?"

„Ist das mein Auto?", fragt sie mit zitternder Stimme.

„Ja, Babe, das ist dein Auto."

Bella geht auf ihr Auto zu, fährt mit der Hand über die Motorhaube und bis zur Fahrerseite hinunter, bevor sie die Tür öffnet und hineingleitet. „Wann hast du das alles gemacht?"

„Das war nicht nur ich, alle Brüder haben mitgeholfen."

Bella dreht den Kopf zu mir und Tränen laufen ihr übers Gesicht. „Ich kann nicht glauben, dass ihr alle das für mich getan habt."

Ich trete vor sie und wische ihr mit meinem Daumen die Tränen weg. „Es gibt nichts, was ich nicht für dich tun würde, Engel."

„Ich liebe es! Ihr habt alle einen unglaublichen Job

gemacht. Es ist perfekt!", sagt sie und streift mit ihren Lippen sanft über meine. „Können wir eine Runde drehen?", fragt sie aufgeregt.

Ich nehme die Schlüssel aus meiner Hosentasche und reiche sie ihr.

„Verdammt, ja, Baby, los geht's."

Kapitel 22

Bella

Ich stehe hier vor dem Badezimmerspiegel und habe riesige Schmetterlinge im Bauch. Als Logan und ich vorhin mit meinem so schön restaurierten Mustang unterwegs gewesen sind, haben wir einen kurzen Stopp beim Dessousladen in der Innenstadt eingelegt.

Logan ist draußen im Schlafzimmer und wartet darauf, zu sehen, was ich gekauft habe. Da bin ich also, trage ein Spitzenkorsett in Schwarz und Lila mit einem dazu passenden Stringtanga, schwarzen halterlosen Strümpfen und einem Paar lächerlicher Stöckelschuhe, die ich mir von der Verkäuferin habe aufschwatzen lassen. Ich weiß nicht das Geringste darüber, wie man sexy ist. Ich habe Angst, dass ich da rauslaufen und mich zum Narren machen könnte.

Nachdem ich ein letztes Mal in den Spiegel geblickt habe, greife ich nach dem Türknauf, drehe daran und ziehe die Badezimmertür auf.

Logan sitzt ohne Shirt auf der Bettkante, als ich aus dem Bad trete. Ich bleibe ein paar Schritte vor ihm stehen. Er schweigt ein wenig zu lange, und ich fange an, unruhig zu werden.

„Komm her, Babe, lass mich dich aus der Nähe anschauen", verlangt er mit heiserer Stimme.

Langsam gehe ich die letzten paar Schritte, die uns noch trennen.

Weil ich ihn einfach berühren muss, lege ich meine Hände auf seine Schultern. „Gefällt es dir?"

Er nimmt seine Hand hoch und zeichnet mit seinem Finger den Ansatz beider Brüste nach, was meine Haut erschaudern lässt. „Fuck, Babe, du bist so verdammt sexy."

Er sorgt dafür, dass ich mich sexy fühle. Die Art, wie mein Körper auf ihn reagiert, übernimmt das Reden für mich.

Logan tritt hinter mich, drückt seine Brust gegen meinen Rücken, streicht meine Haare zur Seite und küsst meinen Hals entlang, wodurch mir Schauer über den Rücken laufen.

„Leg deine Hände aufs Bett, Bella."

Als ich meine Hände auf der Matratze platziere, höre ich das Rascheln von Kleidung und wie seine Gürtelschnalle zu Boden fällt. Ich blicke über meine Schulter und beobachte, wie er seine Daumen unter der Schnur meines Höschens einhakt und es über meinen Hintern nach unten zieht, bis es sich direkt oberhalb meiner Knie befindet. Seine Hände gleiten an meinen Oberschenkeln bis zu den Hüften hinauf, die er dann fest ergreift. „Spreiz deine Beine, Engel."

Allein der raue Klang seiner Stimme macht mich schon feucht. Ich öffne meine Beine und die Spitze seines Schwanzes streichelt meine Öffnung.

„Fuck, du bist schon ganz feucht für mich", knurrt er.

Meine Beine zittern, als sein Finger beginnt, meine Klitoris zu bedienen, und mit einem Stoß vergräbt er sich in mir. Sein Tempo lässt nie nach, er dringt mit so viel Wucht in mich ein, dass ich mich an der Bettkante festhalten muss, um mich nicht wegzubewegen.

Ich spüre, wie sich meine Vagina um seinen

Schwanz zusammenzieht, als sich mein Höhepunkt mit jedem Stoß und jeder Bewegung seines Fingers aufbaut, bevor mein Orgasmus explodiert. Er packt meine Hüften fester und drückt sich nach unten, um seine eigene Erleichterung zu bekommen.

Am nächsten Morgen sitze ich hinter dem Steuer meines Autos, bereit, Alba in die Schule zu bringen, und fühle mich angenehm ausgelaugt von der Nacht zuvor. Austin fährt auf seinem Motorrad hinter uns her, als wir das Tor passieren.

„Bist du bereit, heute wieder zurück in die Schule zu gehen?" Ich lächle meine Schwester an. Sie schien heute Morgen unbedingt gehen zu wollen, was nicht normal für sie ist.

„Ja, ich bin so gelangweilt. In der Schule habe ich zumindest mehr zum Anschauen als einen Haufen haariger Biker den ganzen Tag", gibt sie zu, greift nach oben, um die Sonnenblende herunterzuklappen, und trägt ihren Lippenstift auf.

„Hör zu, Blake wird auf dem Parkplatz gegenüber der Schule sein. Sie wollen immer noch, dass wir bewacht werden, auch wenn alles ruhiger geworden zu sein scheint", informiere ich sie.

Logan hat mir nicht zu viel erzählt, nur, dass es in letzter Zeit keine Aktivitäten gegeben hat – weder hier in der Stadt noch da, wo sich die *Demonios* aufgehalten haben. Er fühlt sich trotzdem besser, wenn er uns vorerst von einem Mitglied bewachen lässt, und ich mich auch. Die Anwesenheit seines Vaters könnte etwas damit zu tun haben, dass sie die Stadt verlassen haben. Meine Mom hat ebenfalls nichts von Lee gesehen oder gehört, und auch das sind gute

Neuigkeiten. So oder so, ich bin froh, dass vielleicht wieder Normalität einkehrt.

Meine Schwester bestätigt mit einem Seufzen: „Okay."

„Möchtest du nach der Schule zur Werkstatt gebracht oder zurück zum Grundstück gefahren werden?", frage ich, während ich an einem Stoppschild zum Halten komme.

„Ich weiß nicht. Vielleicht gehe ich nach der Schule mit zu meiner Freundin nach Hause. Ich konnte die letzten paar Wochen nicht mit ihr abhängen."

Ich fühle mich schlecht, dass sie nicht mehr so frei entscheiden kann, wann sie kommt und geht, seit wir im Clubhaus wohnen.

„Ruf mich nach der Schule an, damit ich mir keine Sorgen mache. Bitte", füge ich hinzu.

Als wir schließlich auf dem Parkplatz der Highschool halten, bemerke ich Gabriel, der sich auf der anderen Straßenseite befindet. Meine Schwester späht in dieselbe Richtung.

„Meintest du nicht, Blake wäre heute hier?"

„Ja, so hat es Logan gesagt. Ich schätze, es gab eine Planänderung."

Ich bin mir ziemlich sicher, dass Gabriel dabei seine Finger im Spiel hatte. Er hat wahrscheinlich darauf bestanden, dass er derjenige ist, der auf meine Schwester aufpasst. Jedes Mal, wenn Blake irgendwo in ihre Nähe kommt, hat er einen mörderischen Blick in seinen Augen.

Nachdem ich Alba vor der Schule abgesetzt habe, wechsle ich die Straßenseite und halte neben Gabriel.

„Morgen, Gabriel", sage ich in einem Singsang. Ich kann nicht anders, denn ich habe heute gute Laune und außerdem mag ich Gabriel. Ich lasse sowieso lieber ihn als irgendjemand anderen über meine Schwester wachen.

„Bella", sagt er und verschränkt die Arme.

„Würdest du sicherstellen, dass meine Schwester nicht vergisst, mich nach der Schule anzurufen? Sie will heute vielleicht ihre Freundin besuchen, hat aber noch nichts Konkretes geplant. Ich will mir keine Sorgen machen müssen."

„Alles klar", erwidert er nickend, bevor er hinzufügt: „Sie wird in Sicherheit sein."

„Ich weiß, Großer. Danke."

Ich fahre weiter zur Arbeit, und gerade als ich in den Parkplatz biege, klingelt mein Handy mit einem eingehenden Anruf. Ich fische es aus meiner Tasche und sehe, dass ein Bild von Mila und Ava das Display erleuchtet. Mit einem Wischen über den Bildschirm nehme ich den Anruf an. „Hey!"

„Hey, Bella. Ich rufe an, um zu fragen, ob du mit mir Mittagessen willst. Geht auf mich und Ava. Kannst du uns um die Mittagszeit im Park treffen?", erkundigt sich Mila, während man im Hintergrund eine kichernde Ava hört.

„Würde ich sehr gerne."

„Wirst du immer noch überall hingefahren?", fragt sie.

„Heute nicht, Logan lässt mich selber fahren. Du musst dir anschauen, was die Jungs mit meinem Auto gemacht haben. Mila, es ist wunderschön."

„Dann sehe ich dich in ein paar Stunden?", fragt sie.

„Auf jeden Fall!", antworte ich.

Wir legen auf, und ich schicke eine Nachricht an Logan, um ihm mitzuteilen, dass ich mich mit Mila zum

Mittagessen treffe und wo wir sind. Er schreibt zurück, dass er Austin informieren würde. Es ist Ewigkeiten her, dass ich meine Freundin besuchen konnte, also bin ich froh, dass ich die Möglichkeit habe, mich heute mit ihr zu treffen.

Sobald die Mittagszeit anbricht, schnappt sich Austin etwas zu essen, steigt auf sein Motorrad und folgt mir in den Park ein paar Blocks von der Werkstatt entfernt. Er beschließt, in der Nähe eines Tisches beim Parkplatz zurückzubleiben.

Ich mache mich auf den Weg zu Mila herüber, die das Mittagessen drüben in der Nähe des Spielplatzes aufgetischt hat. Ava entdeckt mich als Erste und kommt angerannt, ihre langen blonden Locken hüpfen wild um sie herum.

„Bella!", quiekt sie und springt in meine Arme.

Ich lache, wirbele sie herum, umarme sie fest und sage lächelnd: „Ich habe dich vermisst, mein hübsches Mädchen."

Kichernd nimmt sie ihre kleinen Hände, drückt meine Wangen und erzählt mir mit ihrer süßen dreijährigen Stimme: „Ich habe dich vermisst."

Ich blicke hoch und sehe, wie ihre Mama mit einem Lächeln auf dem Gesicht zusieht. „Kommt schon, ihr zwei. Es ist Zeit, zu essen. Du hast nicht lange Zeit, bis du wieder zurück zur Arbeit musst, also lass uns das Beste daraus machen", sagt sie.

Sie öffnet die Kühlbox und holt ein paar Sandwiches, Apfelschnitze und Trinkpäckchen heraus. „Ava hat heute ein Mittagspicknick für uns gemacht. Stimmt's, Ava?", sagt sie, als sie etwas Essen auf einen Pappteller legt und ihn vor ihrer Tochter abstellt.

„Ich habe alles ganz allein gemacht", verkündet Ava stolz.

„Und das hast du ganz wundervoll gemacht", antworte ich und strahle sie an.

Ich nehme einen Bissen von meinem Sandwich, als Mila mich lächelnd ansieht. „Du siehst glücklich aus", sagt sie.

„Das bin ich."

„Wie kommt Alba mit dem Ganzen klar?", fragt Mila.

Ich kaue den Apfelschnitz zu Ende, den Ava mir gereicht hat, bevor ich erwidere: „Sie kommt gut klar. Die Jungs im Club sind nett zu ihr, zu uns beiden."

Ava verkündet, dass sie fertig ist, und fragt, ob sie spielen kann. Sobald Mila ihr kleines Gesicht sauber gemacht hat, rennt sie los in Richtung zweier anderer Kinder. Ich kann nicht anders, als über die Möglichkeit nachzudenken, mit Logan eines Tages Kinder zu haben. Wie würden sie aussehen, wie viele würde er gern haben, wenn überhaupt? Wir sind in unserer Beziehung noch nicht so weit, um über Kinder oder Heiraten zu sprechen. Ich weiß, dass ich diese Dinge will. Ich frage mich, ob Logan eines Tages eine Familie haben möchte? Aber ich brauche mich nicht jetzt in solchen Tagträumen zu verstricken oder mich deswegen zu sorgen. Wir haben genügend Zeit, um uns über all das klar zu werden.

Ich wende meine Aufmerksamkeit wieder Mila zu. „Wie kommst du klar mit deiner Oma und der Schule?"

Mila geht zur Krankenpflegeschule. Das ist etwas, was sie schon ihr ganzes Leben lang machen wollte. Ich bewundere sie. Sie hat viel um die Ohren, weil sie alles allein macht, und trotzdem findet sie Wege und bringt Opfer, um ihren Traum zu verwirklichen. Ich würde das auch sehr gern irgendwann machen – zur Schule gehen, meine ich. Eines Tages werde ich auch die Chance bekommen, meinen Träumen nachzugehen.

„Mir geht es gut und meiner Oma auch. Ich denke, bald werde ich sie entweder in ein Heim geben oder jemanden finden müssen, der auf sie aufpasst. Sie fängt an, manchmal zu vergessen, wo sie ist. Ich mache mir Sorgen, dass sie eines Tages davonläuft und sich verirrt, sich möglicherweise noch verletzt."

Ich helfe ihr, das Essen aufzuräumen, und werfe den Abfall in den nahe gelegenen Mülleimer. „Das tut mir leid, das muss hart sein, vor allem, weil du in die Abendschule gehst und einen Babysitter für Ava bezahlen musst. Sobald wieder Normalität einkehrt und alles sicher ist, kann ich zumindest manchmal auf Ava aufpassen, wenn du in der Abendschule bist. Ich weiß, dass Alba das auch tun würde", erkläre ich ihr.

„Danke, das bedeutet mir viel", sagt sie, als sie die übrig gebliebenen Sandwiches und Äpfel wieder zurück in die Kühlbox legt. „Und noch etwas Positives: Ich habe den Job im Krankenhaus bekommen. Sie meinten, sie würden mich für eine Stelle als Krankenschwester im Hinterkopf behalten, wenn ich dieses Jahr meinen Abschluss gemacht habe."

„Das ist fantastisch. Ich freue mich so für dich."

Ich greife nach dem Handy in meiner Tasche, um die Uhrzeit zu checken, und stelle fest, dass ich zurück zur Werkstatt fahren muss.

Ich denke an das Grillfest dieses Wochenende und

sage: „Wir veranstalten dieses Wochenende ein Grillfest beim Clubhaus draußen. Ich fände es toll, wenn du kommen und Logan kennenlernen würdest."

Sie sieht unsicher aus, als sie ihre Hände an einer Serviette abwischt, bevor sie diese in den Müll wirft. „Ich bin mir nicht sicher, ob das eine gute Idee ist."

„Es ist eine Familienzusammenkunft. Nichts Wildes. Du kannst sogar Ava mitnehmen. Ein paar der anderen Mitglieder haben Kinder, mit denen sie spielen kann. Komm schon. Das wird lustig. Bitte", bettle ich.

Ich weiß, dass sie sich amüsieren würde, wenn sie sich die Chance gäbe. Sie nimmt sich nie die Zeit, zu entspannen. Sie hat dieser Tage so viel um die Ohren. „Du verdienst es, ein bisschen Spaß zu haben, Mila. Komm schon." Ich ergreife ihre Hände und flehe sie erneut an.

Endlich gibt sie nach und stimmt zu. „Okay, ich werde kommen. Versprich mir nur, dass du mich nicht allein mit einem Haufen Biker abhängen lässt."

„Versprochen", sage ich lächelnd.

Ich bin mit Lisa und meiner Schwester in der Küche, um sauber zu machen und das Frühlingsgrillfest vorzubereiten, das der Club jedes Jahr für die Familien veranstaltet. Die Jungs sind draußen und kümmern sich heute ganz um das Grillen. Wie ich gehört habe, wird das Ganze jedes Jahr zu einem großen Wettkampf zwischen Quinn und Reid. Ich kann es nicht erwarten, das zu sehen.

„Lisa, wenn du mich für nichts mehr brauchst, möchte ich gerne hochgehen und mich umziehen", erkläre ich ihr und sehe an mir herunter.

„Ich mache das hier fertig, Süße. Geh schon und mach dich hübsch für deinen Mann", bestärkt sie mich mit einem Zwinkern.

Sobald ich oben bin, ziehe ich mir schnell eine schwarze Leggings und ein bequemes, leichtes Flanellhemd an, dessen Ärmel ich später runterkrempeln kann, wenn sich die Temperatur ändert. Der Frühling hier in der Gegend ändert sich stündlich, bleibt aber für gewöhnlich im Bereich von knapp fünfzehn Grad. Ich habe das Oberteil gekauft, als ich mit Alba und Mila am Freitagnachmittag beim Shoppen war. Ich kombiniere es mit hellbraunen Springerstiefeln und binde meine Haare zu einem hohen Pferdeschwanz zusammen.

Logan mag es, wenn meine Haare hochgebunden und aus meinem Nacken sind. Er tritt gern hinter mich und platziert Küsse direkt unter mein Ohrläppchen, damit er die Gänsehaut sehen kann, die über meine Haut prickelt.

Ich freue mich auf dieses Grillfest, seit Logan und die Jungs vor ein paar Tagen angefangen haben, davon zu erzählen. Dass Mila und ihre Tochter zur Party kommen, trägt noch zu meiner Begeisterung bei. Außerdem lerne ich heute ein paar der anderen Mitglieder und ihre Familien kennen sowie Logans Vater und Bruder.

Ich laufe rüber zum Schlafzimmerfenster und spähe nach draußen. Durch unser Fenster hat man einen Blick auf die Rückseite des Grundstücks. Ich suche den Hinterhof ab und entdecke Logan, der ein riesiges Lagerfeuer für später am Abend baut. Ich hoffe, dass sein Dad und sein Bruder heute auftauchen. Es war ein bedeutender Schritt seinerseits, sie einzuladen, und ich bin froh, dass er es getan hat.

Als ich die Treppe hinuntergehe, läuft Alba mir entgegen. „Oh, da bist du ja. Ich wollte kommen, um dir Bescheid zu geben, dass Blake gerade Mila durchs Tor gelassen hat."

„Super! Danke, Alba."

Ich laufe nach draußen, als sie gerade ihr kleines Mädchen aus dem Kindersitz holt. Sie trägt das neue Pulloverkleid, zu dessen Kauf ich sie überredet habe, zusammen mit einem Paar toller Boots.

„Hey! Wir wollten gerade durchstarten. Du bist genau rechtzeitig gekommen."

Ich nehme ihr Ava ab und setze sie auf meine Hüfte. Zur gleichen Zeit kommen Logan, Reid und Quinn auf uns zu, sie tragen ein paar Gartenstühle und Kühlboxen.

Mila rückt ein wenig näher zu mir heran. „Gott, Bella. Was zur Hölle tun die hier ins Wasser? Diese Männer sind heiß."

Ava klammert sich fest an mein Hemd, als Logan vor mich tritt und mich auf die Stirn küsst.

„Ava, Mila, das ist Logan."

Logan lächelt. „Bella spricht oft von dir und Ava. Ich freue mich, dass ihr es geschafft habt."

„Sie hat mir auch eine Menge von dir erzählt", bemerkt Mila leise und wirft mir lächelnd einen Blick zu. Ich gebe ihr einen Stoß in die Seite, um ihr im Stillen zu sagen, dass sie ruhig sein soll.

„Oh, und das sind Quinn und Reid." Ich zeige dabei jeweils mit dem Finger auf denjenigen.

Ava beschließt, dass sie lange genug ignoriert worden ist, und verkündet vergnügt: „Mami, er ist hübsch!" Sie zeigt mit ihrem kleinen Finger direkt auf Reid, was uns alle zum Lachen bringt, einschließlich Reid, der den Kopf schüttelt und schmunzelt.

Mila lächelt, während ihr die Röte ins Gesicht steigt und sie versucht, den Blickkontakt mit Reid zu vermeiden.

„Ava, es ist nicht nett, mit dem Finger auf jemanden zu zeigen", versucht sie, ihrer dreijährigen Tochter zu erklären.

„Aber Mami, das ist er", sagt sie und schaut ernst.

Ich muss dem Kind recht geben, er ist schön anzusehen. Vor allem mit seinen hellgrünen Augen, der gebräunten Haut und dem Haar, das die Farbe von Honig hat. Es sieht immer so aus, als hätte er sich gerade aus dem Bett gerollt. Aber bei Reid funktioniert es.

Logan beugt sich runter und küsst mich auf die Lippen. „Ich muss los, Babe. Warum nimmst du deine Freundin nicht mit nach hinten und stellst sie den anderen Mitgliedern und ihren Familien vor? Und später kommst du dann wieder zu mir?"

„Mache ich", erwidere ich seufzend.

Nachdem wir alle Sachen eingesammelt haben, die Mila mitgebracht hat, steuern wir nach hinten, wo die Männer gerade die Grills einheizen und die Tische aufstellen. Es sind bereits andere Kinder im Garten, die Seifenblasen pusten und spielen.

„Ich freue mich wahnsinnig, dass du gekommen bist, Mila."

Ich sehe, wie sich ihre Schultern sichtlich entspannen, und ein Lächeln breitet sich auf ihrem Gesicht aus, während sie Ava beobachtet, die losläuft, um zu spielen.

„Ja, ich mich auch", antwortet sie.

Kapitel 23

Logan

Als ich heute Morgen aufgewacht bin, waren die Bettlaken neben mir kalt und leer. Ich reibe mir mit der Hand übers Gesicht. Ohne Bella, die mich von meinen Gedanken ablenkt, erinnere ich mich an neulich zurück, als Reid und ich nach Dixon rausgefahren sind, um zu sehen, ob wir eine Vorstellung davon bekommen können, was die Bastarde von *Los Demonios* im Schilde führen.

Reid und ich parken unsere Motorräder im Gebüsch abseits der Straße, ungefähr einen knappen Kilometer von ihrem Grundstück entfernt. Wir begeben uns auf die Wanderung durch den Wald, bis wir ihr Clubhaus entdecken.

Als wir näher kommen, bemerke ich, dass alles still ist, und nicht einmal ein Motorrad steht dort – genau genommen sieht das Haus verlassen aus. Ich kann sehen, dass Reid dieselbe Beobachtung gemacht hat.

Immer noch vorsichtig ziehe ich meine Knarre aus meiner Kutte und schleiche um die Seite des Gebäudes herum. Reid bleibt zurück, um mir Rückendeckung zu geben, als ich auf die Vorderseite des Clubhauses zusteuere.

Ich spähe um die Ecke und sehe, dass die Vordertür weit offen steht und die Sicht auf ein leeres Zimmer freigibt. Ich gebe Reid das Zeichen, dass die Luft rein ist, und laufe ins Clubhaus hinein.

„Verdammt, Bruder, das habe ich nicht erwartet. Glaubst du, diese Schlappschwänze haben Angst bekommen und sind abgehauen, nachdem sie uns bestohlen haben?

Vielleicht haben sie Wind davon bekommen, dass die Russen in der Stadt sind."

„Ich weiß es nicht, Mann. Schauen wir uns doch um, ob wir irgendwas finden, dann fahren wir zurück." Ich ziehe mein Handy aus meiner Kutte und rufe Jake an.

„Was hast du für mich?", meldet er sich.

„Nichts, Prez. Ihr Clubhaus ist leer, die Wichser sind auf und davon."

„Hurensöhne", zischt er. „Ihr zwei bewegt eure Ärsche zurück, ich berufe eine Versammlung ein."

„Alles klar, Prez. Wir sehen uns in dreißig Minuten."

„Logan", stoppt mich der Prez, bevor ich auflege. „Ich möchte Demetri bei dieser Sache mit einbeziehen. Wirst du damit ein Problem haben?"

Ich seufze. „Nein, Prez, ich halte es für eine gute Idee, Demetri mit ins Boot zu holen. Ich will mit dieser Scheiße fertig werden."

„Alles klar, mein Sohn, ich rufe ihn an."

Als Reid und ich zum Clubhaus zurückkehren, sehe ich den schwarzen SUV meines Vaters bereits vor dem Haus parken. Ich stimme Jake zu; die Russen hier einzubeziehen, ist klug. Erst verschwindet Lee, und jetzt, wo bei den Demonios irgendwas in der Luft liegt, gibt es kein Warten mehr. Das Leben meiner Freundin und ihrer Schwester steht auf dem Spiel.

Es ist Zeit, diese Scheiße zu beenden.

Als ich in die Church laufe, sehe ich Jake, meinen Vater und meinen Bruder Nikolai auf uns warten. Reid läuft hinter mir herein und nimmt seinen Sitzplatz ein, während ich um den Tisch herumlaufe und meinen Platz neben dem Prez einnehme.

Da Quinn mit Bella in der Werkstatt ist, Gabriel bei der

Schule Wache hält und die anderen Brüder unterwegs auf der Suche nach Lee sind, sind es nur wir fünf.

Ich drehe mich nach rechts, um meinen Vater und meinen Bruder zu grüßen. „Ich weiß es zu schätzen, dass ihr zwei gekommen seid, um euch mit uns zu treffen."

„Ich mache alles für dich, Sohn", antwortet Demetri.

Im Laufe der nächsten fünfundvierzig Minuten gebe ich ihnen eine Zusammenfassung der Situation. Wie die Demonios sich unsere Lieferung unter den Nagel gerissen haben, die Abmachung, die Bellas Stiefvater mit ihnen getroffen hat, um seine Schulden zu begleichen – einfach alles.

„Wann hat jemand von euch Lee zuletzt gesehen?", fragt Nikolai.

„Vor Wochen", antworte ich ihm. „Dieser Scheißkerl ist verschwunden, nachdem die Mutter der Mädchen ihn in die Wüste geschickt hat. Wir haben auf der Suche nach ihm die Stadt auf den Kopf gestellt. Er ist der einzige Grund, warum wir noch nichts gegen die Demonios unternommen haben. Wir haben gehofft, dass sie uns zu ihm führen würden."

„Weiß Bella von der Bedrohung gegen sie und ihre Schwester?", fragt Demetri.

Ich schüttele den Kopf. „Nein, ich habe mich dagegen entschieden, es ihr zu erzählen. Ich wollte sie nicht mit derartigem Stress belasten. Bella hat schon genug Bullshit, um den sie sich kümmern muss."

„Ich verstehe das, aber ich glaube, es wäre klug, sie zu informieren. Wenn sie von der Gefahr weiß, in der sie und ihre Schwester sich befinden, würde es ihr helfen, wachsamer zu sein."

„Ich stimme zu", schaltet sich Jake ein.

Ich stoße frustriert den Atem aus und nicke. Ich habe

nicht gewollt, dass es so weit kommt, dass ich Bella die ganze Wahrheit erzählen muss, aber mein Vater und Jake haben ein ausgezeichnetes Argument vorgebracht. Wenn sie alles wüsste, würde sie verstehen, warum ich dafür sorge, dass immer ein Bruder bei ihr und Alba ist. Ich stimme auch zu, dass sie vorsichtiger sein muss.

„Ich rede nach dem Familiengrillfest am Wochenende mit ihr. Bella freut sich darauf und ich will es ihr nicht ruinieren. Ich werde es ihr nach der Party sagen.“

Bis unser Treffen vorbei ist, hat mein Vater geschworen, seine Kontakte und alle erforderlichen Mittel zu nutzen, um jeden einzelnen dieser Scheißkerle zu erledigen.

„Scheiße“, ächze ich und reiße mich von meinen Gedanken los. Laut der Uhr auf dem Nachttisch ist es acht Uhr, und ich weiß ganz genau, wo mein Mädchen ist. Normalerweise wäre ich angepisst, dass sie unser Bett verlassen hat, bevor ich meine morgendliche Zuwendung bekommen habe, aber wenn ich sehe, wie aufgeregt sie wegen der Party ist, kann ich ihr nicht böse sein. Sie hat diese Woche nur davon gesprochen. Ich rolle mich aus dem Bett, steuere ins Bad und mache mich frisch, bevor ich mich nach unten begebe, um meine Freundin zu suchen. Wie erwartet finde ich sie in der Küche mit Lisa und ihrer Schwester.

„Morgen, Engel“, sage ich und trete hinter sie, schlinge meine Arme um ihre Taille und küsse sie auf den Nacken.

„Guten Morgen, Logan. Hast du Hunger?“

„Nein, danke, erst mal nur etwas Kaffee“, erwidere ich, bevor ich ihr auf den Hintern klatsche, was sie kurz aufkreischen lässt.

„Ich bin hinten und helfe den Brüdern beim Aufbauen, falls du etwas brauchst, meine Schöne", erkläre ich ihr und verschwinde aus der Küche.

Das Wetter ist heute ein wenig kühl, aber wir werden noch auf eine überdurchschnittliche Temperatur von fünfzehn Grad kommen, also perfekt für ein Grillfest. Und später am Abend werden wir ein paar Lagerfeuer anzünden.

Ich sehe die Prospects, die die Tische und Stühle aufbauen, während Quinn damit beschäftigt ist, sich mit Reid darüber zu streiten, wessen Grillkünste die besseren sind. Die beiden haben jedes Mal, wenn wir eine Grillparty veranstalten, dieselbe Meinungsverschiedenheit. Es ist zu einer Art Tradition geworden. Zuerst werden sie über die Verwendung von Gas oder Holzkohle diskutieren, dann darüber, wer die bessere Soße macht. Letztendlich artet die ganze Sache zu einem Kochduell aus, bei dem die anderen Brüder gezwungen werden, einen Sieger zwischen den beiden zu wählen. Ich glaube nicht, dass den Idioten klar ist, dass wir den Siegertitel immer hin und her tauschen. Letztes Mal hat Quinn den Titel gewonnen, also wird heute Reid der Gewinner sein. Verdammt, vielleicht wissen sie doch, wie wir wählen und halten die Fassade aufrecht, wie es der Rest von uns tut, weil es, wie schon gesagt, eine Tradition ist.

Ich suche den Hinterhof ab und entdecke Gabriel, der auf einem Gartenstuhl sitzt und den Hof überwacht, während er Kaffee trinkt. Aus dem Augenwinkel erhasche ich einen Blick auf Bella und ihre Schwester, die mit Eisbeuteln auf Blake zugehen. Blake joggt zu ihnen rüber und nimmt ihnen die

Beutel aus den Händen. Bella dreht sich um und begibt sich zu mir, während Alba weiter mit dem Prospect quatscht.

„Babe, du hättest einen der Brüder das Eis für dich tragen lassen können."

„Logan, ich bin sehr gut in der Lage, Dinge selbst zu erledigen", erklärt sie mir in ihrem üblichen frechen Ton.

„Prospect", ertönt Gabriels raue Stimme quer über den Hof, woraufhin Bella und ich unsere Köpfe in seine Richtung drehen.

„Beweg deinen Arsch zurück an die Arbeit", befiehlt er Blake.

Ich beobachte, wie der Prospect seine Hand auf Alba legt und ihre Schulter leicht drückt, bevor er sich zurück an die Arbeit macht. Das verdammte Kind hat keine Ahnung, dass er es verdammt noch mal provoziert. Er hat Gabriel gerade einen Grund gegeben, ihn zu schikanieren. Bella und ich sehen zu, wie ihre Schwester wieder nach drinnen läuft.

„Tja, ich gehe besser wieder da rein. Vertragt euch, Jungs."

„Hey, ich bin nicht derjenige, um den du dir Sorgen machen musst", erkläre ich ihr.

„Ich weiß, aber tu mir einen Gefallen und lass den Großen da drüben nicht zu hart zu Blake sein."

„Tut mir leid, Babe, ich mische mich nicht in diesen Scheiß ein", entgegne ich glucksend.

„Na gut, dann werde ich wohl für ihn beten. Ich bin mir sicher, er wird es brauchen."

Die Sonne scheint und die Brüder und ihre Familien tauchen langsam auf. Mein Bruder Nikolai hat mir vor ungefähr zwanzig Minuten eine Nachricht geschickt, in der er mir mitgeteilt hat, dass er und mein Vater ebenfalls auf dem Weg seien.

Bella wartet sehnsüchtig darauf, sie persönlich kennenzulernen. Sie während dieser ganzen beschissenen Tortur an meiner Seite zu haben, hat die Dinge einfacher gemacht. Es hat sich herumgesprochen, dass Demetri mein Vater ist, und der Club hat mich ausschließlich unterstützt.

Jake ist die einzige Vaterfigur in meinem Leben gewesen, und ganz egal, was zwischen Demetri und mir passiert, Jake wird das immer für mich bleiben.

Ich sitze hier seit einer Weile und quatsche mit Bennett, als mein Mädchen mich anstupst. Ich schaue sie an und dann in die Richtung, in die sie zeigt. Mein Vater und mein Bruder sind eingetroffen und kommen über den Hof in meine Richtung. Ich stehe auf und ergreife Bellas Hand.

„Komm, meine Schöne, ich möchte dich vorstellen."

Ich treffe sie auf halber Strecke. „Demetri, Nikolai, ich möchte euch gerne Bella vorstellen."

„Es ist schön, dich kennenzulernen, Bella. Logan hat mir so viel von dir erzählt", sagt Demetri und schüttelt Bellas ausgestreckte Hand.

„Es ist auch schön, dich kennenzulernen."

Dann wendet sie ihre Aufmerksamkeit meinem Bruder zu. „Schön, dich wiederzusehen, Nikolai."

„Dich auch, *Myshka*", antwortet er.

Ich will ihn gerade fragen, was zur Hölle *Myshka* bedeutet, als Bella mir zuvorkommt.

„Was bedeutet *Myshka*?"

„Es ist ein Kosename und bedeutet Mäuschen." Nikolai wendet sich an mich: „Es tut mir leid, ich hätte dir das erklären sollen, als ich es das erste Mal gesagt habe. Bitte entschuldige, Logan. Ich würde niemals deiner Lady gegenüber respektlos sein."

„Alles gut, Bruder", sage ich mit einem Nicken, „und jetzt kommt, ich würde euch gerne dem Rest der Mitglieder vorstellen."

Bella entschuldigt sich, als sie sieht, dass sich ihre Freundin nähert. „Ich bin in einer Minute wieder zurück, Logan."

Wir drehen unsere Runden, bei denen wir sie mit dem Rest der Brüder und ihren Familien bekannt machen. Ich habe mich schon gefragt, wie sie hier reinpassen würden. Mein Vater und Bruder tragen Designerklamotten und stinken nach Geld. Die Kings dagegen kleiden sich in zerrissene Jeans und Motorradstiefel. Sie schockieren mich ganz schön, als sie sich mit ihren Tellern, die voll mit Rippchen beladen sind, an den Tisch setzen und reinhauen, wobei sie zum Essen ihre Hände benutzen.

Die Sonne geht langsam unter und taucht den Himmel in ein orangegelbes Licht. Als uns kalt wird, beschließen wir, dass es an der Zeit ist, ein Feuer anzuzünden. „Hat irgendjemand Streichhölzer?", rufe ich.

„Ich habe vorhin drinnen welche gesehen", erklärt mir Bella und steht von ihrem Stuhl auf. „Ich gehe und hole sie. Ich wollte sowieso nach Alba sehen. Sie ist vor ein paar Minuten reingegangen, aber noch nicht wieder zurück nach draußen gekommen."

Ich beobachte, wie sich der verdammt perfekte Hintern meiner Freundin hin und her bewegt, als sie sich auf den Weg nach drinnen macht.

„Sie ist umwerfend, Logan, du bist ein Glückspilz", sagt mein Bruder und tritt neben mich.

„Da wirst du von mir keine Widerworte hören. Ich weiß, wie glücklich ich mich schätzen kann, Bella zu haben. Wie sieht es mit dir aus, Nikolai? Hast du eine Frau bei dir zu Hause?"

„Verdammt, nein, ich bin zu jung, um gebunden zu sein."

„Berühmte letzte Worte, Bruder", murmele ich mit einem Kopfschütteln. „Ich habe noch vor kurzer Zeit dasselbe gesagt, aber Bella hat meine Meinung geändert."

Mein Gespräch mit Nikolai wird unterbrochen, als ich Bella bemerke, die über den Hof zur Vorderseite des Grundstücks in die Nähe des Tors rennt, wobei sie den Namen ihrer Schwester schreit.

Alles passiert in Zeitlupe.

Die Bierflasche, die auf halbem Weg zu meinem Mund gewesen ist, fällt zu Boden, während ich zwei Männer beobachte. Sie kämpfen mit einer sich wehrenden Alba und versuchen, sie in einen weißen Van zu zwängen. Bella rennt geradewegs auf sie zu. Ein zweiter Van fährt mit geöffneter Seitentür vor, als Schüsse zu hören sind. Männer und Frauen kriechen umher, um in Deckung zu gehen. Frauen schirmen ihre Kinder ab und Männer verdecken ihre Frauen, während sie zurückschießen.

„Bella!", brülle ich und renne los.

„Logan!", schreit Bennett von links. „Geh runter!", warnt er mich, direkt bevor ich sehe, wie einer der Männer etwas in meine Richtung wirft.

Plötzlich werde ich zu Boden geworfen, dann von einem Lichtblitz geblendet, gefolgt von einem lauten

Knall. Einen Moment später fühle ich mich orientierungslos, und mir wird klar, dass es mein Vater gewesen ist, der mich zu Boden geworfen hat, um mich abzuschirmen.

„Bella!", schreie ich und komme auf die Beine. Meine Brüder rennen hinter mir her, und wir hasten durch Staub und Nebel, aber ich weiß bereits, dass es zu spät ist. Ich spüre es tief in meinem Bauch. Diese Scheißkerle haben Bella und Alba. Sie haben meine Freundin und ihre Schwester mitgenommen. Ich sehe hinüber zu meinen Brüdern, meiner Familie, und es gibt nur eine Sache zu sagen. „Zeit für Krieg."

Kapitel 24

Als ich aufwache, stöhne ich über den Schmerz hinter meinen Augen. Mein Kopf dröhnt, als ob er explodieren würde, und mein Körper fühlt sich schwer an. Ich versuche, meine Hand hoch an meinen Kopf zu heben, aber meine Arme lassen sich nicht bewegen. Mir wird bewusst, dass meine Hände hinter meinem Rücken gefesselt sind. „Was zur Hölle?"

Dann werden meine Erinnerungen wieder wach. Wie ich im Clubhaus bin und Lisa beim Kochen helfe, die Party und dann nichts als pures Chaos. Männer schießen auf uns. Ich sehe, wie meine Schwester versucht, sich gegen zwei Männer zu wehren, die sie in einen Van drängen.

O Gott, das kann nicht wahr sein.

Ich setze mich auf dem kalten Boden auf und ignoriere die Schmerzen in meinem Körper und das Pochen in meinem Kopf. Fieberhaft blicke ich mich um.

„Alba!" Ich lausche und warte auf ihre Antwort, bekomme aber nichts als Stille.

Ich bin fast sicher, dass ich mich in einem Keller befinde. Abgesehen von ein paar Kisten ist da nichts in dem Raum, der mich umgibt. Ich kann Schritte und murmelnde Stimmen über mir hören.

Okay, Bella, denk nach. Was zur Hölle wirst du tun? Mein Handy! Bitte lass es immer noch in meiner hinteren Hosentasche sein.

Meine auf dem Rücken gefesselten Hände erweisen

sich letztendlich als Vorteil für mich. Ich kann leicht nach meinem Telefon greifen. Ich strenge mich an und strecke mich, so weit ich kann, damit meine Fingerspitzen in meine rechte hintere Hosentasche reichen.

JA!

Ich lasse mein Handy zu Boden fallen und wische mit meiner zittrigen Hand über den Bildschirm. Ich beginne, in meinen Kontakten nach Logans Nummer zu suchen. Als ich sie gefunden habe, drücke ich auf den Anrufknopf, dann lege ich mich auf den Boden nah ans Handy, damit ich etwas hören kann. Es klingelt nur einmal, bevor ich seine Stimme höre.

„Bella!", schreit Logan ins Telefon, seine Stimme ist voller Qual.

Ich kann die Tränen nicht länger zurückhalten, die in meinen Augen kribbeln. Was, wenn das hier das letzte Mal ist, dass ich seine Stimme höre?

„Engel, bitte weine nicht, du musst stark sein. Kannst du mir irgendetwas darüber sagen, wo du und Alba seid?"

„Ich bin in einem Keller ... denke ich. Ich kann Schritte über mir hören. Ich bin mir ziemlich sicher, dass ich in einem Haus bin. Sie müssen mich betäubt haben, weil ich mich nicht erinnere, wie ich hierhergekommen bin. Ich bin gerade aufgewacht und meine Hände sind hinter meinem Rücken gefesselt."

„Das ist gut, Engel, du machst das gut. Ich lasse Reid gerade dein Handy orten. Halte für mich durch, Babe. Ich komme euch holen. Ich verspreche es."

„Logan, Alba ist nicht bei mir, sie ist nicht hier. Ich weiß nicht, was sie mit ihr gemacht haben. Du musst sie finden, Logan, bitte", weine ich.

Mit einem lauten Knall öffnet sich die Kellertür und mein Herz stockt. „Logan, es kommt jemand. O Gott, was soll ich tun? Bitte, Logan, sag mir, was ich tun soll" flüstere ich flehend.

„FUCK, FUCK, FUCK!", höre ich ihn brüllen. „Ich komme zu dir, Bella, ich verspreche es."

Ich rappele mich hoch, um zu sitzen. Dann schiebe ich mein Handy hinter mich, damit sie es nicht sehen, aber es ist zu spät.

„Was zum Teufel hast du da, du kleine *puta*?", faucht ein Mann mit einem spanischen Akzent.

Er trägt eine Kutte, auf der *Los Demonios* steht. Scheiße, das ist der Club, über den Logan und Jake geredet haben. Der, mit dem Lee in Verbindung gebracht wurde.

„Fick dich!", schreie ich das Arschloch an.

Der Mann läuft zu mir herüber, stößt mich mit seinem gestiefelten Fuß aus dem Weg und bringt so mein Handy zum Vorschein, das hinter mir auf dem Boden liegt. Er tritt darauf herum und zertrümmert es in Stücke.

Er dreht sich zurück zur Tür, hinter der Treppen zu sehen sind, und brüllt etwas auf Spanisch. Zwei weitere Männer kommen herunter in den Keller gestürmt. Alle drei Männer sprechen schnell miteinander, und ich habe keine Ahnung, was sie sagen. Einer von ihnen geht mit großen Schritten auf mich zu und zieht etwas aus seiner Kutte. Ich halte den Atem an – das Erste, was mir in den Sinn kommt, ist eine Waffe, aber es ist keine. Er nähert sich mir, und ich erkenne, dass es eine Nadel ist.

„Geh weg von mir!", schreie ich, während ich versuche, von ihm wegzurutschen, aber ich kann nirgendwo hin.

Er packt mich bei den Haaren, schaut mir direkt ins Gesicht und sagt: „Halt verdammt noch mal die Fresse." Der üble Gestank seines Atems bringt mich zum Würgen.

Ohne Vorwarnung sticht er mir die Nadel in den Hals. Sekunden später holt mich die Dunkelheit ein.

Ich wache erneut mit den vertrauten Kopfschmerzen auf. Ich blinzele ein paarmal, um meine schweren Augenlider dazu zu bringen, sich zu öffnen. Ich stelle fest, dass meine Hände immer noch gefesselt sind – dieses Mal über meinem Kopf in Handschellen – und dass ich auf einem Bett liege, in einem Raum, der wie ein Schlafzimmer aussieht. Links von mir ist eine Tür und rechts ein Fenster, das mit Brettern vernagelt ist. Direkt vor mir steht eine kleine Kommode, auf der ein älterer Fernseher mit einem kaputten Bildschirm steht.

Das einzig Positive an dieser ganzen Situation ist, dass ich noch alle meine Klamotten anhabe.

Meine Gedanken wandern zu meiner Schwester. Ich beginne, meiner Vorstellungskraft freien Lauf zu lassen, was diese Männer ihr alles antun könnten. Ich schließe meine Augen und atme ein paarmal tief durch, um zu versuchen, meine Nerven zu beruhigen. Jetzt ist nicht der Zeitpunkt für eine Panikattacke. Ich bete, dass Logan uns findet.

Ich liege eine gefühlte Ewigkeit lang da. Meine Arme bringen mich um und meine Hände werden langsam taub.

Ich höre keine Geräusche von der anderen Seite der Tür. Ich frage mich, ob sie mich hier allein gelassen haben und ob ich nach Hilfe rufen sollte. Doch ich entscheide mich schnell dagegen, weil ich nichts tun will, was die Aufmerksamkeit auf mich lenkt.

Ein paar Minuten später höre ich das Klicken der Tür und ein Mann kommt herein. Er ist keiner der Männer von vorhin, aber er trägt dieselbe Kutte. Ich bemerke das Vizepräsident-Patch, als er näher ans Bett kommt. Er ist nicht mal einen Meter achtzig groß und hat langes Haar, das zu einem Pferdeschwanz zurückgebunden ist. Er hat auch eine lange gezackte Narbe, die über seine ganze rechte Wange verläuft, aber es sind seine seelenlosen schwarzen Augen, die mir einen Schauer über den Rücken jagen.

„Wo zur Hölle ist meine Schwester?"

„Weißt du, es ist eine Schande, dass mein Vater Pläne für dich hat", sagt er und ignoriert meine Frage komplett.

Er bleibt direkt neben mir stehen und fährt dann langsam mit seinem Finger meinen Arm hinunter, dann über die Brust und zwischen meinen Brüsten hindurch. Mein Atem wird schneller, und ich beginne, an den Fesseln an meinen Händen zu zerren.

„Fass mich verdammt noch mal nicht an", brülle ich, während ich versuche, das Zittern aus meiner Stimme herauszuhalten, doch es gelingt mir nicht. „Ich will wissen, wo meine Schwester ist."

Er lehnt sich nahe an mein Ohr und flüstert: „Ich kann deine Angst riechen."

Alles, was ich tun kann, ist, zu verhindern, dass mir die Galle hochkommt, als er anfängt, die Knöpfe meines Hemds zu öffnen. Ich reiße den Mund auf, um zu schreien, doch wir werden beide vom Klingeln seines Handys unterbrochen.

„*Mierda*", zischt er, kramt sein Handy aus seiner Tasche und hält es an sein Ohr. „*Qué?*", bellt er.

Nachdem er der Person am anderen Ende der Leitung zugehört hat, legt er auf. Er wendet seine Aufmerksamkeit wieder mir zu und sagt mit finsteren Augen, die eine Gänsehaut bei mir auslösen: „Ich werde meine Kostprobe noch bekommen, *puta*."

Das Versprechen in seinen Worten bringt mich dazu, meine Augen fest zu schließen, wobei ich bete, dass Logan mich findet, bevor dieser Kerl sein Wort halten kann.

Gefühlte Stunden später betritt ein anderer Mann das Zimmer, gefolgt von einem jungen Mädchen, das etwas trägt, das wie Fast Food aussieht. Mein Magen knurrt sofort bei dem Geruch von Pommes. Sie kann nicht älter als sechzehn sein. Sie ist klein, ungefähr so groß wie ich, hat lange, rötlichbraune Haare und honigfarbene Augen. Sie kommt her und stellt die Tüten auf den Tisch neben dem Bett.

„Ich habe dir etwas zu essen mitgebracht", sagt sie so leise, dass ich sie kaum verstehen kann.

„Ich muss auf die Toilette", erkläre ich ihr. Ich halte es schon so lange aus und weigere mich, einfach alles laufen zu lassen.

Der Mann, der mit dem jungen Mädchen hereingekommen ist, kommt herüber und macht sich daran, meine Hände vom Kopfende des Bettes zu lösen. Sie fangen sofort an, aufgrund der mangelnden Durchblutung zu brennen und zu kribbeln.

„Denk nicht einmal daran, dumm zu sein. Wenn du irgendwas versuchst, musst du dich das nächste Mal einpissen."

Der Mann bringt mich zum Badezimmer und stellt sich in die Türöffnung. Ich warte fordernd darauf, dass er sich zumindest umdreht und mir ein bisschen Privatsphäre gibt, aber er grinst nur und begutachtet mich von Kopf bis Fuß.

Ich gebe mein Bestes, um mich angesichts der komplett fehlenden Privatsphäre gleichgültig zu verhalten. Als ich meine Angelegenheit erledigt habe, bringt er mich wieder zum Bett hinüber, wo das Mädchen angefangen hat, das Essen aus den Tüten zu nehmen. Er setzt sich auf einen Stuhl auf der anderen Seite des Raumes und ignoriert uns größtenteils; seine Aufmerksamkeit ist auf sein Handy gerichtet.

„Wie ist dein Name?", frage ich das Mädchen, das vor mir sitzt.

Sie beißt sich einen Moment lang auf die Lippen, als wäre sie unsicher, ob sie mit mir reden soll. „Sofia", antwortet sie leise.

„Das ist ein schöner Name, Sofia. Mein Name ist Bella."

Mir entgeht nicht das leichte Lächeln auf ihrem Gesicht.

„Weißt du, wo meine Schwester ist, Sofia? Haben sie ein anderes Mädchen hereingebracht?"

Sie schüttelt den Kopf, und ihr Blick huscht zu dem Mann auf dem Stuhl hinüber, um sicherzugehen, dass er unseren Austausch nicht hören kann. Ich beschließe, sie nicht mehr zum Reden zu drängen, sie hat eindeutig Angst.

Während ich das Essen verschlinge, das Sofia mitgebracht hat, bemerke ich blaue Flecken auf ihren Armen und an ihrem Hals. Ich habe keinen Zweifel daran, dass das arme Mädchen nicht freiwillig hier ist. Es bricht mir das Herz für sie. Wenn Logan mich findet, das schwöre ich mir, tue ich, was auch immer ich kann, um sie mit mir mitzunehmen. Wenn ich sie zurückließe, könnte ich auf keinen Fall mit mir selbst leben, wo ich doch weiß, was dann mit ihr geschehen wird.

Als ich mit dem Essen fertig bin, fesselt mich der Typ wieder mit den Handschellen ans Bett. Es bricht mir das Herz, als ich mitansehe, wie er Sofia grob am Arm packt und aus dem Zimmer zerrt.

Ich werde erneut allein gelassen. Schließlich werden meine Augenlider schwer. Ich versuche angestrengt, nicht einzuschlafen. Ich habe zu viel Angst davor, was passieren wird, wenn ich nicht wach und aufmerksam bleibe. Ein paar kurze Minuten später verliere ich den Kampf und drifte in den Schlaf.

Das Klicken der Schlafzimmertür lässt mich aus dem Schlaf hochschrecken. Ich weiß nicht, wie lange ich geschlafen habe. Die Tatsache, dass kein Sonnenlicht durch die Ritze des verbarrikadierten Fensters durchsickert, sagt mir, dass es Nacht ist.

Ich hoffe bloß, dass es nicht der Vizepräsident ist, der zurückkommt, um zu vollenden, was er zuvor begonnen hat. Ich seufze erleichtert, als ich Sofia hereinkommen sehe. Sie schließt leise die Tür und tapst barfuß durch das Schlafzimmer.

Nachdem sie sich neben mich auf das Bett gesetzt hat, flüstert sie: „Ich will dir helfen, hier rauszukommen.“

„Was meinst du, hast du den Schlüssel für die Handschellen?“, frage ich und mache mir

Hoffnungen.

„Nein, tut mir leid, ich habe den Schlüssel nicht“, sagt sie und macht meine Hoffnungen zunichte.

Sofia bemerkt meinen niedergeschlagenen Blick. „Es tut mir leid, Bella“, sagt sie traurig und lässt den Kopf hängen.

„Hey, es ist okay. Nichts davon ist deine Schuld. Ich will nicht, dass dir irgendwas passiert, wenn du versuchst, mir zu helfen. Du solltest nicht hier sein.“

„Ist schon gut. Ich will dir helfen. Wenn du mir eine Telefonnummer gibst, kann ich vielleicht jemanden für dich anrufen. Manchmal lässt Antonio sein Handy auf dem Tisch liegen, bevor er einschläft.“

„Welcher ist Antonio?“, frage ich.

„Er ist der Mann, der vorhin mit mir reingekommen ist“, erklärt sie mir. „Ich denke, ich kann es rausschmuggeln und jemanden für dich anrufen.“

„Sofia, du kannst so etwas nicht machen. Ich werde nicht zulassen, dass du dein Leben für meins riskierst.“

„Ich werde vorsichtig sein, ich verspreche es. Ich werde warten, bis er zu viel getrunken hat. Antonio hört überhaupt nichts, nachdem er weggenickt ist.“

Ich denke darüber nach, sie das für mich tun zu lassen. Ich würde nie wollen, dass Sofia sich selbst in Gefahr bringt, aber wenn sie es tut, ist das vielleicht meine einzige Hoffnung.

„Ich werde dir eine Nummer von jemandem geben. Sein Name ist Logan. Du musst ihm nur sagen, dass du mir hilfst, und ihm dann die Adresse geben.“

Ich gebe ihr Logans Nummer, dann steht sie auf und macht sich auf den Weg zur Tür.

„Sofia“, rufe ich ihr nach.

Sie hält inne und dreht sich wieder zu mir um.

„Ich werde hier nicht ohne dich weggehen, ich verspreche es. Logan, der Mann, den du für mich anrufen wirst, er wird mich holen kommen, und wenn er das tut, kommst du auch mit."

Sofia nickt, aber ich kann an dem traurigen Lächeln in ihrem Gesicht erkennen, dass sie mir nicht glaubt.

Der nächste Tag läuft ziemlich gleich ab. Ich werde die meiste Zeit allein gelassen, außer wenn der Typ, den ich jetzt als Antonio kenne, ein paarmal am Tag mit Sofia hereinkommt, um Essen zu bringen und die Handschellen zu lösen, damit ich die Toilette benutzen kann.

Ich fühle mich ekelhaft, weil es ein paar Tage her ist, seit ich geduscht habe. Aber dass Antonio mir zusieht, wie ich auf die Toilette gehe, ist schlimm genug. Auf keinen Fall würde ich wollen, dass er mir beim Duschen zusieht.

Ich bin dankbar, dass der Typ, der mich am ersten Tag angefasst hat, noch nicht zurückgekommen ist. Ich habe Sofia vorhin gefragt, wer er ist, und sie hat mir erzählt, dass sein Name Jorge und er der Sohn des Präsidenten ist. Sie hat mir erzählt, dass er seit gestern weg ist und sie nicht sicher ist, wann er zurück sein wird. Ich kann nur hoffen, dass er wegbleibt.

Sofia und ich sitzen auf dem Bett und essen, als Antonio von seinem Stuhl aufsteht und ins Badezimmer geht. Sie blickt über ihre Schulter, um sicherzugehen, dass er uns nicht hören kann.

„Antonio trinkt schon den ganzen Tag. Er wird heute Abend sicher eindösen."

Ich nicke ihr zu, als er aus dem Badezimmer kommt, und wir essen schweigend weiter. Ich hasse es, dass ich kein richtiges Gespräch mit diesem lieben Mädchen führen kann. Ich will unbedingt alles über sie wissen und wie sie hier gelandet ist. Das Einzige, was ich bisher herausgefunden habe, ist, dass sie siebzehn ist. Ich frage mich, woher sie kommt. Wie lange ist sie schon hier? Hat sie eine Familie, die sie vermisst? Warum würde sie ihr Leben riskieren, um mir zu helfen und nicht sich selbst?

Ich kann mir nicht vorstellen, was sie durchmachen muss.

Zu wissen, was diese Männer wahrscheinlich mit ihr machen, bringt mich dazu, dass ich jeden von ihnen persönlich umbringen will.

Als ich mit dem Essen fertig bin, legt mir Antonio wieder Handschellen an. Er grinst mich spöttisch an, als ich ihm meinen besten Fick-dich-Blick zeige. „Zu schade, dass dein neuer Besitzer dich unmarkiert haben möchte, ich würde nichts lieber wollen, als dir diesen Blick aus deinem Gesicht zu wischen und dir etwas Respekt beizubringen, *puta*.“

Bei der Erwähnung der Worte „neuer Besitzer“ dreht sich mir der Magen um. Da ich mich weigere, ihm die Wirkung seiner Worte auf mich zu zeigen, hebe ich trotzig das Kinn und sage hasserfüllt: „Fahr zur Hölle.“

Antonio verpasst mir einen schnellen Schlag in den Magen, der mir den Atem raubt und mich dazu bringt, mich auf die Seite zu drehen und meine Knie an meine Brust zu ziehen. Ich muss mich zusammen-reißen, um nicht das Essen zu erbrechen, das ich ge-rade gegessen habe.

„Zu meinem Glück weiß ich, wie man keine Spuren hinterlässt", sagt er in mein rechtes Ohr, unmittelbar bevor er Sofia schnappt und geht.

Kapitel 25

Logan

"Bella!", *brülle ich in mein Handy.*

Im Zimmer wird es totenstill, abgesehen von Reid, der fieberhaft auf seinem Computer herumtippt. Ich weiß, dass er angefangen hat, ihr Handy zu orten. Ich stelle sie auf Lautsprecher, und sie teilt mir schnell alle Informationen mit, die sie geben kann. Sie tut ihr Bestes, um zu beschreiben, wo sie ist.

„Das ist gut, Engel, du machst das gut. Ich lasse Reid gerade dein Handy orten. Halte für mich durch, Babe. Ich komme euch holen. Ich verspreche es."

Sie erzählt mir weiterhin, dass Alba nicht bei ihr ist. Sie fleht uns an, ihre Schwester zu finden. Ihr Schluchzen, das den Raum erfüllt, beschert mir ein Gefühl der Hilflosigkeit. Und im nächsten Moment verliere ich die Fassung.

„Logan, es kommt jemand. O Gott, was soll ich tun?", flüstert sie. *„Bitte, Logan, sag mir, was ich tun soll."*

„FUCK, FUCK, FUCK!", brülle ich.

„Ich komme zu dir, Bella, ich verspreche es", rufe ich heraus, bevor die Verbindung abbricht.

„GOTTVERDAMMT! HURENSOHN!", brülle ich, greife nach dem Stuhl neben mir und schleudere ihn quer durch den Raum. Er zerschmettert in Stücke, als er die Wand trifft und dabei Quinns Kopf knapp verfehlt. Quinn ist klug genug, kein Wort zu sagen. Im Raum wird es erneut still.

„Ich habe ihren Standort", sagt Reid und durchbricht die Stille.

„Wo?", belle ich.

„Ich habe ihr Handy in einem Haus in Ronan geortet, ungefähr zwanzig Minuten entfernt. Wenn wir uns sehr beeilen, können wir es in fünfzehn Minuten schaffen." Reid hat den Satz kaum zu Ende gesprochen, da bin ich bereits, mit Gabriel an meiner Seite, zur Tür hinaus, während der Rest meiner Brüder uns folgt.

Wir erreichen das Haus in Ronan, finden es aber leer vor. Weil Bella mit ihrem Handy erwischt wurde, haben die Wichser das Weite gesucht. Ihnen war klar, dass wir auf der Stelle hier sein würden.

Ich mache mich auf den Weg in den Keller, wo sie, wie ich weiß, festgehalten wurde. Ich sehe ihr kaputtes Telefon auf dem Boden liegen. Ich laufe zurück nach draußen, um die niedergeschlagenen Blicke meiner Brüder vorzufinden, die meinen eigenen Blick widerspiegeln.

Das laute Krachen des Hammers, der auf den Tisch knallt, holt mich zurück in die Gegenwart. Scheiße, ich kann seit gestern nicht aufhören, Bellas verzweifelten Anruf immer wieder durchzugehen. Ich schaue mich im Raum um und sehe dort alle Mitglieder sowie auch meinen Bruder und meinen Vater. Die Stimmen im Raum beginnen sich zu vermischen und erzeugen ein dumpfes Pochen in meinem Kopf.

„Ihr müsst verdammt noch mal die Klappe halten, es sei denn, einer von euch hat irgendwelche nützlichen Informationen", brüllt Jake.

Einer der Männer meines Vaters, der ein paar Augenblicke zuvor angekommen ist, tritt vor. „Ich habe heute Nachmittag einen Hinweis zum Stiefvater des Mädchens erhalten. Er wurde gestern Abend mit einem jungen Mädchen in Dixon gesehen, das einen roten Camaro gefahren hat."

„Diese Schlampe Cassie hat ein Auto, das auf diese Beschreibung passt", merkt Quinn an. „Könnte ein Zufall sein, aber mein Bauchgefühl glaubt das nicht. Sie hat es auf Bella abgesehen, seit diese angefangen hat, bei *Custom Bikes* zu arbeiten", fügt er hinzu.

„Habe sie gefunden", schaltet sich Reid ein. Ich sehe zu ihm herüber, wie er auf seinem Laptop herumtippt. „Laut ihrer Kreditkartenaktivität hat sie letzte Nacht in irgendeinem Drecksmotel gleich außerhalb von Dixon eingecheckt und für zwei Nächte bezahlt. Ich schätze, dass sie noch dort ist."

„Ich fahre nach Dixon, um der Spur nachzugehen, die wir zu Lee haben. Es ist das Einzige, womit wir im Moment weitermachen können", sage ich und stehe auf.

„Ich gehe mit Logan", erklärt Gabriel und drückt seine Zigarette aus.

Wir machen uns nicht die Mühe, auf die Antwort von irgendjemandem zu warten. Alles, was mich interessiert, ist, meine Freundin zu finden. Ich kann nicht noch einen Menschen verlieren, den ich liebe. Gemeinsam verlassen wir das Clubhaus, steigen auf unsere Motorräder und fahren in Richtung Dixon.

Gabriel und ich parken unsere Motorräder an einer Tankstelle neben dem Motel, in dem sich Cassie laut Reid befindet, und tatsächlich sehe ich ihr Auto davor parken. Der Typ von meinem Vater meinte, sie hätten Lee mit irgendeiner Tussi in einem roten Camaro gesichtet. Ich hätte wissen müssen, dass diese Schlampe etwas versuchen würde, um es Bella heimzuzahlen. Welche bessere Möglichkeit gibt es, als sich Lee anzuschließen und ihm zu helfen, den

Handel mit den *Demonios* zu besiegeln?

Ich warte draußen vor dem Büro, während Gabriel den schmierig aussehenden Arsch hinter dem Rezeptionstisch auf eine nicht so freundliche Art und Weise nach einer Karte für Cassies Zimmer fragt.

Wir laufen die Treppen hoch zu Zimmer 128. Ich halte an und lausche für eine Sekunde, alles ist ruhig. Ich gebe Gabriel ein Zeichen und er steckt die Schlüsselkarte in die Tür. Als wir sie öffnen, haben wir beide unsere Waffen gezogen. Wir erspähen sofort den Abschaum persönlich, schlafend im Bett. Gabriel knallt die Tür hinter uns zu.

Als Lee seine Augen öffnet, blickt er den Lauf meiner Waffe an. Er sieht verdammt verängstigt aus, versucht aber, es zu verbergen, als er fragt: „Was zur Hölle wollt ihr?"

Ich entsichere meine Waffe. „Ich stelle hier die verfickten Fragen", informiere ich ihn.

Er schluckt sichtbar und Schweißperlen rinnen über sein Gesicht. Lees Blick schweift zur Badezimmertür, als sie sich öffnet. Cassie kommt mit einem Handtuch um sich gewickelt heraus und stößt einen schrillen Schrei aus, als sie die Szene vor sich wahrnimmt.

„Beweg deinen Arsch hier rüber, du dumme verdammte Schlampe, und setz dich neben deinen Freund hier."

„Logan, es ist nicht so, wie du denkst, Baby, ich kann es erklären."

„Es gibt nichts zu erklären. Ich weiß, was hier verflucht noch mal vor sich geht. Ihr habt beide ausschließlich nur dann die Erlaubnis, zu sprechen, wenn ihr meine Fragen beantworten sollt", ermahne ich sie. „Zuerst will ich wissen, wo Bella und ihre

Schwester sind."

Lee ist der Erste, der spricht. „Bei Bella weiß ich es nicht, aber Alba wird an einem Ort in Somers drüben festgehalten. Irgendein Anzugträger lässt das große Geld für den kleinen Scheißer fließen, das ist alles, was ich weiß."

Bei Lees Geständnis gibt Gabriel hinter mir ein Knurren von sich. „Was ist mit den *Demonios*, wo halten sie sich auf?"

„Verdammt, wenn ich das wüsste. Ich war neulich bei ihrem Clubhaus, aber alle waren weg. Der einzige Grund, warum ich das mit Alba weiß, ist, dass ich zufällig mitgehört habe, wie einer dieser Mexikaner mit jemandem am Telefon darüber geredet hat."

Ich wende mich an Cassie und frage sie: „Welche Rolle hast du in dem Ganzen gespielt?"

Sie sieht zu Lee herüber und bittet ihn im Stillen um Hilfe. Der Feigling schüttelt den Kopf und sieht weg. Da sie weiß, dass es keinen Ausweg aus dieser riesigen Scheiße gibt, lenkt sie ein. „Ich habe über Liz den Club im Auge behalten. Sie hat mir von der Party erzählt, die der Club veranstaltet hat, und ich habe diese Information an ihn weitergegeben", sagt Cassie, während sie auf Lee zeigt. „Diese Schlampe hat dich mir weggenommen, Logan. Wäre sie nicht gewesen, würdest du mir gehören."

Diese Tussi hat verdammte Wahnvorstellungen. „Cassie, ich hätte niemals dir gehört. Eine Hure wie du kann einer Frau wie Bella nicht das Wasser reichen."

Mit diesen Abschiedsworten drücke ich ab. Ihr schlaffer Körper fällt auf das Bett neben Lee, dessen Gesicht leichenblass geworden ist. Ich richte meine

Waffe auf den Schwanzlutscher persönlich, der den ganzen Scheiß mit den *Demonios* angefangen hat.

„Was zum Teufel tust du? Ich habe dir gesagt, was du wissen wolltest." Lee richtet seine weit geöffneten Augen auf Gabriel. „Bitte lass nicht zu, dass er mich umbringt!"

Mit seinen schwarzen, starren Augen blickt ihn Gabriel an und sagt: *„Decirle al diablo que dije hola"*, und ich drücke ab.

Wir verlassen das Motel und scheren uns einen Dreck um das Chaos, das wir zurücklassen. Wir werden ein paar Brüder herkommen lassen, die sich darum kümmern.

Gabriel hat bereits den Prez kontaktiert, um ihm zu berichten, was wir über Alba herausgefunden haben, daher schickt er Quinn und Reid, die sich mit uns in Somers treffen. Wir hatten keine genaue Adresse von Albas Aufenthaltsort, aber es war nicht schwer, ein paar der Mitglieder der *Demonios* aufzuspüren. Einer der Männer meines Vaters ist hingefahren und hat sich die kleine Stadt gründlich angeschaut. Es hat nicht lange gedauert, bis ein paar dieser Arschlöcher in einer Bar entdeckt wurden. Sie haben Volkovs Männer direkt zu einem Haus geführt, in dem, wie wir hoffen, Alba festgehalten wird. Wir haben unsere Motorräder ein paar Blöcke entfernt geparkt, da wir nicht das Risiko eingehen wollen, dass uns irgendjemand kommen hört. Quinn ist im Van hierhergefahren, also hüpfen Gabriel, Reid und ich hinein und fahren mit ihm zum Haus hinüber.

Die Männer meines Vaters stehen bereits davor und warten auf meine Anweisungen. Sobald wir alle in

Position sind, gebe ich das Zeichen. Mit dem Fuß trete ich die Haustür ein. Ich feuere meinen ersten Schuss auf den Mann ab, der auf der Couch sitzt. Mich überkommt ein krankes Gefühl der Genugtuung, als ich sehe, wie sein Hirn die Wand hinter ihm ziert. Gabriel feuert hinter mir den zweiten Schuss auf einen Kerl ab, der um die Ecke des Flurs kommt. Ich laufe in die Küche, während Gabriel den Flur entlang in Richtung Schlafzimmer steuert. Ich sehe, dass die Hintertür weit offen steht und dass zwei Leichen neben Quinn und Reid auf dem Boden liegen.

„Hier draußen ist die Luft rein, Bruder", erklärt mir Quinn.

Ich nicke ihm zu und gehe zurück durch die Küche und ins Wohnzimmer, um Gabriel zu suchen. Als ich den Flur hinunter zum Schlafzimmer laufe, finde ich ihn, wie er eine weinende Alba vom Boden eines leeren Raumes hochhebt. Das Einzige, was sich hier drin befindet, sind Teile von einem Seil, das, wie ich vermute, benutzt worden ist, um sie festzubinden. Gabriel gleitet an mir vorbei und flüstert Alba Worte zu, die ich nicht verstehen kann, während sie sich an ihn klammert, als wäre er ihre Rettungsleine.

Die Fahrt zurück zu unseren Motorrädern verläuft ruhig. Dies ist ein kleiner Sieg für uns, aber der Kampf ist noch lange nicht vorbei. Bella ist immer noch da draußen, und wir werden nicht ruhen, bis wir sie nach Hause gebracht haben. Gabriel hat sich geweigert, Alba zu verlassen, also hat Reid ihm angeboten, mit seinem Motorrad zurück nach Polson zu fahren. Die Männer meines Vaters haben sich indessen bereit erklärt, zurückzubleiben und sich um das Chaos zu kümmern. Ich steige auf mein

Motorrad, als ich eine Explosion höre und ein orangefarbenes Leuchten und Rauch in meinem Seitenspiegel sehe.

Zurück im Clubhaus bringt Gabriel Alba geradewegs in sein Zimmer, mit Bennett und Lisa im Schlepptau. Ich brauche dringend jegliche Information, die sie haben könnte, aber ich weiß, dass sie zuerst vom Doc untersucht werden muss.

Um ihnen ein paar Minuten Privatsphäre zu geben, steuere ich Jakes Büro an, um rauszufinden, ob wir irgendwelche neuen Hinweise haben. Er sitzt hinter seinem Schreibtisch und nippt an einem Glas Whiskey, als ich eintrete.

„Irgendwas Neues?", frage ich und stoße einen Seufzer aus.

„Nein, mein Sohn, nichts Neues."

„Bennett ist gerade bei Alba, vielleicht weiß sie irgendwas", sage ich.

Wir werden unterbrochen, als Lisa an die Tür klopft. „Ich wollte dir Bescheid geben, dass Bennett mit Alba fertig ist, falls du kommen möchtest, um mit ihr zu sprechen."

Ich verschwende keine Zeit, verlasse Jakes Büro und eile zu Gabriels Zimmer. Bennett tritt hinaus in den Flur, als ich mich der Tür nähere.

„Wie geht es ihr, Doc?", frage ich.

„Körperlich geht es ihr gut. Welche Medikamente auch immer sie ihr verabreicht haben, um sie zu betäuben, sie haben nachgelassen. Es gibt keine Anzeichen von Missbrauch, aber mental ist sie in einem schlimmen Zustand. Sie fragt nach Bella. Gabriel hat ihr gesagt, dass der Club Männer rausgeschickt hat, die sie suchen. Sie hat auch gesagt, dass sie sich an gar nichts erinnern kann. Das Letzte, an das sie sich erinnert, ist die Party und dass irgendwelche Männer sie in einen Van geworfen haben. Und dann, dass sie in einem leeren Raum aufgewacht ist. Es tut mir leid, Logan, ich glaube nicht, dass sie uns irgendetwas mitteilen kann, was uns helfen wird, Bella zu finden."

„Alles klar, danke, Bruder. Ich werde reingehen, um nach ihr zu sehen."

„Viel Glück mit ihrem Wachhund da drinnen", brummt Bennett und verschwindet.

Als ich in Gabriels Zimmer trete, finde ich ihn auf einem Stuhl neben dem Bett sitzend vor, wo er Alba beobachtet. „Der Doc hat ihr etwas gegeben, was ihr hilft, zu schlafen."

„Ja, ich habe gerade mit ihm gesprochen, er meinte, sie wird schon wieder. Ich wollte selbst nach ihr schauen. Ich werde mich mit Demetri treffen und sehen, ob er irgendwelche neuen Hinweise zu Bella erhalten hat." Bevor ich aus dem Zimmer laufe, bleibe ich stehen, drehe mich zu Gabriel um und sage: „Danke, dass du mir heute den Rücken freigehalten hast, Bruder."

„Jederzeit, Logan."

Fünf lange verfickte Tage.

So viele Tage ist Bella schon verschwunden. Nachdem wir den Staat Montana auf den Kopf gestellt haben, sind wir immer noch nicht näher dran, sie zu finden. Ich gehe zurück ins Clubhaus, nachdem ich von einem weiteren sinnlosen Trip nach Dixon zurückgekehrt bin, als mein Handy klingelt.

„Was", schnauze ich.

„Hallo, ist da Logan?", fragt eine zittrige weibliche Stimme, die mich dazu bringt, wie angewurzelt stehen zu bleiben.

„Wer zur Hölle ist da?" Die Schärfe in meinem Ton lässt mehrere meiner Brüder mit hoher Alarmbereitschaft in meine Richtung schauen. „Mein Name ist Sofia. Ich habe deine Nummer von Bella", sagt sie so leise, dass ich sie kaum verstehen kann.

„Kannst du mir sagen, wo sie ist, Sofia?" Ich höre aufmerksam zu, als sie ihr Bestes tut, mir ihren Aufenthaltsort mitzuteilen. Sie kennt die genaue Adresse nicht, kann mir aber den Namen der Stadt und eine Beschreibung des Hauses geben.

Nach mehreren Minuten des Gesprächs höre ich die Stimme eines Mannes im Hintergrund.

„Was zum Teufel machst du da, du kleine *puta*?" Ich höre, wie das Mädchen schreit, dann ist die Leitung tot.

Kapitel 26

Mehrere Tage sind vergangen, zumindest denke ich das. Ich habe keine Möglichkeit, die Zeit einzuschätzen, abgesehen vom Auf- und Untergehen der Sonne.

Sofia hat gesagt, sie würde heute Nacht das Handy herausschmuggeln und Logan anrufen. Ich kann nur hoffen, dass sie das alles schafft, ohne sich selbst zu verletzen. Ich hasse es, an meine Schwester zu denken, allein und genauso verängstigt, wie ich es bin. Wir haben uns in der Vergangenheit immer gegenseitig geholfen, um schreckliche Situationen durchzustehen. Wir haben es beide so weit im Leben geschafft. Ich habe nicht vor, jetzt aufzugeben. Ich weiß, dass Logan und die anderen uns finden werden.

Ich strenge mich an, meine Augen offen zu halten und nicht einzuschlafen, während ich darauf warte, dass Sofia hoffentlich zurückkehrt, aber die Erschöpfung gewinnt den Kampf.

Ich schrecke auf, als ich vor der Schlafzimmertür einen Aufruhr höre. Die Tür fliegt auf, und ein Keuchen entfährt meinen Lippen, als Jorge hereingelaufen kommt und seinen Blick auf mich richtet.

„Also", sagt er gedehnt, „es sieht so aus, als hätte mein kleiner Vogel geplant, wegzufliegen?" Er kommt vor der Bettkante zum Stehen.

Seine Stimme trieft vor Bosheit bei seinen nächsten Worten: „Zunächst einmal habe ich gehört, dass dein

Käufer vom Deal abgesprungen ist. Sieht so aus, als hätte er herausgefunden, dass du gar nicht so rein bist." Er fährt mit seiner kalten, feuchten Hand über meine Brust, bevor er zudrückt, dann reißt er mein Hemd auf. „Dann verschwörst du dich mit unserer kleinen Hure, damit sie dir zu deiner Flucht verhilft."

Mir wird schwer ums Herz. Sie müssen Sofia erwischt haben. Meine einzige Hoffnung, dass mich jemand findet, ist dahin. Ich schließe krampfhaft meine Augen und drehe den Kopf weg. Die Angst davor, dass er mehr tun könnte, löst eine Gänsehaut bei mir aus und lässt mich sichtlich zittern.

„Wir haben die Hure beim Telefonieren erwischt. Ich habe gehört, dass sie den Namen Logan gesagt hat", spottet er und lässt mich dabei nicht einmal aus seinen kalten, düsteren Augen, während er auf mich starrt.

Mein Kopf schnellt hoch und ich blicke ihn an. Damit verrate ich, dass ich den Namen, den er gerade gesagt hat, wiedererkenne.

„Also das muss dann der Gringo sein, zu dem du gehörst", stellt er fest. Er zieht ein Messer aus seinem Stiefel und beginnt, die lange Klinge über meine Wange und seitlich an meinem Hals entlang zu ziehen.

Ich bin vor Angst erstarrt. Das Hämmern meines klopfenden Herzens in meinen Ohren ist so laut, dass es ohrenbetäubend ist.

„Oh, dein Biker ist wahrscheinlich auf dem Weg, aber" wir haben noch reichlich Zeit, um ein bisschen Spaß zu haben, bevor ich von hier verschwinde."

Es gibt absolut nichts, was ich tun kann, als er das Messer nimmt, meinen BH aufschneidet und mich somit entblößt. Ich zerre so fest an den Fesseln, dass meine Haut reißt und anfängt, zu bluten. Ich sehe zu, wie er mit der Klinge die Rundung einer meiner Brüste nachzeichnet und sie dann an der Rundung der anderen entlangzieht, wobei er dieses Mal Druck ausübt. Sofort spüre ich das Brennen meiner Haut, die aufgeschnitten wird. Tränen rinnen aus meinen Augen, als ich ihn anflehe. „Bitte, bitte, tu das nicht.“

Sein Blick durchbohrt mich weiter an der Stelle, an der er mich aufgeschlitzt hat und wo das Blut meine Rippen hinuntertropft. Sein Gesichtsausdruck ist leer, als wäre er nicht einmal hier. Blinzelnd streckt er die Hand aus und zieht einen Finger durch das Blut auf meinem Körper. „Dein Blut ist alles, was ich will. Nichts weiter. Es gibt keinen besseren Rausch, als zuzusehen, wie das Leben langsam aus einem Menschen weicht.“

Er fährt wieder mit der Klinge über meinen Körper. Das Heben und Senken meiner Brust beschleunigt sich, als die Panik sich schnell in mir breitmacht. Er macht eine Pause, die Spitze des Messers ruht an meiner Seite, über meinen Rippen, dann schlitzt er ein weiteres Mal in mich hinein. Dieses Mal schreie ich, der Schmerz ist viel schlimmer als beim ersten Schnitt. Er lässt nicht von mir ab. Das Messer bohrt sich wieder und wieder in mein Fleisch. Nach ein paar Augenblicken kann ich nicht mehr zählen. Der Schmerz ist unerträglich.

„*Hermosa*“, höre ich ihn gerade so durch meine Schreie hindurch sagen.

Entfernt nehme ich ein Klopfen an der Tür wahr und drehe den Kopf, um zu beobachten, wie Jorge aufsteht und hinübergeht, um sie zu öffnen. Er beginnt zu sprechen, auf Spanisch, Worte, die ich nicht verstehe. Da er den Rücken zu mir gedreht hat, sehe ich mich um und versuche, eine Möglichkeit zu finden, wie ich mir selbst helfen kann, hier rauszukommen. Ich bemerke, dass sein Messer auf dem Bett liegt, doch es ist unmöglich, es mit meinen über dem Kopf gefesselten Händen zu erreichen. Ich versuche noch einmal, an meinen Fesseln zu zerren. Der Schmerz ist entsetzlich. Ich blicke hinunter und erkenne, dass meine Haut an mehreren Stellen aufgeschnitten ist und Blut aus jeder Wunde sickert. Es ist sinnlos. Meine Anstrengungen führen nur dazu, dass die Kraft, die ich noch habe, weiter schwindet.

Ein paar weitere Worte werden zwischen den beiden Männern gesprochen, bevor Jorge die Tür schließt, sich zurück zum Bett begibt und das Messer wieder aufhebt. „Dein Biker ist fast hier. Ich werde sichergehen, dass er dich sterben sieht, bevor ich ihn selbst töte." Er steckt das Messer zurück in seinen Stiefel, gerade als ein weiterer Mann, der dieselbe Kutte trägt, durch die Tür läuft.

„Hilf mir, sie runter in den Keller zu bringen. Wir werden dort unten auf sie warten. Befehl den Männern, auf ihre Posten zu gehen. Ich will wissen, wann er eintrifft."

Jorge löst die Handschellen von meinen beiden Handgelenken, bevor er mich über seine Schulter wirft und damit einen intensiven, stechenden Schmerz durch meinen gesamten Körper schickt. Lichtblitze und Schatten tanzen hinter meinen Augen, unmittelbar bevor ich das Bewusstsein verliere.

Als ich wieder zu mir komme, hänge ich aufrecht, die

Hände über meinem Kopf zusammengebunden, und trage nichts außer meinem Höschen. Mein Blick huscht durch den Raum und nimmt meine Umgebung auf. Der Mangel an Licht macht es schwer, viel zu erkennen. Ich höre ein Geräusch zu meiner Rechten. Als ich meine Augen anstrenge, kann ich eine Gestalt ausmachen, die auf dem Boden liegt. „Wer ist da?", stammele ich.

Niemand antwortet.

Die Lichter gehen ohne Vorwarnung an und auf einem Stuhl in der Mitte des Zimmers sitzt Jorge.

Ich suche den Bereich ab, von wo ich das Geräusch Sekunden zuvor gehört habe, und keuche erschrocken auf, als ich Sofia sehe, die an den Boden gekettet ist. Sie ist so stark verprügelt worden, dass ihre Augen komplett zugeschwollen sind.

„Er wird dich umbringen", fauche ich.

„Gut, wie ich sehe, bist du bereit, zu kämpfen. Ich werde es genießen, zuzusehen, wie das Licht aus deinen Augen schwindet."

Er geht mit großen Schritten herüber und legt die Spitze der Klinge an meine Schenkelinnenseite. „Halte jetzt still. Wenn du dich bewegst, wird es viel schlimmer sein."

Natürlich höre ich nicht auf ihn. Ich versuche, ihn zu treten, aber es nützt nichts, weil ich zu schwach bin. Ich schreie unwillkürlich auf, als ich einen brennenden, scharfen Schmerz verspüre. Seine Klinge bohrt sich in das Fleisch meines Beines.

„Direkt an der Innenseite deines Oberschenkels befindet sich die Hauptschlagader, und wenn man sie gerade richtig durchsticht, wird das Blut langsam deinen Körper verlassen. Wenn ich etwas tiefer schneide, stirbst du innerhalb von Minuten", prahlt er mit Genugtuung in seinen Augen, während er zusieht, wie die Klinge eindringt.

Die Tränen fließen unentwegt mein Gesicht hinunter, während ich schluchze. Ich befehle mir selbst, stark zu bleiben, aber der Schmerz gewinnt. Ich sehe hinunter und schaue zu, wie mein Blut langsam aus meiner Schenkelinnenseite rinnt und eine kleine Pfütze zu meinen Füßen bildet.

„Jetzt sitzen wir und warten", erklärt er mit weit ausgebreiteten Armen.

Anstatt um mein Leben zu betteln, was an dieser Stelle sinnlos wäre, konzentriere ich mich auf meine Atmung. Ich tue mein Bestes, um mich zu beruhigen und den Kopf frei zu bekommen. Logan ist auf dem Weg, so viel weiß ich. Ich muss dafür sorgen, dass ich so lange durchhalte.

Kapitel 27

Der Club hat nicht lange gebraucht, um einen Plan in die Tat umzusetzen. Sofort nachdem mein Telefongespräch mit Sofia abgebrochen wurde, haben meine Brüder zusammen mit meinem Vater die weitere Vorgehensweise geplant. Wir wissen jetzt, dass Bella sich in Fairfield, Washington, befindet. Demetri hat organisiert, dass uns sein Privatflugzeug nach Spokane bringt. Die Fahrtzeit hätte gut zwei Stunden gedauert, das Fliegen verkürzt diese zwei Stunden auf ungefähr dreißig Minuten. Sobald wir am Flughafen in Spokane ankommen, werden wir vierzig Minuten nach Fairfield fahren. Auch wenn wir keine genaue Adresse haben, wo Bella festgehalten wird, hat uns mein Vater darüber informiert, dass seine Männer sehr gut darin sind, Leute zu finden. Er hat mir versichert, dass wir die Information haben werden, wenn wir Spokane erreichen.

Jake, Quinn, Reid und Demetri werden mit mir den Trip machen, während Gabriel und mein Bruder Nikolai zurückbleiben und das Clubhaus bewachen, während wir weg sind. Da wir den Präsidenten der *Demonios* bei Albas Rettung umgebracht haben, gibt es keine große Bedrohung, aber wir gehen kein Risiko ein. Wir haben immer noch keine Ahnung, wer Albas Käufer gewesen ist oder ob er sauer ist, weil er nicht bekommen hat, wofür er bezahlt hat. Leute, die krank und durchgeknallt genug sind, um ein anderes menschliches Wesen zu kaufen, aus welchen Gründen auch immer, geben ihre Besessenheit üblicherweise nicht zu leicht auf.

Als wir aus dem Clubhaus hinaus und auf den SUV meines Vaters zulaufen, sehe ich Victor, den Fahrer, wie er mehrere Reisetaschen in den Kofferraum einlädt. Ein Vorteil davon, privat zu fliegen, ist es, dass wir unsere Artillerie mitbringen können. Apropos, ich sehe, dass Bennett rüber zu Reid stiefelt und eine vertraute schwarze Kiste trägt, die seine .300 Win-Mag beinhaltet. Er gibt sie an ihn weiter und nickt ihm dabei zu.

Auf der Fahrt zum Flughafen ist es still. Meine umherwandernden Gedanken machen mich nervös. Ist sie okay? Was machen diese Scheißkerle mit ihr? Ich balle meine Hände zu Fäusten bei der Vorstellung, dass irgendjemand meine Freundin anfassen könnte.

„Lass diese Gedanken nicht zu, Sohn", sagt mein Vater neben mir. „Konzentriere dich auf deren Blut – auf Rache."

Er hat recht, ich muss mich zusammenreißen. Ich helfe Bella nicht, wenn ich zulasse, dass meine Emotionen mein Urteilsvermögen trüben.

Als ich in Demetris Flugzeug sitze, muss ich unweigerlich darüber nachdenken, was für ein Vermögen er hat. Meine Mutter war alleinerziehend und hatte manchmal Schwierigkeiten, mit ihrem Gehalt als Krankenschwester über die Runden zu kommen, während mein Vater in der Lage war, sich alles zu leisten, was auch immer sein Herz begehrte. Logisch gesehen weiß ich, dass es nicht seine Schuld ist, aber es tut immer noch weh, zu wissen, dass mein Großvater, mein Blut, mich nicht für gut genug hielt und dass meine Mutter nicht gut genug für seinen Sohn war.

Mein Blick schweift zu meinem Vater, der mich anstarrt, als wüsste er genau, was mir durch den Kopf geht. Ich erschrecke bei seinem verzweifelten Gesichtsausdruck. In diesem Augenblick wird mir klar, dass er genauso sehr leidet wie ich und dass ich meine Wut loslassen muss. Bella hat mir gesagt, dass ich Glück habe, diese zweite Chance mit meinem Vater bekommen zu haben. Er hat mir nichts als Liebe, Geduld und Loyalität entgegengebracht, seit er in mein Leben getreten ist. Ich schulde es mir selbst und meiner Mutter, ihm das Gleiche zu geben. Etwas sagt mir, dass meine Mom es so gewollt hätte.

Als wir in Spokane gelandet sind, sehe ich zu, wie meine Brüder der Reihe nach das Flugzeug verlassen, dann drehe ich mich um und schaue zu meinem Vater, der mit dem Piloten redet.

„Dad", rufe ich.

Demetri dreht schockiert den Kopf in meine Richtung und antwortet: „Sohn?"

„Danke", sage ich aufrichtig.

„Gern geschehen, Logan", antwortet er mit spürbarer Rührung in seiner Stimme.

Mit diesen Abschiedsworten gehe ich aus dem Flugzeug und lasse den Geist meines Großvaters hinter mir.

Getreu dem Versprechen meines Vaters haben seine Männer die Adresse herausgefunden, wo Bella festgehalten wird. Wir halten am Rand einer abgelegenen Straße ungefähr eineinhalb Kilometer von dem verlassenen Haus entfernt, in dem sich, wie wir wissen, Jorge und mindestens ein Dutzend seiner Männer befinden. Jake, Quinn und ich klettern zusammen mit Demetri und Victor aus dem SUV. Niemand spricht ein Wort, während wir uns bereit machen.

Als ich meine neun-mm-Pistole in mein Schulterholster gleiten lasse, ergreift Jake das Wort. „Aller Wahrscheinlichkeit nach werden uns diese Scheißkerle erwarten. Ich bin sicher, sie wissen mittlerweile, dass wir ihren Präsidenten getötet haben, der zufällig der Vater des Vizepräsidenten ist. Sie werden Blut sehen wollen", warnt er uns.

Der Prez hat recht. Dieses Mal gibt es kein Anschleichen. Wir müssen da reinstürmen und es schnell über die Bühne bringen. Reid holt die schwarze Kiste aus dem SUV, die ihm Bennett gereicht hat, bevor wir das Clubhaus verlassen haben, und joggt davon. Der Feldweg, auf dem wir uns befinden, liegt direkt hinter dem verlassenen Haus, in dem sich die Hurensöhne aufhalten, und Reid macht sich auf, um seine Position einzunehmen. Die .300 WinMag, die Reid trägt, ist dieselbe, mit der Bennett uns das Schießen beigebracht hat, als wir jünger waren. Reid ist ein ausgezeichneter Schütze, und er ist ebenfalls ausgezeichnet darin, nicht gesehen zu werden. Mein Bruder ist ein Geist, wenn es sein muss.

„Alles klar, jetzt ist Showtime", verkündet Jake, als wir zurück ins Auto steigen und Victor den Weg hinunter rast, um direkt vor dem Haus stehen zu bleiben.

Wir sind kaum aus dem Fahrzeug heraus, als Schüsse in unsere Richtung fallen. Demetri ist der Erste, der zurückschießt, und er trifft einen Mann oben auf dem Dach, während Jake einen Mann ausschaltet, der sich von der Seite des Hauses angeschlichen hat. Ich höre mehrere weitere Schüsse, als Quinn und Victor sich auf den Weg nach hinten machen, während Jake und ich bei der Vordertür mit ihnen abrechnen.

Der Prez gibt das Zeichen und bei drei tritt er die Tür ein, während ich ihm von hinten Deckung gebe und zwei Löcher in den Rücken eines Wichsers schieße, als der Feigling versucht, wegzurennen. Ich haste den Flur hinunter und mach mich schnell daran, die Zimmer zu überprüfen. Sie sind alle leer, doch das, was ich im dritten Zimmer vorfinde, zwingt mich beinahe auf die Knie. Blut! Blutgetränkte Laken bedecken das Bett und mein erster Gedanke ist: *Ich bin zu spät*. Es ist unmöglich, dass jemand noch atmet, nachdem er so viel Blut verloren hat.

„Scheiße", zischt Jake hinter mir.

„Jake", würge ich hervor.

„Wir wissen nichts sicher, Logan, also lass diese Gedanken nicht zu." Jakes Handy klingelt. Er schaut auf seine Nachricht. „Lass uns gehen. Reid schaut durch ein Kellerfenster, und er sagt, da unten bewegt sich was."

Ich renne zurück in die Küche und öffne mit einem Ruck die Tür, von der ich weiß, dass sie in den Keller führt. Wer auch immer da unten ist, wird zweifellos durch das Knarren der Treppe auf meine Ankunft aufmerksam gemacht, aber ich kann mir darüber keine Gedanken machen, ich bin auf einer Mission.

Mit erhobener Pistole biege ich um die Ecke und mir bietet sich der schlimmste Anblick, den ich je mitangesehen habe. Mein Engel hängt von der Decke, mit Schnittwunden übersät, eine Blutlache zu ihren Füßen. Ich brauche ganze zwei Sekunden, um den Scheißkerl zu bemerken, der auf dem Stuhl zu meiner Linken sitzt und dessen Waffe auf mich gerichtet ist. Er schleudert mir irgendwelchen Scheiß darüber entgegen, dass unser Club seinen Vater getötet hat und er mich jetzt zusehen lassen will, wie die Frau, die ich liebe, direkt vor meinen Augen stirbt.

Ich erhasche einen Blick auf das kleine rote Licht, das durch das Fenster fällt, und verhöhne ihn: „Wichser, dein Vater war ein Feigling ohne Rückgrat, der beim Versuch, zu fliehen, erwischt wurde, anstatt wie ein Mann zu kämpfen. Der Lauf der Waffe, der ihm zwischen seine Augen gepresst wurde, als er dem Tod ins Auge blickte, ist derselbe wie der, der gerade auf deine jämmerliche Gestalt zielt. Die einzige Person, die hier heute stirbt, bist du."

Mittlerweile haben wir beide unsere Waffen aufeinander gerichtet, aber bevor er die Möglichkeit hat, auf meine Aussage zu reagieren, trifft ein einziger Schuss von Reid Jorge genau zwischen seinen Augen. Ich bin an Bellas Seite, bevor sein Körper den Boden erreicht.

Ich nehme ein Messer aus meiner Tasche, schneide sie schnell los, und Bellas schlaffer Körper fällt in meine Arme. Sie ist noch bei Bewusstsein, kann sich aber selbst nicht mehr aufrecht halten. Ihre Lippen färben sich blau und ihre Haut ist blass. Ich lege sie auf den Kellerboden, schlüpfe aus meiner Kutte und bedecke ihren entblößten Körper, als sie undeutlich murmelt: „Ich liebe dich, Logan.“

„Ich liebe dich auch, Engel. Bleib bei mir“, erwidere ich.

Mit zitternden Händen nehme ich meinen Gürtel und binde ihn über die Stichwunde an ihrer Schenkelinnenseite. Als ich sie hoch in meine Arme nehme, zucke ich zusammen. Bei der Anzahl von Schnitten auf ihrem Körper gibt es keine Möglichkeit, sie schmerzfrei zu bewegen. Hinter mir höre ich stampfende Schritte, die sich ihren Weg die Treppe hinunter bahnen. Als ich mich umdrehe, sehe ich Jake und Quinn.

„O Scheiße, Bruder“, murmelt Quinn, als er sieht, in welchem Zustand sich Bella befindet. „Und wer zur Hölle ist das?“, flucht er und zeigt auf die kleine Gestalt im Schatten, die auf dem Boden in der Ecke des Raumes liegt.

Mit großen, zügigen Schritten geht Quinn zu der regungslosen Person hinüber. „Es ist ein verdammtes Kind“, verkündet er, „und sie ist übel zugerichtet worden.“

„Wir müssen jetzt los. Nimm sie mit“, rufe ich.

Ich nehme immer zwei Stufen auf einmal und renne praktisch aus dem Haus, mit Bella in meinen Armen. Als wir den Pick-up beladen, ist sie bereits ohnmächtig geworden.

„Los! Los! Los!“, schreie ich Victor an.

„Das Krankenhaus ist zehn Minuten entfernt“, sagt er knapp.

„Babe, bitte“, rufe ich, während ich ihren schlaffen Körper in meinen Armen wiege. „Du musst bei mir bleiben, okay? Babe, bitte. Du kannst mich jetzt nicht verlassen. Komm schon, was zum Teufel dauert da so lange?", brülle ich.

Ich schaue zwischen meinen Brüdern umher und hasse es, die mitleidigen Blicke in ihren Gesichtern zu sehen – als wäre es vorbei, als wäre sie schon tot. Scheiß drauf. Ich gebe sie nicht auf.

Mit quietschenden Reifen halten wir vor der Notaufnahme. Ich springe heraus, wobei ich immer noch Bella in meinen Armen halte, und renne durch die Schiebetüren, während Quinn das andere Mädchen trägt, das wir unten im Keller bei ihr gefunden haben.

„Wir brauchen einen verdammten Arzt, jetzt!", schreie ich und ziehe die Aufmerksamkeit mehrerer Patienten im Wartezimmer und einiger Mitarbeiter, die umherlaufen, auf mich. Ein großer, schlanker Mann, der eine Krankenpflegeruniform trägt, kommt zusammen mit einem kleinen, schwarzhaarigen Mädchen, das einen weißen Kittel trägt, auf mich zugerannt. Auf keinen Fall ist sie eine verdammte Ärztin. Sie sieht nicht aus, als wäre sie alt genug, um schon aus der Highschool zu sein.

„Ich sagte, ich will einen gottverdammten Arzt!", knurre ich die Frau an, die versucht, dem Krankenpfleger zu helfen, mich dazu zu bringen, Bella loszulassen und sie auf eine Trage zu legen.

„Ich bin die Ärztin", zischt sie zurück. „Jetzt müssen Sie sie loslassen, damit ich sie untersuchen kann", beharrt sie ruhig und richtet ihren Blick auf Bella, die ich immer noch im Klammergriff halte. „Wie ist Ihr Name?", fragt sie mich.

„Logan", schnauze ich sie an.

„Ich bin Dr. Evans, und ich verspreche, dass ich alles tun werde, was ich kann, um …" Sie macht eine

Pause.

„Bella, ihr Name ist Bella", informiere ich sie.

„Ich werde Bella helfen, aber zuerst müssen Sie sie für uns loslassen."

Ich gebe nach, lege Bella auf die Trage und sehe zu, wie sie mit ihr davonhasten.

Ich kann mich nicht bewegen. Ich bin wie erstarrt und beobachte, wie mehr Pflegekräfte sie umringen und an ihr herumstochern, als sie Bella an Maschinen anschließen. Dr. Evans gibt nach links und rechts Anweisungen heraus. Eine Krankenschwester kommt mit einer Blutkonserve angerannt. Meine Brüder stehen schweigend hinter mir. Es gibt in diesem Moment nichts zu sagen. Eine Sekunde später ertönt das schrille Geräusch eines Monitors und erfüllt die Notaufnahme.

„Sie kollabiert!", ruft der dünne Krankenpfleger.

Mein Herz fühlt sich an, als würde es in meiner Kehle feststecken, und meine Beine fangen an, sich von selbst in Richtung des Chaos zu bewegen. Ich habe den Raum halb durchquert, als mich zwei Sicherheitsleute aufhalten.

„Es tut mir leid, Sir, aber Sie können nicht hier rein", teilen sie mir mit.

„Ich muss zu meiner Freundin", schnauze ich.

„Sir, das ist Ihnen nicht erlaubt, aber wenn Sie ins Wartezimmer gehen, wird in Kürze jemand bei Ihnen sein."

Weil er sieht, dass ich erneut protestieren will, schaltet sich der andere Sicherheitsmann ein. „Hören Sie zu, Mann. Ich habe eine Frau, ich verstehe das. Ich verspreche, dass so bald wie möglich jemand bei Ihnen sein wird. Lassen Sie die ihren Job machen. Dr.

Evans ist eine der besten. Ihr Mädchen ist in guten Händen.“

Ich gebe nach und lasse zu, dass Jake mich zurück in den Wartebereich schiebt.

Zwei Stunden später kommt eine Krankenschwester auf uns zu. „Entschuldigen Sie, Sir, Dr. Evans hat mich darum gebeten, dass ich Sie alle in ein privates Familienzimmer bringe.“

„Wofür, zur Hölle? Warum kann sie nicht kommen, um hier mit uns zu reden?“

„Sir, bitte.“

„Scheiße, nein! Ich weiß, warum Ärzte Leute in Familienzimmer schicken, ich mache diesen Scheiß nicht mit. Sie wird mir nicht sagen, dass mein Mädchen tot ist, hören Sie?“

„Logan, komm schon, Sohn, gehen wir“, drängt mich mein Vater.

„Nein, sie werden mir nicht sagen, dass sie verdammt noch mal gestorben ist!“

„Logan“, unterbricht uns Dr. Evans. Sie läuft gelassen zu mir herüber und legt dann ihre Hand auf meinen Arm. „Bella wird gerade operiert und ist fürs Erste stabil. Ich wollte Sie in das Familienzimmer bringen, damit wir ihren Zustand im Privaten besprechen können. Es tut mir leid, dass meine Anweisung Sie erschreckt hat.“

Erleichtert lasse ich meine Schultern hängen. „Wird sie wieder gesund?“, frage ich.

„Im Moment ist Bella stabil, aber sie ist noch nicht über den Berg. Wenn Sie mir alle folgen würden, ich werde Ihnen ihren Zustand erklären.“

Wir nicken und folgen der Ärztin in das

Privatzimmer. Ich setze mich und höre ihr zu, wie sie Bellas Verletzungen beschreibt.

„Sie hat sieben Schnittwunden auf ihrer Brust und ihrem Rumpf, bei denen mindestens zweihundert oder mehr Stiche nötig sind. Sie wird gerade genäht. Ich habe die Oberschenkelarterie in ihrem Bein wieder in Ordnung gebracht. Wer auch immer den Gürtel um ihren Oberschenkel gebunden hat, hat ihr das Leben gerettet. Wäre der Gürtel nicht gewesen, hätte sie es nicht ins Krankenhaus geschafft. Sie ist noch bewusstlos und wird es höchstwahrscheinlich noch eine Weile bleiben. Ich möchte, dass Sie daran denken, dass sie sich, auch wenn sie stabil ist, immer noch in einem ernsten Zustand befindet und für ein paar Tage auf der Intensivstation bleiben muss. Bella hat auch einige Blutergüsse auf ihren Hüften und entlang ihrer Schenkelinnenseiten, die auf mögliche sexuelle Gewalt hindeuten.“

Mein Körper spannt sich bei der Erwähnung von Vergewaltigung an. „Und?“, frage ich.

„Die Untersuchung ergab, dass sie nicht vergewaltigt wurde“, versichert Dr. Evans.

„Wann kann ich sie sehen?“

„Sobald Bella auf die Intensivstation verlegt wurde, ist jeweils ein Besucher erlaubt. Ich schlage auch vor, dass ein psychologischer Berater mit ihr spricht, wenn sie wach ist. Bella wird höchstwahrscheinlich einige Probleme und Schwierigkeiten damit haben, mit dem Ausmaß der Verletzung umzugehen, die ihrem Körper angetan wurde. Die Genesung wird ein Weg voller Herausforderungen für sie werden. Ich habe einen Gefallen eingefordert und den besten plastischen Chirurgen des Staates herkommen lassen. Er ist derjenige, der Bella gerade operiert. Ich werde seine Fortschritte überprüfen und so bald wie möglich jemanden schicken, der Sie zu ihr bringt."

„Was ist mit dem Mädchen, das mit Bella hergebracht wurde? Wie geht es ihr?", erkundigt sich Reid.

Scheiße, ich habe sie komplett vergessen. Ich habe mich nur auf meine Freundin konzentriert.

„Sofia hat einen gebrochenen Arm und eine beträchtliche Anzahl an Beulen und Blutergüssen. Sie ist jetzt wach und war in der Lage, uns ihren Namen zu sagen und uns ein paar Informationen darüber zu geben, was mit ihr passiert ist. Sie scheint ein starkes Mädchen zu sein. Ich werde daran arbeiten, ihre Familie zu finden."

„Danke, Dr. Evans", sage ich und strecke ihr meine Hand entgegen. „Und es tut mir leid wegen vorhin. Als wir vorhin angekommen sind, wollte ich nicht respektlos sein."

Sie nimmt meine Hand und antwortet: „Gern geschehen, Logan. Angesichts der Situation war Ihr Handeln zu erwarten. Sie wollten nur, was am besten für die Person ist, die Ihnen wichtig ist. Und glauben Sie mir, Sie sind nicht der Erste, der meine Kompetenz infrage stellt, und Sie werden auch nicht der Letzte sein", sagt sie in einem leicht neckenden Ton, um die Stimmung aufzulockern. Dr. Evans steht auf, geht zur Tür und fügt hinzu: „Da sind ein paar Polizisten im Wartebereich, die darum bitten, mit jemandem über den Vorfall zu sprechen, in den Bella und Sofia involviert waren."

Bevor ich antworten kann, schaltet sich mein Vater ein. „Ich kümmere mich darum", sagt er und verlässt umgehend den Raum.

„Entschuldigen Sie mich, Dr. Hübsch", sagt Quinn gedehnt aus der Ecke des Raumes. „Würden Sie mir bitte zeigen, wo ich Kaffee bekomme?"

Das Gesicht der Ärztin errötet, als sie stammelt: „Ähm, sicher."

Ich beobachte, wie Quinn den Raum verlässt, wobei er ein Zwinkern über seine Schulter wirft, als er der armen, ahnungslosen Frau folgt.

„Verdammter Quinn. Er kann nirgendwo allein hingehen", spottet Reid.

Es sind zwei Tage vergangen und Bella ist immer noch nicht aufgewacht. Das Gute ist, dass ihr Zustand nicht länger als kritisch angesehen wird und sie auf ein normales Zimmer verlegt worden ist. Dr. Evans kommt alle paar Stunden vorbei, um ihren Fortschritt zu überprüfen, und sie hat mir versichert, dass Bella aufwachen wird, wenn sie bereit ist. Mein Vater hat ein Privatzimmer für Bella organisiert, während sie hier ist, und Jake, Quinn und Reid in einem örtlichen Hotel untergebracht. Nachdem die Dinge zu Hause ruhig sind, weigern sie sich, abzureisen, bis Bella nach Hause kommen kann.

Es ist fast neun Uhr. Jeden Moment werden die Männer für ihren ersten Besuch des Tages da sein. Als sich die Tür öffnet, erwarte ich, meine Brüder hereinkommen zu sehen, aber stattdessen erblicke ich Alba – eine wütende Alba. Sie begutachtet ihre Schwester einen Moment lang, bevor sie ihren feurigen Blick auf mich richtet.

„Du", faucht sie und zeigt mit dem Finger auf mich. „Zwei Tage lang liegt meine Schwester ohne mich in diesem Krankenhaus. Zwei Tage lang habt ihr

Arschlöcher Gabriel angewiesen, mich zu Hause zu behalten."

„Alba …", beginne ich, aber sie schneidet mir das Wort ab.

„Nein! Wenn irgendjemand von euch jemals wieder versucht, mich von meiner Schwester fernzuhalten, werde ich jedem einzelnen von euch eine rein-hauen!"

Mit hochgezogener Augenbraue und einem amüsierten Gesichtsausdruck sehe ich hinüber zu Gabriel, der schweigend bei der Tür steht, und ich muss einfach lachen. Ihr Versuch, einschüchternd zu sein, ist in etwa genauso effektiv wie der von Bella.

„Sie hat Feuer", stellt er fest.

Albas Kopf schnellt herum und sie knurrt: „Gabriel!"

„*Cariño*", sagt er mit rauer Stimme und zieht dabei das „R" lang, wodurch sich sein Akzent noch stärker anhört.

Ich beobachte amüsiert, wie sie rot wird. Alba beschließt, ihre Einschüchterungstaktik aufzugeben, und wendet ihre Aufmerksamkeit wieder Bella zu. Nachdem sie zum Bett herübergelaufen ist, legt sie ihre Handtasche ab und krabbelt dann sehr vorsichtig zu ihrer Schwester ins Bett.

Kapitel 28

Bella

Tag drei

Ein leises Murmeln, das wie ein Fernseher klingt, beginnt, an mir zu zerren, und weckt mich aus meinem Schlaf.

„Alba, ich gehe den Flur runter, um mir einen Kaffee zu holen. Ich bin gleich zurück. Willst du irgendwas?", höre ich Logans heisere Stimme sagen.

„Nein, danke, Logan", sagt Alba zu ihm.

Ich spüre Druck auf meinen Lippen, als Logan seine auf meine presst, dann höre ich die Schritte von Stiefeln, als er wegläuft.

Ich habe Mühe, meine Augen aufzubekommen, und ein heller Lichtstrahl dringt hinein. Ich fühle mich so wie damals, als ich in der Highschool meinen ersten Kater erlebt habe. Die Helligkeit schmerzt zuerst, aber ich zwinge meine Augen, sich noch mehr zu öffnen. Meine Sicht ist verschwommen, als würde ich im Winter durch ein beschlagenes Fenster schauen, also blinzele ich ein paarmal langsam. Es fühlt sich an, als wäre das Innere meiner Augenlider mit Schmirgelpapier ausgelegt, aber bald bin ich in der Lage, alles scharf zu sehen.

Jeder Muskel in meinem Hals fühlt sich steif an, während ich meinen Kopf drehe und meine Schwester erkenne, die zusammengerollt neben mir liegt; ihre Nase klebt an ihrem Kindle. Ich strecke die Hand aus oder zumindest versuche ich es. Ich spähe an

meiner Seite hinunter und bemerke den Infusions-
schlauch, der das leichte Ziehen erklärt, das ich gerade bei dem Versuch, mich zu bewegen, gespürt
habe.

Ohne Vorwarnung blitzen Bilder auf und durchflu-
ten mein Gedächtnis – das Grillfest, wie ich meiner
Schwester nachrenne. Wie sie und ich von den *Demonios* mitgenommen werden. Jorge, der mir immer
wieder ins Fleisch schneidet. Logan, der mich rettet.
Alles bricht über mich herein – Welle für Welle an
Erinnerungen. Das Letzte, was ich weiß, ist, dass Logan mir sagte, Alba sei in Sicherheit. Danach kann ich
mich an nichts mehr entsinnen.

Als ich erneut versuche, meine Hand zu heben, höre
ich ein Keuchen. Ich blicke wieder auf, um festzustel-
len, dass meine Schwester mich anstarrt.

„O mein Gott! Bella?"

Ihr Kindle fällt auf den Boden, als sie sich umdreht,
ihren Kopf in meinen Schoß legt und zu schluchzen
beginnt. Ich nehme meine Hand hoch und streiche
ihr sanft über das Haar. Meine Emotionen überwäl-
tigen mich ebenfalls. Meine Schwester ist alles für
mich. Ich kann nicht einmal annäherungsweise die
Erleichterung beschreiben, die ich spüre, weil ich
weiß, dass sie in Ordnung ist.

„Es ist okay, Alba", bringe ich krächzend hervor,
meine Stimme hört sich ungleichmäßig und rau an.

Ich streiche ihr weiter durchs Haar, um sie zu beruhigen, während ich mein Bestes gebe, mich zu sammeln.

Ich blicke mich um und nehme meine Umgebung
auf. Das Krankenhauszimmer, in dem ich bin, ist
groß. Die Wände sind nicht in dem üblichen kalten,

sterilen Weiß. Sie sind in einem zarten Blau gehalten. Das Licht, das durch das große Fenster scheint, tut mir immer noch in den Augen weh, doch es ist sehr viel erträglicher als zuvor. Blumen und Luftballons reihen sich entlang des Fensterbretts auf.

Ich drehe den Kopf, um die andere Seite des Zimmers anzuschauen, da öffnet sich die Tür und Logan tritt herein. Er hält einen Kaffeebecher in der Hand. Meine Atmung stockt in dem Moment, als sich unsere Augen treffen. Ich schenke ihm ein unsicheres Lächeln.

„Bella", krächzt er heiser. Er hört sich genauso emotional an, wie ich es gerade bin, aber er verbirgt das meiste davon gut, als er ein paar Schritte näher kommt, bevor er direkt neben mir stehen bleibt. Er stellt den Kaffee auf den Tisch, ergreift meine freie Hand und legt sie auf sein Herz. Mit der anderen Hand wischt er mir die Tränen unter den Augen weg.

Er lässt seine Stirn an meiner ruhen – wir beide spüren das Gewicht von allem. Ich habe gedacht, ich würde nie mehr die Gelegenheit bekommen, ihn wiederzusehen, von seinen Armen gehalten zu werden, seine Lippen noch einmal auf meinen zu spüren – und doch sind wir hier.

„Ich liebe dich", flüstere ich in sein Ohr, als er mich nah an sich zieht.

„Ich liebe dich", raunt er mit so viel Gefühl, dass ihn seine Stimme im Stich lässt.

Meine Schwester hebt den Kopf von meinem Schoß, und Logan bewegt sich zur Seite, damit sie sich nach vorn lehnen kann, um mich leicht zu umarmen.

„Ich mache mein Gesicht schnell im Bad sauber.

Wenn ich wieder rauskomme, frage ich die Krankenschwester nach etwas warmem Tee mit Honig. Das sollte deinem Hals helfen", sagt sie und lächelt mich herzlich an, während sie sich mit ihren Handrücken über die Augen wischt.

„Bella", fügt sie hinzu und dreht sich um, als sie schon an der Badezimmertür steht und sie gerade öffnet. „Ich liebe dich."

Erneut schluchzend sage ich ihr das Gleiche, bevor sie die Tür hinter sich schließt.

Logan greift nach unten, drückt einen Knopf und erklärt der Krankenschwester, dass ich wach bin. Bevor ich Zeit habe, einen weiteren Atemzug zu nehmen, klopft es kurz an der Tür und eine junge Frau mit schwarzen Haaren, die, wie ich annehme, die Ärztin ist, sowie ein paar Pflegekräfte in rosa Uniformen kommen hereingelaufen.

Die Ärztin kontrolliert alle Monitore, an die sie mich angeschlossen haben, bevor sie spricht. „Nun, Bella. Ich bin froh, zu sehen, dass Sie endlich wach sind. Ich bin Dr. Evans. Ich behandele Sie, seit Sie vor ein paar Tagen angekommen sind", sagt sie, während sie sich ein Klemmbrett an die Brust hält.

„Seit wie vielen Tagen bin ich hier? Wie lange war ich weg? Wo ist Sofia?", frage ich sie mit heiserer Stimme.

Dr. Evans lächelt mich freundlich an. „Sofia wurde eingeliefert und es geht ihr gut. Sie hat einen gebrochenen Arm, zusammen mit ein paar Beulen und Blutergüssen, aber sie wird sich vollständig erholen."

Ich entspanne mich ein wenig und schließe meine Augen, während ich einen erleichterten Seufzer ausstoße.

„Sie sind seit drei Tagen hier. Wenn Sie dazu in der Lage sind, möchte ich mit Ihnen alles durchgehen. Ich will sichergehen, dass Sie Ihren Heilungsprozess verstehen und das, was Ihr Körper durchgemacht hat.“

Ich spüre, wie sich Logan neben mir anspannt. „Muss das jetzt sein, Doc? Kann das nicht warten? Sie ist gerade erst aufgewacht“, erwidert er schnaubend und klingt gereizt.

Die Badezimmertür öffnet sich und meine Schwester kommt zurück ins Zimmer. Ich hasse es, im Mittelpunkt zu stehen, und jetzt gerade sind alle Augen auf mich gerichtet. Langsam fühle ich mich sehr unwohl und möchte diesen Aufruhr hinter mich bringen. Ich erinnere mich an alles, was ich durchgestanden habe, bevor ich ins Krankenhaus gebracht wurde, aber bisher nicht an mehr. Ich will nicht, dass mich die Leute anders anschauen, so wie sie es jetzt gerade tun.

Die Ärztin zieht sich einen Stuhl neben mein Bett, setzt sich hin und schlägt die Beine übereinander, während sie ihre Hände auf ihrem Schoß faltet.

„Jeder in diesem Raum weiß, dass Sie fürchterliche Qualen durchstehen mussten, Bella. Ich bin mir sicher, Sie erinnern sich an alles, deswegen werde ich es nicht wiederholen.“

Ich schließe meine Augen. Wie könnte ich es vergessen?

Logan hält meine Hand in seiner, und meine Schwester nimmt nun meine andere Hand. Beide geben mir die Unterstützung, die ich brauche, als die Ärztin fortfährt.

„Sie haben sehr viel Blut verloren und Ihr Herz ist stehen geblieben, kurz nachdem Sie eingeliefert worden sind. Wir mussten Ihnen während der Operation mehr als eine Transfusion geben. Sie haben Blutgruppe 0 negativ, und wenn man 0 negativ hat, kann man nur das gleiche Blut erhalten. Wir hatten nicht viel davon auf Vorrat. Glücklicherweise hat einer Ihrer Freunde ebenfalls 0 negativ und hat gespendet."

Ich schaue zu Logan, um aufgeklärt zu werden, wer geholfen hat, mein Leben zu retten.

„Quinn hat gespendet, Engel", sagt Logan.

Ich fühle mich richtig überwältigt, bin mir aber angesichts ihres Gesichtsausdrucks ziemlich sicher, dass sie mir noch nicht alles erzählt hat. „Könnte ich etwas zu trinken bekommen? Meine Kehle ist so trocken", frage ich.

Alba verlässt meine Seite, um den heißen Tee zu holen, den sie ein paar Augenblicke zuvor erwähnt hat. Meine Gedanken rasen wie wild umher. Mein Herz hat aufgehört, zu schlagen? Bin ich tot gewesen?

„Wir haben einen der besten plastischen Chirurgen der Gegend hinzugezogen, der sich um die Schnittwunden gekümmert hat, die Sie erlitten haben. Die schlimmsten waren auf Ihrem Brustkorb. Ich versichere Ihnen, dass die Vernarbung mit der Zeit verblassen wird. Ich habe außerdem die Verletzung an Ihrer Oberschenkelarterie in Ordnung gebracht. Sie war für den größten Teil Ihres Blutverlusts verantwortlich."

Narben. Ich werde mit dauerhaften Malen von diesem Monster auf meinem Körper leben müssen.

Alba kommt mit meinem Tee zurück und reicht ihn mir. Ich nippe langsam daran und die Wärme lindert sofort das Kratzen in meiner Kehle. Ich bin auch erschöpft. Ich habe drei Tage lang geschlafen und brauche jetzt schon wieder ein Nickerchen. Das ist Wahnsinn.

„Ich kann sehen, dass Sie müde sind. Das ist einfach die Art und Weise Ihres Körpers, zu heilen, aber bevor Sie schlafen, möchte ich Ihre Verbände wechseln und Ihnen etwas Leichtes zu essen besorgen. Okay?", teilt mir Dr. Evans mit.

Ich lasse den Blick zu Logan huschen. Sofort habe ich Angst davor, dass er mich nackt sieht. Ich verstehe mein Zögern selbst nicht. Warum sollte ich plötzlich so fühlen? Er hat meinen Körper mehrmals gesehen. Ich weiß nur, dass ich in diesem Moment nichts mehr will, als mich vor ihm zu verstecken.

„Babe, was stimmt nicht?", erkundigt sich Logan.

Ich hasse es, ihm zu sagen, dass er gehen soll, während sie mich versorgen, aber ich kann gerade nicht damit umgehen, dass er mich so sieht. Ich weiß, dass das, was ich ihm gleich sagen werde, nicht gut ankommen wird.

„Logan. Würdest du bitte nach draußen gehen, während meine Verbände gewechselt werden?"

Er ist bestürzt über meine Bitte. Schmerz und Wut erscheinen auf seinem Gesicht, bevor er es verbergen kann. „Ich bin unten, um eine zu rauchen und die Jungs anzurufen." Er steht auf, beugt sich hinunter und drückt seine Lippen sanft auf meine. „Ich liebe dich."

„Ich liebe dich", sage ich ihm, bevor er zur Tür hinausläuft.

Ich wende mich wieder an die Ärztin und frage sie: „Wann kann ich duschen?"

„Mit Hilfe können Sie gleich als Erstes morgen früh duschen. Jetzt lassen Sie uns diese Verbände wechseln. Ich warne Sie, das wird wehtun. Der Verbandsmull wird an Ihren Stichen kleben. Ich werde so vorsichtig sein wie möglich."

Ich liege regungslos im Bett, als sie mich vorsichtig aufrichten und mein Krankenhaushemd entfernen. Das Ziehen der Haut an meiner Seite trifft mich unmittelbar. Ich beiße die Zähne zusammen und halte durch.

Der Verbandsmull ist um meinen Oberkörper gewickelt, und die Pflegekräfte, die Dr. Evans vorhin hineinbegleitet haben, beginnen, ihn vorsichtig abzuwickeln. Die Ärztin übernimmt und zieht vorsichtig das Pflaster von meiner Haut. Es fühlt sich an, als würde meine Haut mit abgezogen werden. Als sie beim Verband ankommt, der den größeren Bereich bedeckt, und anfängt, ihn wegzuziehen, kann ich nicht anders und zucke zusammen.

„Es sieht gut aus. Keine Anzeichen einer Entzündung. Haben Sie keine Angst, sich zu bewegen. Es wird wehtun, aber die Bewegung wird helfen, dass Ihre Haut locker bleibt. Wir wollen nicht, dass sie fest wird. Physiotherapie kann dabei helfen."

Weil ich mich nicht dazu durchringen kann, mir meine Wunden anzusehen, halte ich meinen Blick auf meine Schwester fokussiert.

Ich ziehe gerade Kraft aus ihr. Es sollte nicht so sein, dass die große Schwester ihr kleines Schwesterchen braucht, um sich um sie zu kümmern. Ich habe keine Ahnung, wie ich das begreifen soll, aber im Augenblick fühlt es sich wie das Natürlichste an, was ich tun kann.

Die Pflegekräfte helfen mir in ein neues Hemd, bevor sie gehen, und Dr. Evans fragt, ob ich etwas gegen die Schmerzen brauche. Ehrlich gesagt habe ich Schmerzen. Mit tut alles weh, aber ich bitte nur um ein leichtes Schmerzmittel. Ich mag es nicht, Medikamente zu nehmen, wenn ich nicht muss.

Endlich habe ich es hinter mich gebracht und trinke noch einige Schlucke von meinem Tee. Die ganze Zeit über sitzt meine Schwester direkt neben mir. Still.

„Alba, bist du okay? Haben sie dir in irgendeiner Weise wehgetan?" Ich will ihr diese Frage stellen, seit ich das erste Mal wach geworden bin. Der Gedanke daran, dass sie irgendetwas durchgemacht hat, lässt mich erschaudern.

„Sie haben mich grob behandelt und mir gesagt, was für schreckliche Dinge sie mit mir machen wollen, aber mehr haben sie nicht getan." Sie ergreift meine Hand und hält sie in ihrer. „Versprochen", flüstert sie.

Es klopft an der Tür und Logans Stimme ertönt. „Engel, bist du angezogen? Ich habe Besuch mitgebracht", fragt er.

Ich bin in einem furchtbaren Zustand und er bringt Besuch mit? Ich schaue zu Alba hinüber und sie bemerkt meinen besorgten Gesichtsausdruck. „Ich bin mir sicher, dass ich grässlich aussehe", sage ich zu ihr.

„Willst du, dass ich sie wegschicke? Ich mache das. Es sind wahrscheinlich die Jungs, aber wenn du willst, dass sie gehen, dann sag es einfach."

Sie bringt mich zum Lachen. Ich weiß, dass sie jedes

Wort, das sie sagt, auch so meint, aber ich bin es nicht gewohnt, dass sie so übermütig ist. Das Lachen tut weh wie die Hölle, aber fühlt sich gleichzeitig auch gut an.

„Ich denke, wir können sie vorerst vor deinem Zorn verschonen", antworte ich lächelnd.

„Kommt rein", versuche ich zu rufen, aber meine Stimme kommt als kleines Piepsen heraus.

Die Tür gleitet auf und Logan kommt herein, gefolgt von Gabriel, Quinn, Reid und Jake. Alle haben ein breites Lächeln auf dem Gesicht.

„Die Jungs mussten dich einfach sehen, Engel. Sobald ich ihnen erzählt habe, dass du wach bist, sind sie aufgetaucht."

Er nimmt wieder den Platz ein, auf dem er vorhin gesessen hat, direkt an meiner Seite. Einer nach dem anderen kommen die Jungs zu mir und küssen mich auf die Stirn.

Ich ergreife Logans Hand. Ich bin überwältigt von meinen Gefühlen. Verängstigt, glücklich – aber hauptsächlich dankbar. Jeder Mann, der vor mir steht, hat geholfen, mein Leben und das meiner Schwester zu retten. Ich habe keine Ahnung, wie ich ihnen danken oder mich bei irgendjemandem dafür revanchieren soll, was sie für uns getan haben.

Mit Tränen in den Augen und zittriger Stimme gebe ich mein Bestes, trotzdem irgendetwas zu sagen.

„Ähm, ich möchte mich für alles bedanken, aber ich habe das Gefühl, dass das nicht genug ist, Jungs. Bei all dem, was ihr für meine Schwester und mich getan habt …" Ich kann nicht einmal zu Ende sprechen. Meine Lippen zittern. Was ich versucht habe, zurückzuhalten, bricht aus mir heraus, und ich vergrabe mein Gesicht in meinen Händen.

„Engel, weine nicht. Ich habe es dir doch gesagt. Du gehörst zu mir, und das macht dich zu Familie. Es gibt keine verdammte Sache, die wir nicht für dich oder deine Schwester tun würden.“

Ich bemühe mich, mein Gesicht mit dem Bettlaken trocken zu wischen, bevor ich zu allen nach oben spähe. Ich erkenne nichts als pure Liebe und Zuneigung in jedem ihrer Gesichter.

Eine Krankenschwester betritt mit einem Tablett den Raum und stellt es vor mir ab. Ich habe keinen Hunger. So wie es aussieht, sind es nur eine einfache Hühnerbrühe und eine Packung Cracker, also wäre es vielleicht gar nicht so schlecht, etwas von der Brühe zu schlürfen.

Die Jungs bleiben nicht lange. Sie verabschieden sich und gehen.

Ich bestehe darauf, dass Alba auch geht und sich ordentlich in einem vernünftigen Bett ausschläft, anstatt sich in das zu quetschen, in dem ich gerade liege. Sie gibt schließlich nach, aber nur, weil Gabriel verspricht, sie morgen schon früh herzubringen.

Gähnend drücke ich den Knopf auf dem Bett, um das Kopfteil herunterzufahren. Logan entschließt sich, neben mich zu klettern, sobald ich es mir bequem gemacht habe.

Sein langer Körper passt kaum hinein, sodass seine Füße über das Ende des Bettes hängen. Ich lasse mich von ihm festhalten, kuschele mich an seine Wärme und beruhige den Sturm, der in mir tobt. Ich habe den ganzen Tag ein tapferes Gesicht aufgesetzt und niemand hat bemerkt, dass ich mich unbehaglich gefühlt habe. Vielleicht haben sie es aber doch bemerkt und ich beschwindele mich selbst. Das Bild von Jorge verschwindet einfach nicht aus meinem Kopf. Ich muss nicht einmal meine Augen schließen und er ist schon da. Ich kann immer noch hören, wie seine sadistische Stimme in meinen Ohren klingt.

Als wüsste er, dass er die Stimmen in meinem Kopf übertönen muss, legt Logan seine Lippen an mein Ohr und flüstert mit seiner tiefen Reibeisenstimme: „Ich habe dich, meine Schöne. Ich werde da sein, wenn du aufwachst.“

Das ist genau das, was ich hören muss. Mein Puls beruhigt sich, mein Körper entspannt sich und meine Lider fallen langsam zu.

Am nächsten Morgen wache ich auf und rieche den Duft von Zimtschnecken und Kaffee. Ich richte mich im Bett auf und beobachte, wie Logan eine Zimtschnecke auf einen Teller legt und ihn vor mir abstellt, bevor er mehrere Päckchen Kaffeeweißer und Zucker in meinen Kaffee kippt und ihn dann umrührt. „Morgen, Engel.“

„Morgen.“ Ich reibe mir die Augen.

Wir sitzen da und essen schweigend, bis meine Schwester mit einer Einkaufstasche in der Hand durch die Tür stürmt. „Ich bin gestern Abend einkaufen gewesen und habe dir ein paar bequeme Klamotten gekauft, die du anziehen kannst. Ich schätze, dass du gerne aus diesem Krankenhaushemd rausmöchtest, sobald du heute Morgen geduscht hast. Ich habe dir ein paar deiner Lieblingsshampoos und deine liebste Bodylotion mitgebracht.“ Sie strahlt. Meine Schwester scheint heute Morgen gute Laune zu haben.

„Ich kann es nicht erwarten, zu duschen. Ich fühle mich so ekelig."

Langsam hieve ich meine Beine über den Bettrand und setze mich auf die Kante. Ich fühle mich ein bisschen schwindelig und halte mich am Seitengitter fest.

Logan hilft mir auf die Beine. „Du willst jetzt duschen, Babe? Lass mich nur die Krankenschwester holen, damit sie ein paar frische Verbände bringt, und ich helfe dir", sagt er.

„Logan, würde es dir etwas ausmachen, wenn mir meine Schwester beim Duschen hilft?", frage ich ihn zögernd.

Ich merke, dass er etwas einwenden will, aber er tut es nicht. Er setzt sich zurück auf seinen Stuhl und zieht sein Handy hervor. Meine Schwester läuft herüber und hilft mir ins Bad. Ich schaue über meine Schulter und spähe zu Logan. Er beobachtet jede meiner Bewegungen, während ihm der Schmerz ins Gesicht geschrieben steht. Mir wird ganz schwer ums Herz.

Alba dreht die Dusche auf, und ich beginne, mich vorsichtig auszuziehen.

„Ich habe dein iPad mitgebracht. Ich weiß, dass du gerne Musik unter der Dusche hörst", erklärt sie mir sanft.

„Danke."

Ich rufe meine Playlist auf, um die Zufallswiedergabe starten zu können, wenn ich gleich in die Dusche steige. Zögernd lasse ich mir von Alba helfen, den Verbandsmull abzuwickeln und dann sanft den Verband von meiner Seite abzuziehen. Ich sehe nicht hinunter, und ich kann auch nicht in den Spiegel schauen, denn der einzige im Bad hängt über dem

Waschbecken.

Ich hasse mich selbst dafür, sie in diese Situation zu bringen, und lote sorgfältig ihre Reaktion aus. Sie versucht, ihre Emotionen zu verbergen, aber sie gerät schnell ins Straucheln. Leise Tränen laufen ihr übers Gesicht. Auch mir kommen die Tränen und sie stürzen meine Wangen hinunter, was mir das Gefühl gibt, erbärmlich und klein zu sein. Wir schweigen beide, als meine Schwester mir in die Kabine hilft. Ich drücke auf Play und stelle mich unter den Wasserstrahl.

Musik erfüllt den Raum.

Mein Herz pocht und frische Tränen werden den Abfluss hinuntergespült, als Christina Perris „Arms" als nächstes Lied abgespielt wird. Die Emotionen, die ich empfinde, als diese eine Zeile sich das ganze Lied hindurch wiederholt, bringen meine Gefühle zum Überlaufen: *„You put your arms around me, and I'm home."* – *„Du legst deine Arme um mich und ich bin zu Hause."*

Ich kann es nicht mit Sicherheit sagen, aber ich glaube fast zu hören, wie sich das Schluchzen meiner Schwester mit den Worten des Liedes vermischt. Ich stehe da unter dem heißen Wasserstrahl und versuche, aus all den verworrenen Gefühlen, die ich empfinde, schlau zu werden und meinen Schmerz wegzuspülen.

Kapitel 29

Logan

Ich trete aus Bellas Krankenhauszimmer, lehne mich gegen die Tür und stoße frustriert den Atem aus. Sie weigert sich, sich von mir bei irgendetwas helfen zu lassen, wenn es beinhaltet, dass ich ihre Wunden sehe. Ein Teil von mir versteht, warum sie sich so verhält, aber der andere Teil von mir will sich um meine Freundin kümmern.

Dr. Evans hat uns versichert, dass die Wunden mit der Zeit deutlich verblassen werden, aber im Moment sind sie noch rot und geschwollen. Sie hat Bella erklärt, dass sie sich in der Zukunft einer Schönheits-OP unterziehen kann, aber ihrer professionellen Meinung nach hat der Chirurg, der sie genäht hat, ausgezeichnete Arbeit geleistet, daher sind irgendwelche weiteren Operationen höchst unwahrscheinlich. Dr. Evans hat auch einen Termin mit einer psychologischen Beraterin vereinbart, die heute Nachmittag mit Bella sprechen soll.

„Bist du okay, Bruder?", fragt Gabriel neben mir. Er bewacht Bellas Krankenhauszimmer, seit er und Alba gestern aufgetaucht sind.

Ich sehe zu ihm herunter, wie er in einem Stuhl sitzt und an einem Becher Kaffee nippt, fahre mir mit der Hand übers Gesicht und antworte: „Scheiße, Mann, ich weiß es nicht."

„Bella ist eine starke Frau, Logan. Sie wird diesen Mist durchstehen", versichert mir Gabriel.

„Ja, Bruder, du hast recht", antworte ich und drücke

mich von der Tür weg. „Ich werde nach dem Kind sehen, bin in ein paar Minuten zurück."

Ich habe gestern zum ersten Mal mit Sofia geredet. Sie hat mir erzählt, dass sie diejenige gewesen ist, die angerufen hat, um mir das mit Bella mitzuteilen. Das arme Kind hat Prügel dafür eingesteckt, dass sie versucht hat, meiner Freundin zu helfen. Deswegen steht der Club in ihrer Schuld.

Als ich zu ihrem Zimmer komme, geht Dr. Evans gerade hinaus. „Hey, Doc, wie geht es ihr?"

Lächelnd antwortet sie: „Sofia geht es heute sehr viel besser."

„Konnten Sie irgendjemanden aus ihrer Familie ausfindig machen?", frage ich.

Sie schüttelt traurig den Kopf und sagt: „Nein, Sofia sagte, dass ihre Eltern tot sind und sie keine Familie hat. Ich fürchte, ich werde das Jugendamt anrufen müssen."

„Das wird nicht nötig sein", wende ich ein. „Sie wird mit Bella nach Hause gehen. Sie und ich werden uns um das Kind kümmern."

„Rechtlich gesehen muss ich das Jugendamt in einer Situation wie dieser benachrichtigen", informiert mich Dr. Evans.

Ich will sie unterbrechen, doch sie schneidet mir das Wort ab, indem sie ihre Hand hochhält. „Inoffiziell hat Sofia keine Familie, aber offiziell schon, wenn ich den Namen von, sagen wir, einem Cousin hätte, von irgendjemandem, den ich auf die Papiere setzen kann. Vorzugsweise jemandem mit lateinamerikanischer Abstammung, angesichts der Tatsache, dass Sofia aus Mexiko ist."

Zu sagen, dass ich über den Vorschlag des Docs

schockiert wäre, wäre eine Untertreibung. Ich bin fest davon ausgegangen, dass diese Situation in die andere Richtung gehen würde. Das System kümmert mich einen Dreck, aber dass die Ärztin uns hilft, erspart es dem Club, diesen Scheiß erledigen zu müssen. Sie hat zweifellos in letzter Zeit einen gewissen düsteren Kubaner vor Bellas Tür bemerkt, und mir gerade durch die Blume gesagt, wie unser Problem bezüglich Sofia zu lösen ist.

„Darf ich fragen, wieso Sie das tun?"

Seufzend blickt Dr. Evans sich um, um sich zu vergewissern, dass wir nicht gehört werden. „Sofia musste die Hölle durchmachen, die Art von Hölle, die niemand jemals durchmachen sollte, ganz zu schweigen von einem siebzehnjährigen Mädchen. Sie wird zweifellos durch das System fallen. Wenn ich auf irgendeine Weise helfen kann, das zu vermeiden, dann werde ich es tun, selbst wenn es gegen die Regeln dieses Krankenhauses verstößt. Ich habe da so ein Gefühl bei Ihnen und Bella. Ich sehe, wie diese Männer sind – die, die zu Besuch kommen. Mein Bauchgefühl sagt mir, dass sie in guten Händen sein wird."

„Das wird sie", verspreche ich.

„Also dann, ich habe einigen Papierkram, der ausgefüllt werden muss. Ich werde ihn später vorbeibringen, wenn ich komme, um nach Bella zu sehen."

Ich klopfe an Sofias Tür und warte ihre Antwort ab, bevor ich eintrete. „Hey, Kleine. Wie geht's?"

„Hey, Logan", sagt sie leise.

Ich erfasse ihr Aussehen. Sie sieht heute besser aus als gestern. Sie ist immer noch mit blauen Flecken übersät und trägt jetzt einen hellrosa Gips an ihrem linken Arm. Die Schwellung in ihrem Gesicht ist allerdings deutlich zurückgegangen.

Am Ende ihres Bettes befindet sich ein Aufgebot an Zeitschriften und Büchern sowie ein iPad. Ich habe Quinn gestern losgeschickt, um etwas Zeug zu holen, von dem ich dachte, dass es Sofia gefallen könnte, während sie hier im Krankenhauszimmer festsitzt. Außerdem ist sie untergewichtig, und da Krankenhausessen verdammt noch mal beschissen ist, bringt Quinn ihr Leckereien mit, meistens Eiscreme. Das erste Mal, als er sie gefragt hat, was sie sich wünscht, hat sie ihm schüchtern erzählt, dass sie Eis vermisse, also bringt er ihr an jedem Tag der Woche eine andere Sorte mit.

„Wie fühlst du dich heute?"

„Besser. Wie geht's Bella?"

„Gut, sie wird demnächst hier sein, um dich zu besuchen."

„Wirklich?", fragt Sofia aufgeregt und setzt sich ein wenig aufrechter in ihr Bett.

„Ja, Kleine, sie fragt ununterbrochen nach dir, seit sie gestern aufgewacht ist."

Ich muss einfach grinsen bei dem Lächeln auf Sofias Gesicht.

„Also werdet ihr bald nach Hause gehen können, jetzt, wo es Bella immer besser geht", sagt sie traurig, während sie auf ihre hibbeligen Hände hinuntersieht.

„Hey", sage ich, trete vor sie und hebe ihr Kinn mit meinem Finger an. „Du wirst auch bald nach Hause gehen."

„Nein, das werde ich nicht, ich habe kein Zuhause."

Verdammt, dieses Kind zerreißt mir das Herz. Bella

hat mir von ihrem Versprechen erzählt, Sofia zu retten. Ich werde Sofia nicht erzählen, dass sie mit uns nach Hause kommt, das ist Bellas Aufgabe. „Mach dir keine Sorgen darüber, okay? Das wird schon alles werden, du wirst sehen."

„Hey, Süße, heute ist Chunky-Monkey-Eis-Tag", sagt Quinn in einer Singsang-Stimme und kommt zur Tür herein. Ich war noch nie dankbarer für eine Unterbrechung.

„Hey, Bruder. Ich bin gerade von deinem Mädchen gekommen, und sie brennt darauf, das kleine Ding hier zu besuchen", erklärt er mir, wobei er den Spitznamen benutzt, den er Sofia gegeben hat.

„Okay, ich gehe und hole sie her."

Als ich in Bellas Zimmer laufe, bedeute ich Gabriel, mir zu folgen. Sie und Alba sitzen auf der Bettkante, unterhalten sich mit gedämpften Stimmen und kichern dabei. Ich muss zugeben, dass es das Beste für sie ist, ihre Schwester hierzuhaben.

„Hey, Schöne", sage ich und begrüße sie mit einem Kuss. Ich beobachte, wie Gabriel am Fenster Platz nimmt, während ich einen Stuhl neben das Bett heranziehe. „Ich habe Neuigkeiten, die ich dir erzählen muss, bevor wir rüber zu Sofia gehen."

„Okay ..." Bella dehnt das Wort skeptisch in die Länge, als würde sie sich darauf vorbereiten, dass ich etwas Schreckliches sage.

„Es sind gute Nachrichten, Babe", versichere ich ihr, was sie sichtlich entspannt. „Ich habe mit Dr. Evans gesprochen, und sie hat mir mitgeteilt, dass Sofia keine lebenden Verwandten hat. Sie war in der Lage, ein paar Informationen über sie zu sammeln. Wir wissen sowohl, dass Sofias Eltern verstorben sind, als auch, dass sie keine Familie in den Staaten hat."

Bella unterbricht mich. „Logan, was wird mit ihr passieren? Wir müssen etwas tun."

„Warte, dazu komme ich noch. In Fällen wie diesen würde das Jugendamt eingeschaltet werden. Dr. Evans hat sich eine Lösung überlegt. Was ich gleich sagen werde, verlässt diesen Raum nicht, es sei denn, es ist einer der Brüder, dem wir es erzählen." Ich warte einen Moment darauf, dass Bella und Alba durch Nicken ihr Einverständnis geben. „Sie hat vorgeschlagen, dass Sofia einen Cousin haben könnte, der behauptet, sie wäre Familie. Vorzugsweise jemand aus Lateinamerika, da Sofia aus Mexiko kommt. Das würde es glaubhafter machen." Ich warte darauf, dass das, was ich gesagt habe, bei ihnen Klick macht. Es dauert nur ungefähr drei Sekunden, bis sich ihre Köpfe in Gabriels Richtung drehen.

Grinsend und die Augen verdrehend fragt er: „Was muss ich tun?"

Ich habe nie an meinem Bruder gezweifelt. Er würde alles für den Club tun. Wir alle betrachten Sofia bereits als Familie wegen dem, was sie für Bella getan hat. „Du musst ein paar Papiere unterschreiben. Dr. Evans wird später den ganzen Kram vorbeibringen."

„Also", schaltet sich Bella ein, „sie kann mit uns nach Hause kommen?"

„Ja, Babe, sie kommt mit uns. Ich bin davon ausgegangen, dass du diejenige sein willst, die es ihr erzählt."

Wir werden von einem Klopfen an der Tür

unterbrochen, gefolgt von Dr. Evans und einer älteren Dame. Sie sieht aus, als wäre sie in ihren späten Fünfzigern. Sie hat kurze, graue Haare und ein freundliches Lächeln.

„Wenn Sie eine Minute Zeit haben, Bella, ich habe hier jemanden, der gerne mit Ihnen reden würde", bittet Dr. Evans. „Ihr Name ist Helen. Sie ist eine Beraterin, die auf PTBS spezialisiert ist."

Ich bemerke, wie sich Bellas Körper beim Wort PTBS sichtlich anspannt.

„Ich möchte auch Ihre Entlassungspapiere durchgehen, da wir Sie morgen nach Hause gehen lassen."

Während sich alle vorstellen, bemerke ich, wie Gabriel Alba leise nach draußen führt, um uns etwas Privatsphäre zu geben.

Innerhalb der nächsten Stunde hören wir Helen zu, wie sie uns tonnenweise Informationen zur posttraumatischen Belastungsstörung gibt sowie die Namen und Telefonnummern von Spezialisten aus der Nähe von Polson. Ich kann erkennen, dass Bella abgeschaltet hat und Helens Ratschlägen keine Aufmerksamkeit schenkt. Sie nickt mit dem Kopf, während sie ein höfliches Lächeln zeigt, aber sie hat eine Mauer hochgefahren, ich sehe es in ihren Augen.

Sobald Helen gegangen ist und der Doc Bella die Nachsorgeanweisungen gegeben hat, beschließe ich, dass jetzt nicht der Zeitpunkt ist, wegen ihrer uninteressierten Haltung bezüglich einer Beratung nachzuhaken. Stattdessen werde ich ihr helfen, sich auf etwas Positives zu konzentrieren. „Wie wäre es, wenn wir zu Sofia gehen? Sie fragt sich wahrscheinlich schon, wo wir bleiben."

Bella lächelt mich an, ein echtes Lächeln, nicht das bescheuerte falsche, das sie Augenblicke zuvor aufgesetzt hat, und nickt.

Kapitel 30

Bella

Weil ich mich weigere, einen Rollstuhl zu benutzen, lasse ich mir von Logan bei der langsamen Wanderung den Flur hinunter zu Sofias Zimmer helfen. Ich bin so aufgeregt, sie endlich sehen zu können. Das letzte Mal, als ich sie gesehen habe, war sie ein blutüberströmtes, verprügeltes Häufchen Elend auf dem Kellerboden. Ich erinnere mich, dass ich mir nicht mal sicher war, ob sie überhaupt noch am Leben ist. Als ich nach drei Tagen im Krankenhaus endlich aufgewacht bin, galt einer meiner ersten Gedanken Sofia. Ich war so erleichtert, als Logan mir erzählte, dass sie sie aus dem Haus gebracht haben und sie in Sicherheit sei, direkt hier im Krankenhaus.

Als wir in ihr Zimmer kommen, ist sie so vertieft in das iPad, das sie in der Hand hält, dass sie eine Minute braucht, bis sie überhaupt registriert, dass wir da sind.

„Bella!" Sofia strahlt.

„Hey, Süße", rufe ich.

Logan bietet mir seine Hand an und hilft mir, mich auf eine Seite von Sofias Bett zu setzen. „Wie fühlst du dich? Behandeln dich die Jungs gut?"

Sofia bejaht mit einem schnellen Nicken. „Ja, alle sind nett zu mir. Logan hat mir dieses iPad gebracht und Quinn bringt mir jeden Tag Eis."

„Das ist toll. Ich wusste, dass sie sich gut um dich kümmern würden."

„Wie ist es bei dir?", fragt Sofia. „Logan sagte, dass du bald nach Hause gehen kannst."

„Jepp, das werden wir definitiv. Ich schicke morgen einen der Jungs her, damit er dir hilft, dein ganzes Zeug zusammenzupacken." Ich versuche, gelassen zu klingen, und beiße mir auf die Innenseite meiner Wange, um mich vom Grinsen abzuhalten. Es dauert nur ein paar Sekunden, bis sie begreift, was ich gesagt habe.

Sie hört auf, auf ihren Schoß zu starren, und ihr Kopf schnellt in die Höhe. „Was meinst du damit, dass sie mir helfen sollen, mein Zeug zusammenzupacken?"

„Na ja, wir gehen morgen nach Hause."

„Nach Hause? Wir?", fragt sie verwirrt.

„Ja, meine Süße, du kommst morgen mit uns nach Hause."

„Wirklich?!", kreischt Sofia.

Ich kann nicht anders, als bei ihrer Begeisterung in Gelächter auszubrechen, wobei ich ignoriere, wie das Lachen meinen Körper schmerzen lässt.

„Wir werden jetzt gehen, damit du dich etwas ausruhen kannst. Wir haben morgen einen langen Tag vor uns", verkünde ich und tätschele Sofias Bein.

„Okay, Bella, vielen Dank", sagt sie hicksend und versucht, ihre Tränen zurückzuhalten.

„Gern geschehen, Kleine."

Ich bin vollkommen erschöpft, nachdem Logan mir geholfen hat, zurück in mein Krankenhauszimmer zu gelangen. Ich hasse es, dass ein kurzer Spaziergang den Flur hinunter mich ausgelaugt und atemlos zurücklässt. Dr. Evans hat mir erklärt, dass das zu erwarten sei. Sie wies mich darauf hin, es nicht zu übertreiben, um meinem Körper die Chance zu geben, ordentlich zu heilen.

Und dann ist da Logan. Er ist mir gegenüber nichts als geduldig, obwohl ich weiß, dass es ihn fertigmacht, dass ich mir nicht von ihm helfen lassen will. Doch ich kann nicht anders. Der Gedanke daran, dass er mich sieht, sieht, wie mein Körper unter meiner Kleidung aussieht - bei der Vorstellung daran, was er denken wird, zucke ich zusammen. Wird er angewidert sein? Wird er immer noch mit jemandem zusammen sein wollen, dessen Körper von Narben bedeckt ist?

„Woran denkst du, Babe?", fragt Logan und reißt mich aus meinen grüblerischen Gedanken.

„An nichts", erwidere ich. „Ich bin nur müde."

An seinem Gesichtsausdruck erkenne ich, dass er mir nicht glaubt, aber er entschließt sich, mich deswegen nicht zur Rede zu stellen.

„Okay, ruh dich etwas aus. Ich rufe die Jungs an und kläre die Sachen für morgen." Er kommt zu mir und gibt mir einen sanften Kuss. Ich schließe meine Augen, atme seinen Duft ein und lasse mich davon beruhigen.

Der nächste Tag vergeht ein bisschen wie im Rausch. Ich habe es so satt, in diesem verdammten Krankenhaus zu sein. Endlich lässt Logan Quinn jemanden vom Pflegepersonal auftreiben, um mir die Entlassungspapiere zu bringen, damit wir gehen können.

Demetri fliegt uns in seinem Flugzeug heim, wofür ich dankbar bin. Ich bin nicht in der Stimmung, um ein paar Stunden in einem Auto festzustecken.

Alba und Gabriel sind gestern schon gefahren,

damit sie das Haus für uns bereit machen konnten. Wir brauchten Lebensmittel und ein paar Sachen für Sofia. Meine Schwester war begeistert, als das Wort Shopping erwähnt wurde, aber der arme Gabriel sah aus, als würde er sich lieber die Kugel geben. Als Alba frech meinte, dass sie es dann allein machen würde, verwarf der Große die Idee schnell wieder.

Eine Minute später gleitet Quinn wieder ins Zimmer, gefolgt von einer Krankenschwester, die einen Rollstuhl schiebt. Ich will nicht mit dem verdammten Ding fahren, aber so sind die Krankenhausrichtlinien. Ich stehe es klaglos durch und setze mich in den Rollstuhl. Ich tue alles, wenn es bedeutet, dass ich verdammt noch mal hier rauskomme und nach Hause gehen darf.

In Logans Haus angekommen, werden wir von Stille begrüßt. Logan hat erwähnt, dass alle wild darauf seien, mich zu sehen, er es aber ablehnte und ihnen erklärte, dass sie mich zuerst einleben lassen sollen. Wenn ich bereit wäre, würden sie auf einen kurzen Besuch vorbeikommen können.

Ich bin dankbar, dass er auf mich achtgibt. Ich bin jetzt gerade definitiv nicht bereit für Gesellschaft, außer für die von meiner Schwester. Sie ist diejenige, die ich brauche.

„Komm schon", sage ich und ergreife Sofias Hand neben mir. „Ich gebe dir die große Führung."

Ihre Augen werden groß, als sie das Haus in Augenschein nimmt. Nachdem wir uns von Zimmer zu Zimmer begeben haben, bringe ich sie nach draußen, um ihr den See zu zeigen.

„O mein Gott", ruft sie und keucht auf. „Ist das

echt? Darf ich hier leben?"

„Ja, du darfst hier leben."

Während ich einen Moment lang am Rand des Wassers stehe, schließe ich meine Augen, begrüße den Wind auf meinem Gesicht und atme die frische Luft ein. Ich drehe den Kopf und schaue zu dem jungen Mädchen neben mir, das dasselbe tut. Ich drücke Sofias Hand. „Los, gehen wir wieder rein."

„Wäre es okay, wenn ich noch ein paar Minuten länger hier draußen bleibe?", fragt sie.

„Klar, komm nach, wenn du bereit bist."

Zurück im Haus finde ich Logan in der Küche, wo er Tee macht.

„Hey, Babe, hilfst du Sofia, sich einzuleben?"

„Ja, sie ist draußen am See. Sie wird bald reinkommen."

Er nickt und bewegt sich auf den Tisch zu. „Komm, setz dich, ich schenke dir eine Tasse ein."

„Ich brauche dein Handy, um meine Schwester anzurufen", erkläre ich ihm, als ich einen Stuhl herausziehe und mich setze. „Ich will sie fragen, um wie viel Uhr sie zu Hause sein wird."

Er späht mit angespanntem Kiefer zu mir und presst hervor: „Wenn du bei etwas Hilfe brauchst, dann mache ich das. Du bist meine Freundin, stoß mich jetzt nicht mehr weg."

Ich zucke zusammen, als er den Löffel, den er in der Hand hält, auf die Anrichte knallt.

„Logan …", beginne ich, bevor er mir das Wort abschneidet.

„Fuck, nein, ich habe die Schnauze voll von dem Scheiß. Du brauchst Hilfe, um deine Verbände zu wechseln – ich werde sie wechseln. Du brauchst

Hilfe, um zu duschen – ich werde dir helfen", bekundet er überzeugt.

Ich spüre, wie die Wut in meinem Bauch hochkocht, und stehe vom Tisch auf. „Weißt du was, Logan, das ist gerade nicht wirklich deine Entscheidung, oder?", fordere ich ihn ruhig heraus, ohne meine Augen von ihm zu lassen. Wenn er denkt, er kann mir vorschreiben, wie die Dinge zu laufen haben, dann hat er sich geschnitten.

„Engel", sagt er. Sein Gesicht wird weicher.

Ich stütze meine Hände auf den Tisch und lasse den Kopf hängen. „Ich bin nicht bereit", flüstere ich.

Innerhalb von Sekunden steht Logan neben mir und hält mein Gesicht in seinen Händen. Ich bemerke seine niedergeschlagene Körperhaltung, als er mit seinem Daumen meine Tränen wegwischt und mich dann auf die Lippen küsst. „Ich werde deine Schwester anrufen", murmelt er seufzend.

Ich wache eine Weile später in Logans und meinem Bett auf und sehe, dass Alba neben mir liegt. Nach unserer kleinen Fehde vorhin habe ich Logan gesagt, dass ich ein Nickerchen brauche. „Wie lange bist du schon da?"

„Ungefähr dreißig Minuten", antwortet meine Schwester, während wir uns ein Blickduell liefern.

„Sag es schon", grummele ich.

„Er liebt dich. Du musst ihn reinlassen. Ich weiß, dass du Angst hast."

Ich schüttele den Kopf. „Du verstehst das nicht."

„Ich verstehe vielleicht nicht, was du durchgemacht hast, aber ich verstehe, was es heißt, Angst zu haben."

Bei ihrer Aussage wird mein Blick weich. Alba ist Gott sei Dank unbeschadet aus diesem ganzen Albtraum herausgekommen, aber sie versteht durchaus meine Gefühle bis zu einem gewissen Grad. „Ich brauche mehr Zeit, das ist alles, worum ich bitte."

Sie klettert aus dem Bett und läuft herüber an meine Seite. Ich halte ihre Hände fest und sie hilft mir beim Aufstehen. Meine Narben fühlen sich nicht mehr so gespannt an, sie schmerzen nur noch. Die Ärztin meinte, es dauere noch eine Woche, bis die Fäden entfernt werden können und ich sie nicht mehr verbinden muss. Ich gehe mit meiner Schwester ins Badezimmer und weigere mich, in den Spiegel zu schauen, als sie das Wasser für meine Dusche aufdreht. Ich freue mich darauf, wenn ich wieder richtig duschen kann. Fünf Minuten bringen es einfach nicht, und meine Beine brauchen seit vier Tagen oder so eine Rasur. Alba bekommt meinen entsetzten, auf meine Beine gerichteten Blick mit und gluckst.

„Setz dich", befiehlt sie und deutet auf den geschlossenen Toilettendeckel. „Ich werde diese haarigen Biester rasieren, die du Beine nennst." Sie kichert, als sie mich erwischt, wie ich ihr den Mittelfinger zeige.

Ich fühle mich total seltsam, weil die Schwesterrollen vertauscht sind. Mein ganzes Leben lang bin ich diejenige gewesen, die sich um Alba gekümmert hat, so sehr, dass es sich manchmal anfühlte, als wäre sie mein Kind. Jetzt hat sich das Blatt gewendet und mein kleines Schwesterchen kümmert sich um mich. Das erste Mal, als sie meine Wunden gesehen hat, schien es, als wäre es für sie härter als für mich. Sie hat versucht, ihre Traurigkeit zu verstecken, aber

Alba ist nie besonders gut darin gewesen, ihre Gefühle zu verbergen, vor allem nicht vor mir. Dennoch hat sie einen tiefen Atemzug genommen, sich zusammengerissen und ist die Starke geworden. In diesem Moment hat sie genau gewusst, was ich von ihr brauche.

Als ich mich nach dem Duschen wieder einigermaßen menschlich fühle, gehen wir runter, und mir schwebt der Duft von chinesischem Essen in die Nase, was meinen Magen zum Knurren bringt. „Hey, seid ihr beide hungrig?", fragt Logan, als Alba und ich in die Küche laufen.

„Ja", sprudeln wir im Chor heraus.

Ich lächele, als ich in der Küche Sofia vorfinde, die ihm hilft, den Tisch zu decken. Ich setze mich hin und schlage sofort zu, während Logan ein paar Bier für uns und für die Mädels eine Cola holt. Wir unterhalten uns angeregt, es geht hauptsächlich um die Jungs und wie die Dinge in der Werkstatt laufen.

Alba erzählt mir, dass sie kürzlich mit Mom gesprochen hat, ihr aber nichts von all dem, was passiert ist, erzählt hat. Niemand hat Lee erwähnt oder was mit ihm passiert ist. Das Einzige, was Logan gesagt hat, ist, dass sie sich darum gekümmert haben. Das reicht mir. Der Bastard ist zu diesem Zeitpunkt nebensächlich. Ich hoffe, er verrottet in der Hölle, auch wenn selbst das noch zu gut für ihn wäre.

Nach dem Essen entschuldigen sich Alba und Sofia, um nach oben zu gehen. Ich bestehe darauf, den Abwasch zu machen. Ich habe Logan gesagt, dass ich etwas Normalität brauche.

Sobald ich fertig bin, lasse ich mich von ihm nach

oben in unser Zimmer führen.

„Ich gehe duschen und dann werden wir reden“, beharrt Logan und jeder Widerspruch ist zwecklos.

Ich bin nicht in der Stimmung, zu etwas gezwungen zu werden, zu dem ich, wie ich zum Ausdruck gebracht habe, nicht bereit bin. Daher beschließe ich, ihn zu ignorieren. Wenn der Mann denkt, ich werde hinsichtlich seiner Forderungen klein beigeben, dann hat er sich gewaltig getäuscht.

Stunden später wache ich davon auf, dass mich jemand schüttelt und meinen Namen ruft. Als ich meine Augen öffne, brauche ich einen Moment, um zu registrieren, wo ich bin und wer mich hält. Mein Herz rast, mein Körper schmerzt und ist schweißgebadet. Dann bemerke ich, dass Logan mich festhält. Er hat mehrere blutige Kratzer auf seinem Gesicht und seiner Brust. Mir entfährt ein Keuchen, als es mir klar wird: Ich habe das getan. O mein Gott. Ein schluchzendes Geräusch bringt mich dazu, meinen Blick zur Schlafzimmertür huschen zu lassen. Meine Schwester steht da, mit tränenüberströmtem Gesicht, die Hand auf dem Mund.

Kapitel 31

Geweckt zu werden, weil Bella im Schlaf schreit, erschüttert mich. Ich strecke die Hand aus, um sie an meine Seite zu ziehen, in der Hoffnung, dass sie runterkommt und sich wieder beruhigt. Stattdessen hat es den gegenteiligen Effekt. Sie beginnt, zu treten und zu schreien, und schlägt mit den Händen wild um sich.

„Nein, nein, nein!", schreit sie.

Sie kämpft mit aller Kraft, während ich versuche, sie aufzuwecken. „Babe. Wach auf. Ich bin's. Hier ist Logan", flehe ich sie an. Ich ergreife ihre Handgelenke, um sie davon abzuhalten, weiter mein Gesicht zu kratzen.

„Engel, es ist okay. Du bist daheim. Komm schon, meine Schöne", flüstere ich in ihr Ohr.

Ihre Bewegungen verlangsamen sich und ihre Atmung beruhigt sich. Es ist nicht ganz dunkel im Raum. Die Spiegelung des Mondes auf dem Wasser wirft einen blaugrauen Schimmer auf den Großteil des Schlafzimmers. Sie kommt wieder zu sich und ihr Gesichtsausdruck verändert sich leicht. Als ich ihr Keuchen höre, bemerke ich, dass sich Tränen in ihren Augen sammeln.

„O mein Gott. Es tut mir so leid", sagt sie weinend.

Es gibt nichts, was ihr leidtun muss. Ich verstehe nur zu gut, was es heißt, Albträume zu haben. Ich will etwas sagen, aber ich bekomme nicht die Gelegenheit, zu antworten.

„Dein Gesicht", schluchzt sie und legt ihre weiche Hand an meine Wange, dann fährt sie mit ihrer Fingerspitze über meine Augenbraue. „Du blutest."

Während ich sie immer noch festhalte, küsse ich sie auf die Stirn und frage ruhig: „Bist du okay?"

Ich schaue in Richtung Tür, als ich ein anderes Weinen höre. Dort steht Alba und hält sich die Hand an ihren Mund. Zweifellos erschrocken über den Lärm, der aus dem Zimmer gekommen ist.

Ich halte Bella noch ein paar Minuten fest, um sie zu trösten. Ich will den Scheißkerl gleich noch mal umbringen, dafür, was er sie hat durchmachen lassen. Ich gebe ihrer Schwester ein Zeichen, die bereits ein paar weitere Schritte ins Zimmer gelaufen ist. Dann erhasche ich einen flüchtigen Blick auf Sofia, die um den Türrahmen herum späht, und sage ihr, dass sie ebenfalls hereinkommen soll.

„Könntet ihr zwei euch bitte zu Bella setzen, damit ich mein Gesicht waschen kann?", frage ich sie.

„Klar", sagt ihre Schwester mit gedämpfter Stimme. Sofia spricht nicht. Sie nickt nur.

Ich lasse meine Arme von Bellas Taille gleiten. Dann stehe ich auf, um mich auf den Weg zum Hauptbadezimmer zu machen, und schließe die Tür hinter mir. Ich bin erschöpft. Erst der Flug nach Hause, dann dem Club und meinem Vater bei ein paar unerledigten Kleinigkeiten hier in der Stadt helfen und jetzt auch noch das. Bella hatte schon einen Albtraum, als sie noch im Krankenhaus gewesen ist, aber der war nicht annähernd so intensiv.

Ich stelle mich vor den Spiegel. Die Kratzer in meinem Gesicht sind nicht so schlimm. Ich drehe das Wasser auf, spritze mir eine ordentliche Menge ins

Gesicht und sammele mich, bevor ich zurück nach draußen gehe. Ich gebe mein Bestes, um sie zu verstehen und sie es in ihrem eigenen Tempo machen zu lassen, aber verdammt, wenn es nicht gleichzeitig so verflucht frustrierend wäre. Jeden kleinen Schritt, den ich in ihre Richtung gemacht habe, um zu helfen, wurde ignoriert. Ob es nun darum geht, darüber zu reden, was passiert ist, oder auch ihr zu helfen, die Verbände zu wechseln, sie schließt mich komplett aus.

Ich versuche, der Frau, die ich liebe, zu helfen.

Ich bin hin- und hergerissen.

Soll ich zusehen, wie sie in das tiefe Loch fällt, oder soll ich sie zwingen, mich wieder reinzulassen?

Als ich zurück ins Zimmer laufe, beobachte ich, wie Bella an einem Tee nippt. Er scheint ihre Nerven zu beruhigen, also habe ich sichergestellt, dass wir reichlich von dem Kräuterzeug im Haus haben. Ich persönlich mag diesen Scheiß nicht. Sie liebt ihn, und das ist, was zählt.

Alba und Sofia umarmen sie und sagen Gute Nacht, bevor Alba sich an mich wendet. „Logan, wenn du irgendwas brauchst, dann hole mich bitte. Ich werde tun, was ich kann, um zu helfen", sagt ihre Schwester.

Ich weiß, dass sie es gut meint. Ich nicke und werfe ihr einen Blick zu, von dem ich hoffe, dass er übermittelt, dass ich das zu schätzen weiß, es aber meine Aufgabe ist.

Sie verlassen das Zimmer und schließen die Tür hinter sich. Ich schalte die Nachttischlampe an und drücke auf den Schalter über dem Bett, um das Deckenlicht auszuschalten.

Bella stellt den Tee ab, während ich zurück ins Bett klettere. Sie sieht ein wenig unsicher aus und fängt an, die Laken in ihren Händen zu zwirbeln. Ich strecke die Hand aus und ziehe sie an meine Seite. Ich spüre, dass ihr Körper nur einen Moment lang angespannt ist, bevor sie mit mir verschmilzt und ihren Kopf auf meine Brust legt.

„Es tut mir so leid, dass ich dich gekratzt habe", flüstert sie.

Ich kann die Tränen, die leise auf meine Haut fallen, und ihren warmen Atem spüren, der über meine Haut streichelt. Ich rede meinem Körper ein, nicht auf die Art zu reagieren, wie er es normalerweise tut, wenn ich in ihrer Nähe bin. Der Duft ihrer Haare, ihre weiche Haut an meinen rauen, schwieligen Händen …

Fuck.

Indem ich einen befreienden Atemzug nehme, gewinne ich etwas Selbstbeherrschung über andere Teile meines Körpers. „Ich bin okay, Babe. Nichts, worum du dir Sorgen machen musst. Willst du darüber reden? Über den Albtraum?"

„Nein. Ich bin müde. Könntest du mich einfach für eine Weile im Arm halten?", fragt sie mit leiser, zittriger Stimme.

„Ja, meine Schöne. Das kann ich tun", erkläre ich und ziehe sie näher heran.

Die nächsten paar Stunden liege ich da und halte das Beste fest, das je in mein Leben gekommen ist. Irgendwann werde ich in den Schlaf gelullt, während ich ihren weichen, entspannten Atemzügen lausche.

„Hey, Quinn", brülle ich quer durch die Werkstatt.

Ich zerlege gerade eine alte Harley, die ein Kunde vom Autofriedhof gerettet hat. Er ist letzte Woche vorbeigekommen und möchte sie zum Bobber-Stil umbauen lassen. Es wird eine nett anzusehende Kiste sein, wenn ich damit fertig bin. Der Kerl ist ein Navy-SEAL-Veteran. Er will nichts Übertriebenes, nur eine klassisch aussehende, geschmeidige Kiste.

„Was brauchst du, Mann?", feuert Quinn zurück, während er weiter an einem Big Twin arbeitet, der gestern gebracht wurde.

„Du müsstest heute die Werkstatt abschließen. Ich habe ein bisschen was zu erledigen."

„Kein Problem, Bruder. Hör zu. Die Jungs schmeißen heute Abend eine Party. Kommst du?"

Entspannen und ein paar Drinks zu mir nehmen, das klingt nach einer ziemlich guten Idee. Die letzten paar Wochen waren stressig wie die Hölle. Ich habe mir hier auf der Arbeit den Arsch aufgerissen. Hauptsächlich, weil ich mich sonst nirgendwo gebraucht fühle. Also gehe ich zur Arbeit und bleibe meistens bis spät am Abend, bevor ich nach Hause gehe, um zu duschen und zu schlafen. „Ja, Mann, ich werde da sein."

Mich in die Arbeit zu stürzen, ist die einzige Möglichkeit, wie ich mit dem Stress und der angestauten Anspannung umgehen kann. Das oder das Trinken, und ich habe in letzter Zeit mein Möglichstes getan, um nicht zu tief ins Glas zu schauen.

Ich mache Schluss für den Tag und überlasse es Quinn, in der Werkstatt alles fertig zu machen. Ich trete nach draußen, steige auf mein Motorrad und mache mich auf den Weg zum Anwesen meines

Vaters. Nikolai, mein Bruder, hat mich vor ein paar Tagen angerufen und gefragt, ob ich mal zu ihnen rausfahren könnte. Er möchte ein paar Dinge mit mir besprechen, wollte es aber nicht am Telefon machen.

Ich halte vor dem Tor und werde unverzüglich durchgelassen. Ich kann mich immer noch nicht an den Reichtum gewöhnen, über den mein Vater verfügt. Er hat auf dem Flug zur Rettung meiner Freundin ziemlich deutlich gemacht, dass das, „was sein ist, jetzt auch mein ist". Der Gedanke daran, frei verfügbares Geld und endlose Ressourcen sofort greifbar zu haben, ist überwältigend. Ich habe immer hart dafür gearbeitet, um das zu bekommen, was ich will. Nichts wurde mir je geschenkt. Fürs Erste bin ich zufrieden damit, wie die Dinge gerade sind.

Nikolai kommt herausgelaufen, als ich von meinem Motorrad steige. „Logan, schön, dass du gekommen bist. Ich habe draußen hinterm Haus das Mittagessen vorbereitet."

Ich folge ihm durch das Haus und zur hinteren Terrassentür hinaus. Es riecht verdammt lecker hier. Ich recke mich zu meiner Linken und sehe, dass er den Deckel eines Barbecue-Grills geöffnet hat und ein paar verdammt große Rib-Eye-Steaks herunternimmt.

„Scheiße, Bruder. Ich war vorher nicht hungrig, aber jetzt …"

Lachend deutet er auf eine Kühlbox, die neben der Gartensitzgruppe auf dem Boden steht. „Hol uns ein Bier. Ich bringe die gleich rüber. Ich mag es, zu grillen. Es entspannt mich. Es gibt mir das Gefühl, normal zu sein."

Nachdem er die Steaks auf ein paar Teller gehauen

hat, trägt er sie rüber und stellt einen der Teller vor mir ab, zusammen mit einer verdammt großen Schüssel gewürzter Pommes. Verdammt! Ich werde mich nicht beschweren. Fleisch und Kartoffeln. Damit komme ich klar.

„Mit normal meinst du, so zu tun, als wärst du nicht der Sohn eines russischen Mafioso?" Ich stupse ihn an und reiche ihm ein Bier.

„Ganz genau. Ich wurde in dieses Leben hineingeboren. Ich habe es mir nicht ausgesucht. Es kann ziemlich unbefriedigend sein. Manchmal will ich allein sein. Mir überlassen sein, um das zu tun, was ich will. Nicht das, was von mir erwartet wird, was mich zu dem bringt, was ich heute besprechen wollte." Er macht eine Pause und nimmt einen Bissen von seinem Essen.

Nachdem ich ein paar Bissen von dem Steak gegessen habe, das Reids und Quinns Grillkünsten Konkurrenz machen würde, nehme ich einen Schluck Bier. Nikolai fährt mit seinem Gespräch fort, während ich ein paar Pommes in meinen Mund stopfe.

„Ich will hier in Polson bleiben und möchte gerne, dass du mir hilfst, meinen – unseren – Vater zu überzeugen, dass das eine gute Idee ist."

Der kleine Bruder hat Lust, zu rebellieren. Ich lächele. Es könnte eine sehr gute Idee sein oder auch sehr schiefgehen. So oder so, jeder sollte die Chance haben, ein Leben kennenzulernen, bei dem man nicht unter der Fuchtel von jemandem steht.

„Du willst in der Nähe bleiben, hm? Hast du einen Plan, was du machen willst, während du hier bist?"

„Ich habe geplant, hier auf dem Anwesen zu bleiben, aber ich hatte gehofft, mich vielleicht nach einer normalen Arbeit umsehen zu können. Etwas, worauf ich stolz sein könnte. Wo ich lernen und mich erfüllt fühlen kann", verkündet er stolz und in seinem Blick stehen Entschlossenheit und Eifer.

„Scheiße, ja! Das kann ich total nachvollziehen. Du willst dein eigener Herr sein. Ich verstehe das. Ich werde tun, was ich kann, um dir zu helfen."

Er hebt seine Bierflasche in meine Richtung, und mit einem verdammt breiten Grinsen sagt er zu mir: „Danke, Bruder."

Wir beenden das Mittagessen mit einer lockeren Unterhaltung. Lernen uns gegenseitig ein bisschen besser kennen, bevor ich aufbreche. Die Sonne fängt an, unterzugehen, also ziehe ich mein Handy heraus, um Bella anzurufen. Sie geht beim ersten Klingeln ran. Ich gebe ihr Bescheid, dass es heute Abend wieder spät bei mir wird. Hauptsächlich wollte ich einfach ihre süße Stimme hören, die „Ich liebe dich" sagt.

Es ist fast dunkel, als ich beim Clubhaus ankomme und mein Motorrad parke. Die Party hat gerade begonnen, als ich durch die Tür gehe und mich auf den Weg zur Bar mache. Gabriel sitzt an seinem üblichen Platz und nippt an einem Bier, als ich einen Hocker herziehe und um ein eigenes bitte, zusammen mit einem Shot Whiskey.

„Hey, Bruder, alles okay bei dir?", erkundigt sich Gabriel leise murmelnd und starrt mich an.

„Ja, Mann. Ich wollte nur vorbeischauen und einen Moment abschalten."

Gabriel nickt und sagt nichts mehr. Er steht auf und verschwindet nach oben.

Als ich bei meinem zweiten Bier und meinem dritten Shot bin, setzt sich Reid neben mich. „Logan, ich habe dich hier seit einer Weile nicht mehr abhängen sehen. Alles okay bei dir?"

Wenn es eine Person gibt, mit der ich über tiefsinniges Zeug reden kann, dann ist es Reid. Ich kenne ihn länger als jeden meiner Brüder. Verdammt, er ist praktisch mein Bruder. Wir sind zusammen aufgewachsen. Ich bedenke all das, bevor ich den Mund öffne. „Reid, Mann, ich weiß nicht, was ich tun soll. Sie will sich mir gegenüber nicht öffnen. Sie stößt mich weg."

Ich höre mich gerade wie ein Weichei an. Scheiß drauf. Ich kippe einen weiteren Shot. Genieße das Brennen, als er meine Kehle hinuntergleitet.

„Denkst du, wenn du betrunken zu ihr nach Hause kommst, hilft das der Situation?", warnt mich Reid.

„Ich kann meinen Rausch hier ausschlafen. Glaub mir. Ihr wird es sogar egal sein, wenn ich nicht da bin, Bruder. Sie hat ihre Schwester und Sofia."

Ich höre ihn neben mir seufzen „Logan, vielleicht braucht sie etwas Zeit. Jemand hat sie gefoltert, seelisch und körperlich. Ich schätze, dass sich deine Freundin verloren, beschädigt und möglicherweise sogar unattraktiv fühlt. Es ist nicht leicht, mit Narben jeglicher Art klarzukommen. Ich habe lange Zeit gebraucht, um zu akzeptieren, dass mein Körper anders ist. Ich verspüre immer noch das Bedürfnis, ihn zu verstecken. Auf eine Art verstehe ich, was sie durchmacht."

Scheiße. Er hat recht. Ich fahre mit der Hand über mein Gesicht. Ich habe beobachtet, wie er seit dem Unfall zu kämpfen hat. Nicht nur mit dem Verlust seines Bruders, sondern ebenso mit dem seines Beins. Er versteckt es gut, indem er immer Jeans trägt.

Er mag ihren Standpunkt verstehen, aber ich kämpfe auch in dieser Schlacht. Wie zum Teufel kann ich für sie da sein, wenn sie mich nicht reinlässt? Wie kann ich ihr helfen, dass es ihr besser geht, wenn sie die ganze Situation einfach nur ignorieren will? Ich liebe sie, aber es ist schwer, Dämonen zu bekämpfen, die man nicht sehen kann. Ich kann jederzeit jeden krankenhausreif schlagen. Verdammt, ich kann sogar abdrücken, wenn ich es für sie machen müsste, aber die Geister …

„Ich sehe sie überhaupt nicht anders als zuvor. Sie ist immer noch dieselbe schöne Frau, die ich liebe", sage ich, wobei jedes Wort mit Frustration gespickt ist, aber es ist die Wahrheit. Was ich sehe, hat sich kein bisschen verändert.

„Sie fühlt sich nicht schön und sie wird in ihrem Inneren nie mehr dieselbe sein. Bis sie sich wieder schön fühlt, ist alles, was du tun kannst, zu warten. Sei für sie da, wenn sie dich dann reinlässt", vollendet Reid, während er Blake bedeutet, ihm noch ein Bier zu geben.

Ich atme tief durch, hebe den Kopf und schaue mich im Spiegel an, der an der Wand hinter der Bar hängt. Sie verdient es nicht, mich so zu sehen.

Ich lege meine Hand in Reids Nacken und drücke sanft zu. „Danke, Bruder. Es hat sich gut angefühlt, mit jemandem zu reden. Ich werde in die Küche gehen und etwas Kaffee machen. Ich will nicht stockbesoffen nach Hause gehen."

„Ich schließe mich dir an. Ich fühle die

Partyatmosphäre heute Abend nicht", nuschelt er.

Es ist gegen Mitternacht, als ich nach Hause komme. Reid und ich haben ein paar Stunden lang gequatscht. Gute Zeiten wieder aufleben lassen und Erinnerungen aus unserer Kindheit geteilt.

Ich bin zu geschafft, um zu duschen, also streife ich meine Kleidung ab und steige ins Bett.

Bella verkrampft sich einen Moment lang, als ich sie zu mir ziehe. Die Berührung ihrer weichen Haut, als ich meine Arme um sie schlinge, bringt den Lärm in meinem Kopf zum Schweigen.

„Ich liebe dich, Engel", flüstere ich leise in ihr Ohr.

„Ich liebe dich", sagt sie mit schläfriger Stimme, beinahe zu leise, um sie zu hören.

Ich fahre heute zum See raus, um zu versuchen, den Kopf frei zu bekommen. Das Gespräch, das ich gestern Abend mit Reid geführt habe, läuft in Dauerschleife ab, und es fällt mir schwer, mich auf irgendetwas anderes zu konzentrieren.

Ich kann meinen Kopf nicht dazu bringen, sich auf irgendetwas anderes als Bella und die Distanz, die sie zwischen uns bringt, zu fokussieren, also habe ich ihr erzählt, dass ich Clubsachen habe, um die ich mich kümmern muss. Ich sollte nicht lügen, aber ich brauche Raum zum Atmen und zum Denken.

Sie hat immer noch mindestens einmal die Woche Albträume, weigert sich aber, mit mir über sie zu sprechen. Und obendrein versteckt sie immer noch ihren Körper vor mir.

„Fuck!", rufe ich in den Fahrtwind, während ich die Straße runterfahre.

Als ich den Feldweg entlangfahre, der zu dem See führt, wo meine Mom und meine Tante begraben sind, bemerke ich einen SUV mit getönten Scheiben, der einige Meter vor mir parkt. Ich rolle, bis ich zum Stehen komme, und die Fahrertür öffnet sich. Heraus tritt Victor, der Fahrer und die rechte Hand meines Vaters.

Ich würge den Motor meines Motorrads ab und klappe den Ständer nach unten. „Victor. Ist mein Dad da drin?" Ich zeige auf das Fahrzeug.

„Nein. Er ist da drüben", sagt er mit seinem starken russischen Akzent und zeigt zu seiner Rechten.

Ich blicke in die Richtung, in die Victor zeigt, und erkenne meinen Vater, der direkt vor Moms Grabstein kniet. Er umklammert mit seinen Händen den oberen Rand des Steins.

Ich atme scharf aus und mache mich auf den Weg zu ihm. Als ich näher komme, bemerke ich das kaum sichtbare Zittern seiner Schultern, das zeigt, dass er im Moment aufgewühlt ist. Ich bleibe zurück, damit der Mann sich sammeln kann.

Er nimmt einen tiefen Atemzug und stößt ihn wieder aus, dann spricht er, ohne sich umzudrehen. „Ich habe das Knattern deines Motorrads gehört, als du angehalten hast, Sohn. Ich entschuldige mich für meinen aktuellen Zustand. Ich konnte nicht länger wegbleiben. Ich musste der einzigen Frau, die ich je geliebt habe, meinen Respekt erweisen."

Ich trete hinter ihn, lege meine rechte Hand auf seine linke Schulter und drücke sie leicht, um ihn wissen zu lassen, dass ich es verstehe und dass ich für ihn da bin. Meine Geste ist, auch wenn sie ohne Worte erfolgt, laut und deutlich.

Seine Schultern sacken zusammen und er lässt den Kopf hängen. „Danke, Sohn."

Als er ein paar Sekunden später aufsteht, greift er in seine Hosentasche und zieht eine Goldmünze heraus, die er oben auf den Grabstein legt. Ich habe von solchen Bräuchen gehört, bei denen Leute Münzen auf den Gräbern von geliebten Menschen liegen lassen. Griechische Mythologie. Das ist eine Art des Tributs, auch ein Zeichen von Respekt.

Mein Vater dreht sich zu mir um und begutachtet mich. „Du siehst müde aus, Logan. Ist alles okay?", fragt er.

Scheiße. Mir ist nicht bewusst gewesen, dass meine Erscheinung mit dem übereinstimmt, wie ich mich innerlich fühle. Ich fahre mir mit der Hand durch mein Haar und reibe mir über den Nacken. Meine Muskeln sind steif vor Anspannung.

„Mir geht's gut, Dad. Kein Grund zur Sorge", versuche ich ihm zu versichern.

„Wie geht es deiner Freundin, Bella? Es tut mir leid, dass ich nicht viel da war. Ich wollte die Gastfreundschaft nicht überstrapazieren, indem ich meine Nase in dein Privatleben stecke. Kommt sie zu Hause gut zurecht?"

Wir gehen zusammen Richtung Ufer und halten an, um auf einem alten Baumstamm Platz zu nehmen. Ich ziehe in Betracht, etwas mit ihm zu teilen. „Es könnte ihr besser gehen. Die Albträume werden allerdings weniger", verrate ich.

„Und du? Wie geht es dir?"

Ich stoße einen langen Seufzer aus, bevor ich kurz und knapp antworte: „Ich bin müde."

„Ja. Aber sie ist es wert. Habe ich recht?", fragt mein

Dad.

So mental erschöpft ich wegen der ganzen Situation auch bin, kann ich doch ehrlich sagen, dass es meine Freundin wert ist. Ich hoffe nur, dass sie eines Tages auch ihren Wert erkennen wird. Ich habe vor, ihr jeden Tag bedingungslos zu zeigen, dass sie geliebt wird. Ich werde sie nicht aufgeben. Auch wenn sie sich selbst aufgeben will. „Ja, sie ist es wert."

„Ihr seid beide stark. Gib ihr deine Stärke, wenn sie sie braucht, und sie wird es dir zehnfach zurückgeben. Frauen sind so viel stärker, als wir es je sein könnten. Sie wird wachsen. Gib ihr Zeit."

Zeit.

Ohne ein weiteres Wort zu sprechen, starren wir beide weiter auf das klare Wasser hinaus, in dem sich der blaue Himmel von oben spiegelt.

Beide auf der Suche nach Antworten. Beide auf der Suche nach Trost in der Stille und Einsamkeit.

Kapitel 32

Bella

Zwei Monate später

Es ist zwei Monate her, dass Logan mich aus diesem Keller getragen hat. Ich fühle mich, als würde ich wie ein Zombie durchs Leben gehen. Es war nicht einfach, mich zurechtzufinden. Manche Leute sehen mich mitleidig an, während andere mich so behandeln, als wäre nichts passiert. Ich weiß nicht, was schlimmer ist. Viele Dinge haben sich geändert, seit ich aus dem Krankenhaus heimgekommen bin. Was Logan und mich betrifft, so stecken wir in einer Art Schwebezustand fest.

Die Albträume kommen nur noch vereinzelt. Meine Fäden sind gezogen worden. Auch wenn die Narben noch deutlich sichtbar sind, haben sie angefangen, ein wenig von ihrer aggressiven roten Farbe zu verlieren. Logan ist nichts als geduldig mit mir, obwohl ich ihm immer noch nicht meine Narben gezeigt habe. Manchmal nagen Schuldgefühle an mir. Wir haben uns in diesen vergangenen Monaten kaum gegenseitig berührt. Ich weiß, dass er Bedürfnisse hat. Es gab ein paar Abende, an denen er angerufen und gesagt hat, dass er bis spät arbeitet, und ich habe mich gefragt, ob er arbeitet oder es mit einem der Clubmädels treibt. Ich fühle mich die ganze Zeit unsicher und lasse mich von negativen Gedanken leiten. Tief in mir weiß ich, dass er mich nicht betrügen würde.

„Bist du okay?", fragt Sofia und lässt sich neben mir auf die Couch plumpsen.

„Ja, mir geht's gut. War nur mit den Gedanken ganz woanders, das ist alles."

„Willst du darüber reden?"

Ich winke ab. „Es gibt nicht wirklich irgendetwas zum Reden."

Ich habe keine Lust, mit irgendjemandem zu sprechen. Ich habe nicht mal mit meiner Schwester über meine Qualen wegen meines Körperbildes gesprochen.

„Ich weiß, dass ich nur ein Kind bin, aber du kannst mit mir reden. Ich sehe Dinge, und ich weiß, dass du eine harte Zeit durchmachst."

Ich lehne mich herüber und drücke ihre Hand. „Mir geht es gut. Wirklich, du brauchst dir um mich keine Sorgen zu machen." Ich setze ein falsches Lächeln auf, um hoffentlich jegliche weitere Diskussion zu vermeiden.

Sie dreht sich so, dass sie mich ansehen kann, und fährt fort: „Also, kann ich dir eine Frage stellen?"

„Ja, natürlich. Du kannst mich alles fragen."

Nach ein paar Wimpernschlägen beginnt sie: „Denkst du, dass ich eines Tages einen Mann finden werde, der mit mir auf Dates gehen will, mit mir zusammen sein will? Ich meine, sobald die Person herausfindet, was passiert ist, wird sie denken, dass ich hässlich oder beschädigt bin?"

Auch wenn Sofia noch nicht darüber geredet hat, weiß ich, dass sie mehrfach vergewaltigt worden ist. Dr. Evans hat es im Krankenhaus bestätigt. Mein Herz schmerzt, dass sie überhaupt diese Dinge über sich selbst denkt.

„Sofia, ein guter Mann – der richtige Mann – wird in dir nichts anderes sehen als das schöne, unglaubliche Mädchen, das du bist. Was dir passiert ist, wird das nicht ändern“, sage ich mit Bestimmtheit.

Mit einem ernsten und strengen Blick schaut sie mich an. „Wenn du dir da bei mir so sicher bist, warum kannst du dann diese Dinge nicht über dich selbst denken?“

Ich will den Mund öffnen, doch ich habe nichts zu sagen. Sie hat recht. Ich trage meine Narben äußerlich. Sofia trägt ihre im Inneren. Narben sind Narben, unabhängig davon, ob sie sichtbar sind oder nicht.

Sie steht auf, steuert nach oben und lässt mich sprachlos zurück.

Dieses raffinierte, schlaue Mädchen. Ich sollte nicht überrascht sein. Sofia beginnt langsam, sich uns gegenüber zu öffnen. Ein paar Wochen, nachdem wir aus dem Krankenhaus gekommen sind, haben Logan und ich Dr. Evans Rat angenommen, ihr einen Therapeuten zu suchen. Sie hat jetzt zweimal die Woche Sitzungen bei Dr. Kendrick.

Ich bin erstaunt über Sofias Fortschritte. Logan und meine Schwester haben bei mehreren Gelegenheiten geäußert, dass sie gern hätten, dass ich auch einen Termin ausmache. Angesichts der positiven Veränderung, die ich bei Sofia sehe, sollte ich es vielleicht in Erwägung ziehen. Vielleicht ist es an der Zeit, dass ich mich allem stelle, was ich vermieden habe.

Ich beschließe, dass ich nicht länger herumsitzen und nichts tun kann, deswegen schnappe ich mir mein Handy und schicke schnell eine Nachricht an Lisa. Ich will für Alba eine Abschlussparty planen. Das ist die Ablenkung, die ich brauche.

Ich warte nicht einmal auf ihre Antwort, bevor ich auf der Suche nach meinem Autoschlüssel hinüber zur Küchentheke laufe. So wie ich Lisa kenne, wird sie sofort dabei sein. Diese Frau lebt für alles, was mit Kochen oder Partys zu tun hat. Ich hoffe auch, mit Jake darüber reden zu können, wieder zur Arbeit gehen zu dürfen.

„Sofia", rufe ich die Treppen hoch. „Ich gehe rüber zum Clubhaus, willst du mitkommen?"

Sie späht mit dem Kopf um die Ecke herum und sagt: „Ja, lass mich noch meine Tasche holen."

Sofia geht nirgendwo ohne ihre Umhängetasche hin, die ihr Alba geschenkt hat, zusammen mit mehreren Büchern und einem Kindle. Meine Schwester hat es geschafft, sie süchtig nach dem Lesen zu machen. Alba liebt es, dass sie jetzt eine Buchkameradin hat.

Ich lächele, als sie die Treppen in einem weißen Babydoll-Kleid, bronzefarbenen Gladiator-Sandalen und mit ihrer über die Schulter geworfenen Tasche hinuntersprintet.

„Ich bin fertig", ruft sie atemlos schnaufend, sobald sie es die Treppe hinuntergeschafft hat.

„Du hättest dich nicht beeilen müssen. Ich hätte auf dich gewartet", entgegne ich und kichere.

Sie erwidert mein Lächeln und fragt: „Denkst du, dass Alba da sein wird?"

Ich blicke auf meine Uhr hinunter und antworte: „Sie wird wahrscheinlich ungefähr zur gleichen Zeit hinkommen wie wir, wenn wir jetzt gehen. Lass mich schnell eine Nachricht an Logan schicken, um ihm zu sagen, dass er sie zum Clubhaus statt nach Hause bringen soll."

Es ist Albas letzte Schulwoche, gefolgt von der Zeugnisvergabe in zwei Wochen. Sofia hat zum Ausdruck gebracht, wie aufgeregt sie ist, auch wieder zurück zur Schule zu gehen. Sie hat das meiste des vergangenen Jahres verpasst und wird eine Klasse unter den anderen Kindern ihres Alters sein, aber es scheint sie nicht zu stören. Sie ist ganz auf einen Neuanfang fokussiert.

Wir kommen zur selben Zeit beim Clubhaus an wie Gabriel mit meiner Schwester. Ich steige aus meinem Auto und laufe da hin, wo er geparkt hat.

„Hey, ich dachte, Logan würde Alba heute abholen", sage ich fragend.

Er lehnt sich an sein Motorrad, während er eine Zigarette raucht. „Er muss sich um Clubangelegenheiten kümmern und hat mich gebeten, sie abzuholen", äußert er sich.

„Ja, sicher", nuschele ich und drehe mich um, um wegzulaufen.

„Bella", hält Gabriel mich auf.

Ich komme zum Stehen, wobei ich mich weigere, ihn anzuschauen. Ich weiß, dass ich mir meine Unsicherheiten anmerken lasse. Es ist nicht typisch für mich, so zu sein, aber in letzter Zeit kann ich nicht anders. Ich habe immer Sorge, dass ich nicht gut genug bin, dass ich nicht mehr das bin, was Logan will. Ich mache mich selbst verrückt mit all den Gedanken, die durch meinen Kopf spuken.

„Du hast bei Logan keinen Grund zur Sorge."

Ich drehe leicht den Kopf, lasse den Blick zu Gabriel huschen und nicke.

Als ich ins Clubhaus trete, lächele ich, als ich Quinn

an der Bar sitzen sehe. „Hey, Schätzchen, komm hier rüber und trink was mit mir", sagt er gedehnt.

Ich nehme neben ihm Platz, und er klopft auf die Theke, um Liz' Aufmerksamkeit zu bekommen.

„Bring Bella etwas zu trinken", sagt er kurz angebunden. Er verliert dabei den süßen Tonfall, den er Augenblicke zuvor bei mir gehabt hat.

Liz bewegt sich beim Club auf dünnem Eis, seit wir herausgefunden haben, dass sie Cassie mit Informationen versorgt hat. Sie hat darauf beharrt, dass sie nicht wusste, was Cassie im Schilde führte, und die Jungs entschieden, ihr eine zweite Chance zu geben. So oder so, ich traue der Schlampe nicht.

Quinn wendet seine Aufmerksamkeit wieder mir zu und fragt: „Was bringt dich heute hierher?"

„Ich drehe durch, wenn ich den ganzen Tag im Haus herumsitze, also bin ich gekommen, um mit Lisa über eine Abschlussparty für Alba zu sprechen. Und auch, um mit Jake darüber zu sprechen, wieder zur Arbeit zu gehen."

„Wirklich? Hast du mit Logan darüber gesprochen?"

„Nein, Quinn, habe ich nicht. Mir war nicht bewusst, dass ich seine Erlaubnis brauche", sage ich trocken und verschränke die Arme.

„Hey, ich bin auf deiner Seite, Süße. Ohne dich bin ich in der Werkstatt gezwungen, Tage alte Pizza und so was zu essen. Ich bin buchstäblich am Verhungern, Bella. Was würde ich nicht für etwas von deinem gebratenen Hähnchen geben", sagt er mit zurückgelegtem Kopf und einem verträumten Blick in seinen Augen.

„Ja, du siehst aus, als würdest du verkümmern,

Quinn." Ich knuffe ihn in seinen steinharten Bauch und lache. „Lass mich zu Jake gehen und mit ihm reden. Hoffentlich werde ich bald zurück sein, um dir deinen Magen zu füllen", scherze ich.

Ich vermisse das Arbeiten wirklich. Ich kann es nicht ausstehen, den ganzen Tag im Haus herumzusitzen. Ich muss beschäftigt sein und irgendetwas tun. Ich war immer damit beschäftigt, mich entweder um jemanden zu kümmern oder zu arbeiten. Ich muss zurück zur Arbeit. Hoffentlich wird das bald der Fall sein.

Quinn belohnt mich mit seinem unverkennbaren Lächeln und sagt: „Ich freue mich drauf, Schätzchen."

Als ich zu Jakes Büro laufe, sehe ich, dass seine Tür offen steht und er an seinem Schreibtisch sitzt.

„Hey, Jake", grüße ich ihn und klopfe gegen die Tür.

„Bella? Was tust du hier? Ist alles okay?"

„Alles ist gut. Ich wollte mit dir darüber reden, ob ich wieder zur Arbeit kommen kann", sage ich und nehme Platz.

„Arbeit? Denkst du, dass du schon bereit dafür bist?"

„Es ist zwei Monate her, Jake. Ernsthaft, ihr müsst aufhören, mich die ganze Zeit mit Samthandschuhen anzufassen. Ich bin bereit, ich verspreche es. Ich wäre nicht zu dir gekommen, wenn ich es nicht wäre."

„Tja, du weißt, dass du zurück in die Werkstatt kommen kannst, wann immer du willst. Wir vermissen es alle, dich dort zu haben. Vor allem Quinn. Der Idiot will nicht aufhören, sich darüber zu beschweren, dass er keine ordentliche Mahlzeit zu essen bekommt. Ich schwör's dir, Kind. Du hast den Mann verwöhnt."

„Super! Wie wäre es, wenn ich am Montag wieder anfange und Quinn von seinem Leid befreie?", antworte ich kichernd.

„Klingt toll, Bella. Nur eine Sache: Hast du mit Logan darüber gesprochen?"

„Warum fragt mich das jeder?" Erst Quinn, jetzt Jake. Was bringt irgendjemanden dazu, zu denken, dass ich ihn zuerst fragen sollte? Ich brauche keine Erlaubnis von Logan, um wieder zur Arbeit zu gehen.

Jake hebt kapitulierend die Hände. „Tut mir leid, ich wollte nur fragen. Aber vielleicht solltest du es vor Montag mit ihm besprechen", schlägt Jake vor.

„Ich bin mir sicher, dass es Logan total egal ist. Ich werde es ihm gegenüber später erwähnen, okay?", sage ich und stehe vom Stuhl auf. „Ich weiß es zu schätzen, dass du einverstanden bist, dass ich zurückkomme, Jake."

„Jederzeit, Süße. Falls ich dich später nicht mehr sehe, sehen wir uns dann am Montag in der Werkstatt."

Nachdem ich Jakes Büro verlassen habe, steuere ich das Zimmer von Alba an, das sie immer noch hier hat. Ich biege um die Ecke und renne geradewegs in Logan hinein, als er sein Zimmer verlässt. Ich habe gedacht, er müsste sich um Clubangelegenheiten kümmern. Das ist zumindest das, was mir erzählt wurde. Ich stehe da, schaue ihn an und verschränke die Arme.

„Hey, Babe. Was tust du hier?", sagt er, wobei er etwas verwirrt aussieht. Ich bin mir sicher, dass ihm auch der gleiche Ausdruck auf meinem Gesicht, gemischt mit aufsteigender Wut, nicht entgeht.

„Ich bin gekommen, um Jake zu sehen. Was tust du hier? Gabriel meinte, du hättest Clubangelegenheiten, um die du dich kümmern musst, und dass du deswegen Alba nicht von der Schule abgeholt hast", sage ich misstrauisch.

„Hatte ich. Ich bin gerade zurückgekommen. Weswegen musstest du Jake sehen?"

„Ich bin bereit, wieder zur Arbeit zu gehen. Ich habe mich vergewissert, dass er damit kein Problem hat."

„Wieder zur Arbeit? Denkst du, dass du bereit bist?"

Ich schwöre, ich habe diese Frage so verdammt satt. *Bist du okay? Wie fühlst du dich? Denkst du, dass du bereit bist?* Es ist meine verdammte Entscheidung, wann ich bereit bin und was ich tue.

„Ich hätte Jake nicht gesagt, dass ich bereit bin, zurückzukommen, wenn ich nicht bereit wäre, Logan." Ich kann die zickige Art nicht verhindern, mit der meine Worte herauskommen.

„Fang nicht damit an, Bella", sagt er knapp.

„Womit anfangen, Logan?", erwidere ich und tue so, als wüsste ich nicht, wovon er redet.

„Diese Scheiße, bei der du alles zu einem Streit werden lässt. Ich habe es satt und es hört jetzt auf."

„Ich weiß nicht, wovon zur Hölle du sprichst."

Ich weiß es doch, und ich hasse es, dass er mich deswegen zur Rede stellt.

„Du vermeidest immer jedes wichtige Thema, Bella. Anstatt dich damit zu beschäftigen, suchst du nach sämtlichen Gründen, einen Streit mit mir anzufangen. Auch über dummes Zeug. So wie heute. Du wusstest, dass es einen Streit provozieren würde, wenn du Jake hinter meinem Rücken fragst, ob du wieder zur Arbeit gehen kannst, ohne vorher mit mir darüber zu reden. Nur, dass es heute nicht funktioniert. Heute beschäftigen wir uns mit unserem Problem", verkündet Logan mit zusammengebissenen Zähnen.

Anhand seiner angespannten Kieferpartie und des Feuers in seinen Augen erkenne ich, dass er die Nase voll hat. Es wird kein Verstecken mehr geben. Keine Distanz mehr. Er hat genug.

„Schön", schnauze ich. „Ich gehe die Mädchen holen und treffe dich dann zu Hause."

„Nein, sie können heute Nacht hierbleiben. Ich gebe den Jungs Bescheid, damit sie ein Auge auf sie haben."

Ohne zu antworten, gehe ich an ihm vorbei und gehe weiter den Flur hinunter. Wenn er so drauf ist, kann man nicht mit ihm diskutieren.

Als ich nach Hause komme, beschließe ich, zu duschen, bevor Logan hier ankommt. Seit wir nach der Entführung wieder hergekommen sind, habe ich es vermieden, darüber zu reden, was in diesem Keller passiert ist. Darüber zu reden, wird nichts besser machen. Es wird die Narben nicht verschwinden lassen. Er muss begreifen, dass das, was geschehen ist, geschehen ist. Wir können uns beide dumm und dämlich reden, aber am Ende wird es verdammt noch mal nichts ändern.

Nachdem ich aus der Dusche getreten bin und mich abgetrocknet habe, wird mir bewusst, dass ich vergessen habe, Wechselklamotten mitzunehmen. Ich wickele mir ein Handtuch um den Körper und öffne die Badezimmertür, um zu meinem Kleiderschrank zu gehen und mir meinen Pyjama zu schnappen. Ich bleibe wie angewurzelt stehen, als ich bemerke, dass Logan mitten in unserem Zimmer steht und sein Blick jede meiner Bewegungen verfolgt.

Sobald ich meine Kleidung herausgeholt habe, versuche ich, um ihn herum zu treten, um zurück ins Badezimmer zu gehen, doch er versperrt mir den Weg.

„Logan. Lass mich etwas anziehen, dann können wir reden."

„Nein", sagt er nüchtern.

„Was soll das heißen, nein? Ich führe dieses Gespräch mit dir nicht in meinem Handtuch."

Scheiße. Ich weiß, worauf er hinauswill, und ich bin mir nicht sicher, ob ich bereit dafür bin. Ich *weiß*, dass ich nicht darauf vorbereitet bin. Mein ganzer Körper wird warm und ich bekomme Angst. Meine Hände werden feucht, mein Atem beschleunigt sich und mein Puls rast. Ich steuere auf eine ausgereifte Panikattacke zu. Ich habe jetzt seit Monaten genau diesen Moment vermieden und er hat mich gewähren lassen.

„Wenn du dich anziehen musst, kannst du das vor mir machen, Bella. Kein Verstecken mehr."

Mir wird flau im Magen. Das kann nicht sein Ernst sein. Ich habe mich darauf eingestellt, zu reden. Nicht auf das.

„Ich bin nicht bereit", sage ich und halte das Handtuch fester um mich.

„Doch, das bist du. Du bist stark, Babe. Du weißt es nur nicht."

„Sag mir nicht, was ich bin. Hör auf, zu versuchen, mich zu etwas zu zwingen, was ich nicht will!", brülle ich.

Zu diesem Zeitpunkt bin ich so genervt, so wütend, dass mein Körper vibriert.

Logan steht eineinhalb Meter vor mir, mit aufgeblähten Nasenflügeln und einem wütenden Gesichtsausdruck. „Ich war da. Ich habe gesehen, was dieser Wichser mit dir gemacht hat. Ich habe deinen blutverschmierten, beinahe leblosen Körper in meinen Armen getragen, Bella!", brüllt er zurück und läuft auf und ab, während er sich die Haare rauft.

„Ist es das, was du sehen wolltest?", schreie ich ihn an, lasse mein Handtuch zu Boden fallen und widerstehe dem Drang, mich zu bedecken. Ich stelle mich direkt meinen Ängsten, während ich gegen die Stimmen in meinem Kopf ankämpfe, die mir sagen, dass ich das komplette Gegenteil machen soll – rennen und mich verstecken.

„Sag's mir, Logan! Du kommst hier rein und stellst Forderungen, als hättest du das Recht dazu. Große Neuigkeiten. Das", sage ich und deute auf meine Narben, „ist nicht dir passiert! Es ist mir passiert! Ich bin diejenige, die entführt wurde! Ich bin diejenige, die die dreckigen Hände dieses Arschlochs auf meinem ganzen Körper hatte! Ich war diejenige, die vor Schmerz geschrien hat, während ich aufgeschlitzt wurde!", schreie ich, wobei Tränen mein Gesicht hinunterkullern.

„Und es ist meine verdammte Schuld!", brüllt Logan und schneidet mir das Wort ab, während er, immer noch Haare raufend, auf und ab wandelt.

„Was?", frage ich fassungslos und verliere etwas

von meinem Zorn. Er ist wütend, weil er denkt, er hätte mich nicht beschützt. Ich habe Mitleid oder einen angewiderten Blick erwartet. Stattdessen sieht Logan mich an, als wären ihm meine Narben völlig egal.

Er sieht niedergeschlagen aus, müde.

„Es ist meine Aufgabe, dich zu beschützen. Hätte ich dich besser beschützt, wäre nichts davon passiert."

Die ganze Zeit bin ich so fokussiert auf meine Dämonen gewesen, dass ich nicht innegehalten habe, um darüber nachzudenken, wie sich diese ganze beschissene Situation auf ihn ausgewirkt hat. Er kämpft gegen seine eigenen Dämonen, und ich bin zu egoistisch gewesen, um es zu sehen.

„Es ist nicht deine Schuld, dass mir das passiert ist. Wegen dir bin ich noch am Leben", widerspreche ich ihm.

In drei Schritten ist Logan bei mir und hält mein Gesicht zwischen seinen Händen fest. „Es ist meine Schuld, Bella, und ich werde den Rest meines Lebens damit verbringen, es bei dir wieder gut zu machen. Und ich fange genau jetzt an, fange an, indem ich dir sage, wie schön du bist. Du bist die schönste Frau, die ich je gesehen habe. Deine Narben sind jetzt ein Teil von dir. Ich liebe alles an dir."

Logan hebt mich hoch und hält mich, als wäre ich das Wertvollste auf der Welt. Er trägt mich quer durch den Raum und legt mich sanft auf das Bett. „Ich werde dir zeigen, wie schön du bist", sagt Logan, sein Tonfall ist ein Versprechen.

Bei meinen Füßen beginnend küsst er sich langsam seinen Weg nach oben, bis er die Innenseite meines

Oberschenkels erreicht. Er platziert einen sanften Kuss auf der ersten Narbe. Die kleinste, aber das ist der Schnitt, der mich fast mein Leben gekostet hätte.

Dann fährt er mit seinen rauen, schwieligen Händen die gezackte Vernarbung auf meinen Rippen entlang. Ich spüre eine weitere Reihe an weichen Küssen, dieses Mal am Rand meiner Brust entlang. Ich habe keinen Zweifel, dass ihm mein Zittern nicht entgeht, als ich versuche, einen Schluchzer zu unterdrücken. Ich spüre die Hitze seines Körpers über mir, weigere mich aber, meine Augen zu öffnen. Ich habe Angst davor, was ich sehen könnte, jetzt, da er mich gesehen, mich berührt hat.

„Öffne deine wunderschönen Augen für mich, Engel."

Ich halte das Bettlaken in meinen Händen fest und schüttele den Kopf, weigere mich.

„Doch", flüstert er sanft, sein Mund an meinem Ohr.

Ich öffne meine Augen und bin nicht auf das vorbereitet, was ich sehe – nein, was ich fühle. Liebe. Und ich kann es nicht länger zurückhalten: Der Schmerz, den ich so lange festgehalten habe, wird durch die Tränen freigelassen, die mein Gesicht hinunterströmen.

„Wunderschön", wiederholt Logan leise, wieder und wieder, während er damit fortfährt, jeden Zentimeter meines Körpers zu küssen und zu liebkosen. Es dauert nicht lange, bis sich meine Schluchzer in Keuchen verwandeln, als er mit der Zunge über meinen Nippel fährt und ich nach Luft ringe. Es ist Ewigkeiten her, dass ich Logans Berührung gespürt habe, und ich brauche sie dringend. Er erhebt sich aus dem

Bett, und ich beobachte, wie er sich seiner Kleidung entledigt. „Ich muss dich schmecken."

Logan kniet sich vor mich, ergreift meine Beine, zieht mich an den Bettrand, spreizt meine Beine und sieht mich an. Seine Augen sind dunkel vor Verlangen, bevor er den Kopf senkt.

Ich stöhne laut, als ich seinen heißen, feuchten Mund auf meiner Vagina spüre. Es fühlt sich so gut an, dass ich beinahe schon direkt komme.

„Noch nicht, Bella. Wenn du kommst, dann mit mir in dir."

„Logan, bitte", flehe ich.

„Bitte was, Bella? Was willst du?"

Ich senke den Kopf und schaue ihn zwischen meinen Beinen an. „Ich will dich in mir spüren", dränge ich mit Feuer in der Stimme.

Logan steht auf und beim Anblick seines Schwanzes läuft mir das Wasser im Mund zusammen.

Er klettert über mich, nimmt meine Beine und fordert mich auf, sie um seine Taille zu schlingen.

Logan beugt sich hinunter zu meinem Mund. Ich öffne mich für ihn und gewähre seiner Zunge Einlass, während sein Schwanz mich zur gleichen Zeit ausfüllt.

Als er sich träge in mich hinein und aus mir heraus bewegt und sanfte Küsse gemächlich an meinem Hals entlang und hinunter über mein Schlüsselbein verteilt, beginne ich, zu realisieren, dass der Sex dieses Mal anders ist.

Dieses Mal löst Logan sein Versprechen ein. Er macht Liebe mit mir und zeigt mir, wie schön ich bin und dass er mich liebt – ALLES an mir.

Kapitel 33

Logan

Es läuft verdammt super, seit Bella und ich vor ein paar Wochen unseren kleinen Moment der Erleuchtung hatten. Jetzt gehen wir alles direkt gemeinsam an. Ich kann nicht mal ansatzweise erklären, wie es war, sie nach so langer Zeit endlich zu berühren, zu küssen, zu schmecken. Ich bin verdammt noch mal süchtig nach Bella Jameson. Sie besitzt mein Herz, hält es direkt in ihrer kleinen Hand.

Es ist bereits Juli. Bellas Schwester hat vor ein paar Wochen ihren Abschluss gemacht, wollte aber mit dem Feiern warten, bis ihr Geburtstag näher gerückt ist, der heute ist. Also schmeißen wir heute Nachmittag Albas Geburtstags- und Abschlussparty im Clubhaus. Jeder ist daran beteiligt, sicherzustellen, dass es ein großes Fest wird.

Der Geruch von gegrilltem Essen liegt in der Luft, als ich helfe, die Tische und Stühle draußen hinter dem Haus aufzubauen. Bella und die anderen Frauen sind drinnen, um das restliche Essen zuzubereiten.

Mein Bruder Nikolai bedient zusammen mit Reid und Quinn einen der Grills. Er hängt mehr im Clubhaus herum, als er bei sich daheim ist, seit unser Vater zurück nach Hause gegangen ist, um sich um einige Angelegenheiten zu kümmern. Ich dachte, es wäre schwieriger, als es tatsächlich war, ihn zu überreden, dass er meinen Bruder hierbleiben lässt. Doch überraschenderweise hatte er das Gefühl, dass es ihm guttun könnte.

Die Brüder scheinen Nikolai adoptiert zu haben. Jake hat ihm sogar ein eigenes Zimmer gegeben, damit er hier im Clubhaus pennen kann. Er scheint seine Freiheit und seinen neu entdeckten Sinn für Familie zu genießen.

Ich beobachte, wie Bella durch die Glasschiebetüren hinausgelaufen kommt und eine große Schüssel mit Essen trägt. Ein paar andere Partnerinnen der Brüder folgen ihr. Eine nach der anderen stellt das Essen auf den Tischen ab, zusammen mit Papptellern und Plastikbesteck.

Bella ist heute durchgehend am Lächeln, während ich hier stehe und sie in Augenschein nehme.

„Mann, dich hat's ja schlimm erwischt", sagt Quinn, als er lachend neben mir stehen bleibt und in die Richtung sieht, auf die meine Aufmerksamkeit aktuell fixiert ist.

„Ja, Bruder, das hat es."

Bella dreht sich um und bemerkt, dass ich sie beobachte. Ihre Augen verraten mir, dass mein hitziger Blick die beabsichtigte Wirkung hat, und sie geht auf mich zu. Sie hat heute ein weißes leichtes Sommerkleid sowie ihr Lieblingspaar Boots an und trägt ihre Haare offen. Die Sonne, die sich in ihrem schönen Gesicht widerspiegelt, bringt die goldenen Sprenkel in ihren haselnussbraunen Augen zum Flackern, was mich hypnotisiert, mich verdammt noch mal sprachlos macht, als sie vor mir zum Stehen kommt.

„Bruder, du sabberst", sagt Quinn.

Als sie Quinns Ausruf hört, lacht Bella. Verdammt, es ist schön, sie wieder glücklich zu sehen.

„Verpiss dich, Quinn", sage ich und nehme meine

Freundin in den Arm.

Ich sehe zu, wie er davonläuft, zufrieden mit sich selbst.

„Hey, Schöne", sage ich zu Bella nach unten.

„Hey." Sie strahlt mich an.

„Sieht so aus, als wäre alles so gut wie bereit, um loszulegen. Wo ist das Geburtstagskind?", frage ich sie.

„Sie ist oben in ihrem alten Zimmer und macht sich mit Sofia fertig. Ist schon jemand los, um ihr Geschenk zu holen?"

„Ja, Babe. Gabriel sollte jede Minute damit hier sein. Ich schätze, wir sollten es ihr gleich als Erstes geben. Wir werden es auf keinen Fall vor ihr verstecken können", informiere ich sie.

„Ich bin so aufgeregt! Sie wird es lieben." Sie schlingt die Arme um meinen Hals und zieht mich zu einem Kuss herunter. „Ich gehe wieder nach drinnen, um ihr zu helfen, sich fertig zu machen. Ich bringe sie raus, wenn Gabriel da ist."

„Okay, Babe."

Ich löse mich aus unserer Umarmung und beobachte ihren Hintern, der sich hin und her bewegt, als sie sich auf den Weg nach drinnen macht. Jake gesellt sich zu mir und reicht mir ein kaltes Bier.

„Hey, mein Sohn. Sie sieht viel besser aus. Ist Gabriel schon unterwegs?"

„Ja, er wird bald da sein. Gut, dass du hier bist. Ich wollte dich fragen, ob du und die Jungs gegen Ende des Monats ein paar Tage ohne mich auskommen könnt? Ich will mit Bella aus der Stadt fahren, nachdem ihre Schwester für das Studium weggegangen ist. Ich weiß, dass wir im Moment mit den ganzen

Aufträgen eine Menge Arbeit haben, deswegen möchte ich mir sicher sein, dass dich das nicht in die Bredouille bringt", erkläre ich ihm.

„Das sollte kein Problem sein. Ich werde meinen jämmerlichen Arsch da rausbewegen und zur Abwechslung mal selber etwas Arbeit erledigen. Ich brauche die Ablenkung sowieso", sagt Jake und streicht mit der Hand über seinen Bart.

Ich frage ihn nicht, was ihn beschäftigt. Jake teilt nicht viel, und es regt ihn nur auf, wenn man sich einmischt.

„Danke, Jake." Mein Handy klingelt. Ich nehme es aus meiner Tasche und gehe ran. „Ja?"

„Ich bin die Straße runter, Bruder. Sind alle bereit?"

„Ja, ich sage Bella, sie soll Alba nach unten bringen."

Ich lege auf und schreibe Bella eine Nachricht.

Ich: *Gabriel fährt vor. Beweg deinen süßen Arsch hier runter.*

Bella: *Yay! Sind unterwegs.*

Keine Minute später kommt Bella mit ihrer Schwester und Sofia im Schlepptau angelaufen. Ich trete zurück und beobachte die Aufregung auf Bellas süßem Gesicht, als Gabriel in einem schwarzen, höhergelegten Chevy Pick-up mit vier Türen um das Gebäude herumgefahren kommt und zwischen den Mädchen anhält.

„O mein Gott! Ihr habt mir einen Pick-up besorgt!", schreit Alba vor Freude und drückt ihre Schwester.

Gabriel gleitet aus dem Truck und Alba rennt zu

ihm, schlingt ihre Arme um seinen Hals und springt in seine Arme. Niemandem entgeht der süße Kuss, den sie auf seine Wange drückt, bevor sie ihn wieder loslässt und in den Pick-up klettert.

Der Rest des Tages verläuft reibungslos. Nachdem wir alle Bedrohungen beseitigt haben, können wir uns entspannen und eine gute Zeit haben. Es wird Musik gespielt, und der Geruch von Holz, das in dem großen Lagerfeuer brennt, erfüllt die Luft. Quinn hat sogar seine Gitarre herausgeholt und spielt ein paar Lieder, was er seit langer Zeit nicht mehr getan hat. Ich lehne mich zurück und nehme alles in mich auf.

Fast alle bleiben letztendlich im Clubhaus, um dort die Nacht über zu schlafen, sogar die Brüder mit Kindern. Sie haben die Billardtische im Gemeinschaftszimmer zur Seite geschoben und ein paar Rollbetten aufgestellt, die wir in dem Gebäude draußen hinterm Haus gebunkert haben. Die Kinder sind von dieser Idee begeistert.

Als wir im Bett liegen, fahre ich Bellas Narben nach. Sie sehen so viel besser aus und sie ist auch entspannter und lässt sie mich sehen. „Weißt du, Babe, du könntest über sie drübertätowieren lassen, falls du das willst. Das machen die Leute ständig", informiere ich sie.

Ich persönlich habe kein Problem mit ihnen, aber vielleicht würde es ihr helfen, sich besser zu fühlen, wenn sie die Narben mit etwas bedecken könnte.

„Wirklich? Daran habe ich noch nie gedacht. Allerdings weiß ich nicht, ob ich mich von irgendjemandem anschauen lassen könnte. Zumindest nicht im Moment", meint sie seufzend.

„Du tust, was richtig für dich ist, Babe. Du bist schön, egal, wie du dich entscheidest." Ich küsse sie auf die Lippen und gleite mit meinen Händen ihren Körper hinunter.

Weil wir volles Haus haben, mache ich leise Liebe mit meiner Freundin und zeige ihr, dass alles an ihr schön ist.

Ich sitze da und beobachte, wie meine Freundin sich nervös ihre Narben von Gabriel ansehen lässt.

Seit ich ihr gegenüber geäußert habe, dass sie sich jederzeit ein Tattoo machen lassen kann, das sie verdeckt, hat sie nicht aufgehört, darüber zu reden. Ich habe vorher mit Gabriel gesprochen und mit ihm einen Termin im Studio vereinbart. Die einzige Person, bei der ich darauf vertraue, dass sie den Job richtig macht, ist mein Bruder Gabriel. Er hat Cover-up-Tattoos dieser Art schon gemacht.

Bella hat ungefähr eine Woche gebraucht, um den Mut zu fassen, herzukommen. Meine Freundin ist allerdings eine Kämpferin, die sich den Dämonen direkt stellt, und ich könnte nicht stolzer sein. Es ist noch nicht so weit verheilt, als dass sie die Nadel an ihre Haut lassen kann, aber schon bald wird es das sein.

Sie blickt über ihre Schulter zu mir, als sie auf der Seite liegt, ihr Shirt unter ihren Brüsten zusammengeknüllt, während er den Bereich begutachtet. Sie raubt mir jedes Mal den Atem, wenn sie mich auf diese Weise ansieht. Mit Liebe. Nichts als purer, ungefilterter Liebe.

Vor ein paar Wochen hat sie mich noch weggestoßen, aber sie geht jetzt zweimal die Woche zur Therapie, und seitdem hatte sie nur zwei Albträume. Unsere Beziehung ist stärker denn je.

Sie und Gabriel sind fertig, und sie kommt zu mir herüber, in ihrem Gesicht zeigt sich ein wunderschönes Lächeln. „Gabriel meinte, er sollte keine Probleme haben, meine Narben zu überdecken. Dass er sie in den Hintergrund verblassen lässt, als wären sie gar nicht da. Danach sollte ich meine Narben mit Stolz tragen, nicht mit Abscheu, weil ich kein Opfer mehr bin, sondern eine Überlebenskünstlerin", sagt sie zu mir, während sich Tränen in ihren Augen sammeln.

Ich sehe zu meinem Bruder herüber und danke ihm im Stillen dafür, dass er meiner Freundin durch seine Worte Stärke gibt. Sie stellt sich auf Zehenspitzen, drückt ihre Lippen auf meine und gibt mir einen sanften Kuss. Ich umfasse ihre Taille und ziehe sie enger an mich.

„Fuck, ich liebe dich", sage ich, nachdem ich meine Lippen von ihren gelöst habe.

Als wir nach draußen laufen und auf mein Motorrad steigen, sage ich ihr, dass wir noch eine Runde fahren, aber ich erzähle ihr nicht, wohin. Ich cruise die Autobahn hinunter, während Bella an meinen Rücken geschmiegt ist, ihre Hände um meine Taille geschlungen, und es ist das verdammt noch mal beste Gefühl der Welt.

Ich biege auf den Feldweg, der zum See führt – unserem See. Die Sonne spitzt durch das Baumkronendach, als wir uns auf den Weg den schmalen Pfad hinunter machen, bis er sich zu einer perfekten

Aussicht auf bunte Felder und kristallklares blaues Wasser öffnet.

Während der vergangenen paar Wochen ist der See für uns beide ein Ort der Heilung geworden. Wir versuchen, es mindestens einmal die Woche hier raus zu schaffen. Dem Alltag zu entfliehen, hat uns beiden einen neu entdeckten Sinn für Frieden gegeben.

Ich komme zum Stehen, parke das Motorrad und hebe sie hinunter, nachdem ich abgestiegen bin. Ich schnalle die kleine zusammengerollte Decke ab, die ich an meinem Motorrad befestigt habe, schnappe mir ihre Hand und ziehe Bella zu unserer Lieblingsstelle am Rand des Wassers. Ich breite die Decke aus und helfe ihr, sich hinzusetzen.

„Ich werde nie genug davon haben, hier rauszukommen. Es ist wunderschön", sagt Bella und atmet die warme frische Luft ein.

Ich starre sie an, während sie ihre Augen schließt und die Sonnenstrahlen einsaugt, die auf ihr Gesicht treffen. In diesem Moment sehe ich ein Bild von ihr, wie sie an genau dieser Stelle sitzt, mit einem Babybauch, in dem sich mein Sohn befindet, und ein kleines Mädchen rennt herum, mit üppigen braunen Locken, die umherhüpfen, während sie Wildblumen pflückt. Das Bild ist so lebhaft, dass ich den Arm ausstrecke und meine Hand auf ihren Bauch lege.

„Logan, bist du okay?" Sie lacht.

Ich blinzele. *Woher zur Hölle kam dieser Gedanke?*

Die Wörte verlassen meinen Mund, bevor ich überhaupt darüber nachdenken kann, was ich da sage. „Ich will eine Familie mit dir gründen, Engel."

Sie sieht überrascht aus, ein wenig überrumpelt von meiner Aussage, doch sie zögert nicht, als sie den

Arm ausstreckt, mein Gesicht mit ihrer winzigen Hand umfasst und zu mir sagt: „Ich würde auch gerne eine Familie mit dir gründen, Logan."

Das liebevolle, aufrichtige Lächeln, das von ihrem Gesicht Besitz ergreift, gibt mir den Rest. Ich drücke meine Lippen fest auf ihre, stehle ihr den Atem und mache ihn zu meinem eigenen.

Ich ziehe sie auf meinen Schoß und unterbreche unsere Verbindung, um in meine Kutte zu greifen. Ich höre Bella nach Luft schnappen, als sie beobachtet, wie ich eine kleine blaue Ringschatulle herausziehe. Ich öffne sie und schaue Bella an. Sie hat ihren Blick nicht von dem Ring gelassen, der dort gebettet ist. Es ist ein schokoladenbrauner Diamant im Vintage-Schliff, umgeben von kleinen, champagnerfarbenen Diamanten, angebracht auf einem roségoldenen Ring.

Mein Vater hat darauf bestanden, dass er, wenn die Zeit gekommen wäre, den Ring zur Verfügung stellen wolle. Ich habe nicht abgelehnt. Er und Jake sind die Einzigen, die wissen, was ich heute tue.

„Bella, ich bin nicht perfekt, aber du sorgst dafür, dass ich jeden Tag ein besserer Mensch sein will. Du hast mir eine Art der Liebe und Akzeptanz gezeigt, von der ich nie wusste, dass sie mir in meinem Leben fehlt. Ich bin ein Mann, der weiß, was er will, und das bist du – direkt an meiner Seite oder hinten auf meinem Motorrad. Sei meine Old Lady. Heirate mich." Es ist keine Frage, sondern eine Aussage.

Tränen kullern aus ihren Augen, als sie mir ihre Hand reicht, damit ich den Ring an ihren Finger stecken kann.

„Ich liebe dich! Ja, ich will dich heiraten!" Sie strahlt

voller Aufregung.

Ich stehe auf, ziehe sie mit mir hoch und hebe sie vom Boden. Die Sonne scheint hinter ihr und wirft einen goldenen Heiligenschein auf sie.

Mir fehlen die Worte.

Meine Zukunft liegt in dieser schönen, starken Frau, die ich in meinen Armen halte.

Ihre Liebe wärmt mein einst kaltes verdammtes Herz und nährt meine Seele.

„Engel, ich werde den Rest meines Lebens und das danach damit verbringen, dich zu lieben.“

Epilog

Bella

Als ich aus dem Wohnzimmerfenster auf den eisbedeckten See und den weißen Schnee starre, der den Boden bedeckt, kann ich das Lächeln nicht verhindern, das von meinem Gesicht Besitz ergreift. Es ist fast Weihnachten, meine Lieblingszeit des Jahres. Um noch einen draufzusetzen, wird meine Schwester in drei Tagen nach Hause kommen.

Alba ist seit August weg, auf dem College. Ich vermisse sie schrecklich, aber ich bin stolz auf sie. Alba hat ein Vollstipendium für die *Montana State University* in Bozeman erhalten. Sie ist erst ein Mal heimgekommen, seit sie weg ist, weil sie sich immer Ausreden ausdenkt, wieso sie nicht zu Besuch kommen kann. Ich komme nicht umhin, mich zu fragen, ob sie in Ordnung ist. Alba zerstreut allerdings schnell jegliche Zweifel, indem sie mir erzählt, dass sie nur mit Hausarbeiten beschäftigt ist.

Sofia blüht auf. Sie hat Ende August mit der elften Klasse der Highschool begonnen und viele Freunde gefunden. Die Jungs im Club sind ihr gegenüber sehr beschützend geworden. Sie kann nicht mal mit ihren Freunden ins Kino gehen, ohne dass wenigstens einer der Prospects sie bewacht. Ich denke allerdings nicht, dass es ihr etwas ausmacht. Ich denke, es gibt ihr ein gutes Gefühl, zu wissen, dass sie ein Dutzend großer Brüder hat, die auf sie aufpassen.

Ich bin damit beschäftigt, das Haus zu dekorieren.

Logan hat mich die Tage mitgenommen, um einen Baum zu besorgen, nur um mit einer Wagenladung Dekoration zurückzukommen. Er hat das Ausmaß dessen nicht verstanden, wie ernst ich Weihnachten nehme.

Während wir an der Kassenschlange standen, fragte er mich: „Babe, brauchst du den ganzen Scheiß hier wirklich?"

Ich drehte mich um und warf ihm meinen besten „Du machst Witze, oder?"-Blick zu.

Allerdings hat er eine Grenze gezogen, als er mich ertappte, wie ich Kisten mit Dekoration ins Clubhaus schleppen wollte.

„Scheiße verdammt, nein, Bella. Ich liebe dich, Babe, aber die Brüder würden mir diesen Scheiß nie verzeihen."

Am nächsten Abend beschließen Logan und ich, ins Clubhaus zu gehen und ein paar Drinks mit den Jungs zu uns zu nehmen. Ich sitze auf Logans Schoß und höre dem ganzen endlosen Geplänkel zu, als sich die Tür öffnet.

Ich schaue hinüber und bin schockiert, als ich meine Schwester sehe. Sie sollte erst in zwei Tagen ankommen.

„Alba!", kreische ich. Ich springe von Logans Schoß und ignoriere das Stöhnen, das aus seinem Mund kommt, weil ich nicht so elegant aufstehe.

Ich renne zu ihr hin und meine Beine geraten ins Straucheln, als ich ihr rotes, fleckiges und tränenüberströmtes Gesicht sehe. „Alba, was ist los?", frage ich und lege an Tempo zu. Sobald sie in Reichweite ist, ziehe ich sie in eine Umarmung und halte sie fest.

Ihr zitternder Körper versetzt mich in hohe Alarmbereitschaft. Ich trete ein wenig zurück, während ich ihre Schultern weiter festhalte, und flehe sie noch einmal an: „Sag mir, was los ist. Bist du okay?"

Weil ich spüre, dass sich hinter mir die Anwesenheit von jemandem andeutet, blicke ich über meine Schulter und stelle fest, dass Gabriels große Gestalt dort steht.

„*Cariño*?", spricht er sie liebevoll an.

Ich beobachte, wie Albas Gesicht leichenblass wird und sie ihren wuchtigen Wintermantel enger um ihren Körper zieht. Irgendwas ist faul. Ich kann es nur nicht zuordnen. Ich mustere sie von Kopf bis Fuß und suche nach einem Hinweis auf irgendetwas, was nicht stimmt, doch ich finde nichts.

Ich brauche ein paar weitere Sekunden, um zu realisieren, was anders ist. Mir entfährt ein leichtes Keuchen und ich halte die Hand vor den Mund.

„Was zum Teufel?", knurrt Gabriel.

Autorinnen

Crystal Daniels und Sandy Alvarez sind ein Schwestern-Duo und die Bestsellerautorinnen der beliebten "Kings of Retribution MC"-Serie.

Seit 2017 hat das Duo zahlreiche Romane veröffentlicht. Ihre gemeinsame Leidenschaft für Bücher und das Geschichtenerzählen führte sie auf eine aufregende Reise, um nicht nur all die unglaublichen Geschichten zu lesen, die sie so sehr lieben, sondern auch einige ihrer eigenen zu schreiben.

Website: www.authors-cdaniels-salvarez.com
Facebook: www.facebook.com/Authors.SandyAlvarez.CrystalDaniels